In deinen Armen tanzt mein Herz

Cynthia Kear

In deinen Armen tanzt mein Herz

Aus dem amerikanischen Englisch
von Andrea Krug

Krug & Schadenberg

Für Pegie Connaughton
1962-2002
Ewig geliebt

Danksagung

Die Ermutigung durch verschiedene frühe Leserinnen, allen voran meine Mutter, Joan Lyons Kear, hat mich beflügelt.

Michael Mannion hat mich großzügig von seiner beruflichen Erfahrung und seinem Rat profitieren lassen. Dieses Buch wurde auf unseren Spaziergängen durch sein New York zum Leben erweckt.

Karin Evans, Susan Hogeland, Michael Murphy und Kathleen Taggart haben mich individuell wie kollektiv reich beschenkt – mit ihrer Intelligenz, ihrer Einsicht und ihrer Freundschaft.

Meine Schwester, Pegie Connaughton, versorgte mich mit einem nie versiegenden Strom liebevoller Unterstützung.

Andrea Krug hat mich gesucht und gefunden. Eine glückliche Fügung.

Allen Genannten gilt mein herzlicher Dank.

Fahles Sonnenlicht,
fahl die Wand.

Die Liebe geht,
das Licht wechselt.

Ich brauche mehr Gnade,
als ich dachte.

Rumi

Erster Teil

Der Landrover folgte der holprigen Straße, eine Staubwolke im Schlepptau, und durchquerte die weite Fläche der goldenen Landschaft. Die drei Insassinnen wurden ordentlich durchgerüttelt. Sie fuhren von Nairobi aus südwärts und hatten soeben die Grenze nach Tansania überquert. Bei Sonnenaufgang waren sie aufgebrochen; jetzt stand die Mittagssonne direkt über ihnen.

»Also – warum um alles in der Welt hast du ihn eingeladen?« Roz warf Mead einen scharfen Blick zu.

Mead hielt den Blick aufs Fenster geheftet, während sie antwortete. »Ich habe ihn nicht eingeladen. Er hat sich selbst eingeladen.«

Roz' Hände lagen fest auf dem Lenkrad, das auf der schlechten Straße kaum stillzuhalten war. »Aha«, erwiderte sie zweifelnd.

»Glaub mir, Roz, ich habe ihn nicht eingeladen.«

Vom Rücksitz rief Linda: »Worüber redet ihr da vorn?«

Roz rief über die Schulter zurück. »Wir reden von Lover Boy, der im Begriff ist, sich uns bei unserem Kilimandscharo-Trip aufzudrängen, der, wie ich dich erinnern darf, von uns als reiner Frauenausflug geplant war.«

»Was?« rief Linda.

Roz schüttelte den Kopf und rief zurück: »Die Landschaft.«

»Ja!« erwiderte Linda. »Seit wir in Makuyuni die Asphaltstraße verlassen haben, ist es wie in einer anderen Welt. Großartig, nicht?«

Mead wandte sich Roz zu, die ein amüsiertes Lächeln aufsetzte. »Großartig«, stimmte sie trocken zu und meinte dann: »Nun, Mead, wenn er sich selbst eingeladen hat, warum in Gottes Namen hast du ihn dann nicht ausgeladen?«

»Es ist nicht so einfach, Peter abzuweisen.«

»Oh, sind wir seinem animalischen Magnetismus wehrlos ausgeliefert?« spottete Roz.

Linda, deren gelöstes Haar ihr ums Gesicht peitschte, meldete sich wieder von hinten. »Wie weit ist es noch bis zum Eingang des Parks?«

Roz war von der erneuten Unterbrechung genervt. Sie blickte auf den Tachometer. »Zwanzig Kilometer«, rief sie kurzangebunden zurück. Im Spiegel auf der Rückseite der Sonnenblende sah Mead, wie Linda zusammenzuckte. Mead warf Roz einen vorwurfsvollen Blick zu, den diese vollkommen ignorierte.

»Also?« Roz war beharrlich. »Sind wir? Wehrlos?«

»Hör mal, es tut mir leid. Du bist genervt. Das wäre ich auch.«

»Das ist eine ziemlich dürftige Entschuldigung.«

»Ich weiß, dass wir gesagt haben, wir wollten unter uns sein. Aber es ging nicht. Es ist kompliziert. Eine dieser schrecklich langen, langweiligen Geschichten. Außerdem – wenn du ihn kennenlernst, wirst du es schon sehen.«

»Hätten wir Keuschheitsgürtel einpacken sollen?«

Mead stieß einen tiefen Seufzer aus und wandte sich von Roz' Enttäuschung und Sarkasmus ab. Durch das geöffnete Fenster ließ sie den Blick erwartungsvoll über die tansanische Landschaft schweifen. »Wart's ab und sieh selbst.«

Elizabeth sah von ihrem Bildschirm auf und blickte zum Fenster hinaus in die stahlblaue Dämmerung des Winternachmittags. Die Straßen dort unten waren von den grauen Überresten des Schneefalls der vergangenen Woche gesäumt. Der Central Park war von einer harten, dünnen weißen Schicht bedeckt, die nur von den Felsformationen durchbrochen wurde und von den Stellen, an denen die Kinder den Hügel durch ihr Schlittenfahren in Matsch verwandelt hatten. Als Elizabeth die Fifth Avenue entlangblickte, über das Plaza Hotel hinaus, registrierte sie die Weihnachtsdekoration der verschiedenen Geschäfte und Hotels. Ein Schauder überlief sie, während sie nachspürte, wie der Tag durch die Doppelfenster drang und sich die Scheiben an den Rändern beschlugen, als die verstohlene Kälte auf die zischende Wärme ihres Arbeitszimmers traf. Von ihrem Aussichtspunkt aus sah der Abend trotz der bitteren Kälte einladend aus: das Gewusel in der Dämmerung; die Taxis Stoßstange an Stoßstange, die gelbe Blöcke in den schwarzen Straßen bildeten; die Menschen, die die Gehwege füllten und in alle Richtungen eilten. Sie konnte ihr glücklich-erleichtertes Lachen nahezu hören.

Eine Sehnsucht zerrte plötzlich an Elizabeths sonst so unerschütterlichem Herzen. Sie wünschte, sie hätte all ihre Kinder für einige Tage zusammenrufen können, wünschte, sie wären eine eng verwobene Gruppe, die frohgemut auf dem Weg zu einem gemütlichen Restaurant war oder zum Lincoln Center. Doch Avery war auf einer Hundeschlitten-Tour in Kanada, Rand und Tricia hatten sich darauf verständigt, dieses Jahr Tricias Eltern zu besuchen, Luce war in San Francisco und Mead war in Afrika. Mit einem halben Seufzen, bis zu dem Punkt, an dem sie den Schmerz spüren, aber nicht loslassen konnte (denn das wollte sie keinesfalls), lenkte sie ihre Aufmerksamkeit wieder auf den Bildschirm.

Sie sollte ihren Abschweifungen mehr Aufmerksamkeit schenken; diese kleinen mentalen Exkurse konnten ziemlich kostspielig werden, wenn sie wie gerade jetzt online war. Ja, dachte sie, ich bin online, ich surfe durch das Internet, sause über den Daten-Highway, hole eine eMail von Mead ab, meiner jüngsten Tochter, die sich mit einem Forschungsstipendium in Afrika aufhält. Nein, nein, sie holte keine eMail ab. Sie lud etwas herunter. Sie, Mrs. Walter William Bennett, Gattin des distinguierten Doktor Walter William Bennett, eines Chirurgen im Ruhestand, der durchaus über eine gewisse Reputation verfügte, saß in ihrem Arbeitszimmer in ihrer Eigentumswohnung in Manhattan und lud sich Meads letzte eMail aus Nairobi herunter. Siebzig Jahre war sie alt, und sie suchte sich ihren Weg durch das World Wide Web. In dem Blaugrau ihres Bildschirms, in dem Blaugrau der winterlichen

Dämmerung erfüllte ein unstrittiges Funkeln ihre immergrünen Augen, als sie mit einem gut Maß an Befriedigung lächelte.

Sie war keine schöne Frau. Das würde niemand, der sie betrachtete, behaupten. Viele sagten, sie sähe wunderbar aus, aber Elizabeth schrieb das entweder ihrer Manieriertheit zu oder ihrer Überraschung darüber, dass sie überhaupt noch am Leben war. Doch ein jeder würde zustimmen, dass sie von einer lebhaften Intelligenz beseelt war, und die meisten bescheinigten ihr ein einnehmendes Wesen und fanden sie stets auf dem laufenden. Sie stand in dem Ruf, gelegentliche Ausbrüche von Ehrlichkeit zu haben, die ziemlich entwaffnend, für gewöhnlich unverhohlen und zumeist amüsant waren. In meinem Alter kann ich mir einiges erlauben, dachte sie. In der Tat.

Ein gewisser gebändigter Puritanismus zeichnete sich in ihren kantigen Gesichtszügen ab, trotz ihres Aufwachsens im Mittleren Westen, trotz ihrer atheistischen Grundhaltung. Vielleicht war das ihrem blassen Teint geschuldet, ihren schmalen Lippen, ihrer geraden Nase und ihrer flachen Stirn – Züge, die allesamt von einem praktischen Wesen, harter Arbeit, Sparsamkeit und Disziplin zeugten. Selbst mit dem feinen Netz von Falten war ihr Gesicht keineswegs schlaff. Es wies eine Straffheit auf, die auf ein kontrolliertes, maßvolles Leben hindeutete, nicht auf Besorgnis oder Nervosität. Diese Eigenschaften hatte Elizabeth Jahrzehnte zuvor abgelegt, weil sie sie letztlich für vollkommen nutzlos hielt. Ballast, hatte sie damals leichthin gesagt, in einem Ton, den sie stets anschlug, wenn sie ihrer Familie eine bedeutsame persönliche Entscheidung kundtat.

Auf dem Bildschirm erschien eine weitere Fortsetzung von Meads *Kenianischen Briefen.* »Mutter«, hatte Mead in die Tasten getippt, und noch Tausende von Kilometer entfernt konnte Elizabeth ihre Gereiztheit vernehmen, »Mutter, dies sind schlicht kurze Notizen, Briefe, die ich Dir auf elektronischem, statt postalischem Wege schicke. Mach nicht mehr daraus, als es ist.« Das war an jenem Tag ihr einziger Eintrag gewesen; sie wollte ihre Botschaft weder verwässern noch ihrer Mutter die Gelegenheit bieten, sie unter mehreren Gedanken zu übersehen.

Elizabeth verstand die Botschaft natürlich, ebenso wie sie sie verstanden hätte, wenn Mead sie in wortreichen Absätzen verborgen hätte. Sie beschloss, sie zu ignorieren; sie kannte die Neigung ihrer Tochter zur Genüge, ihre Verdienste zu schmälern, sich selbst herabzusetzen. Dabei konnte jeder die Bedeutsamkeit der Ereignisse, die Mead aufzeichnete, ermessen. Eine vielversprechende junge Ärztin, spezialisiert auf Infektionskrankheiten, die einer renommierten Klinik in Chicago angehörte und sich im Rahmen eines Forschungsstipendiums und somit voll finanziert an einem Krankenhaus in Nairobi aufhielt. Knapp fünfunddreißig Jahre alt. Und neben ihrer wichtigen Arbeit hatten sie und einige Kolleginnen aus dem Gesundheitswesen beschlossen, den Kilimandscharo zu erklimmen. Bedeutsame Arbeit kombiniert mit einem Abenteuer, aus der Sicht einer Medizinerin auf der Überholspur. Nun, man muss nicht ihre Mutter sein, dachte Elizabeth, um die Notwendigkeit zu erkennen, diese Zeit, diese Erfahrungen festzuhalten und zu bewahren. Und wenn sie ihren Teil dazu beitragen konnte, indem sie den Prozess editorisch begleitete, würde sie das nur zu gerne tun.

»Die afrikanische Sonne ist ganz schön trügerisch«, schrieb Mead. »Sie scheint lediglich warm zu sein, aber wenn du nicht an sie gewöhnt bist, hat sie dich im Nu verbrutzelt. Ohne all die Abgase von den Autos und Lastwagen und Bussen wäre die Luft ziemlich mild, aber der Verkehr bringt alles zum Ersticken. All die Menschen vom Lande, die ihre Erzeugnisse, ihr Gemüse des Nachts in die Stadt schaffen, machen einen höllischen Lärm. Wie im antiken Rom. Ich freue mich auf eine Dosis Hochgebirgsluft. Auf Ruhe. Und darauf, einfach mal fortzukommen.

Das Leid hier ist so unvermittelt. Die Verheerung nicht zu leugnen. Jeden Tag strömen Hunderte von Flüchtlingen in die Stadt –

aus Uganda, Ruanda, Burundi, dem Sudan. Ohne Unterlass. Ihr Leben ist so primitiv, besonders im Schmerz. Führt mich zu der Erkenntnis, wie privilegiert ich bin in meiner Arbeit im Krankenhaus und im Labor.

Obwohl ich die Zahlen kannte, bevor ich hier ankam, überwältigen mich die Gesichter, die unendlich vielen Gesichter dieser Statistiken nahezu. Die Hochrechnungen besagen, dass in Subsahara-Afrika in naher Zukunft einunddreißig Prozent aller HIV-Infizierten und Aids-Kranken leben. Und die Menschen dort bilden nur zehn Prozent der Weltbevölkerung. Die Quote der Männer-Frauen-Ansteckung ist eins zu eins, und hier leben neunzig Prozent aller infizierten Kinder. Bereits anderthalb Millionen Kinder sind im Rahmen dieser Pandemie zu Waisen geworden.

Die Bevölkerung von Nairobi liegt bei über einer Million, obwohl niemand über genaue Zahlen verfügt. Der letzte Zensus erfolgte in den späten achtziger Jahren. Doch mit einer jährlichen Wachstumsrate von über vier Prozent und mit all den Menschen, die fortwährend dazuströmen, wer weiß? Selbst wenn es nur eine Million sind, kommt es mir vor, als hätte ich bereits jeden zweiten Menschen gesehen. Und die andere Hälfte hat entweder versucht, mir etwas zu verkaufen oder wollte mich bewegen, ihnen etwas zu kaufen. Es ist eine vollkommen surreale Umgebung – in der Schönheit, Unschuld, Unwissenheit und Plage zusammenspielen. Vermutlich zusammengehalten durch Schlafmangel.«

Elizabeth hielt in ihrer Lektüre inne, um sich Mead vor Augen zu führen, Mead ganz in Khaki, bis auf ihren weißen Laborkittel, völlig erschöpft aussehend, umgeben von still flehenden, fliegenbedeckten Gesichtern, und Mead wie immer ruhig, beharrlich vorgehend.

Die Wohnungstür ging auf und wieder zu. Walter hing seinen Mantel auf, nahm die Post an sich und die Abendzeitung, alles ordentlich von ihr auf dem Flurtischchen zurechtgelegt, und rief:

»Lizbeth?« In dem blauen Licht des Bildschirms schüttelte sie sich sachte aus ihrer Träumerei und zog den Rollkragen ihres Pullovers bis an ihr Kinn hoch.

Die Halogenlampe auf dem Sideboard hinter Jacob Malowitz warf einen Schimmer wie ein Ganzkörper-Glorienschein. Luce saß ihm auf einem edlen schwarzen Lederstuhl am Schreibtisch gegenüber und fand, dass sie sein Porträt malen sollte. *Galerist mit Glorienschein?* überlegte sie. *Gute Fee, erleuchtet?* Sie kicherte innerlich, während sie Jacob weiter zuhörte.

»Wirklich, Luce, die letzten Bilder, die du mir geschickt hast, sind unglaublich. Der Artikel in *Art World* war natürlich förderlich, klar, aber kaum habe ich ein Bild aufgehängt, ist es auch schon verkauft.«

»Jetzt bin ich also auch bei den Kritikern ein Erfolg?« fragte Luce leichthin, doch mit einer Spur Sarkasmus.

»Die Kritiker lieben deine neuen Arbeiten.« Er lächelte komplizenhaft. »*Und* sie verkaufen sich. Das macht doppelten Erfolg.«

»Meine neue spirituelle Ausrichtung erweist sich als der Hit«, bemerkte Luce ironisch.

»Diese Kunstkritiker – scharfsichtig und scharfsinnig wie eh und je. Entschuldige bitte.« Jacob nahm einen Anruf auf seiner Direktleitung entgegen, dann einen weiteren, und die ganze Zeit über sah er Luce von glücklicher Zuversicht erfüllt an.

Luce machte es nichts aus. Im Gegenteil, sie genoss die Unterbrechungen geradezu, das elektrisierende Summen geschäftlicher Angelegenheiten, vor allem wenn es um ihre geschäftlichen Angelegenheiten ging. Die fortwährenden Anrufe, das rege Treiben bildeten einen scharfen Kontrast zur Abgeschiedenheit und Stille ihres Ateliers, wunderbar in ihrer Unvorhersehbarkeit. Und sie mochte es, Jacob bei der Arbeit zuzusehen, dem meisterhaften Kunstkritiker, dem meisterhaften Kurator, dem meisterhaften Promoter, dem meisterhaften Verkäufer. Über all die Zeit, die sie beide unterdessen zusammenarbeiteten, seit er zehn Jahre zuvor auf ihre Arbeiten in ihrem Greenpoint-Atelier aufmerksam geworden war, hatte Luce beobachten können, wie seine Meisterschaft sich entwickelte.

Während sie jetzt in den Raum saß, der ihr so vertraut war, jedes Detail in ihr Gedächtnis gemeißelt, und Jacob zuhörte, wie er geschmeidig von echter Leidenschaft zum kühl kalkulierten tadellosen Abschluss überging, war Luce von genüsslicher Bewunderung erfüllt. Jacob verkaufte ihre *Nachbarschaft*-Serie, eine Sammlung von Gemälden, die sich mit kalifornischen Highway-Landschaften befassten, einem Pariser Galeriebesitzer. Jacob, dachte Luce und kehrte zu ihrem mentalen Porträt zurück, ein eleganter Panther, gekleidet in das obligatorische Schwarz der Kunstwelt, eine Studie in Schwarz mit seinem edlen Doppelreiher, dem schwarzen T-Shirt (durfte man etwas, das vermutlich hundert Dollar gekostet hatte, T-Shirt nennen? fragte sich Luce), den erlesenen schwarzen italienischen Slippern, der schwarzen Designerdrahtbrille, dem graumelierten Haarschnitt, dessen Schlichtheit von teuer kündete. Abgesehen von seiner Persönlichkeit, die sie wahrhaft liebenswert fand, war er in ihren Augen ein wunderschöner Mensch, ganz Geschmeidigkeit und Fluss und Ebenmaß. Sein ganzes Gebaren zeugte von Sensibilität, Erfolg und Selbstsicherheit. Von der Arroganz, der Armut und Verzweiflung, die sie vage erschnuppert hatte, als sie sich kennenlernten, war nicht ein Hauch zurückgeblieben. In dem fensterlosen Büro, asketisch und rein, malte Luce in Gedanken seine tiefbraunen Augen, seine scharf konturierte, leicht hakenförmige Nase, seinen kleinen volllippigen Mund. *Jüdischer Heiliger,* titelte sie spielerisch. Und als sie ihn aus scharfkantigen Flächen zusammensetzte, die sie mit ihrem geistigen Spachtel auftrug, malte sie mit einer von Einsicht geprägten Palette, die sie in den Jahren ihrer Verbindung gewonnen hatte, einer Verbindung, die sowohl beruflicher wie persönlicher Natur war. Luce gestattete sich, an jenen Sonntagnachmittag zurückzudenken, an dem sie sich kennengelernt hatten, dem einzigen Lichtblick an einem Wochenende der offenen Ateliers. Es war ihr Atelier in Greenpoint gewesen. Ihr erstes Atelier. Ein kleiner trostloser Raum, an den sie stets gern zurückdenken würde, nicht das geräumige Atelier, das sie heute besaß, in einem Viertel, das sich zum trendigen Multimedia-Bezirk von San Francisco entwickelt hatte.

Jacob, ganz Kurator, hatte Luces Gemälde nachdenklich betrachtet. Nach quälend langem Schweigen hatte er mit ruhiger Stimme gesagt: »Gefällt mir. Gefällt mir, was Sie hier gemacht haben.« An jenem Wochenende hatte sie sich geschworen, nie mehr an einem Tag der offenen Tür teilzunehmen, und zum hundertsten Mal beschlossen, heimzugehen und die Stellenanzeigen zu lesen. Sie fühlte sich ganz wund von den geistlosen Kommentaren, die die Leute gedankenlos von sich gaben. Sie fühlte sich entblößt, ausgeliefert. Luce hatte den Atem angehalten und auf das übliche »Aber« gewartet. Doch es war nicht gekommen.

Luce, damals noch viel jünger, hatte sich mit der Tatsache abgefunden, dass ihre gegenständliche Malerei auf Herablassung stieß und von der zeitgenössischen Kunstelite als überholt betrachtet wurde. Seit sie die Kunsthochschule verlassen hatte, hatte sie einige Versuche in Richtung abstrakte Malerei und Expressionismus unternommen, sie hatte verschiedene Stilrichtungen kombiniert und sich alle Mühe gegeben, dem Zeitgeist zu entsprechen. Doch es war ihr alles nicht authentisch erschienen und hatte ihr Auge beleidigt. Ihre Arbeit war bemüht. Sie floss nicht vom Herzen in ihren Arm, erfüllte ihre Hände nicht, ließ den Pinsel nicht mit ihren Fingerspitzen verschmelzen. Schließlich verbrannte sie die halbherzigen Versuche, die auf Anerkennung zielten, und kehrte mit einer bis dahin ungekannten Gewissheit und Resignation zu ihrer gegenständlichen Malweise zurück. Sie kehrte zu ihrem Stil zurück wie zu dem Thema, das in ihr auf Widerhall stieß.

Und so war es ein Bild ihres Vaters gewesen, das Jacob an jenem Wochenende betrachtet hatte.

Jacob hatte seinen eifrigen, durchdringenden Blick von der Leinwand auf Luce gerichtet. »Erzählen Sie mir etwas über dieses Bild.« Er trat zurück, damit sie den zentralen Platz vor dem Bild einnehmen konnte.

»Es stellt meinen Vater da, wie er auf der Veranda unseres Sommerhauses an der Küste sitzt.« Ihr versagte die Zunge, als hätte sich ihr Gehirn plötzlich ausgeklinkt. Sie hatte nie zuvor mit jemandem über ihre Arbeiten gesprochen, von einigen Freundinnen und Freunden abgesehen. Jetzt fühlte sie sich befangen, der Aufgabe nicht gewachsen.

»Es ist erstaunlich, wie Sie die sengende Hitze jenes Tages mit einem deutlich wahrnehmbaren Raum um ihn herum kombiniert haben, der schreckliche Kälte ausstrahlt. Gefällt mir, wie beides nebeneinander existiert.«

»Auf der Leinwand ist die Dynamik schöner als im wahren Leben.«

Jacob hatte gelacht. »Familien – Gott sei Dank liefern sie uns zumindest guten Stoff.« Sein Ton nahm ihr die Befangenheit. »Die Proportion der Veranda, die weite See, das ist alles maßstabsgerecht, und dennoch erzeugen Sie den Eindruck, dass er das Bild dominiert. Trotz seiner Plazierung am fernen Ende der Leinwand habe ich beim Betrachten das Gefühl, als ziehe er mich wirbelartig an. Unfreiwillig. Die Spannung ist nahezu greifbar. Sie haben ziemlich viel Talent.« Er sah sie direkt an. »Ich möchte dieses Bild in meiner Galerie ausstellen.«

Damals befand sich Jacobs Galerie im dritten Stock eines heruntergekommenen Gebäudes in einer Nebenstraße der Prince Street. Heute nahm sie ein ganzes Gebäude ein, das er erworben, nicht gemietet hatte, Ecke Green Street und Broadway. Luce verfügte über eine Wand, die stets für alles reserviert war, das sie ihm schickte. So vieles hatte sich verändert, sinnierte sie.

»Luce, isst du heute mit mir zu Abend?« Er legte den Hörer auf und sah sie über den Rand seiner Brille hinweg an. »Es gibt da jemanden, den ich dir vorstellen möchte.«

»Ah, verstehe. Und um wen handelt es sich?«

»Um eine Frau, die ich vor einigen Wochen kennengelernt habe. Sie heißt Jennifer. Sie ist wundervoll. Ich glaube, das könnte sie sein.«

Luce lächelte und biss sich auf die Zunge. Sie wollte Jacob nicht an die vielen Male erinnern, die sie genau diese Worte schon von ihm vernommen hatte. Nach all den Jahren hatte sie gelernt, seinen tiefverwurzelten Optimismus zu respektieren. Und über ihn zu staunen, manchmal sogar mit einer Spur von Neid.

»Heute nicht, Jacob. Ich treffe mich mit einer alten Freundin.« Jacob runzelte fragend die Stirn.

»Bloß eine alte Freundin, Jacob.«

»Hör mal, ich werde dich nicht durch das Netz flutschen lassen in den nächsten Tagen. Du kannst nicht einfach nur aus geschäftlichen Gründen kommen und bloß zur Eröffnung deiner Ausstellung erscheinen. Wie wär's also mit morgen abend?«

Luce schüttelte den Kopf.

»Übermorgen?«

»Gern. Ruf mich morgens in meinem Hotel an.« Sie trat um den Schreibtisch herum zu ihm. Das Telefon klingelte erneut, als er sich erhob. Sie drückte ihn sanft auf den Stuhl zurück, reichte ihm den Hörer und beugte sich hinunter, um ihm einen Kuss auf die Stirn zu drücken.

»Könnte ein wichtiges Angebot sein«, flüsterte sie.

Er lächelte, griff nach ihrer Hand, als sie von seiner Schulter glitt, und hielt sie kurz fest. »Bald«, formulierte er stumm, »Neuigkeiten austauschen.«

Luce ging durch den Hauptraum der Galerie, in dem es vor Geschäftigkeit summte. Jacobs Angestellte legten letzte Hand an ihre Ausstellung. Einige von ihnen lächelten sie unterwürfig an, und sie spürte, wie sie ein tiefer Schauer des Unbehagens überlief. Sie hielt ihren Blick geradeaus gerichtet und hoffte, dass ihre äußere Gelassenheit das Gefühl von Furcht, das sie empfand, verbarg. Durch die gläserne Eingangstür erblickte sie die sich herabsenkende Dunkelheit, die von den Lichtern der Stadt und namenlosen Menschen erfüllt war. Sie trat nach draußen, zog die Tür fest hinter sich zu und atmete die frische Winterluft und die Anonymität tief ein.

Linda beugte sich vor, wies mit der Hand und schrie über den Fahrtwind hinweg, der durch alle vier geöffneten Fenster des Landrovers hereinknatterte: »Lasst uns bei dem See dort drüben anhalten! Wir können uns umsehen und uns ein bisschen die Beine vertreten. Mir schläft mein Allerwertester nämlich allmählich ein.«

Der Landrover geriet in ein tiefes Schlagloch, und alle drei Frauen wurden nach oben geschleudert, wobei Linda mit dem Kopf an das Dach schlug.

»Mist!« fluchte sie und rieb sich den Schädel.

»Ist wohl ein Zeichen dafür, dass es Zeit zum Mittagessen ist.« Roz lächelte hinterhältig und bremste abrupt. Linda wurde nach vorn geschleudert und knallte mit dem Kinn gegen die Rücklehne von Roz' Sitz. »Tut mir leid«, meinte Roz und stieg lässig aus.

»Autsch!« sagte Mead mitleidig. »Alles in Ordnung?«

»Ich glaub schon«, murmelte Linda.

»Wie gut, dass du mit fachkundigen Ärztinnen unterwegs bist, nicht?« witzelte Mead lahm.

Linda war nicht zum Scherzen aufgelegt. »Ich begreife allmählich, warum die Todesrate runtergeht, wenn die Ärzte streiken. Ihr seid ein echtes Gesundheitsrisiko.«

Sie stieg aus, unterdrückte den Impuls, die Tür zuzuknallen, und stürmte in die entgegengesetzte Richtung davon, derweil Roz mit entschiedenen Schritten den Weg zum See eingeschlagen hatte. Mead lehnte sich zurück, legte den Kopf in den Nacken und seufzte. Sie konnte es kaum fassen, dass sie sich tatsächlich auf Peter freute. Zumindest ist er eine bekannte Größe, dachte sie. Doch insgesamt ist das ein Gradmesser dafür, wie schlecht die Dinge wirklich stehen. Ich muss verrückt sein, einen einwöchigen Trip mit zwei Menschen zu unternehmen, die mir praktisch fremd sind.

Sie hatten sich auf der Cocktailparty kennengelernt, die zu Ehren der neuen Gruppe der westlichen Austauschmediziner stattfand. Roz war Hautärztin, die ihr Forschungsstipendium am Aga Khan Platinum Jubilee Hospital absolvierte. Sie besaß eine florierende Privatpraxis in Laguna Beach, Kalifornien. Der Großteil ihrer Arbeit bestand darin, die Filmgemeinde von Leberflecken, geplatzten Äderchen und Schwangerschaftsstreifen zu befreien und sonnengeschädigte Haut zu reparieren. Neben diesen lukrativen, wenngleich banalen Jobs, die Brot und Butter für ihre Praxis bedeuteten, hatte sie einige innovative Techniken entwickelt, um Melanome zu behandeln, insbesondere Plattenepithelkarzinome. Jetzt verbrachte sie einen Teil eines jeden Jahres in fernen, unter sengender Sonne leidenden Ländern, um die ortsansässigen Ärztinnen und Ärzte in ihrer Technik zu unterweisen. Mead respektierte ihre fachliche Kompetenz, zumindest den ernstzunehmenden Teil davon. Die Meinungen über Roz als Person gingen auseinander. Die Gemeinschaft der im Gesundheitswesen tätigen Menschen in Nairobi war klein, und an Klatsch und Tratsch herrschte kein Mangel. Manche empfanden Roz' Auftreten als schroff und ihren Umgang mit ihren Patientinnen und Patienten als brüsk; den Krankenschwestern gegenüber galt sie als herablassend und den Kolleginnen und Kollegen gegenüber als arrogant. Andere wiederum, insbesondere die Angestellten aus der Verwaltung, brachten ihr hohe Wertschätzung entgegen. Sie war hart, doch das waren die Umstände auch. Abgesehen von der protzigen Zurschaustellung von Gold und Diamanten, von der Linda ihr regelmäßig abriet (»Lieber Himmel, Roz, lauf in dieser Stadt nicht unbegleitet mit einer Auslage wie ein Juweliergeschäft am Rodeo Drive herum!«), mochte Mead sie, ihre Intelligenz, ihr Engagement und ihr robustes Gebaren. Es waren ihr vertraute Eigenschaften.

Linda, die bereits einen Monat vor ihnen gekommen war, war leitende Schwester im New Jersey Children's Hospital. Hier arbeitete sie im Mater Misericordia, einer Entbindungsklinik im Süden Nairobis. Sie war als einzige der drei verheiratet. In beruflicher Hinsicht galt auch sie als Spitzenkraft, doch Mead konnte nicht umhin, ihr gegenüber gelegentlich insgeheim eine gewisse Herablassung zu verspüren, eine Herablassung, die Roz regelmäßig unverhohlen zum Ausdruck brachte. »Versteh mich nicht falsch, Mead, ich finde Linda großartig. Aber –«, sie hielt inne und trank einen Schluck Gin Tonic. Sie saßen auf der Veranda des Norfolk Hotels im Zentrum Nairobis. »Sie ist keine Ärztin. Und sie ist, nun ja, ein bisschen zu weich. Es ist ihr eben nicht gegeben. Ach, vergiss es. Im Grunde ist sie sehr nett. Wirklich nett.« Mead entnahm ihrem betont wohlwollenden Gesichtsausdruck, dass Roz »nett« für eindeutig verachtenswert hielt. »Das ist nicht fair«, entgegnete Mead. »Extreme Unterernährung. Mütter mit Aids. Babys mit Aids. Alle Viren, die wir kennen. Und dazu noch welche, die wir nicht kennen. Das lässt sich mit ›weich‹ kaum vereinbaren.«

»Du hast recht, Mead«, gab Roz zu, in einem Ton, der kaum eine Spur Herablassung enthielt. »Absolut. Wechseln wir das Thema.«

Doch auf der Cocktailparty hatten sie sich auf Anhieb gut miteinander verstanden, gut genug, um sich gelegentlich zum Abendessen oder auf einen Drink zu treffen, wenn es ihre jeweiligen Dienstpläne erlaubten. Gewiss trugen die Umstände, in denen sie sich befanden – drei Amerikanerinnen, die ihr berufliches

Engagement und Know-how für einen dreimonatigen Einsatz in Nairobi zur Verfügung stellten, Tausende von Kilometer fern der Heimat, auf unbekanntem Territorium –, dazu bei, die ansonsten vermutlich nur flüchtige Bekanntschaft zu vertiefen. Als sich ihnen nach Meads erstem Monat, in dem sie pausenlos im Einsatz gewesen war, die Gelegenheit bot, fortzufahren, die Stadt zu verlassen, der berühmten Herausforderung des Landes zu begegnen und sie zu kosten, hatten sie die Chance begierig ergriffen und diese Reise geplant.

Mead hatte die Zeichen an der Wand sehr wohl gesehen. Linda hatte nach Lamu an der Küste fliegen, sich in einem Fünf-Sterne-Hotel einquartieren, an den Strand legen und lesen wollen. »Liebe Güte, da könnte ich ja gleich ins Hotel del Coronado in San Diego gehen!« hatte Roz protestiert. »Was macht das für einen Unterschied? Außer dass die Beachboys hier sehr entgegenkommend sein sollen, wie ich hörte.«

»Moment mal«, hatte Linda entgegnet. »Die Stadt hat eine sehr interessante arabische Geschichte.«

Roz grinste, und sie setzten ihren Disput fort, Roz voller Verve, Linda eher quengelig. Schließlich hatte Roz sich großmütig bereit erklärt, Lamu als Ziel für ihren nächsten Trip in Erwägung zu ziehen, allerdings ziemlich unverbindlich, wie Mead sehr wohl bemerkt hatte. Linda hatte sich widerstrebend damit begnügt.

Mead wollte gern einen Wildpark besuchen und anschließend den Kilimandscharo besteigen. Als sie sah, dass der Wind günstig für Roz stand, hielt sie den Mund und mischte sich nicht weiter ein. Da sie ihren Willen ohnehin durchsetzen würde, konnte es nicht schaden, sich objektiv zu geben.

Mead rieb sich das Gesicht. Dann sammelte sie die Karten und Reiseführer, die auf dem Sitz zwischen Roz und ihr verstreut waren, zusammen, als ob das die gegenwärtige Situation richten könnte. Sie holte tief Luft und stieg aus.

»Kannst du nicht mal nett sein?« flüsterte sie, als sie sich Roz näherte, die dahockte, konzentriert durch ihr Fernglas blickte und die gegenüberliegende Seite des Sees absuchte.

Ohne das Fernglas zu senken, fragte Roz: »Warum?«

»Weil wir noch siebeneinhalb Tage zusammensein werden.« Mead hasste es jetzt schon, sich zwischen den Fronten zu befinden.

»Ich habe sehr hart gearbeitet, um an den Punkt in meinem Leben zu gelangen, wo ich nicht nett sein muss. Linda muss einfach begreifen, dass es nicht persönlich gemeint ist.«

»Das ist doch lächerlich, Roz, zumal es durchaus persönlich gemeint ist. Du magst sie für weich halten, aber sie ist nicht blöd.«

»Ich amüsiere mich prächtig. Hey, guck mal da drüben auf der anderen Seite, in der Akazie da im Westen.«

Mead tat, wie ihr geheißen, und wurde mit dem Anblick einer Löwin belohnt – den Bauch dick und rund von der kürzlich verspeisten Beute –, deren Beine zu beiden Seiten eines kräftigen Astes herabhingen, während sie schlief. Linda gesellte sich zu ihnen. Sie hatte die Löwin von ihrem Aussichtspunkt weiter unten am See ausgemacht. Alle drei standen sie da und schauten und waren erfüllt von Ehrfurcht und Glück angesichts ihrer Entdeckung. Für den Augenblick vergaßen sie sich und ihre Unterschiede und sahen sich durch das Abenteuer Natur vereint.

»*Walter, wir sollten endlich einen Plan schmieden,* wie wir unseren Hochzeitstag begehen wollen.« Sie saßen im Wohnzimmer, nachdem sie ein leckeres, fettreduziertes Abendessen zu sich genommen hatten. Walter, dessen Ellbogen auf einem Stapel Zeitschriften neben sich ruhte, nickte hinter der neuen Ausgabe von *Artificial Intelligence Quarterly*. »Fünfzig Jahre sind schließlich eine lange gemeinsame Zeit«, fuhr Elizabeth fort. »Und die Kinder erwarten von uns, dass wir das feierlich begehen. Ihre Terminkalender sind alle gespickt voll. Wir müssen zeitig genug planen, wenn wir sie alle dabeihaben wollen.« Walter murmelte zustimmend.

Elizabeth hegte den Verdacht, dass Walters Zögerlichkeit, ein Familientreffen anzuberaumen, damit zusammenhing, dass er das letzte noch nicht verdaut hatte. Sie hatten sich im vergangenen August versammelt, um wie immer eine Woche im Strandhaus zu verbringen. Einige ihrer Diskussionen waren ziemlich hitzig verlaufen. Und die Kinder (Kinder! Also nein, Luce, die Älteste, wurde demnächst fünfundvierzig!) hatten Walters Verletzlichkeit gespürt, die, wie Elizabeth zugab, proportional zu den Jahren wuchs, die er im Ruhestand verbrachte. Bei der Erinnerung schüttelte sie missbilligend den Kopf. Sie alle waren in jener Woche zum Zug gekommen, hatten ihn herausgefordert, sein Wissen, seine Expertise, und hatten ihm schmerzlich klargemacht, dass *sie* die Spezialisten auf dem jeweiligen Gebiet waren, dass *sie* mitmischten und obendrein in der ersten Liga. Bis auf Luce, die auf ihre stille, aufmerksame Art dagesessen hatte, die Elizabeth wie Walter leicht aus der Fassung brachte. Was Luce anbetraf, so vertiefte der mangelnde Disput nur noch die beträchtliche Kluft, die sie alle ohnehin spürten.

Elizabeth konnte das Verhalten ihrer Kinder nur zu gut verstehen. Sie war dabeigewesen, in allen Schlüsselmomenten über die Jahre, bei jeder Gelegenheit, als Walter sie zum Arbeiten gedrängt und genötigt hatte, zum Lernen, zum Streben, den Abschluss zu schaffen, Preise einzuheimsen, Spitze zu sein. Es war ihre Aufgabe, das hatte er ihnen deutlich zu verstehen gegeben, sämtliche Fächer zu meistern und in den Naturwissenschaften zu brillieren. Wäre er wohl so hart und unnachgiebig gewesen, fragte Elizabeth sich jetzt, wenn er damals schon begriffen hätte, dass dies unweigerlich dazu führen würde, dass sie ihn übertrumpften?

Was sie anbelangte, so hatte sie sich aus der Schusslinie herausgehalten. Vor langer Zeit schon hatte sie den Entschluss gefasst, dass dies die beste Vorgehensweise war, sowohl für den Augenblick wie auf Dauer. Ihre Loyalität galt in erster Linie Walter, und zwar seit den Anfangsjahren ihrer Ehe. Nach längeren Auseinandersetzungen hatte sie begriffen, dass sie ihre Dispute in Sachen Kindererziehung nicht gewinnen konnte. Die selbstgerechte Nachdrücklichkeit, mit der er in den Kampf zog, ließ ihn stets gewinnen. Das hatte schließlich zur Entzweiung zwischen ihnen geführt, und sie hatte ihn für fast ein Jahr verlassen, als Luce noch ein Baby gewesen war. Als sie schließlich einsah, dass er nicht nachgeben würde – und sie wusste, dass einer von ihnen würde nachgeben müssen, um ihre Ehe zu retten –, hatte sie eingelenkt.

Dementsprechend ergriff sie im Laufe der Jahre niemals Partei für ihre Kinder, mischte sich niemals ein. Wie hätte sie auch über die wahren Hintergründe ihrer Kabbeleien befinden können? »Ihr seid Geschwister. Ihr dürft nicht miteinander streiten. Ihr seid eine Familie. Und damit hat sich's.« Das war der Refrain gewesen, den sie all die Jahre angestimmt hatte, trotz ihrer Zweifel, trotz besonderer Umstände, trotz aller Indizien, die das Gegenteil besagten, vor allem was Mead anbelangte. Sie wusste, es war hart, aber es war der einzige feste Boden, den sie sah, zumindest solange sie konsequent blieb. In erster Linie Mrs. Walter William Bennett, in zweiter Linie Mutter ihrer Kinder. »Ich liebe alle meine Kinder gleichermaßen«, entgegnete sie, wenn sich jemand darüber beschwerte, ihr Verhalten sei unfair. »Gleichermaßen«, würde sie wiederholen und das Zimmer verlassen. Hätte sie die Hierarchie, die sie errichtet hatte, fortgeführt, dann hätte Elizabeth sich selbst auf einen weit hinten angesiedelten Platz drei gesetzt.

»Walter, bitte.« Sie schlug den ungeduldigen Ton an, der gewöhnlich seine Aufmerksamkeit erregte.

»Ja, Lizbeth?« sagte er abwesend und schrieb etwas in seine Zeitschrift.

»Was tust du da?«

Er zeigte ihr die Zeitschrift und blätterte die eingeheftete Postkarte um. »Ich fülle ein Abonnement aus.«

»Noch ein Abonnement?«

Er nickte, ohne aufzusehen. »Das hier klingt sehr spannend. *Neural Engineering and Modular Robotics Design Newsletter.* Ich frage mich, ob Rand davon weiß."

»Walter, du hältst doch kaum Schritt mit all den Zeitschriften und Magazinen, die du jetzt schon beziehst.« Sie vernahm den Ärger in ihrer Stimme.

»Lizbeth, nun übertreib aber nicht. Außerdem macht mir das Lesen Spaß.«

»Ich übertreibe wohl kaum. Ich fürchte mich, die Tür zu deinem Arbeitszimmer zu öffnen, aus Angst, von einer Lawine ungelesener Zeitschriften erschlagen zu werden.«

Walter kicherte, während er die Karte zu Ende ausfüllte.

»Walter, ich weiß ja, dass du mit den Kindern Schritt halten möchtest.« Er warf ihr einen schrägen Blick zu. Sie wusste, sie befand sich auf dünnem Eis. »Ihre Fachgebiete sind faszinierend. Komplex. Und entwickeln sich rasant. Aber«, sie zögerte, »du arbeitest zuviel. Ich mache mir Sorgen um dich, wie du ewig in dieser verdammten Bibliothek hockst. Warum du überhaupt dort hingehst, wo du doch fast jede Zeitschrift, die hierzulande erhältlich ist, abonniert hast, werde ich nie begreifen.« Sie milderte ihren Ton und schlug einen anderen Weg ein. »So habe ich mir unser Leben nach deiner Pensionierung nicht vorgestellt.« Er sah sie ausdruckslos an. »Ich dachte ... nun, ich wünschte, wir würden mehr Zeit miteinander verbringen.«

Sein Gesicht verdüsterte sich. »Ich bin stets zum Abendessen zu Hause, Lizbeth. Außerdem bist du selbst doch auch sehr beschäftigt, mit deinem Computer. Und mit Meads Briefen. Von unseren finanziellen Angelegenheiten ganz abgesehen.«

»Ja«, stimmte sie ihm zu. »Das ist richtig. Aber das alles nimmt nicht meine gesamte Zeit in Anspruch.« Sie holte langsam und tief Luft und sah zu, wie er die *Artificial Intelligence* beiseite legte und versuchte, sich hinter *Developmental Psychobiology* zu verschanzen.

»Wirklich, Walter.« Er reagierte auf die Schärfe in ihrem Ton, die sie selbst überraschte, und hob den Kopf. »Wir müssen Pläne schmieden. Für unseren Hochzeitstag«, erinnerte sie ihn, als er sie fragend ansah.

»Ja. Ja, natürlich. Nun, was würdest du gern tun?« Sie konnte es nicht leiden, wenn er seinen Unwillen durch den schleppenden Tonfall des Südens zum Ausdruck brachte, den er eigentlich schon vor Jahrzehnten abgelegt hatte.

»Nichts Aufwendiges. Etwas Intimes. Nur die Familie und unsere engsten Freunde.« Sie wartete auf seine Reaktion.

»Klingt gut.«

»Aber Walter, wie hättest du es denn gern?«

»Ach, komm, ich habe mich in solchen Angelegenheiten stets auf dich verlassen. Und du hast das, wenn ich mich recht entsinne, immer hervorragend gemeistert.« Sie merkte, dass er um einen schmeichelnden Ton bemüht war, um jegliche Auseinandersetzung zu vermeiden.

»Walter«, ihr Ton wurde kühler, »ein beruflich begründetes Dinner zu organisieren oder eine Party für eines unserer Kinder ist etwas vollkommen anderes als die Planung *unseres«* – sie legte eine kurze Pause ein, um das letzte Wort wirken zu lassen – »unseres fünfzigsten Hochzeitstages.«

»Da gebe ich dir recht. Wie wäre es mit einem netten privaten Dinner in einem unserer Lieblingsrestaurants? Würde dir das gefallen?«

»Würde *dir* das gefallen, Walter?« Sie verspürte eine Enttäuschung, die angesichts seines Entgegenkommens unmäßig schien. Und noch wenige Augenblicke zuvor hatte sie eingedenk der Angriffe seiner Kinder Mitleid für ihn empfunden. Manchmal verstand sie sich selbst nicht.

»Ja, Lizbeth. Ich glaube, das würde mir gefallen.«

»Gut«, entgegnete sie knapp. »Sollen wir als Termin das Datum unseres Jahrestages festsetzen?«

»Ja«, antwortete er gutmütig. »Das scheint mir angemessen zu sein.«

»Gemacht. Ich schicke den Kindern morgen eine eMail. Das Restaurant und die Gästeliste können wir später festlegen.«

Walter nickte. Er war erfreut über seinen Beitrag und die rasche Entscheidungsfindung. Stumm erbat er Elizabeths Einverständnis, mit seiner Lektüre fortzufahren.

»Wir sind fertig«, sagte sie. »Du kannst weiterlesen.«

Luce saß ihrer alten Freundin gegenüber und musterte sie eingehend. Hungrig. Sie ließ ihre Augen langsam von der Stirn über den langen Nasenrücken wandern, über die vollen Lippen bis zu der leichten Einkerbung in ihrem Kinn. Luce wurde den Anblick des Gesichts nie müde, eines Gesichts, das intelligent und sinnlich zugleich war. Das Licht, das diffus zu einem unsichtbaren Fenster hereinfiel, schimmerte sanft auf der durchscheinenden Fläche der länglichen Wange, verharrte in einem fast rein weißen Flecken auf der Spitze ihrer ausgeprägten Nase, funkelte auf ihrem Ohrring, enthüllte einen Schimmer von Feuchtigkeit auf ihren vollen roten Lippen. Gegen die Brauntöne des Wandteppichs hinter ihr blitzte das Licht auf ihrer weißen Bluse, der Schulter unter ihrem pfauenblauen Tuch und sehr spektakulär auf der Krempe ihres roten Hutes.

Die Frau wandte leicht den Kopf und sah Luce über ihre rechte Schulter an. Ihre Augen, die durch die breite Hutkrempe leicht überschattet waren, zeigten einen neugierigen Ausdruck. Ihre Lippen öffneten sich, als sei sie im Begriff, etwas zu sagen. Luce konnte den Gedanken hinter den ausdrucksvollen Augen beinahe hören, konnte den ersten zarten Hauch nahezu spüren, als die Lippen die Worte formten, um dem im Werden begriffenen Gedanken Gestalt und Ausdruck zu verleihen.

Luce war froh, dass sie die weitläufige Galerie für sich hatten. Sie liebte es, das Metropolitan Museum an jenem Abend der Woche zu besuchen, an dem es lange geöffnet hatte. Weniger Menschen insgesamt und weniger Menschen, mit denen sie das *Mädchen mit rotem Hut* teilen musste. Sie saß auf der Bank vor dem Gemälde und fühlte sich erfrischt und von neuer Energie erfüllt. Der Raum, die Ruhe, der vertraute Geruch von alten Ölfarben auf alter Leinwand, von Bohnerwachs auf Dielenboden, das Gefühl, dass seit hundert Jahren Hunderte von Menschen dieselbe Luft eingeatmet hatten, die alle ihr je eigenes Lieblingsgemälde besaßen – all das vermittelte ihr tiefen Genuss. Ihr Unbehagen, das sie über ihren Aufenthalt in New York empfand, am Vorabend einer weiteren nervenaufreibenden Vernissage, begann sich zu verflüchtigen, als Vermeers Frieden und Brillanz auf sie einwirkten.

Sie kam schon seit Jahren in dieses Museum, seit sie ein Kind von acht oder neun Jahren gewesen war. Das erste Mal auf einem Schulausflug. Die zahlreichen folgenden Besuche entsprangen ihrem eigenen Bedürfnis.

Es gab viele Gemälde, die sie ansprachen, viele Malerinnen und Maler, die sie berührten. Doch den Vermeer hatte sie von ihrem ersten Besuch an ins Herz geschlossen. Es war die Klarheit, die sie liebte, seine Art, das Leben einzufangen, mitten im Augenblick, ungeschönt. Vermeer hatte sie gelehrt, ihr Leben und das Leben um sie herum zu sehen. Klarheit. Schlichtheit. Akkuratesse.

Überdies gefiel ihr, dass Vermeer nach seinem Tod für nahezu zweihundert Jahre in Vergessenheit geraten war. Zu Beginn ihrer Karriere, bevor sie als Künstlerin wahrgenommen wurde, hatte es Zeiten gegeben, in denen sein Leben eine Quelle der Ermutigung für sie dargestellt hatte. Auch wenn sie inzwischen finanziell erfolgreich war und zunehmend auch die Anerkennung der Kritik fand, war sie von dem mangelnden Wissen um ihn, der Sphinx von Delft, noch immer berührt. Es war so wenig von ihm bekannt. Das gefiel ihr. Sie war der festen Überzeugung, dass das Leben eines Künstlers – oder einer Künstlerin – keinen Einfluss auf die Wertschätzung und das Verständnis seiner Arbeit haben sollte.

Mangelnde Fakten trugen dazu bei. Während sie dasaß, auf der abgenutzten lederbezogenen Bank, und das *Mädchen mit rotem Hut* in sich aufnahm, begriff sie, dass sie alles über Vermeer wusste, was sie zu wissen brauchte.

Mead saß auf dem umgestürzten Stamm eines Baobab-Baumes, einer improvisierten Bank vor ihrer Hütte. Die Abendluft war gesättigt von dem vielfältigen Leben, das den Wildpark erfüllte. Ihr Blick glitt gemächlich über die weite Ebene, die sich gefällig vor ihr erstreckte. Das Mondlicht glitzerte in den hohen Gräsern. Akazien, blauschwarze Schatten gegen einen blassen Himmel, bildeten konspirative Grüppchen in der Ebene und auf dem Ausläufer eines fernen Hügels. Und dahinter, umkränzt von Wolken, die im Mondlicht schimmerten, erhob sich der Kilimandscharo. Sie war glücklich, hier zu sein, und noch glücklicher darüber, allein zu sein. Kurz nachdem sie in der Lodge angekommen waren, hatten sie eine spätnachmittägliche Tour durch den Wildpark gemacht und Elefanten, Elandantilopen, Löwen, Büffel, Flusspferde und ein seltenes schwarzes Rhinozeros gesehen. Das Highlight war ein See gewesen, auf dem sich die Flamingos nur so drängten. Roz' und Lindas Gezänk war beim Abendessen im Lodge-Restaurant erneut aufgeflammt, hatte sich aber bald wieder gelegt, da Roz offenkundig müde gewesen war und nicht die Energie für weitere Provokationen besaß.

»Darf ich mich zu dir gesellen?« fragte Linda zaghaft in ihrem Rücken.

»Oh«, Mead zögerte. »Ja, klar.« Linda setzte sich neben sie, und einige Minuten lang herrschte Schweigen.

»Zum Glück waren wir klug genug, separate Hütten zu buchen, nicht?« sinnierte Linda. Mead sah sie an und stellte fest, dass Linda lächelte. Sie nickte zustimmend.

»Hör mal, Mead. Ich möchte mich entschuldigen. Der Witz über Ärzte, die ein Gesundheitsrisiko darstellen ... nun, er war nicht auf dich gemünzt. Es tut mir leid.« Sie lachte zynisch und fuhr dann fort. »Ich hatte schon gehört, dass Roz bissig sein kann, aber ich hatte keine Ahnung, dass sie Bisswunden hinterlässt.« Mead zuckte zusammen. »Nicht alle teilen deine große Wertschätzung für sie, Mead. Aber mach dir keine Sorgen. Im Gegensatz zu Roz finde ich es keineswegs falsch, zu versuchen, miteinander auszukommen.« Sie schwiegen wieder. »Ach, Tim würde es hier gefallen. Ich wünschte, er wäre hier.«

»Diese ewigen Trennungen – das muss hart sein.«

»Ja, das ist es. Und es wird immer schwerer ...« Ihre Stimme verklang. Nach einer Weile drehte sie sich um und sah Mead an. »Also, wie lautet die Geschichte?«

Mead neigte fragend den Kopf. »Welche Geschichte?«

»Mit diesem Peter.« Mead seufzte leise. Sie schwieg. »Muss was Ernstes sein.«

»War was Ernstes.«

»Vorbei?«

»Definitiv vorbei.«

»Ich will dir ja nicht zu nahe treten, Mead, aber für etwas, das definitiv vorbei ist, scheinst du mir sehr verstört zu sein. Magst du darüber reden?«

Mead sah Linda flüchtig an. Dann richtete sie ihren Blick wieder auf die offene Savanne, wie um einen Punkt zu finden, auf den sie ihre Augen heften konnte.

»Ich habe Peter in Boston kennengelernt. Er war der Freund einer Freundin. Wir waren beide in der Facharztausbildung. Er arbeitet auch im Bereich Infektionskrankheiten. Wir waren eine Zeitlang befreundet. Flirteten miteinander. Wurden ein Paar. Verlobten uns.« Ihre Stimme verlor sich in der Ferne.

»Und dann?«

»Dann haben wir uns getrennt.«

»Warum? Was ist passiert?«

Mead atmete langsam und tief ein, als wolle sie ihre Energie sammeln. »Peter, wie du bald höchstpersönlich erleben wirst, ist außerordentlich charmant. Er ist ziemlich intelligent, ziemlich begabt, amüsant. Und nicht unattraktiv.«

»Klingt keineswegs übel. Ich sehe nur das Problem nicht.«

»Das Beste von allem, oder das Schlimmste, ist, dass er Frauen wirklich zugetan ist.« Linda neigte fragend den Kopf. Mead erklärte: »Er ist einer von jenen Männern, die Frauen wirklich verstehen und wertschätzen. Ich glaube, er zieht die Gesellschaft von Frauen Männern tatsächlich vor. Anfangs war ich erstaunt darüber, mit wie vielen Frauen er befreundet war. Und als wir anfingen, uns zu verabreden, war ich ... nun ja, ich war stolz darauf. All meine Freundinnen waren entweder schwer beeindruckt oder schwer eifersüchtig.«

»Das klingt wirklich fast zu perfekt.«

»Genau. Peter liebt Frauen. Er liebt sie *wirklich.*«

»Oh, ich verstehe«, meinte Linda. »Mehr als eine?«

»Volltreffer. Als wir anfangs miteinander ausgingen, dachte ich, na schön, wir gehen eben ab und zu miteinander aus. Das heißt ja noch lange nicht, dass ich etwas dagegen sagen kann, wenn er sich auch mit anderen Freundinnen trifft, oder? Als wir dann verlobt waren, war ich überzeugt, er hätte sich geändert. Aber zwei Monate vor der Hochzeit fand ich dann heraus, dass dem nicht so war.«

»Liebe Güte, wie schrecklich. Wie hast du es herausgefunden?«

»Er hat es mir erzählt.«

»Du musst zugeben, dass der Kerl ehrlich ist.«

»Ja, ein edler Ritter in einer glänzenden Rüstung. Oder ein Lebemann? Jedenfalls ein echter Ehrenmann.« Mead stieß ein knappes, zynisches Lachen aus. »Alles in allem war's das. Er hat gesagt, er habe versucht, monogam zu sein, er habe alles drangesetzt, aber es sei ihm einfach nicht gelungen. Und er wolle, dass ich es von ihm erfahre; er wolle nicht, dass ich es von jemand anderem höre.«

»Hast du je darüber nachgedacht, damit zu leben?«

»Lieber Himmel, Linda!« fauchte Mead. »Jetzt klingst du wie meine Mutter. ›Er ist so wundervoll, Mead, in vieler Hinsicht einfach perfekt. Könntest du nicht darüber hinwegsehen?‹«

»Nein, nein, versteh mich nicht falsch«, verteidigte Linda sich. »Hey, ich hab nicht im entferntesten gemeint, dass du das tun solltest. Ich habe mich nur gefragt, ob ... ob du es könntest. Ich meine, manche Frauen können das, weißt du. Deine Mutter vielleicht?«

»Nein, Linda. Genau darum geht es. Meine Mutter würde ein solches Verhalten niemals tolerieren. Niemals. Und ich könnte es auch nicht.« Mead verschränkte die Arme vor der Brust.

»Aber ihr seid Freunde geblieben?«

»Irgendwie schon. Vermutlich wie viele Ex-Geliebte – ein gerüttelt Maß an Vertrautheit und Behagen gemischt mit einem ebenso gerüttelt Maß an Unbehagen.«

»Steht ihr noch im Kontakt miteinander?«

»Gelegentlich. Entfernt. Das ist mit ein Grund, warum ich nach Chicago gegangen bin. Tausend Kilometer sind ein probates Mittel, um einen Entschluss zu untermauern.«

»Und jetzt kommt er her, um in unserer Mitte zu weilen. Muss dich in ziemliche Unruhe versetzen.«

»Ja, mir ist ganz schön beklommen zumute. In den vergangenen zwei Jahren haben wir uns ab und an zum Abendessen getroffen, wenn ich in Boston war oder wir uns beide in New York aufhielten. Und wir sind einander bei der einen oder anderen Hochzeit von gemeinsamen Freunden begegnet. Oder bei Tagungen. Doch meistens haben wir bloß miteinander telefoniert. In letzter Zeit hab ich das Telefon allerdings oft einfach klingeln lassen. Und wenn es Peter war, hab ich einfach zugehört, wie er auf den Anrufbeantworter gesprochen hat und zurückgerufen, wenn ich sicher war, dass er nicht dasein würde.«

»Schwindet deine Entschlossenheit?«

»Nein. Ach, ich weiß nicht. Ich glaube nicht. Es ist nur so, dass ich noch niemand anderen kennengelernt habe. Niemanden, der Peter auch nur annähernd das Wasser reichen könnte.«

»Hart. Tut mir leid, Mead.«

»Ja.« Mead zog die Knie an die Brust und sah mit zusammengekniffenen Augen über die offene Ebene, die sich im Abendlicht vor ihr erstreckte.

»Lizbeth?« Walters Stimme erklang aus dem Badezimmer, hohl und dampfgetränkt.

»Ja, Walter?« Sie sah von ihrem Buch auf, als Walter aus dem Bad trat, rosig von seinem Wannenbad, in einen dicken weißen Frotteebademantel gehüllt, und sich den nassen Kopf trocken rieb.

»Ich brauche einen Haarschnitt. Ist es schon zu spät?«

Über ihre halbe Brille hinweg erblickte sie sein einfältig-flehentliches Grinsen.

»Du hast Glück«, gab sie nach, schlug das Buch zu und legte es neben sich auf den Nachttisch. »Der Friseur hat noch auf.«

»Oh, gut.« Die untere Hälfte seines länglichen Gesichts verzog sich zu einem Lächeln, als sie aus dem Bett stieg und zum Medizinschränkchen hinüberging, um die Schere zu holen, einen Kamm und ein Handtuch. Er zog den Stuhl unter ihrer Frisierkommode hervor, rückte ihn in den Lichtschein ihrer Nachttischlampe und nahm mit dem Blick zum Spiegel Platz.

»Okay, der Herr«, sagte sie und schaute ihn im Spiegel an. »Was darf's heute sein? Ein eckiger Flat Top? Der Pompadour-Look? Vielleicht sind Sie abenteuerlustig? Ich könnte Ihnen einen prima Iro auf dem Scheitel stehenlassen und jeden Zacken in einer anderen Farbe färben.«

»Nächstes Mal vielleicht. Ich glaube, heute hätte ich es gern wie immer.«

»Ja, mit dem Stachelkamm warten wir besser, bis Sie Ihr Nasenpiercing haben. Also wie immer. Übrigens«, sie barg ihr Gesicht kurz in der feuchtwarmen Biegung seines Nackens, »ich liebe Männer, die dem Diktat der Mode widerstehen können.« Sie atmete seinen Duft tief ein.

»Ich wette, dass Sie das zu all Ihren Kunden sagen.«

»In diesem Fall haben Sie recht, Sir.« Sie scheitelte sein weißes Haar und kämmte es. Dann hob sie jede einzelne dünne Strähne an und schnitt die Spitzen gleichmäßig ab.

Sie schnitt ihm mittlerweile seit Jahrzehnten die Haare. Es war ein Ritual, das sie zu jenen kargen Zeiten eingeführt hatten, als er noch Medizinstudent war und sie gearbeitet hatte, um ihrer beider Lebensunterhalt zu verdienen. Sie hatten jeden Penny zweimal umdrehen müssen, insbesondere als sich dann Luce angekündigt hatte. Und sie hatten dieses Ritual beibehalten, auch als Walter sich problemlos einen schicken Upper East Side Friseur hätte leisten können. Über Jahre, insbesondere als die Kinder klein waren, zählten diese Augenblicke zu den wenigen, die sie allein miteinander verbrachten.

Sie legte beide Hände an seine Schläfen, um seinen Kopf gerade zu rücken, und sah ihm dann lange Zeit ins Gesicht. Er erwiderte ihren Blick, doch ohne seine Brille war sie, wie sie wusste, nicht mehr als ein verschwommener Fleck für ihn. Sie liebte sein Gesicht; sie hatte ihn stets außerordentlich attraktiv gefunden, selbst jetzt noch, mit fünfundsiebzig. Und sie liebte sein Größe, fast einsneunzig, und seine kräftigen, breiten Schultern. Seine Altersgenossen gingen gebeugt, zusammengesackt vom Alter. Von hinten betrachtet konnte Walter mit seiner straffen Gestalt und seiner aufrechten Haltung problemlos für vierzig durchgehen.

Seltsam, dachte sie, während sie hinter ihm stand und abwechselnd auf sein Bild im Spiegel und sein großes Haupt blickte, wie Gewohnheit zum Ritual und ein Ritual zu Intimität werden kann. Ich vermute, man muss nur lange genug leben, um das Gewöhnliche schätzen zu lernen.

Doch zu ihrem Unmut gingen Elizabeths Gefühle über den Bereich ihrer einsichtsvollen Gedanken hinaus. Sie hatte sich in der letzten Zeit öfter dabei ertappt, sich verstimmt zu fühlen, und zwar bei der kleinsten Provokation. Sie rechnete es einer vorübergehenden Sentimentalität zu, die zweifelsohne ihrem kürzlichen siebzigsten Geburtstag geschuldet war oder dem nahenden Hochzeitstag. Es wird vorübergehen, dachte sie jedesmal beschwichtigend, wenn sie sich aus heiterem Himmel plötzlich den Tränen nahe fühlte. Die verborgene Wahrheit lautete, dass Elizabeth, im Wissen um die Endlichkeit der Zeit, spürte, wie jedes verbliebene Körnchen gegen ihre innere Oberfläche rieb, während der Sand unerbittlich durch das Stundenglas ihres Lebens rann. Und alles – ihr Leben, ihre Familie, ihre Umgebung – war so unglaublich, so schmerzlich kostbar geworden.

»Walter, Celia hat heute angerufen. Sie und Michael haben für die letzten beiden Februarwochen ein Haus auf St. Kitts gemietet. Jede Menge Platz, sagt sie. Sie würden sich freuen, wenn wir uns zu ihnen gesellen. Sie sind zum dritten Mal dort. Celia sagt, es sei unbeschreiblich schön.«

»Ich fürchte, am zweiten Wochenende im Februar findet das Seminar über die neue Kombinationstherapie für Aids-Patienten statt.«

Elizabeth hielt mitten im Schneiden inne, ihr Gesicht eine Studie in Enttäuschung. »Oh, aber das betrifft ja nur ein Wochenende. Celia und Michael haben das Haus für zwei Wochen. Denk darüber nach«, meinte sie und beugte sich zu seinem Ohr hinunter. »Warme Sonne, zuckerweißer Sand, Calypso-Musik.« Sie schüttelte ihre Schere wie Maracas und schnalzte einen kurzen Rhythmus.

»Hm, klingt gut. Doch einige der besten Köpfe werden anwesend sein. Mead sollte eine vollständige und akkurate Zusammenfassung der Ergebnisse bekommen. Außerdem gibt es einen Vortrag über Fuzzy-Systeme.«

»Walter«, ihre Stimme verklang atemlos.

»Lizbeth«, erwiderte er und ergriff ihre Hand. »Warum fährst du nicht allein? Ich komme nach, wenn ich kann.«

»Ich denke nicht im Traum daran, ohne dich zu fahren. Dazu habe ich keine Lust.«

»Nun, lass mich sehen«, antwortete er langsam, auf eine Weise, die ihr jegliche Hoffnung nahm, »was ich tun kann.«

Sie hätte am liebsten geschrien: »Verdammt noch mal, du bist im Ruhestand!« Doch selbst in ihrer Enttäuschung scheute sie davor zurück, sein Ego zu verletzen. Statt dessen fragte sie leichthin: »Versprochen?«

»Versprochen. Sag, Lizbeth, was hatte unsere Tochter heute Neues zu erzählen?«

»Walter«, sie hielt unvermittelt inne, erfüllt von plötzlicher Wut, und hoffte, ihr sengender Blick würde ihm den Scheitel verbrennen. »Wir haben zwei Töchter. Von welcher redest du?«

Walter, der seinen Faux-pas und den Zorn, den er bei seiner Frau entfachte, auf der Stelle erkannte, erwiderte betont schleppend: »Du weißt doch besser als ich, dass Mead diejenige ist, die fast jeden Tag schreibt. Es ist schlicht eine Frage der Wahrscheinlichkeit, dass du heute von Mead gehört hast. Kein Grund, eingeschnappt zu sein.«

Elizabeth biss die Zähne zusammen und schloss die Finger fest um die Schere. Verdammt, es gelang ihm immer noch, sie zu provozieren, erst mit seiner Unsensibilität Luce gegenüber und dann mit der Herablassung, die er ihr gegenüber an den Tag legte. »Behandele mich nicht so herablassend, Walter. Was die Wahrscheinlichkeit anbelangt, so ist die Wahrscheinlichkeit, dass ich von Luce höre, ebenso groß wie die, dass ich von Mead höre. Ein Anruf aus San Francisco ist ebenso wahrscheinlich wie eine eMail aus Afrika. Im Grunde sogar wahrscheinlicher.«

Walter war erfolgreich zum Schweigen gebracht und starrte auf seinen Schoß. In ihrem kalten Zorn verpasste Elizabeth ihm einen nicht ganz perfekten Haarschnitt.

Luce ist auf der Suche. Sie rennt wie besessen durch das Krankenhaus. Finden ... wen? Ärzte und Krankenschwestern eilen an ihr vorüber, achtlos. Sollte ich überhaupt hier sein? fragt Luce sich kurz beim Anblick dieser Autoritäten. Den Arzt, den muss sie finden. Wenn Luce sich doch bloß an seinen Namen erinnern könnte, sein Gesicht. Luce fühlt sich verloren in den endlos scheinenden Fluren, die richtungslos wirken und nur wegführen. Sie spürt Panik in sich aufsteigen, doch sie versucht ihre Gelassenheit zu wahren. Beruhige dich, redet sie sich gut zu.

Plötzlich blitzt eine vertraute Gestalt hinter einer Ecke auf. Einen Augenblick lang erinnert sich Luce. Ich bin auf der Suche nach ... aber dann ist die Erinnerung fort, bevor sie sie festhalten kann, glitschig wie ein kleiner Fisch zwischen ihren Fingern. Wenn sie diesen Arzt nur finden könnte. Vielleicht kann man ihr im Schwesternzimmer weiterhelfen. Doch wie soll sie das finden? fragt Luce sich und fühlt sich vollkommen hilflos. Sie verlässt den Strom der Weitereilenden und lehnt sich an die nackte kalte Flurwand. Niemand nimmt Notiz von ihr. Sie weiß nicht, ob sie das beunruhigend oder tröstlich findet. Vielleicht sollte sie einen dieser Menschen anhalten, ihn fragen ... was? Doch nun stellt sie fest, dass sich das Kratzen im Hals, das sie verspürt, in einen riesigen Knoten verwandelt hat. Sie kann nicht schlucken, geschweige denn sprechen. Ihr ist, als ersticke sie. Es bleibt nicht viel Zeit, das weiß sie.

Luce erwachte schweißgebadet. Desorientiert lag sie im Bett und ließ ihren Blick über ihre Umgebung schweifen. In dem kleinen stilvollen New Yorker Hotelzimmer schnitten schmale Streifen Mondlicht durch die Jalousien und teilten die Wand wie ein Gefängnisgitter. Sie stand auf, zog die Jalousien hoch, kehrte ins Bett zurück und zog sich die Decke bis ans Kinn – Schutz gegen den Traum wie gegen die kühle Mitternachtsluft.

Sie betrachtete die Wand, die sich mit den schrägen blauschwarzen rhombenförmigen Schatten füllte, die das Neonlicht der Stadt erzeugte, und spürte, wie sich eine Mischung aus Verzweiflung und Erleichterung in ihr ausbreitete. Die Verzweiflung, die sie empfand, war zweierlei geschuldet – dem Überrest ihres Traumes und der Tatsache, dass sie diesen Traum geträumt hatte – wieder einmal. Die Erleichterung, die sie empfand, war zerbrechlich, überaus zerbrechlich. Die Flucht aus ihrem Traum in ihr reales Leben war eine Flucht um Haaresbreite. Der Traum hing ihr schwer nach. Ihre Kehle war noch immer wie zugeschnürt. Entnervt sprang sie aus dem Bett, kleidete sich an und verließ das Zimmer, um sich einen Kaffee zu besorgen und die Rückversicherung, die der Puls des Lebens bot.

Sie strich ziellos durch die Straßen, brachte aggressiv einen Straßenzug nach dem anderen hinter sich. Die leeren Stunden um Mitternacht hielten sie umschlungen wie ein Schraubstock. Plötzlich änderte sie wie ferngesteuert die Richtung, betrat die Eingangshalle eines Hotels und hielt auf die Telefone zu, die sich an der fernen Wand befanden.

»Hallo?« Chris' Stimme am anderen Ende der Leitung war schlafbelegt.

»Chris, ich bin's – Luce. Tut mir leid, dass ich dich mitten in der Nacht wecke.«

»Luce. Meine Güte! Ist alles in Ordnung mit dir? Ist da drüben irgendwas passiert?«

»Ich bin nicht da drüben. Ich bin hier. In New York. Bin gestern angekommen. Ich wollte dich eigentlich heute im Laufe des Tages anrufen. Hör mal, die Sache ist die, ich kann einfach nicht schlafen. Ich hab mich gefragt, ob du den Ersatzschlüssel wohl immer noch hinter dem Feuerlöscher versteckt hast.«

»Ja, hab ich.« Die Stimme ließ eine Spur Ungehaltenheit durchklingen.

»Nun, wäre das in Ordnung? Ich meine, ich fühle mich wirklich ... Tut mir leid, ich weiß, dass der Zeitpunkt nicht gut gewählt ist.« Nur einer langjährigen Freundin gegenüber nahm sie sich solche Freiheiten heraus.

»Klar, nur zu. Aber ruf mich an, okay? Wir reden gar nicht mehr miteinander. Ich vermisse dich.«

»Ja, versprochen. Ich rufe dich in ein, zwei Tagen an, und dann machen wir etwas aus. Danke, Chris. Süße Träume.«

Auf der Straße winkte Luce sich ein Taxi herbei. »Kent Avenue, Ecke Metropolitan. Wissen Sie, wo das ist?«

Der Fahrer sah sie über die Schulter hinweg spöttisch an. »Jaja.« Luce lehnte sich in die rissigen schwarzen Lederpolster zurück. Ihre Angespanntheit ließ nach, jetzt wo Abhilfe nahte. Sie zog ihre Handschuhe aus und rieb sich energisch die Hände. Ihre Handflächen brannten. Sie legte sie aneinander, wie um die Energie zu sparen.

An der Kent Avenue reichte sie dem Fahrer einen Zwanziger und überließ ihm den Rest als Trinkgeld. Sie öffnete die Haustür und eilte die Treppen hinauf. In kürzester Zeit war sie oben im dritten Stock. Sie hielt vor der Nummer 10 inne, erblickte den Feuerlöscher, der an die Holzwand genagelt war, und hob ihn an. Ein einzelner Schlüssel fiel zu Boden. Sie bückte sich danach, steckte ihn in das rostige Vorhängeschloss, drehte ihn um und zog das Schloss auf. Sie schob den Riegel zurück und öffnete die Tür. Sie trat rasch ein, schloss die Tür, legte den Riegel vor und hängte zur Sicherheit auch noch das Vorhängeschloss ein. Dann drehte sie sich um.

Ihre Schultern sanken vor Erleichterung herab, als sie Chris' unordentliches Atelier betrachtete und den vertrauten Geruch von Farbe und Gesso und Leinwand atmete. Neue Gefühle stiegen in ihr auf. Dies war ihr erstes Atelier gewesen. Chris war ihre erste Geliebte gewesen. Jahre später, als Luce nach SoHo gezogen war, hatte sie Chris den Raum angeboten, die ihn gern übernommen hatte.

Luce ging zur Staffelei hinüber, auf der sich das Bild befand, an dem Chris gerade arbeitete. Es war spannungsreich, wie das meiste von Chris' Arbeiten, und lebte von schnellen kurzen Pinselstrichen und sich beißenden Farben. Sie schauderte angesichts des reinen Chaos, nahm die Leinwand von der Staffelei und stellte sie mit abgewandter Vorderseite an die Wand. Sie sah sich um und fand eine aufgezogene Leinwand, die bereits grundiert war. Danke, Chris, dachte sie. Ihre Hände, die jetzt förmlich brannten, gingen rasch ans Werk, fanden die Farben, die Pinsel. Sie stand vor der Leinwand, und binnen einer Sekunde ergab sie sich vollständig, verlor sie sich in einer anderen, wahrhaftigeren Welt. Jetzt wurde ihr Atem langsam und tief, ihr Herzschlag ruhig und gleichmäßig; jetzt stieg sie von dem spannungsgeladenen Gipfel ihrer Aufgestörtheit und Angst herab und betrat den festen schöpferischen Boden ihrer Kunst. Sie war zu Hause.

Stunden später, als die Sonne aufging, trat sie zurück und betrachtete das fertige Werk. Es war ein weiteres Bild ihrer *Auf der Suche nach Grace*-Serie, die Kritikerinnen und Kritiker ins Schwärmen brachte. Wie bei den anderen würde sie einfach den Ort hinzufügen, um es zu benennen.

Mit einer Tasse Kaffee in der Hand lehnte sie sich gegen die Wand und studierte ihr neuestes Gemälde. *Auf der Suche nach Grace/Brooklyn Bridge* war ganz in kalten Grau- und Blautönen gehalten. In der Mitte die Silhouette einer einzelnen Gestalt, gefangen in einem Winkel der leeren Brücke, die sich schwer auf das Geländer lehnte. Der Hintergrund wurde vom Südturm der Brücke beherrscht, ein graues steinernes Bauwerk, dessen zwei Bögen wie Lichtgaden in der offenen Himmelskirche erschienen. Raum und Form, Schatten und Licht verschmolzen schwermütig miteinander, während die Gestalt, abwesend und unerreichbar, in die Ferne blickte.

Luce hatte die Serie zwei Jahre zuvor begonnen, und der Erfolg, mit dem sie aufgenommen wurde, hatte sie überrascht. Es erschien ihr wie Ironie, dass ihr künstlerischer Erfolg ausgerechnet dann am größten war, als ihr Selbstvertrauen erschüttert und sie zutiefst melancholisch war.

Während das neue Gemälde trocknete, erinnerte sich Luce an eine Besprechung, die sie einige Monate zuvor gelesen hatte.

»Die *Auf der Suche nach Grace*-Serie verkörpert die spirituelle Sehnsucht unserer Zeit«, hatte der Kunstkritiker geschrieben. »Jedes einzelne Bild ist von einer machtvollen einzigartigen Perspektive geprägt. Wiederholt späht der Betrachter in der Dämmerung eine verlassene Straße entlang oder über eine einsame Brücke. Diese hermetischen architektonischen Settings sind in der Serie allgegenwärtig und erinnern an die Leere, die de Chirico so meisterhaft ins Bild gesetzt hat.

In jedem einzelnen von Ms. Bennetts *Auf der Suche nach Grace*-Gemälden dominiert die einsame Gestalt auf geheimnisvolle Weise die Gesamtkomposition. Der Betrachter, von der sicheren Hand der Künstlerin geleitet, sucht nach einer Verbindung mit dieser düsteren Gestalt, die unsere Gegenwart ignoriert und sich unserem Zugriff entwindet. Ist es der bessere Teil unser selbst, ein göttliches Wesen, ein Zustand der Gnade? Wie auch immer. Sie symbolisiert die tiefste Sehnsucht in uns allen. Ein nicht zu leugnender Abgrund existiert. Die Gestalt, die uns ihr Antlitz niemals enthüllt, verkörpert die Beziehung des Individuums zu seinem Geist, seiner Seele, wie sie sich im ausgehenden zwanzigsten Jahrhundert darstellt.

Gefangen und gebannt von diesen heimsuchenden Worten, stellen sich dem Betrachter grundlegende Fragen – Hat Gott mir den Rücken gekehrt? Oder vielleicht noch grundlegender und erschütternder: Habe ich mir den Rücken gekehrt? Angst und Hunger bleiben in einer Mischung in der Tiefe unseres Bauches zurück, während wir zu ergründen suchen, wie wir die furchteinflößende Kluft überwinden und mit der rätselhaften Gestalt Verbindung aufnehmen können.«

Diese Kritik, ein typisches Beispiel, amüsierte sie und setzte sie leicht in Erstaunen. Sie hatte die Serie nicht bewusst oder mit Absicht begonnen. Sie hatte sogar erst, nachdem sie eine vergleichbare Kritik gelesen hatte, gemerkt, dass die verlassene Straße oder Brücke tatsächlich ein immer wieder auftauchendes Element war. Auch malte sie die Bilder keineswegs, um den Betrachtenden ihre spirituelle Entfremdung vorzuführen oder ihr armseliges Dasein. Nein, die Bilder waren Schöpfungen, die einem dunklen, schattenverhangenen Ort entstammten. Weder bewusst noch intellektuell beeinflusst.

Als sie das neueste Werk der Serie betrachtete, empfand sie eine seltsame Distanz. In den vergangenen zwei Jahren hatte das Malen ihr weder Freude noch ein Gefühl von Ganzheit vermittelt. Sie hatte keine Entschlusskraft oder Befriedigung empfunden. Der Prozess war, wie immer, jenseits allen Hinterfragens. Malen war schlicht etwas, das sie tun musste. Doch das fertige Ergebnis empfand sie als frustrierend, ungenügend. Dieser Tage war Malen wie ein pfeifender Kessel. Sie konnte die Flamme darunter nicht abstellen, und so hob sie nur gelegentlich den Deckel und ließ Dampf ab.

Der volle weiße Mond durchschnitt die Weite des afrikanischen Himmels, brachte das Wesen eines jeden irdischen Gegenstandes hervor und ätzte dessen Kontur in einem tiefen Blauton in den Erdboden des Tales.

»Und was hat ihn nun nach Afrika verschlagen?« fragte Linda.

»Er ist auf dem Weg nach Kitwell, um dem neuesten Ausbruch von Ebola nachzugehen. Anschließend fährt er vielleicht weiter nach Gabon. Er ist ein paar Tage früher eingetroffen, gerade als wir zu diesem Trip aufbrechen wollten. Beschissenes Timing, ich weiß. Was soll ich sagen? Es tut mir leid.«

»Hör mal, Mead, mir gegenüber kannst du dir deine Entschuldigungen sparen. Roz war diejenige, die eine reine Frauengruppe wollte, nicht ich.« Einen Augenblick später fragte sie: »Hast du Angst?«

Mead wandte rasch den Kopf und sah Linda an. »Wovor?«

Linda zögerte. Dann wies sie in Richtung des Kilimandscharo. »Vor ihm – dem Berg. Hast du Angst, ihn zu besteigen?«

Mead war perplex. »Ich habe nicht darüber nachgedacht, also habe ich wohl keine Angst. Du?«

Linda seufzte tief. »Ja.«

»Warum? Ich weiß, es sind schon Menschen beim Aufstieg gestorben – wie dieser schrecklich übergewichtige Typ, der einen Herzanfall erlitten hat. Aber du bist doch in guter Verfassung.«

»Hast du je zuvor einen Sechstausender bestiegen?«

»Nein, ich bin nur in den Sierra Mountains geklettert.«

»Und trotzdem schüchtert er dich nicht im geringsten ein? Ihn nicht zu bezwingen, es nicht zu schaffen ist für dich kein Grund zur Sorge?« Sie wartete nicht auf eine Antwort. »Für mich schon. Es geht nicht um irgendwas Unwägbares, das geschehen könnte, weißt du, wie ein Temperatursturz oder ein plötzlicher Erdrutsch, wodurch ich verletzt werden oder sogar sterben könnte. Es geht einzig darum, es nicht zu schaffen, es nicht zu vollenden, nicht in der Lage dazu zu sein.«

Mead tat etwas für sie Ungewöhnliches. Sie hob den Arm und legte Linda leicht die Hand auf die Schulter. »Unsere Bergführerin kommt aus Seattle und macht diesen Aufstieg schon seit Jahren. Wir lassen es langsam angehen, finden unser Tempo. Solange wir die Höhenkrankheit im Griff haben, ist das ein Kinderspiel. Hunderte von Menschen, die meisten untrainiert, schaffen den Aufstieg jedes Jahr. Auch du wirst es schaffen.«

»Roz würde triumphieren, wenn ich es nicht schaffe, da bin ich sicher.« Plötzlich bekam sie einen Lachanfall. Mead zog ihre Hand zurück. »Entschuldige, Mead«, sagte Linda zwischendurch, »das kam mir gerade in den Sinn. Es ist einfach urkomisch.«

Mead war verwirrt.

»Ich weiß, dass Roz mich nicht akzeptiert – wo ich doch nur eine Krankenschwester bin. Ich weiß, dass ich in ihren Augen nicht mithalten kann. Aber ... nun, wie soll ich es bloß erklären?« Linda suchte nach den passenden Worten. »Weißt du, ich wollte Ärztin werden. Seit ich ein kleines Mädchen war.« Sie klang verlegen. »Lieber Himmel, ich glaube, ich wollte es mehr als alles andere auf der Welt. Ich hatte die entsprechenden Zensuren. Ich hab die Aufnahmeprüfung an der medizinischen Fakultät ohne Mühe bestanden.« Sie rang jetzt um jedes Wort. »Doch dann habe ich es nicht fertiggebracht, die Anmeldeformulare auszufüllen. Ich stamme nicht aus einer wohlhabenden Familie – Arbeiterschicht. Ich bin überhaupt die erste von uns, die einen Collegeabschluss hat. Tim wollte, dass wir heiraten. Meine Mutter meinte, als Krankenschwester bist du immer in der Lage, den Lebensunterhalt für dich und deine Kinder zu verdienen, wenn Tim etwas zustoßen sollte – du bist materiell abgesichert und zugleich flexibel. Mein Vater hat einfach bloß seinen Mittagsschlaf fortgesetzt.« Wieder lachte sie, und Mead wappnete sich, doch diesmal riss Linda sich zusammen. »Also hab ich den Rückzug angetreten. Und dieser verdammte Berg und diese verdammte Roz sind das Medizinstudium, das ich nicht absolviert habe.« Sie seufzte noch einmal. Dann schwieg sie.

»Ich habe immer gewusst, dass ich Ärztin werden würde«, sagte Mead und brach das anhaltende Schweigen. »Das stand für mich nie in Frage.« In ihrer Stimme lag eine Spur Sarkasmus, die Linda jedoch, die in Gedanken noch bei ihrer versäumten Chance war, entging. »Mein Vater ist Chirurg.«

»Die Thronfolgerin«, bemerkte Linda.

»Ja, so ist es wohl. Aber dass es mich traf, war reiner Zufall. Meine älteren Geschwister wollten alle nicht. Meine Schwester Luce, die hellste, diejenige, in die er alle Hoffnung gesetzt hatte, war die erste, die abtrünnig wurde. Sie ist mitten in ihrem ersten Jahr als Medizinstudentin zu Kunst übergewechselt. Wenn mein

Vater nicht Atheist wäre, dann wäre Luces Verhalten als Todsünde gewertet worden. So hingegen wurde sie des Hochverrats für schuldig befunden und abgeschossen. Mein Bruder Rand, der wie uns allen insgeheim klar war, viel zu dösig ist, um es zum Arzt zu bringen, selbst in der Forschung, hat sich der Künstlichen Intelligenz zugewandt und ist glücklich am MIT untergeschlüpft, wo er ad infinitum mit binären Codes herumspielen kann. Immerhin ist er der Wissenschaft nicht vollkommen untreu geworden, und somit ist sein Vergehen, wenngleich schwer, so doch nicht unverzeihlich. Avery, mein zweiter Bruder, hat das Medizinstudium abgeschlossen, sich dann aber der Psychiatrie zugewandt. Wie wir alle wissen, praktizieren echte Ärzte nicht Psychiatrie. Tja, und als ich dann kam, war der Weg schon verdammt schmal geworden.« Mead spürte, wie Linda sie ansah, mit einer Mischung aus Zweifel und Unverständnis.

Sie fuhr fort: »Hast du je einen Hirtenhund-Wettbewerb gesehen?« Jetzt war es an Linda, perplex zu sein. Sie schüttelte den Kopf. »Ich habe einige gesehen, als ich einen Sommer in Australien verbracht habe. Wirklich faszinierend. Und die Hunde sind großartig.« Sie wandte sich Linda zu und erklärte weiter: »Es gibt ein großes eingezäuntes Areal. Der Hundebesitzer muss an einer Stelle stehenbleiben und darf nur mit Pfeifsignalen oder Handzeichen mit seinem Hund kommunizieren. Dann werden drei, vier Schafe hereingelassen, die sich gewöhnlich durch große Sturheit auszeichnen, und der Hund muss sie, ohne sie zu beißen, über eine Strecke mit Hindernissen treiben – durch Rinnen und Gatter. Dann muss er sie in einen Pferch bugsieren, den der Besitzer hinter ihnen schließt.

Den Hunden zuzusehen ist einfach toll. Sie schlagen einen großen Bogen oder schleichen sich nah heran, robben fast auf dem Bauch oder springen plötzlich pfeilschnell auf die Schafe los. Was immer nötig ist, um sie über die Strecke zu dirigieren. Ich glaube, als Heranwachsende habe ich mich eher wie auf einem Hirtenhund-Wettbewerb gefühlt als wie eine Thronfolgerin.« Sie schwieg und wandte sich wieder der offenen Savanne zu. Ihre Offenherzigkeit bereitete ihr augenscheinlich Unbehagen.

»Bist du nicht glücklich als Ärztin?«

»Doch, bin ich. Meine Analogie ist ein bisschen irreführend. Ein bisschen übertrieben. Außerdem gibt es auch Schafe, die ganz glücklich sind, wenn man sie einpfercht.«

»Infektionskrankheiten sind doch kein eingeengtes Gebiet. Und auch deine Karriere spielt sich nicht in einem eingepferchten Areal ab.«

»Nein. Aber du weißt schon, wie ich es meine. Die Routine des Ganzen. Daheim. Ich stehe auf, fahre ins Krankenhaus, drehe meine Runden, bespreche mich mit meinen Kollegen, gehe ins Labor, führe meine Forschungen durch, schreibe meine Berichte, fahre heim, bekomme vier Stunden Schlaf und beginne alles wieder von vorn.«

»Ich glaube nicht, dass Ärzte einen Anspruch darauf haben, als überarbeitet und gelangweilt bedauert zu werden.« Mead entging der schneidende Unterton in Lindas Stimme keineswegs.

»Ich vermute, du hast recht«, erwiderte sie.

»Elizabeth, du siehst wunderbar aus.« Celia, Mrs. Michael John Hamilton, Gattin von Doktor Michael John Hamilton, ebenfalls ehemaliger Präsident der Chirurgenvereinigung von New York, ergriff leichthin Elizabeths Hand und küsste sie neben die Wange. »Wundervoll, dich zu sehen. Wie immer. Dich auch, Walter. Du siehst großartig aus wie eh und je.«

»Oh, danke, Celia«, platzte Elizabeth heraus und eignete sich das Kompliment an. »Wie reizend von dir, das zu sagen.«

Walter griff in die uralte Rivalität ein, indem er in seinem arrogantesten Ton bemerkte: »Ich glaube, unsere liebe Celia hat in der Tat recht. Elizabeth und ich sehen heute abend beide gut aus.«

»Walter, bitte.« Elizabeth schob sich unerbittlich zwischen Celia und Walter.

»Komm jetzt, Elizabeth, komm mit mir und ich besorge dir ein Glas Champagner. Dein Walter ist vollkommen sicher. Wir alle wissen, dass du ein Pitbull bist, und keiner von uns ist erpicht darauf, sich mit dir anzulegen.« Celia hakte Elizabeth unter und zog sie in das Partygetümmel, nicht ohne Walter über die nackte Schulter einen Abschiedsblick zuzuwerfen. »Egal, wie verlockend der mögliche Preis sein mag.«

Während sie sich ihren Weg durch die Menschenansammlung bahnten, lauter Chirurgen im Smoking mitsamt Gattinnen in Abendkleidern, meinte Elizabeth: »Obwohl du ein wenig jünger bist als ich, bist du wirklich zu alt für ein derart kokettes Benehmen, Celia. Es ziemt sich nicht und ist mir peinlich. Und ich bin nicht gern peinlich berührt. Es ist anstrengend.«

»Walter wäre untröstlich, wenn ich ihn nicht ein bisschen anhimmeln würde. Wie ich sehe, sind wir heute abend in ausgezeichneter Stimmung. Vielleicht sollten wir den Champagner auslassen und direkt zu Martini übergehen.«

»Auf gar keinen Fall.«

Die Rivalität zwischen Elizabeth und Celia schien größer, als sie tatsächlich war. Celia zählte sogar zu den wenigen Chirurgengattinnen, denen Elizabeth vertraute. In Abwesenheit ihrer Männer ließen sie das Schulmädchengeplapper beiseite und kamen gelegentlich aus der Deckung. Über Hummer im Arcadia oder Sherry im San Moritz teilten sie ihren Ennui angesichts ihrer Rollen und ihr Bedauern über ihre verlorene Zeit, ihre verspielten Chancen. Celia war nur zehn Jahre jünger als Elizabeth. Als sie sich kennenlernten, war Elizabeth fünfunddreißig gewesen, und das hatte damals eine ziemliche Kluft bedeutet. Mit sechzig galt Celia nun als Gleichaltrige.

Sie nahm zwei Champagnerflöten von einem vorbeischwebenden Tablett und reichte eine davon Elizabeth. »Habt ihr beide euch nun entschieden, was unseren kleinen Ausflug nach St. Kitts anbelangt?« fragte Celia.

»Ich denke, die Zeit ist momentan nicht sonderlich günstig. Walter ist sehr beschäftigt. Wir haben beide sehr viel zu tun.«

»Das weiß ich. Genau das ist der Punkt. Du arbeitest zuviel. Du brauchst eine Auszeit – ihr beide braucht eine Auszeit. Und obwohl es verboten ist, es in Walters Gegenwart zu erwähnen – ihr seid beide im Ruhestand. Du bist zu deinem siebzigsten Geburtstag nicht verreist. Wirklich«, sie rüttelte Elizabeth leicht am Arm, »du solltest das Leben ein bisschen genießen.«

»Es findet eine wichtige Tagung statt, die Walter nicht versäumen möchte.«

»Zwei Wochen lang?«

»Und ich muss Meads Briefe zusammenstellen und bearbeiten.«

Celia verdrehte die Augen. »Ich finde, ihr treibt es mit dieser perversen Arbeitsmoral wirklich zu weit. Wann wollt ihr euch mal amüsieren?«

»Ach, sieh mal«, meinte Elizabeth und wies quer durch den Raum. »Da ist er – Dr. Paul Belker, der künftige Präsident. Gehen wir hinüber, und du stellst mich ihm vor.« Celia wusste, dass das Gespräch damit beendet war. Sie folgte Elizabeth auf dem Fuße.

»Dr. Belker, guten Abend.«

Dr. Belker, ein eleganter Mann Ende Vierzig, verbeugte sich leicht. »Mrs. Hamilton, wie schön, Sie zu sehen.«

»Darf ich Ihnen Mrs. Walter Bennett vorstellen?«

»Sehr erfreut, Mrs. Bennett.«

»Elizabeth, bitte. Herzlichen Glückwunsch zu Ihrer Wahl.«

»Das habe ich Ihnen zu verdanken. Ich hätte wohl als erstes auf einer erneuten Auszählung bestehen sollen, wie man so sagt.«

»Elizabeths Gatte war Präsident der Vereinigung ... Liebe Güte, wann war das? Hilf mir, Elizabeth.«

»Er war sogar zweimal Präsident. 1977 und dann noch mal

1983, glaube ich. Ach, Gott sei Dank, hier kommt Walter. Er wird meinem Gedächtnis auf die Sprünge helfen.« Sie winkte ihn zu sich. »Walter, dies ist Dr. Paul Belker, der künftige Präsident.«

»Dr. Belker und ich sind uns bereits mehrfach begegnet.« Walter war förmlich und gab sich ganz professionell. »Guten Abend« Sie schüttelten sich die Hand. »Ich habe Ihren Vortrag letztes Jahr bei der Chirurgen-Tagung sehr genossen. Ihre Forschungsergebnisse waren ziemlich faszinierend, wenngleich ich Ihre Schlussfolgerung vielleicht eine Spur voreilig fand. Gratuliere zu Ihrer Wahl. Ich bin sicher, Sie werden Ihr Amt als ebenso herausfordernd wie befriedigend erleben – so ging es mir damals zumindest.«

Dr. Belker murmelte ein paar unverständliche Worte und fragte dann: »Haben Sie meine Frau schon kennengelernt? Sandra, gesell dich doch bitte einen Augenblick zu uns.« Eine äußerst attraktive Frau von Anfang Vierzig trat zu ihnen. »Sandra, das sind Celia Hamilton und Elizabeth und Walter Bennett.«

»Angenehm.« Sie streckte Elizabeth die Hand hin.

»Wir haben Ihrem Gatten gerade zu seinem neuen Amt gratuliert«, meinte Celia.

»Er ist verrückt. Ich weiß nicht, woher er die Zeit noch nehmen will.« Ihr Gatte spielte mit seiner Cocktailserviette und trat von einem Fuß auf den anderen.

Elizabeth schloss ihre Finger fester um Sandras Hand. Dann legte sie sie auf Sandras Unterarm, als wolle sie ihr nicht gestatten zu gehen. Mit charmantem Lächeln sagte sie: »Nun, als Vorsitzende der angeschlossenen Frauenvereinigung werden Sie viel zu beschäftigt sein, um sein Dilemma groß zu bemerken.«

Sandra trat unvermittelt einen Schritt zurück und schenkte Elizabeth einen hochmütigen Blick. »Ich habe meine eigene chirurgische Praxis, Elizabeth. Und unterrichte zudem an der New York University. Ich fürchte, ich habe keine Zeit für mitwirkende Aufgaben. Ich habe Paul bereits gesagt, dass er zwanzig Jahre zu spät geboren ist. Die Tage, in denen die Gattin als Sekretärin und nützlicher Anhang fungierte, sind vorbei. Abgeschnitten, sozusagen.«

Paul lachte verlegen. »Sie müssen Sandra vergeben. Sie ist gern schockierend direkt.«

Röte stieg Elizabeths Nacken hinauf. »Ich bin nie Walters Sekretärin gewesen. Oder sein Anhang. Ich habe all seine geschäftlichen Angelegenheiten geregelt, die finanzielle Seite seiner Karriere. Und unser Investment-Portfolio gemanagt. Ich habe meine Rolle nie als Anhängsel betrachtet.« Sie schaute Sandra direkt an. Ihr Lächeln war unverändert.

Sandra wandte ihre Aufmerksamkeit Walter zu. »Dr. Bennett, erinnern Sie sich daran, dass Sie mich während eines Abschnitts meiner Facharztausbildung betreut haben?«

»Deshalb kommen Sie mir so bekannt vor.« Walter taute sofort auf. »Ich hatte schon überlegt, woher ich Sie kenne.«

»Genau. Sie haben mich während meines ersten Mikrolasereingriffs sehr unterstützt.«

»Natürlich, jetzt fällt es mir wieder ein. Liebe Güte, das war ein komplizierter Eingriff. Vor allem für einen ersten Vorstoß. Aber Sie haben es löblich bewältigt, wenn ich mich recht entsinne.«

»Entschuldigen Sie uns bitte.« Celia eiste Elizabeth so taktvoll wie möglich los. »Da drüben ist jemand, mit dem Elizabeth und ich unbedingt sprechen müssen. Komm, Lizzy.« Walter und Sandra nahmen ihren Abgang kaum zur Kenntnis. Paul ergriff die Gelegenheit, sich einem anderen Grüppchen zuzugesellen und verabschiedete sich knapp.

»Du kochst ja förmlich, Elizabeth. Hier.« Celia ersetzte ihre Champagnerflöten durch frische. »Lass uns ein bisschen herumschnüffeln. Vielleicht finden wir einen Ort, an dem wir ungestört sind.«

»Wozu, um alles in der Welt?«

»Um deine Fassung zurückzugewinnen? Du hast praktisch Schaum vor dem Mund.«

»Lieber Himmel, Celia, du übertreibst maßlos. Mir geht es bestens. Veranstalte nicht so einen Wirbel.« Sie kehrte ihr den Rücken zu und verschwand in der Menge.

Aus der Ferne erschien die Gestalt auf der Brücke, auf die Brüstung gestützt, den Kopf auf die Arme gelegt, mitleiderregend, verloren. Neben den vorbeirauschenden Autos, den rohen Stahlträgern, der sich endlos ausbreitenden Stadt zu beiden Seiten bot ihre Gegenwart eine winzige Akzentuierung eines weiteren Tages.

Luce lehnte an der Brüstung und schaute hinab. Direkt unter ihr waren die vier Fahrspuren, auf denen die Menschen zwischen Manhattan und Brooklyn pendelten. Hundert Fuß tiefer, auf dem East River, nahm ein Lastkahn Kurs aufs Meer, während ein Kabinenkreuzer landeinwärts steuerte. Luce beobachtete, wie sich die beiden Kapitäne winkend grüßten und die Schiffshörner erklingen ließen. Als sie vorüber waren, starrte sie auf das Antlitz des Flusses, kalt und undurchdringlich, und schauderte. Sie zog sich den Kragen ihres zugeknöpften Mantels über die Ohren, schlug die behandschuhten Hände aneinander und stampfte mit den Füßen. Lieber Himmel, beeil dich, Ruthie, dachte sie. Bitte beeile dich.

Sie wandte sich nach Süden und sah, wie eine Fähre die Freiheitsstatue umrundete. Dahinter ragte eine Brücke in den Himmel. Feiner Nebel lag über den Palisades. Es war ein weiterer grauer Tag gewesen, schneidend und trostlos. Während sie den Blick über die leeren Straßen des Finanzdistrikts schweifen ließ, aus dem die Türme der Wirtschaftsriesen gebieterisch hervorragten, hatte sie das Gefühl, als sei sie Bestandteil eines Gemäldes von Edward Hopper, so leer, so von Verzweiflung erfüllt war der Abend um sie herum.

Sie hasste es, hier zu sein. Sie wusste nicht, warum sie sich einverstanden erklärt hatte, sich mitten auf der Brücke zu treffen.

Doch Ruthies Stimme hatte am Telefon so warm, so ansteckend geklungen. Ganz wie in alten Zeiten. Luce hatte sich vorgestellt, wie sie mitten auf der Brücke stand, so wie viele Male zuvor, nachdem sie aus der U-Bahn hinaufgestiegen war. Sie konnte die beiden fast sehen, wie sie Arm in Arm gingen, sich ihr näherten, über einen dummen Witz lachten.

»Hey, nicht springen!« Ruthie schlang von hinten die Arme um sie und riss sie von der Brüstung zurück. »So«, meinte sie. »Nun hab ich meine tägliche gute Tat getan. Gott sei Dank. Ich hab den Mist gern hinter mir.« Ruthie lachte heiser, trat zurück und hielt Luce auf Armeslänge von sich. »Soll ich lügen und sagen, dass du großartig aussiehst? Lieber Himmel, bei der Miene täte ich dir einen Gefallen, wenn ich dir einen Schubs gäbe. Bin ich übrigens Begünstigte deiner Lebensversicherung?«

»Ich freue mich auch, dich zu sehen, Ruthie.« Sie nahmen sich in die Arme.

»Also, was meinst du – wie sieht die plumpe alte Schachtel aus?« Sie drehte sich im Kreis und hielt den abgetragenen Wintermantel weit geöffnet wie ein Model beim Fotoshooting. »Nicht schlecht für Sechzig plus, wie?«

Luce spielte mit. »Geht gerade noch so.«

»Oh, du Schlawinerin. Ich sollte dir einen Schubs geben. Ich bin eine alte Dame. Hat deine Mutter dir nicht beigebracht, alten Menschen mit Respekt zu begegnen? Überanstreng dich nicht beim Nachgrübeln. Wo ist deine kalifornische Sonnenbräune?«

»Im Nebelgürtel von San Francisco.«

»Oh, das erklärt dein käsiges Aussehen. Milton, der dich grüßen lässt«, sie runzelte die Stirn und verdrehte die Augen, »was immer das auch nützen mag, meinte: ›San Francisco – was will sie bloß bei all den Bekloppten und Durchgeknallten?‹ Ich hab geantwortet: ›Tja, vielleicht sind sie alle bekloppt und durchgeknallt, aber das ist besser, als ihr langweiligen Schwachköpfe.‹«

»Wie geht es dem lieben Miltie?«

»Mein eigen Fleisch, mein eigen Blut. Solch ein Schwachkopf. Er hat mich neulich angerufen, um mich zu fragen, wie's dem Arschloch geht. Ich hab gesagt: ›Welches Arschloch meinst du? Ich kenne so viele. Sprichst du von deiner Frau? Sprechen wir von meiner Ex-Schwägerin?‹ ›Nein, nein‹, hat er gesagt. ›Ich spreche von dem größten Arschloch der Welt.‹ ›Oh‹, hab ich gesagt. ›Warum sagst du's nicht gleich, statt meine Zeit zu verplempern? Ich habe gerade gestern eine Postkarte von deiner Schwester bekommen.‹ Die, wenn wir schon dabei sind, auf einer Kreuzfahrt in der Karibik ist, jeden Abend ein anderer Hafen und so. Tja, also wie geht's Milton? Milton ist grün vor Neid, weil Pearl sich auf dem Boot der Liebe amüsiert und, schlimmer noch, soviel Geld ausgibt. Ich hab zu ihm gesagt: ›Milton, krieg dich wieder ein. Erstens wird sie jeden einzelnen Penny verschleudern, den der Idiot ihr hinterlassen hat. Zweitens wird sie uns beide locker um hundert Jahre überleben. Sie ist zu geizig, um zu sterben.‹ Um es also kurz zu machen: Milton geht's wie immer. Bist du hungrig, Liebes?«

Luce hatte sich wieder gegen das Brückengeländer gelehnt, als habe die schiere Macht von Ruthies Redeschwall sie zurückgeworfen.

Ruthie hakte sich bei ihr unter. »Ich weiß, ich weiß, ich rede wie immer zuviel. Lass uns essen gehen.«

Ein lautes Klopfen an ihrer Hotelzimmertür ließ Mead aus dem Schlaf hochschrecken. Sie setzte sich kerzengerade auf und machte das Licht an. »Wer ist da?«

»Richard Gere.« Peters Stimme klang überraschend gut. Zum Teufel mit ihm, dachte sie. Sie zielte verschlafen und schleuderte ein Kopfkissen an die Tür. »Verdammt noch mal, Peter, wie spät ist es?«

»Zeit, die Tür zu öffnen und deinen alten Freund Peter zu begrüßen.«

Mead ging zur Tür hinüber und öffnete sie widerstrebend. Peter bückte sich galant und hob das Kissen auf. Er überreichte es ihr, als sei es ein besonderes Geschenk, das persönlich zu überbringen er einen langen Weg auf sich genommen hatte. »Übrigens, Mite, du hast nicht getroffen.«

Sein keineswegs schläfriges schelmisches Lächeln, das er nun voll aufdrehte, schickte eine Welle von Übelkeit durch ihr schlafbenommenes System. »Komm rein.« Sie wandte sich um und setzte sich in den Sessel am Bett. »Hättest du nicht bis zum Morgen warten können?«

»Welch herzlicher Empfang. Ich lege Tausende von Kilometer zurück, und das ist alles, was du mir zu sagen hast? ›Hättest du nicht bis zum Morgen warten können?‹ Ich erleide Höllenflüge, durchlebe frustrierende Überlandtransporte, wie sie nur ein Dritte-Welt-Land bieten kann, eine Reihe von verzwickten desaströsen Begegnungen an der Rezeption dieser Luxusherberge, die Fellini ersonnen haben muss, und was bekommt der erschöpfte Reisende in all seiner Sehnsucht, seine Augen auf ein freundliches Antlitz zu heften, zur Begrüßung zu hören? ›Hättest du nicht bis zum Morgen warten können?‹«

Peter nahm lässig Meads Platz in ihrem Bett ein und machte es sich bequem, die Hände hinter dem Kopf verschränkt. Mead reichte es plötzlich, dass die schiere Macht seiner Persönlichkeit ihr Zimmer erfüllte. »Ich habe dich nicht eingeladen, wie du dich erinnern wirst«, sagte sie verdrossen. Sie sah zu, wie er sich auf den Ellbogen aufstützte und sie zu ihrem Ärger anlächelte. »Und nenn mich nicht Mite.«

Sein Lächeln vertiefte sich. Sie wechselte die Taktik. »Peter, lieber Peter, es ist so schön, dich zu sehen, und ich bin so froh, dass du dich zu mir gesellst.« Sie legte den Kopf schief und senkte die Stimme. »Wenn du jetzt bitte gehen würdest. Es ist ein Uhr nachts. Bitte.«

»Meine liebe Mite ... äh ... Mead«, er sprang voller Elan aus dem Bett, »du bist so liebreizend wie eh und je. Ich danke dir für deinen warmen Empfang. Ich bin überwältigt und auf deine zartfühlende Anregung hin geneigt, Ruhe im Schlaf zu suchen.« Er beugte sich herab, um sie auf die Wange zu küssen. Sie duckte sich unter seinem Arm hinweg. »Der Berg ruft, und ich muss mich wappnen, um der Herausforderung unverdrossen ins Auge zu sehen. Bis morgen früh, *mon amie.*«

Er hielt an der Tür inne.

»Gute Nacht, Peter.«

Zufrieden warf er ihr eine Kusshand zu und schloss die Tür hinter sich.

Mead ging auf Zehenspitzen hinüber und legte leise den Riegel vor. Seufzend ließ sie sich ins Bett fallen, mit dem Gesicht nach unten. Sie erschnupperte seinen Geruch auf ihrem Kissen und ersetzte es durch das unbenutzte von der anderen Hälfte des Bettes. Sie stopfte es sich in den Rücken und starrte die Tür an.

»Ja«, sagte Elizabeth und nahm sich ein weiteres Glas Champagner. »Mead hat eine schwere Aufgabe zu bewältigen. Natürlich haben sie sie ausgewählt, und Gott weiß wie viele Kandidaten sie zur Auswahl hatten. Wissen Sie, auf der Ebene sind es politische Entscheidungen, die Weltgesundheitsorganisation spielt eine Rolle, das National Institute of Health, das Center for Disease Control. All die hohen Tiere müssen ihren Segen dazu geben. Sie hält ihre Eindrücke und Erfahrungen in ihren *Kenianischen Briefen* fest. Das ist natürlich nur ein Arbeitstitel.« Der Kreis, den Elizabeth um sich geschart hatte, bestand aus Dr. und Mrs. Mark Thomason, Dr. und Mrs. Steven J. Parkins, einem Kollegen von Walter und Celia.

»Sie müssen sehr stolz auf sie sein. Wir wussten von Anfang an, dass sie es weit bringen würde«, erinnerte sich Dr. Steven J. Parkins. »Sie hatte schon immer hervorragende graue Zellen. Ich stehe immer noch in Verbindung mit meiner ehemaligen Alma

Mater in Chicago. Glauben Sie mir, man schätzt sie dort über die Maßen.«

»Ich hörte von dem Freund eines Freundes, dass die maßgeblichen Köpfe den Vortrag, den sie auf der letzten Aids-Tagung gehalten hat, so gut fanden, dass sie ihr anbieten wollen, bei der Tagung im nächsten Jahr eine programmatische Rede zu halten«, fügte Celia hinzu.

»Nun, im Moment sind das alles nicht mehr als Gerüchte. Spekulation. Aber mich überrascht nichts, was Mead angeht. Natürlich bearbeite ich ihre *Kenianischen Briefe,* aber das ist nur für den Übergang gedacht, bis wir einen zufriedenstellenden Verleger gefunden haben. Manchmal lese ich ihre Berichte und bin dermaßen erstaunt und beeindruckt und kann gar nicht glauben, dass sie meine Tochter ist.«

»Und wie geht es Ihrer anderen Tochter?« mischte Beverly Thomason sich ein. »Es tut mir leid, ich lese ihren Namen so oft, aber im Augenblick ist er mir entfallen.«

»Luce. Meine Tochter Luce. Ihr geht es recht gut. Sie hat ihr Atelier vor einigen Jahren nach San Francisco verlegt. Sie wissen ja, wie diese Künstler sind. Steven, ich habe mich gefragt, ob ich Sie wohl bitten dürfte, einige von Meads *Briefen* zu lesen. Das wäre schrecklich nett. Und schrecklich wichtig. Die Rückmeldung eines Arztes von Ihrem Format würde uns enorm viel bedeuten.«

»Aber natürlich, Elizabeth. Nur zu gern.«

»Ich schätze«, nahm Beverly den Faden wieder auf, »Sie sind über Luces anstehende Ausstellung entzückt. Wann genau ist die Vernissage?«

Elizabeth wandte sich Beverly direkt zu und schlug einen munteren Ton an. »O ja«, sagte sie, ohne mit der Wimper zu zucken, »wir sind sehr stolz.«

Im Lauf des vergangenen Jahrzehnts hatte sie großes Geschick darin erworben, unverbindlich wohlwollend über die zunehmende Berühmtheit ihrer Tochter zu sprechen. Und sie hatte eine gleichermaßen geschickte Leichtigkeit entwickelt, die Konversation elegant vom Thema Luce fortzulenken.

Beverly, die Elizabeths verhohlenes Unbehagen spürte, fuhr fort: »Ich habe heute morgen an Sie gedacht, als ich im Kulturteil der Zeitung über Luce gelesen habe. Es muss wunderbar sein, sie wieder hier zu haben. Und die Vernissage zu besuchen, muss nachgerade ein Triumph sein.«

Elizabeth fing sich sofort wieder. Walters und ihre Beziehung zu Luce war in gewissen Kreisen Thema und eine Quelle von Klatsch und Tratsch. Sie verankerte ihre Füße fester auf dem Boden, um das innere Schwanken, das sie verspürte, auszugleichen. Sollte Beverly ruhig versuchen, sie auf die Palme zu bringen. Pass bloß auf, dachte sie und hoffte, dass ihre Augen ihre Warnung überbrachten – bist du sicher, dass du mich herausfordern willst? Liebenswürdig sagte sie: »Wir lieben Luce natürlich von Herzen. Aber Sie müssen verstehen – Walter ist ein Mann der Wissenschaft. Nun, das gilt für unsere gesamte Familie. Wir verstehen nicht viel von Kunst. Wir wissen nur, dass Luce natürlich sehr gut ist.«

Celia räusperte sich. »Die Bennetts sind vom Schicksal enorm begünstigt, wenn Sie mich fragen. All ihre Kinder sind ebenso begabt wie erfolgreich. Elizabeth, schau, hier kommt Walter.« Elizabeth wandte den Kopf. »Entschuldigen Sie uns.« Celia ergriff Elizabeths Arm und entführte sie zum zweiten Mal aus einer brisanten Situation. »Sieht aus, als bräuchte er noch einen Drink.«

»Er muss auch sehr stolz sein«, schoss Beverly noch einen letzten Pfeil ab.

»Schrecklich stolz«, gab Elizabeth über die Schulter zurück. Sie senkte die Stimme und fragte herrisch: »Warum zum Teufel hast du mir nicht gesagt, dass Luce in der Stadt ist?«

Mit unbekümmerter Giftigkeit gab Celia zurück: »Du hast mich mehr als einmal gebeten, das Thema Luce außen vor zu lassen.«

»Aber nicht bis zu dem Punkt, an dem es mich tödlich erwischt.«

»Wer übertreibt denn nun? Dich, meine liebe Elizabeth, wird es nie tödlich erwischen.«

»Walter«, Elizabeth lächelte strahlend, »amüsierst du dich gut?«

»So.« Ruthie blickte Luce über den Tisch des Deli hinweg an und lächelte. »Ich hab mir Sorgen gemacht, dass du nicht mehr auf dem laufenden bist, seit du New York verlassen hast.« Luce sah sie fragend an. Ruthie wühlte in ihrer geräumigen Jutetasche, die ihr als Handtasche, Einkaufsbeutel und Übernachtungsköfferchen diente. »Hier hab ich's.« Triumphierend zog sie eine Ausgabe der *Weekly Sun* hervor. Die Kellnerin räumte ihre Teller ab und schenkte ihnen Kaffee nach. Luce versuchte vergeblich, ihr Amüsement zu unterdrücken und Ruthie streng anzublicken.

»Okay, Miss Klugscheißerin.« Ruthie schob die Pickles, Salz- und Pfefferstreuer und das Senftöpfchen beiseite und breitete die Zeitung vor sich aus. »Wusstest du, dass das Multifunktionsöl WD-40 ein unglaubliches Heilmittel für Arthritis ist? Rückenschmerzen? Einen steifen Hals? Siehst du, das wusstest du nicht. In San Francisco redet man über solche Dinge nicht, oder? Ich verstecke das lieber vor Milton, wenn er Dienstag zum Abendessen zu mir kommt. Seine Frau wird WD-40 noch wochenlang aus seinen Kragen waschen. Oh, sieh dir das an, Luce. Ein süßes Kätzchen, das größte der Welt mit über siebzig Pfund. Und es wächst noch! Ich glaube nicht, dass ich das Katzenklo saubermachen möchte. Igitt! Junge von Bergziegen aufgezogen – ein alter Hut. Reine Platzverschwendung. Aber das hier ist eine sehr ergreifende Geschichte.« Sie wies eindringlich auf einen Artikel auf Seite 2.

»Ein Mädchen, das sich einer Herztransplantation unterzogen hat, entwickelt plötzlich einen Jieper auf Bier und Junkfood. Stellt sich heraus, dass der Organspender ein junger Bursche gewesen ist. Sie hat seine Familie ausfindig gemacht, um mehr über ihn zu erfahren. Sehr bewegend. Sehr bewegend. Bin allerdings nicht ganz sicher, ob ich es glaube. Wenn sie sich natürlich mit einem

Cheerleader auf dem Rücksitz eines Autos wiederfindet, tja, das wäre dann wohl der Beweis. Hey, das wäre eine prima Fortsetzung, meinst du nicht? Vielleicht sollten wir dem Herausgeber schreiben und es ihm vorschlagen. Ah, hier ist noch was. Eine echte Perle. Super Neuigkeiten. Der Grund, warum Elvis so blankäugig und buschig war? Er hat als Kind Eichhörnchen zu essen bekommen. Das ist kein Scherz, Luce. Wisch dir das Grinsen aus dem Gesicht, junge Dame. Ich versuche, dich in punkto wichtige aktuelle Dinge auf den neuesten Stand zu bringen. Du bist jetzt in New York. Das sind Dinge, die du wissen musst, wenn du die Hoffnung hegst, *savoir* zu erscheinen und *au courant*. Wir wollen schließlich nicht, dass man dich für vertorft hält.«

»Danke, Ruthie.« Luce feixte.

»Okay, also hör zu.« Ruthie feuchtete ihren Zeigefinger an und blätterte die Seiten um. »Große Schlagzeile: ›Leid macht dich klüger.‹ Das soll neu sein? Oi. Ah, hier ist etwas, was alle wissen sollten. Das allein ist den Preis der Zeitung wert. Wusstest du, Luce, dass Cola-Automaten dich verschlingen können? Das ist der Hammer, nicht? Die Geschichte eines Mannes, der fünf schreckliche Stunden lang in einem Cola-Automaten festgesteckt hat. Kopfüber noch dazu. Die Tatsache, dass er versucht hat, den Automaten zu knacken, ist dabei nebensächlich, das siehst du sicher genauso. Dieser arme Schmock hat uns allen einen großen Dienst erwiesen. Darin verbirgt sich eine Moral. Teufel noch mal, ich weiß bloß nicht, wie sie lautet. Du bist ein kluges Mädchen, finde du sie heraus. Nicht jetzt. Bitte. Später, im privaten Rahmen deines Hotelzimmers. Ich für meinen Teil gehe nie wieder auch nur in die Nähe eines Verkaufsautomaten, zumindest nicht allein. Noch Kaffee?«

Luce sah Ruthie staunend an. Sie hatte vergessen gehabt, was für ein Original sie war. Sie fing an zu lachen. Ruthie fiel ein, und bald liefen ihnen beiden die Tränen übers Gesicht. Ruthie nahm ihre Brille ab, trocknete sich die Augen und ergriff dann Luces

Hände. »Ach, was haben wir schon zusammen gelacht, nicht? Luce, Luce. Es ist so schön, dich zu sehen. Ich hab mir Sorgen um dich gemacht.« Sie drückte Luces Hände.

Luce traute sich nicht, den Blick zu heben. Sie starrte auf Ruthies Hände, die ihre eigenen Hände umschlossen. Sie waren knotig von Arthritis und von Altersflecken übersät. Sie zog eine Hand hervor und legte sie auf Ruthies. »Kommst du zur Ausstellungseröffnung?« Mehr brachte sie nicht heraus.

»Ist der Papst ein vorgestriger Furzknoten? Natürlich komme ich!«

»Gut. Das ist gut. Danke, Ruthie.«

»Ach, addiere es zu den vielen Dingen, für die du mir was schuldig bist. Eine Liste, die inzwischen ziemlich lang ist, wenn ich dich daran erinnern darf.«

Luce sah auf und hielt Ruthies Blick stand. Hinter dem vordergründigen Humor erkannte Luce dieselbe bittersüße Traurigkeit, die sie selbst bei ihrem Treffen empfand.

Nach einer rastlosen Nacht war Mead froh, als sie auf die Uhr schaute und sah, dass es fünf war. Spät genug, dachte sie, stand auf und zog sich rasch an. Sie nahm Notizbuch, Stift und Taschenlampe, trat aus der Hütte und schlich sich auf Zehenspitzen davon, bis sie ein gutes Stück von den anderen Hütten entfernt war. Mit der kleinen Maglite beleuchtete sie einen schmalen Pfad vor ihren Füßen und wanderte über die offene Savanne auf die kleine Gruppe von Akazien zu, die sie am Abend zuvor entdeckt hatte, als sie mit Linda zusammensaß.

Der Kegel ihrer Lampe enthüllte ihr eine wunderbare Vielfalt von Spuren. Sie entdeckte die flachen runden Eindrücke, die eine Gruppe Elefanten hinterlassen hatte, und Abdrücke eines schmalen, vierzehigen Geschöpfs, das kürzlich in großer Zahl vorübergekommen sein musste. Sie erklomm den Hügel, setzte sich mit dem Rücken zu den Hütten unter einen Baum, schlug ihr

Notizbuch auf und richtete den Blick nach vorn. Der Kilimandscharo bestand aus grauen und lichtblauen Schatten, während die Morgendämmerung aufzog. Selbst der allgegenwärtige Wolkengürtel, der seine drei Gipfel einhüllte, war von einem blassen Taubengrau.

Sie setzte den Stift an, doch nichts geschah. Ihre Gedanken, die gewöhnlich so klar und geordnet waren, so zugänglich, waren ungebärdig und weigerten sich, Form anzunehmen. Ihr blieb nichts, als ihre Situation zu verfluchen und die Menschen um sie herum, die Quell ihrer Aufgestörtheit waren, ihres verwirrten Zustandes. Sie schloss das Notizbuch und lehnte sich schwer gegen den Baumstamm.

Sie fand die Weite des Landes, seine offene Ausdehnung erstaunlich ansprechend. Sie war in New York aufgewachsen und lebte jetzt in Chicago, von daher war ihr solch ein horizontaler Blick auf das Leben fremd. Die Wolkenkratzer von New York und Chicago stellten vertikale Markierungen dar, die ihren unbewussten Bezugspunkt bildeten, ein fortwährender Filter. Ich frage mich, welche Auswirkungen ein Leben in dieser offenen Ausdehnung haben mag, dachte sie. Als sie so still dasaß, während die Sonne sie fand, ihren Leib wärmte und die umgebende Luft, begann sie sich zu entspannen. Gott, dachte sie voller Erstaunen, es ist kaum einen Monat her, seit ich hier angekommen bin. Ein Kaleidoskop von Szenen erschien vor ihrem geistigen Auge: ihre Ankunft am Flughafen, die Fahrt nach Nairobi, ihr erster Eindruck von der Stadt, das leicht baufällige und miserabel ausgestattete Krankenhaus, die endlosen, flehenden Gesichter, die Abende auf der Veranda des Norfolk Hotels, die Feierabenddrinks mit den anderen Ärztinnen und Ärzten, mit Roz und Linda, die wenigen Stunden, die ihr zum Erkunden der Stadt blieben, die von der Kolonialzeit geprägten Straßen und Parkanlagen, die geschäftigen Märkte.

Ihr wurde klar, dass sie im Grunde noch gar keine Gelegenheit gehabt hatte, all ihre Eindrücke zu ordnen. Einschließlich des Schreckens der Krankheit, der Epidemie, die in scharfem Kontrast zu der idyllischen Landschaft mit ihrer reichen Vielfalt an Lebensformen stand. Die kunstvolle Verwobenheit von Unglück und Untergang mit atemberaubender lebensbejahender Schönheit. Die Gesichter, die sie von nahem sah, die zu untersuchen die Beziehung zwischen Ärztin und Patient ihr erlaubte, waren gewöhnlich abgezehrt und erschöpft. Die »Dürren« – heutzutage kein typisches Symptom mehr bei den HIV/Aids-Patienten in Chicago – waren in Subsahara-Afrika noch immer verbreitet, in der die lebensverlängernden Techniken, die in der westlichen Welt zunehmend angewandt wurden, nicht zur Verfügung standen. Ihre Gesichter waren dezimierte groteske Abbilder dessen, was sie einst gewesen waren. Doch die Gesichter der Familienmitglieder, die geduldig in der überfüllten Eingangshalle des Krankenhauses saßen oder sich um das Sterbelager versammelten, waren in Meads Augen unglaublich schön. Sie konnte die verschiedenen Ausprägungen und Tönungen unter der afrikanischen Bevölkerung leicht ausmachen, obwohl sie sie bislang nur wenigen Stämmen eindeutig zuzuordnen vermochte: den eleganten Massai, den ebenholzfarbenen Chugga (die oft als die schönsten galten) und den Pokot mit ihrem üppigen, typischen Schmuck. New York, Chicago schienen Galaxien entfernt. Tief einatmend dachte sie: Afrika gefällt mir. Afrika gefällt mir sehr.

Elizabeth glitt leise aus dem Bett. Sie bereitete sich eine Tasse Kamillentee zu, schlich sich geräuschlos in ihr Arbeitszimmer und startete ihren Computer. Beverlys Bemerkungen über Luce ließen ihr keine Ruhe. Sie war verstörter, als sie es von sich kannte und sich eingestehen mochte. Sie brauchte etwas zu lesen. In der Dunkelheit ihres Arbeitszimmers fand sie die Datei mit dem Namen *Kenianische Briefe* und las erneut einige von Meads Eintragungen.

»Heute nachmittag habe ich mir ein Taxi genommen und mich zum Nairobi Nationalpark fahren lassen. Knapp zwölf Kilometer vom Gewusel der Stadt entfernt, findet man einen authentischen Naturpark mit Löwen, Schimpansen, Rhinozerossen, Antilopen, Flusspferden. Es hat etwas Unwirkliches, durch den Park zu fahren und vor der Silhouette Nairobis all diese Tiere durch die Landschaft ziehen zu sehen. Ich bin an zwei Schimpansen vorübergekommen, die ein Sonnenbad nahmen und gelassen gähnten, obwohl die Stadt langsam in ihr Territorium eindringt. Ich musste an die kenianische Bevölkerung denken, die gelassen zusieht, wie sich das HI-Virus ihres Lebens bemächtigt.

Ich habe es mir angewöhnt, zu Fuß vom Nairobi Hospital zum Wohnheim der Universität zu gehen, in dem sie uns untergebracht haben, und ich nehme jedesmal einen anderen Weg, um die Stadt besser kennenzulernen. Gestern abend bin ich die ganze Kenyetta Avenue entlanggegangen, ein breiter dreigeteilter Boulevard, auf den die Bewohner der Stadt sehr stolz sind, was nichts anderes bedeutet, als dass er aus der Kolonialzeit stammt. Spätblühende Jacaranda mit ihren prachtvollen violetten Blüten und Palmen und die allgegenwärtigen Akazien säumen die Straßen. Die Menschen in ihrer Vielfalt entziehen sich jeder Beschreibung: verschiedene Stämme in ihrer traditionellen Bekleidung, gewöhnlich leuchtend bunten Kangas; uniformierte Schulmädchen in blauen Röcken, blauen Blusen, schwarzen Krawatten, weißen Strümpfen und schwarzen Schuhen; Muslime in ihren langen heißen Gewändern, die Frauen in ihren schwarzen Choudras, Inderinnen in ihren Saris. Es ist ein farbenprächtiges Schauspiel. All der Lärm, den man in einer Großstadt nicht anders erwartet, erzeugt manchmal den Eindruck, es handele sich um ein Festival. Doch hinter den Kostümen, hinter dem geschäftigen Treiben, hinter der rhythmischen Musik, die von der freudvollen Schlichtheit einer kleinen Flöte akzentuiert wird, lauert eine Epidemie, die unaufhaltsam an Boden gewinnt.

Trotz der HIV-Untersuchungen, die seit nahezu einem Jahrzehnt Routine sind, bleibt das meiste Blut immer noch ungetestet. Und all das infizierte Blut wird für Infusionen verwendet. Die Menschen zu bewegen, saubere, unbenutzte Spritzen zu verwenden, ist nahezu unmöglich. Und in den meisten Fällen auch eine Frage der Verfügbarkeit. Ich habe von einigen belgischen Krankenschwestern/Nonnen gehört, die in der gutgemeinten Absicht, gegen Malaria zu impfen, ein ganzes Dorf infiziert haben. Sie wussten um das mögliche Risiko. Mit nur fünf Spritzen, die ihnen zur Verfügung standen, haben sie die Chancen gegeneinander abgewogen. Und verloren.

Dann gibt es noch eine damit verbundene Komplikation – die zunehmende Verbreitung von Tuberkulose, gegen die zahlreiche Medikamente wirkungslos sind. Das ist zweifelsohne die größte Gesundheitsgefahr.

Ich habe in einem WHO-Newsletter gelesen, dass die USA $ 2,71 pro Person für HIV/Aids ausgeben, was nahezu erbärmlich ist. Hier geben sie nur sieben Cents aus. So überrascht nicht, dass die Lebenserwartung, die mit 52 Jahren ohnehin niedrig war, mit der Geburt von HIV-infizierten Babys rapide sinkt. Ich habe zunehmend den Eindruck, dass eine riesige Flutwelle, ein Tsunami, der an Stärke, an Gewalt gewinnt, auf die Küste des gesamten Kontinents zukommt und in den nächsten zehn Jahren in einer tödlichen Welle hereinbrechen wird. Wie können sie, wie können wir angesichts dessen so gottverdammt selbstzufrieden verharren? Mich schaudert, wenn ich mir ausmale, was es denn noch erfordert, bevor wir beschließen, unser aller Kräfte gebündelt dagegen einzusetzen. Und ich warte. Doch dieses teuflische Virus ist so instabil, so verdammt clever in seiner Magie der Veränderung, zunehmend virulent und resistent – wird die Zeit dann noch reichen?

Ich arbeite mit Dr. Birati Singh zusammen, einer Kenianerin, deren Familie zu der indischen Kaufmannskaste gehört, die in Mombasa lebt. Sie hat die Universität von Nairobi besucht und ist nach dem Abschluss ihres Medizinstudiums in Großbritannien zurückgekehrt. Eine bemerkenswerte Frau. Wirklich außergewöhnlich. Sehr still, aber enorm präsent. Sie arbeitet im Krankenhaus und hat außerdem eine private Praxis, in der sie vorwiegend Sexarbeiterinnen behandelt. Wusstest Du, dass 85% aller professionellen Sexarbeiterinnen in dieser Stadt infiziert sind? Tendenz steigend. Dr. Singh versucht, Aufklärungsprogramme einzurichten und Safer-Sex-Maßnahmen zu vermitteln, aber das ist kein leichtes Unterfangen. Wie immer spielen auch finanzielle Interessen eine Rolle – es kommen viele Touristen zu Sex-Safaris hierher. Wie Du Dir vorstellen kannst, gibt es hier für die Menschen, die aus ihren Dörfern herbeiströmen, nicht gerade viele Möglichkeiten, Arbeit zu finden. Und die Ressourcen sind dermaßen armselig. Birati hat sich bei ihrem Programm an einem orientiert, das in Kinshasa durchgeführt wurde. Dort ist die Infektionsrate unter den Sexarbeiterinnen anfangs von 18 % auf 2 % gesunken. Doch im weiteren Verlauf ist das Programm komplett fehlgeschlagen – typisch, ohne Ressourcen, ohne angemessene Weiterbetreuung. Sie versucht, hier ein vergleichbares Programm zu etablieren. Es ist eine undankbare, frustrierende Aufgabe. Die Regierung ist nicht sehr hilfreich. Niemand will zugeben, dass das Problem wirklich existiert – man schließt die Augen, auch aus ökonomischen Erwägungen. Wenn der Tourismus nicht floriert, würde Kenia auf dem Trockenen sitzen. Ich weiß wahrhaftig nicht, wie Dr. Singh das fortwährend aushält.

Sie hat mich nach einer außerordentlich langen Schicht zum Abendessen eingeladen. Ich glaube, wir hatten beide seit über zwanzig Stunden nicht geschlafen. Sie lebt am Stadtrand, in einer Gegend namens Parklands, wo viele Asiaten (wie die indische Bevölkerung hier genannt wird) leben. Während ihre Köchin uns etwas zu essen gemacht hat, saßen wir auf ihrer Veranda und lauschten dem gelegentlichen kehligen Gebrüll der Löwen in der Wildnis. »Wie schaffen Sie das?« habe ich sie gefragt.

Sie hat diese tiefbraunen Augen, die oftmals vor Weisheit und unendlicher Geduld überzufließen scheinen, und wenn sie spricht, dann mit einer nahezu mystisch weichen Stimme: ›Mead, wir tun einfach, was wir tun müssen – was wir tun können. Es gibt kein Geheimnis.‹ Mir blieb es unbegreiflich.«

Elizabeth versuchte sich die Erfahrungen vorzustellen, die Mead machte, sie wirklich nachzuempfinden. Sie spürte, dass ihre Tochter etwas Einschneidendes erlebte, konnte die inneren Verwerfungen zwischen den Worten, die sie still für sich las, beinahe hören. Sie blickte auf und sah aus dem Fenster. Der Park war ein mitternächtlicher Irrgarten von Schatten. Der spärlicher werdende Schnee schimmerte bläulich. Sie seufzte.

Sie machte sich Sorgen um Mead. Hinter ihrem professionellen Auftreten nahm Elizabeth die Anstrengung wahr, die ihre Arbeit bedeutete. Walter war entschieden dagegen gewesen, dass Mead nach Afrika ging, wenngleich aus völlig anderen Gründen. Elizabeth vermutete, dass sein entschiedener Widerspruch mehr der Tatsache geschuldet war, dass Mead ihre Entscheidung verkündet hatte, statt bei der Entscheidungsfindung um seinen Rat zu bitten. Es hatte mehrere hitzige Diskussionen im Strandhaus gegeben. »Lass jemand anders die schmutzige Routinearbeit vor Ort tun, Mead. Du bist viel nützlicher, wenn du deinen Verstand gebrauchst.« Er wollte, dass sie eine Verbindung zum Pasteur-Institut weiterverfolgte. Doch Mead war unnachgiebig geblieben und hatte seine Einwände vom Tisch gewischt. »Liebe Güte, Daddy, warum soll ich mich ewig in diese antiseptischen Labors verkriechen?« Ihr Bruder Avery hatte hinterhältig gefragt: »Haben wir eine vorzeitige Midlife-Crisis, oder ist das schlicht ein Todeswunsch?« Walter hatte ihn tadelnd angesehen. »Mead, ich möchte doch nur, dass du deine Karriere mit Bedacht planst. Du musst große Sorgfalt walten lassen.«

Elizabeth erinnerte sich an ihre Angst, als Mead sich von dem kleinen weißen Korbsofa erhoben und mit kaum verhohlenem Zorn und spürbarer Abscheu vor Walter aufgebaut hatte. Sie hatte sich zu ihrer vollen Größe aufgerichtet, auf ihn herabgesehen und mit eisiger Stimme gesagt: »Erstens, wie noch der dümmste Arzt weiß, entstehen neue Varianten, die mir im Labor nicht zur Verfügung stehen, in Afrika. Zweitens liegt der Schlüssel, anders als in gewissen statischen Feldern der Medizin, mit denen du vertrauter gewesen bist«, sie machte bewusst eine kleine Pause, »bei einem solch dynamischen Virus in der Feldforschung. Und letztendlich bin *ich* für meine Karriere zuständig. Es ist *meine* Arbeit, es sind *meine* Entscheidungen, *meine* Risiken, *meine* Erfolge, sollten sie sich einstellen.« Damit hatte sie sich umgedreht und war die Verandastufen hinuntergestiegen und den Strand entlanggegangen, bis sie nur noch ein Punkt gewesen war, den Elizabeth nicht länger hatte verfolgen können. »Ich weiß nicht, warum sie immer die Heldin geben muss«, hatte Avery gemeint. Rand hatte unbehaglich durch seine Brillengläser geblinzelt und sich in seine Roboterbücher verzogen. Luce hatte ihre Eltern still angesehen, bis Walter, sichtlich erschüttert, sich in sein Schlafzimmer zurückgezogen hatte.

Mead kehrte Stunden später in versöhnlicher Stimmung von ihrem Spaziergang zurück. Sie war zwar in der Lage, auf ihrem Standpunkt zu beharren, konnte aber nicht lange Groll gegen jemanden hegen, insbesondere nicht gegen Walter. »Eine Partie Schach nach dem Abendessen, Daddy?« Eine Entschuldigung war niemals nötig. Das hatte sie von Walter gelernt – seinem Verhalten entnommen, nicht seinen Worten. Sobald Walter feststellte, dass seine engeren Kollegen von Meads Karrierekurs beeindruckt waren, sobald er den Status erkannte, der ihrer Position beigemessen wurde, lenkte er ein.

Die Erinnerung an den vergangenen Sommer ermüdete Elizabeth noch immer. Wieder verspürte sie all die Spannung. Und nun war Luce in der Stadt. Kein Anruf, keine Nachricht. Elizabeth war nicht überrascht, nur momentan irritiert. Luce meldete sich nur selten bei ihnen, wenn sie im Rahmen einer ihrer Ausstellungen nach New York kam. Doch die anstehende Vernissage würde, wie all die anderen zuvor, in der Tat die nächsten ein, zwei Monate für prekäre gesellschaftliche Situationen sorgen. Elizabeth ging zu dem Clubsessel hinüber, schaltete die Lampe an und blätterte die Zeitungen durch, die sie auf der Ottomane gestapelt hatte. Die Kunstseiten las sie kaum jemals, gewöhnlich überflog sie sie nur, um sich zu vergewissern, dass Luce nicht erwähnt wurde. Jetzt schlug sie sie auf und blätterte sie durch. Auf der vorletzten Seite war ein zweispaltiger Bericht über Luce. Sie seufzte erleichtert auf, als sie sah, dass das abgebildete Gemälde eine Landschaft war. Gott sei Dank, dachte sie, keine weiteren peinlichen Familienporträts.

Luces Malerei stellte ein Problem für Walter dar, für sie. Erstens waren da Walters Enttäuschung und Zorn, als Luce das Medizinstudium abgebrochen hatte und an die Kunstakademie übergewechselt war. Fünf Jahre lang war ihr Kontakt nur sporadisch gewesen, bemüht. Nach viel gutem Zureden war es Elizabeth gelungen, die Wunde, die Walters Ego davongetragen hatte, zu heilen, und sie hatten eine kleine Gruppenausstellung in Brooklyn besucht, an der Luce beteiligt war. Ist es möglich, dachte Elizabeth, dass das schon fast zwanzig Jahre her ist? Luce, reserviert wie stets, hatte an diesem Abend Distanz gewahrt, als sie durch die heruntergekommenen verschachtelten Räume gewandert waren, die großteils schlechte experimentelle Kunst aufwiesen. Als sie schließlich zu einer Dreiergruppe von Luces Gemälden kamen, waren sie schockiert, was zum Teil Luces realistischem Stil geschuldet war. Als sie vor den Bildern standen, als die Wirklichkeit, die sie darstellten, einsank, wurde ihr Schock noch tiefer.

Das erste, *Konversation* genannt, war ein Gemälde von Walter in seinem Lesesessel, der Gegenwart Elizabeths, die halb über ihn gebeugt um seine Aufmerksamkeit flehte, überhaupt nicht gewahr.

Das zweite, *Ehe Eins,* zeigte Elizabeth und Walter, wie sie am fernen Ende eines langen, düsteren Korridors standen. Das dritte, *Familie,* war ein Bild von Elizabeth in der Mitte des Wohnzimmers, umgeben von Luce, Avery, Rand und Mead als Kindern, die sie alle flehentlich bestürmten. In der Ferne war Walter zu sehen, die Hand auf der Klinke der Haustür, den Rücken zu ihnen, im Begriff zu gehen.

Elizabeth wusste nicht, was sie von Luces Bildern erwartet hatte. Ihre geringe Vertrautheit mit der Malerei hatte sie vielleicht große Leinwände, bedeckt mit abstrakten Formen und Figuren, erwarten lassen, doch bei weiterem Nachdenken hatte sie begriffen, dass das mit Luces Persönlichkeit unvereinbar gewesen wäre. Vielleicht stille Landschaften oder, da sie immer hervorragende wissenschaftliche Illustrationen angefertigt hatte, vielleicht auch Bilder, die in den Naturwissenschaften wurzelten: Zellen, Amöben, Viren.

Es war keineswegs so, dass eines der Bilder zu beanstanden gewesen wäre. Oberflächlich betrachtet erzählten sie von alltäglichen Begebenheiten. Doch die Atmosphäre, in denen die Szenen angesiedelt waren, der Ausdruck der Gesichter war so durchdringend, so scharfsinnig, so unverzeihlich treffend. Es war ihr nie in den Sinn gekommen, dass Luce so direkt, so ehrlich ihre Familie malen, dass ihr Privatleben Thema von Luces Arbeit werden könnte. Als sie vor den Bildern gestanden hatte, überkam sie das Gefühl, bloßgestellt worden zu sein, und als sie sich Walter zuwandte, um sich auf seinen Arm zu stützen, sah sie, dass er ähnlich betroffen war.

Sie kam sich vor, als habe ihr jemand des Nachts die Bettdecke fortgenommen und als sei sie erwacht und fände sich umringt von einer Gruppe vollkommen Fremder, die sie angafften. Walter führte sie zur Tür, neben der Luce ruhig stand.

»Das hat mit Kunst nichts zu tun.« Walter artikulierte jedes einzelne Wort klar und gleichmäßig, mit genügend Abstand dazwischen. »Das ist ein aggressiver Übergriff und infantiler Exhibitionismus.« Er legte den Arm um Elizabeth, und sie spürte, wie die gezügelte Hitze seiner Worte sie über die Türschwelle drängte. Sie gingen die kleine Rampe hinunter und betraten den Gehweg.

»So überraschend das für euch sein mag«, Luces Stimme, freundlich und, da war Elizabeth sich ziemlich sicher, ohne Bitterkeit, folgte ihnen, als sie an den Bordstein traten und ein Taxi herbeiwinkten, »das ist mein Leben.« Als Walter eingestiegen war, streckte Luce die Hand aus, um zu verhindern, dass die Tür geschlossen wurde. Sie beugte sich zu ihnen hinunter. »Ich habe nicht die Absicht, jemandem weh zu tun. Aber das ist mein Leben. Verwechselt das nicht mit Verrat.« Sie trat zurück und schloss sachte die Tür.

Seitdem war ihr Kontakt bestenfalls oberflächlich zu nennen. Sie und Walter hatten diesen Abend nie thematisiert. Elizabeth versuchte Verständnis aufzubringen, überwand jedoch nie das Gefühl, in Luces Gegenwart unwillentlich Modell zu sein.

Als sie ihren letzten Schluck Tee trank, wünschte Elizabeth – keineswegs ohne Schuldgefühl –, dass Luce nicht nur ihr Atelier, sondern auch ihre Geschäfte nach San Francisco verlegt hätte. Sie war insgeheim sehr erleichtert gewesen, als Luce vor einigen Jahren ziemlich unvermittelt nach Kalifornien gezogen war. Sie war Quell von zuviel Konfliktstoff, zu vielen Ressentiments. Elizabeth liebte Luce. Sie hatte sie sogar einmal in San Francisco besucht. Ich liebe alle meine Kinder gleichermaßen, hörte sie sich selbst sagen, im Tunnel der Jahre widerhallend. Doch einige machen es mir schwerer als andere, dachte sie.

»*Luce, du hast es geschafft.* Nun sind wir endlich beisammen.« Jacob erhob sich vom Tisch und küsste Luce auf die Wange. »Was darf's sein, Luce? Rot? Weiß?«

»Entscheide du, Jacob. Alle Vorbereitungen getroffen?«

»So gut es geht. Tina plant für morgen noch eine telefonische Blitzaktion an die Presse – nur eine freundliche Erinnerung. Ansonsten ist alles aufgehängt, umgehängt und nochmals umgehängt. Oh, und der Katalog wurde gestern auch geliefert.«

Er stieß einen langen stummen Pfiff aus, verdrehte die Augen und schüttelte die Hand. »Sehr edel. Glaub mir, es wurden weder Kosten noch Mühe gescheut. Er ist toll geworden.«

Luce lächelte. »Wo ist Ms. Right? Jenny? Ich dachte, ich würde sie kennenlernen?«

»Sie hat einen geschäftlichen Termin. Cocktailparty oder so was. Sie wird sich später zu uns gesellen.«

»Gut. Ich freue mich darauf, sie kennenzulernen.«

»Luuuce«, Jacob zog ihren Namen spielerisch in die Länge, »ich habe gute Neuigkeiten.« Er hob die Augenbrauen und legte seinen Kopf schief. Er bettelte förmlich darum, ausgefragt zu werden.

Luce trank einen Schluck Wasser, nahm die Speisekarte und sagte: »Was kannst du mir empfehlen?«

»Luce!« Er riss die Augen weit auf. »Tu mir das nicht an!«

»Na schön. Wenn's denn sein muss. Also, wie lauten die Neuigkeiten?«

Er legte die Arme auf den Tisch und schüttelte langsam den Kopf. »Habe ich dir je gesagt, was für eine Nervensäge du sein kannst?«

Sie legte den Kopf in den Nacken und hob ihre Augen gen Decke. »Hm, nein, bei diesem Besuch noch nicht.«

»Eine riesige. Eine gigantische. Warum bin ich so gut zu dir?«

»Wegen deiner Provision?«

»Derb. Eine derbe Nervensäge.«

»Okay, okay. Also, was gibt's nun für Neuigkeiten?«

Jetzt war es an Jacob, sich spröde zu geben. Er wies auf die Speisekarte und meinte: »Der geschwärzte East River Barsch ist immer gut. Auf natürliche Weise geschwärzt, wie du zweifelsohne weißt. Diese Ölkatastrophen sind für die *nouvelle cuisine,* was

Backmischungen für die heimische Küche sind. Das ist ein positiver Aspekt der Umweltverschmutzung, der nie thematisiert wird. Überleg mal, wieviel Zeit es den Köchen erspart.«

»Jacob, vergib mir. *Mea culpa, mea culpa.* Und nun erzähl mir die gottverdammten Neuigkeiten.«

»Na schön. Wo du schon danach fragst. Ein nicht unbedeutendes Kunstmuseum, angesiedelt im Mittleren Westen, wird möglicherweise bald ein Werk von Luce Bennett erwerben.« Er legte eine kleine Pause ein. »Habe ich *nicht unbedeutend* gesagt?«

»Jacob!« Sie griff nach seinem Arm. »Das Chicago Art Institute? Wirklich?«

»Wirklich. Unglaublich, nicht?«

Luce lehnte sich zurück und stieß einen langen Seufzer aus. »Unglaublich? Wie wär's mit fabelhaft? Wirklich? Aber was heißt das? Du hast gesagt, *möglicherweise*. Was heißt das?«

»Ich habe drei Mal mit dem Kurator gesprochen. Es ist dem Erwerbungsausschuss vorgeschlagen worden. Und wurde abgesegnet.«

»Warum dann die Einschränkung?«

»Nun, es gibt ein winziges Infrastrukturproblem, das ein bisschen mehr kosten könnte, als der Haushaltsetat hergibt. In dem Fall könnte der Erwerb verschoben werden.«

»Was für ein winziges Infrastrukturproblem?«

»Sie brauchen neue sanitäre Einrichtungen.«

Luce lachte. »Super. Toiletten vor Kunst. Die Verbindung von beidem ist vermutlich enger, als wir beide glauben mögen.« Sie schüttelte den Kopf. »Ich bin definitiv reif für ein Glas Wein.« Jacob schenkte ihr ein und lehnte sich zurück. »Also, was wollen sie kaufen, Jacob?«

»*Auf der Suche nach Grace/Paris.* ›Ein düsteres Wehklagen über die spirituelle Qual unserer Zeit‹, meinte der Kurator. Oder so was ähnliches jedenfalls. Es ist die reinste Ironie, ich weiß. Jedes einzelne Bild dieser Serie verkauft sich. Ist verkauft.

Angenommen, sie kaufen es. Übrigens – ich habe den Preis verdoppelt.«

»Das ist ein Scherz, oder?«

Jacob schüttelte den Kopf. »Sie haben nicht mit der Wimper gezuckt.«

»Gott, es ist nahezu unheimlich, wie gefragt diese Serie ist.«

»Was immer du sagen magst, die Bilder sprechen in den Menschen etwas an. *Quälend* ist eigentlich ein ziemlich passendes Wort. Unverfälschte Emotion kombiniert mit deiner Technik – nun, ein machtvolles Gespann.«

»Und du hast wirklich einen derartigen Preis verlangt? Dann wird es dich freuen zu hören, dass du bald ein weiteres zu verkaufen haben wirst. *Auf der Suche nach Grace/Brooklyn Bridge* wird der Serie hinzugefügt. Sobald es trocken ist.«

Jacob kaute auf seiner Unterlippe. »Das stimmt mich froh und traurig zugleich. Ich weiß, dass dir das Malen dieser Bilder nicht leichtfällt.«

Luce zuckte die Schultern.

Jacob beugte sich vor. »Also, wie ist es dir ergangen?«

»Nicht schlecht.«

»Und San Francisco – wie kommst du mit der Stadt zurecht?«

»Ganz gut.«

»Verausgab dich nur nicht, indem du mir zu viele Details erzählst, Luce.« Jacob lächelte hinterhältig.

Luce holte tief Luft, um sich zu wappnen. »Wie ich sehe, bist du wild entschlossen, mein Herz zu ergründen.«

»Du hast noch eines, oder?«

Luce zuckte zusammen. Dann blickte sie ihn scharf an. »Fühlt sich auf jeden Fall so an. Ich wünschte, es wäre nicht so.«

»Entschuldige, Luce. Ich mache mir nur Sorgen um dich. Dies hier ist deine Heimatstadt, hier hast du alle deine Freunde, findest du Unterstützung. Ich mag gar nicht daran denken, dass du so weit weg bist, so ganz allein.« Luce hatte keine Antwort darauf.

»Hör mal, ich weiß, es ist hart, es muss hart für dich sein. Aber du kannst nicht einfach aus dem Fluss des Lebens aussteigen.«

»Ich male, oder etwa nicht?«

»Ja. Und gut noch dazu. Und wie wir beide wissen, haben deine Arbeiten noch nie zuvor dermaßen viel positive kritische Aufmerksamkeit gefunden.«

»Ist das nicht ein Oxymoron – positive kritische Aufmerksamkeit?«

»Hast du jemanden kennengelernt?«

»Jacob. Hör auf, die Mama zu spielen. Ich bin eine erwachsene Frau. Ich bin sehr wohl in der Lage, mich um mich selbst zu kümmern. Außerdem möchte ich niemanden kennenlernen.«

»Ah, siehst du, genau das bereitet mir Sorgen. Du machst dicht, du schottest dich ab. Luce ...«

»Jacob. Es ist erst zwei Jahre her. Lass mich in Ruhe.«

»Ich verstehe.«

Luce warf ihm einen skeptischen Blick zu.

»Ja, wirklich. Ich gebe mir jedenfalls Mühe. Zwei Jahre sind nicht so lang. Andererseits – das Leben ist kurz, und zwei Jahre sind eine lange Zeit.«

»Danke. Das hast du nun sehr klar gemacht.«

»Du weißt, wie ich es meine.«

Sie waren nun schon seit Jahren miteinander befreundet, lange genug, um sich gewisse Freiheiten erlauben zu können, um gelegentlich eine Grenze zu überschreiten und gewiss lange genug, um zu wissen, wann es kritisch wurde und sie keinen Schritt weiter gehen durften.

»Ich schätze also, das heißt, dass du nichts über eine gewisse Person hören möchtest, die ich kürzlich kennengelernt habe und von der ich glaube, dass du sie interessant und attraktiv finden könntest?«

Luce sah ihn ungläubig an und schüttelte langsam den Kopf. »Liebe Güte, Jacob! Wovon haben wir die ganze Zeit gesprochen?

Ich will niemanden kennenlernen. Habe ich eine entscheidende Lebenslektion versäumt? Gibt es ein emotionales Kurvendiagramm, das an dem Tag ausgehändigt wurde, als ich in der Schule gefehlt habe? Nach zwei Jahren ist man eindeutig bereit für Neues? Bin ich wirklich dermaßen zurückgeblieben? Sieh mal, Jacob, in meinem tiefen Inneren weiß ich, dass du nur mein Bestes im Sinn hast. Aber es ist die Wahrheit, wenn ich sage, ich bin noch nicht soweit. Und jeder neue Mensch, egal wie interessant, attraktiv, geistreich, wunderbar und so weiter und so fort, hätte im Vergleich keinerlei Chance. Es wäre nicht fair. Können wir jetzt bitte das Thema wechseln?«

Jacob trank einen Schluck Wein. Dann trommelte er mit den Fingern auf dic weiße Tischdecke. »Also, wie geht es dir?« fragte er mit weicher Stimme. »Ich meine – wirklich?«

Luce sah ihn an und ließ ihren Blick dann durch das Restaurant schweifen. Warum müssen Freunde so verdammt ernsthaft und beharrlich sein? dachte sie. Sie wünschte, sie wäre in San Francisco und sehnte sich nach der ungestörten Stille, die sie dort gefunden hatte. Als sie die zunehmende Last seines besorgten Blickes, seiner Erwartung spürte, antwortete sie: »Ehrlich, ich weiß es nicht. Ich schätze, ich bin noch immer ziemlich betäubt. Irgendwann wird es mir wieder gutgehen. Ganz bestimmt. Vielleicht bin ich nur langsamer als andere Menschen.«

Luce bemerkte Jacobs Enttäuschung, seine Kränkung. Sie hatte nun schon seit zwei Jahren mit Menschen zu tun, die sie in die Arme schließen und sie aus ihrem Schmerz, ihrer Depression hinausgeleiten wollten. In den meisten Fällen war es ihr gelungen, diesen Umarmungen auszuweichen. Doch Jacob war anders, beharrlicher. Und er bedeutete ihr mehr als andere.

Sie wusste, dass er es gut meinte, dass er keine Vorstellung hatte, wie zutiefst ermüdend sie es fand, ihre Befindlichkeit in Worte zu fassen. Während sie nun beobachtete, wie er versuchte, sein Recht auf Einmischung zu kaschieren, wünschte sie, sie fände die Worte, die Antworten, die ihn zufriedenstellten. Doch sie respektierte ihn zu sehr, um ihn mit Lügen abzuspeisen. Also saßen sie da und teilten eine weite, offene Ebene der Liebe miteinander und waren doch durch eine tiefe, unüberwindliche Kluft voneinander getrennt. Sie reichte über den Tisch und nahm seine Hand.

»Danke, Jacob. Ich weiß, du machst dir Gedanken um mich. Du möchtest mich glücklich sehen. Aber ich bin es einfach nicht. Punkt. Im Moment jedenfalls nicht. Und ich kann es nicht ändern. Noch nicht.«

»Luce, ich wünschte, ich könnte irgendwas tun.«

»Nicht alles lässt sich in Ordnung bringen.«

»Muss ich mir Sorgen machen?« Luce und Jacob hoben den Blick zum Ursprung der Frage, die in einem warmen, gespielt besorgten Ton geäußert worden war.

»Jenny!« Jacob sprang entzückt auf und küsste sie liebevoll. »Du kommst früh.« Jenny wandte sich Luce zu, ergriff ihre Hand und drückte sie herzlich mit beiden Händen.

»Ich bin hocherfreut, Sie kennenzulernen. Ich bewundere Ihre Bilder schon seit langem. Schon bevor ich Jacob begegnet bin.«

»Dankeschön. Freut mich auch, Sie kennenzulernen.«

Während Jenny sich auf ihrem Stuhl niederließ, musterte Luce sie. Jenny war eine attraktive Frau, Ende Dreißig, mit einer kastanienbraunen Haarpracht, die ihr bis über die Schulter reichte. Sie war klein, aber wohlproportioniert und besaß Anmut. Luce mochte sie auf Anhieb.

Beim Kaffee, nach viel gutgelauntem Geplänkel und dem Austausch der üblichen Grundinformationen, fragte Jenny: »Und was fängt die Verlorene Malerin mit ihrer Zeit an, wenn sie nach New York zurückkehrt?«

»Sie besucht sicher nicht ihre Verlorene Familie«, meinte Jacob.

»Den gestrigen Tag habe ich mit Ruthie verbracht.«

Jacobs Gesicht hellte sich auf. »Wie geht's Ruthie? O Jenny, Ruthie ist einfach unbeschreiblich. Ein wahres Original.«

»Sie wird zur Vernissage kommen, Jacob. Dann könnt ihr eure Bekanntschaft erneuern.«

»Wer, wenn ich fragen darf, ist Ruthie?« Jenny sah von Luce zu Jacob, der sich einen kurzen Augenblick unbehaglich zu fühlen schien. Ein verlegenes Schweigen folgte. Jenny gab dem Kellner ein Zeichen, Kaffee nachzuschenken.

Luce und Jacob sahen einander unverwandt an. Sie waren sich einen Moment lang vertraut und doch, wie alles, das ähnlich ist, schmerzlich verschieden. Als Luce Jacob in die Augen sah, wusste sie, dass auch er an die verschiedenen Gelegenheiten dachte, bei denen sie zusammen mit Jacobs jeweils neuester Freundin diesen Moment in ihrem Gespräch erreicht hatten. Wenn das Essen nicht gut gelaufen war, was hieß, dass die betreffende Frau nicht bestanden hatte, dann schwand die Bedeutung des Augenblicks einfach. Wenn die Frau jedoch vielversprechend schien, waren Jacobs sämtliche Sinne auf sie gerichtet. Die ahnungslose Frau hatte nicht den leisesten Schimmer, dass von ihrer Reaktion ihre künftige Beziehung zu Jacob abhing.

Während Gepflogenheit und Geschichte in Einklang kamen, erkannten Luce und Jacob, dass das, was war, Vergangenheit war. Der entscheidende Augenblick war neu definiert worden. Jenny, die von der Traurigkeit, die sie drei plötzlich umfing, irritiert war, trank nachdenklich ihren Kaffee. Luce brach das Schweigen. »Ruthie ist sozusagen meine Schwiegermutter.« Sie drückte den Rücken durch und hob das Kinn. »Wenn Sie zur Vernissage kommen, haben Sie Gelegenheit, sie kennenzulernen.«

»Gern.« Jennys Reaktion war ruhig, freundlich. Sie schien zu wissen, dass sie sich auf unsicherem Boden bewegte. Luce meinte sie eine Sekunde zögern zu sehen. Dann fuhr sie fort: »Ich wusste nicht, dass Sie verheiratet sind, Luce.«

Luce sah Jacob an, der ihren Blick mit gleicher Intensität erwiderte. »War. Ich bin verwitwet. Seit zwei Jahren.« Sie sah, wie sein Gesicht von Schmerz überschattet wurde und sich Trauer in seinen Augenwinkeln sammelte. Sehe ich, was er empfindet, fragte Luce sich, oder spiegelt er nur mein Gesicht wider?

»Das tut mir sehr leid. Woran ist Ihr Gatte gestorben?«

»Brustkrebs.« Luce wandte sich an Jenny. »Grace ist an Brustkrebs gestorben.«

Jenny griff spontan nach Luces Hand. »Gott, wie entsetzlich. Wie schrecklich für Sie.« Sie wollte noch etwas hinzufügen, entschied sich dann aber dagegen.

Luce zog ihre Hand unbeholfen zurück. »Ja, es ist hart. Nun, ich mache mich jetzt lieber auf den Weg. Danke für das Abendessen, Jacob.« An Jenny gewandt, fügte sie hinzu: »Es war schön, Sie kennenzulernen.«

»Jacob spricht so oft von Ihnen, Luce. Ich bin froh, dass ich Sie endlich kennengelernt habe. Wir sehen uns dann bei Ihrer Vernissage.«

Luce sah sie an und neigte den Kopf.

»Komm, wir begleiten dich zum Hotel zurück.« Jacob sprang auf und winkte dem Kellner wegen der Rechnung.

»Nicht nötig, mein Lieber. Wirklich nicht.« Sie umarmten einander und hielten sich ein wenig länger umschlungen als gewöhnlich. Luce hob sich auf die Zehenspitzen, küsste Jacob auf die Wange und wandte sich dann an Jenny. »Er macht sich zu viele Sorgen.«

»Ich weiß.«

»Gute Nacht.«

Jacob blieb stehen und sah ihr erwartungsvoll nach, während Luce den vollbesetzten Raum durchquerte und das Restaurant verließ. Seine Hoffnung erfüllte sich, als Luce einen Blick durch das große Fenster zurückwarf und ihn mit einem leichten Winken bedachte. Er ließ sich schwer auf seinen Stuhl zurückfallen, starrte auf das Fenster und sagte: »Lieber Gott, ich mache mir wirklich Sorgen um sie. Ich wünschte, ich könnte irgend etwas tun.«

Jenny legte ihm die Hand auf den Arm. »Du liebst sie. Du bist ihr ein guter Freund. Manchmal kann man mehr nicht tun. Und manchmal – bei einem Menschen, der so reserviert ist wie Luce – ist es am besten, den anderen in Ruhe zu lassen. Cognac?« Er nickte seufzend.

Auf der Straße überkam Luce eine Welle von Übelkeit. Sie war im Griff zweier Mächte gefangen. Ein überwältigendes Gefühl von Klaustrophobie bemächtigte sich ihrer. Augenblicklich erschien ihr der Raum, den sie einnahm, die breite, geschäftige Straße, ihr Leben an sich klein und beengt. Gleichzeitig kamen ihr die Straße, die Welt, die Ränder ihres Seins unglaublich weit, endlos, durchlässig vor. Sie ging um eine Ecke, scherte aus dem Gewusel auf dem Gehweg aus und lehnte sich gegen eine kalte Ziegelwand. Ihre Kehle schnürte sich zu. Ihr Leib war von kaltem Schweiß bedeckt. Sie spürte, wie die Schwerkraft auf ihr lastete. Sie wusste nicht, ob diese Macht, die auf ihr lag, sie nicht vielleicht zu einem kleinen Klumpen Kohlenstoff zusammenpressen würde, der achtlos in den Gully gekickt werden würde, oder ob sie im Begriff war, auseinandergerissen und in der Atmosphäre verstreut zu werden. Sie legte den Kopf gegen die Wand, schloss die Augen und versuchte Atem zu schöpfen.

Zweiter Teil

Als Mead das Lodge-Restaurant betrat, entdeckte sie Roz und Linda an einem der Tische, mit dem Rücken zu ihr, die Peters Gesellschaft offenkundig genossen. Sie wappnete sich und gesellte sich zu ihnen.

»Guten Morgen, Sonnenschein.« Peter war nervtötend guter Dinge.

»Ich sehe, ihr habt bereits Bekanntschaft geschlossen«, bemerkte Mead knapp.

»In der Tat. Männliche Intuition, schätze ich.« Peter wies auf das leere Restaurant. »Ich habe sie sofort entdeckt.« Roz und Linda lachten. »Schöner Tag, nicht?« Mead setzte sich wortlos.

»Mead, warum hast du uns nicht erzählt, dass Peter ein echter Cowboy ist?« fragte Roz aufgeräumt.

»Ich dachte, das würdet ihr schon selbst herausfinden. Dass Peter herbeireitet und Bakterien, Viren und Parasiten zusammentreibt, kann nicht lange ein Geheimnis bleiben.«

»Wir sind im Urlaub. Verderben wir uns den Spaß und das Abenteuer nicht mit Fachsimpelei.« Peter schenkte eine Tasse Kaffee ein, kein Zucker, aber ein wenig Milch, und stellte ihn triumphierend vor Mead. »Du trinkst deinen Kaffee noch wie immer, stimmt's?«

Mead starrte auf die Tasse Kaffee, dann sah sie Peter ausdruckslos an.

»Einfach faszinierend, von deinen Abenteuern zu hören – Venezuela, Bosnien, Afrika. Wie oft bist du schon hiergewesen?« Roz schien ihre Einwände gegen Peters Gesellschaft vollkommen vergessen zu haben. Mead war keineswegs überrascht. Linda warf ihr einen wissenden Blick zu.

»Fünf, sechs Mal. Ich war ein paarmal kurz in Nairobi, aber dies ist mein erster Besuch in Ostafrika. Welch ein Glück, so wunderbare Gesellschaft gefunden zu haben.« Er lächelte alle drei Frauen strahlend an.

»Und du hast selbst mit Lassa-, Marburg- und Ebola-Viren gearbeitet?«

»Ja, und mit ein paar weiteren haemorrhagischen Viren, die das CDC noch zu identifizieren versucht.«

»Jagt dir das nicht eine Heidenangst ein? Mir würde das so gehen.« Roz war hingerissen.

»Anfangs vielleicht. Meine erste Exkursion werde ich nie vergessen. Es ging in die Demokratische Republik Kongo. Wir hatten von einigen mysteriösen blutenden Toten flussaufwärts gehört und wollten hin, um die Sache zu untersuchen. Haben uns für den halben Tag ein kleines Flugzeug gemietet. Am Abend haben wir dann ein Boot bestiegen und sind fast drei Tage flussaufwärts gefahren. In der ersten Nacht dachte ich, ich halluziniere. Die Zweige über mir schienen lebendig zu sein. Und die Baumstämme, die in Ufernähe trieben, ebenfalls. Alles war in Bewegung. Ich dachte, ich wäre im Delirium. Am nächsten Morgen stellte ich fest, dass die Bäume voller Schlangen waren, und das, was ich für Baumstämme gehalten hatte, waren Krokodile.

Als wir das Dorf erreichten, war es menschenleer, bis auf eine alte Frau. Unser Führer fragte sie, ob es Todesfälle gegeben habe. Sie führte uns zu einer großen runden Lehmhütte. Da drinnen saßen, aufrecht gegen die Wand gelehnt, fünfzehn Leichen, alle mit weit offenen Augen. Die Frau, oder sonst jemand, hatte ihnen die Nasen und Ohren mit Stoffetzen verstopft. Es war völlig bizarr. Jeder Leichnam wies einen anders gemusterten Stoff auf. Es war, als befände man sich in einem Raum mit lauter alten Stoffpuppen. Alle anderen Dorfbewohner waren geflohen. Es war eine höllische Arbeit, sie aufzuspüren.« Er trank einen Schluck Kaffee.

»Natürlich hat man immer Angst. Man wäre ja auch blöd, wenn man keine hätte. Vor allem nach den Autopsien, wenn man gesehen hat, wie die Organe wegschmelzen. Das sind tödliche kleine

Dinger, mit denen wir zu tun haben. Wenn man in Kontakt mit ihnen gerät, stehen die Überlebenschancen fünfzig zu fünfzig.«

»Na, deinen Eltern wäre es sicher lieber, du wärst Zahnarzt geworden«, meinte Roz und sah ihn wie bezaubert an.

»Ja, sie machen sich manchmal ziemliche Sorgen«, erwiderte Peter. Seine Aufmerksamkeit galt Mead. »Aber ich für meinen Teil denke, dass das Leben ein einziges Risiko ist. Ich könnte genausogut sterben, wenn ich eine Straße überquere, oder erschossen werden, wenn ich zu Hause Geld aus dem Automaten hole – für ein paar lausige Piepen. Gibt keine Garantie, nicht, Mite?«

»Ja, aber sich diesen grässlichen Viren auszusetzen – liebe Güte, zusammenzubrechen und zu verbluten. Ist mir zu brutal und exotisch.«

Mead registrierte, wie Roz zunehmend unter Peters Bann geriet.

»Ich ziehe einen exotischen Abgang einem stinknormalen vor.« Peter winkte einem Mann zu, der das Restaurant betrat. Dann wandte er sich an Mead. »Ich hoffe, du hast nichts dagegen, Mite, ich habe einen Freund mitgebracht.«

»Je mehr, desto lustiger.« Roz flötete beinahe.

»Keineswegs, Peter«, erwiderte Mead kühl.

»Das ist Gil. Gil, das sind Roz, Linda und Mead.«

Man begrüßte sich. Gil, ein drahtiger Mann mit dunkelbraunem Haar, olivfarbenem Teint und dunklen, haselnussfarbenen Augen hinter Brillengläsern, verbeugte sich leicht und sagte mit aufrichtiger Zurückhaltung: »Tut mir leid, wenn ich mich aufdränge.« Er wies die leicht gebeugte Haltung auf, die sehr große Menschen häufig annehmen. »Aber ich freue mich sehr, euch kennenzulernen«, fuhr er fort und sah Mead an. Sie fragte sich misstrauisch, was Peter Gil erzählt haben mochte, dass dessen Interesse an ihr derart ausgeprägt war.

»Gil, ich hab's dir doch gesagt. Die Schuld liegt allein bei mir. Wirklich. Setz dich«, befahl Peter fröhlich und schob ihm mit dem Fuß einen Stuhl hin.

»Lassen wir die Schuldzuweisungen beiseite. Kaffee?« fragte Roz liebenswürdig und griff nach der Kanne.

»Nein, danke. Ich bin nur gekommen, um euch zu sagen, dass unsere Bergführerin gekommen ist.«

»Prima. Brechen wir auf.« Peter erhob sich und rieb sich begeistert die Hände. »Alle bereit?«

»Klar«, antwortete Roz. »Bringen wir die Sache ins Rollen.«

»Geht ihr schon mal vor«, sagte Mead. »Ich trinke noch meinen Kaffee aus.«

Peter, die eine Hand auf dem Tisch, die andere auf der Rückenlehne von Meads Stuhl, beugte sich zu ihr und fragte beflissen: »Kann ich dir deine Sachen aus der Hütte holen?«

»Die habe ich schon hier. Sie sind draußen auf der Veranda.«

»Gut, dann lade ich sie für dich ein.« Peter richtete sich langsam auf und lächelte Mead gewinnend an.

»Ich leiste dir Gesellschaft, Mead. Ich würde auch gern noch eine Tasse Kaffee trinken.« Linda schenkte Mead und sich selbst Kaffee nach, während Peter, Roz und Gil hinausgingen. An der Tür zog Gil den Kopf ein, blickte über die Schulter zurück und lächelte entschuldigend, bevor er hinaustrat.

Mead seufzte, während Linda leise anfing zu lachen. »Unglaublich«, meinte Mead und schüttelte den Kopf.

»Wer ist der lange Lulatsch?« fragte Linda.

»Keine Ahnung. Peter hat eine Art, sich im Nu Gefolgschaft zuzulegen. Ich weiß noch nicht, ob ein weiterer Eindringling eine Bereicherung bedeutet oder weiteres Unheil.«

»Ich muss schon sagen, Roz nimmt es ziemlich gefasst auf. Ich bin stolz auf sie«, kicherte Linda. »Sie verbirgt ihre Enttäuschung geradezu perfekt.«

»Ja, sie hält sich bewundernswert.«

»Jetzt verstehe ich, was du über Peter gesagt hast.« Linda machte große Augen und stieß einen leisen Pfiff der Bewunderung aus. »Was für ein Typ.«

»Als Ärztin bin ich bei Diagnosen immer vorsichtig, aber ich fürchte, der Zustand ist als charismatisch zu beschreiben. Fatal charismatisch.«

»Ich begreife, womit du es zu tun hast.« Linda trank nachdenklich einen Schluck Kaffee. Dann beugte sie sich über den Tisch und fragte Mead leise: »Wird's denn gehen?«

»Sagen wir mal, wenn ich die nächste Woche heil überstehe, überstehe ich alles. Ausgenommen haemorrhagisches Fieber. Danke der Nachfrage. Und du?«

»Oh, ich bin dermaßen beeindruckt von Roz' neuer Rolle als zuvorkommende Gastgeberin, dass ich ihren nächsten Auftritt um nichts in der Welt verpassen möchte. Ich würde ihr im Moment vermutlich bis auf den Annapurna folgen.« Sie grinsten sich amüsiert an. Dann holte Linda tief Luft. »Bereit?«

»Ja. Auf zum Gipfel!«

Sie waren in eine Karawane von Landrovern gestiegen und über eine Stunde lang durch den Wildpark gefahren. Auf der Fahrt über die trockenen, gestrüppreichen Ebenen hatten sie Weißschwanzgnus kalben sehen, Zebraherden, die im Staub tänzelten, Elefanten, die bedächtig voranschritten, einige Elandantilopen und einen goldenen Schakal. Das Ufer des großen Sees war gesäumt von Rosenfußlöfflern, Säbelschnablern, Flamingos, Heiligen Ibissen und Langspornkiebitzen.

Nachdem sie den Wildpark hinter sich gelassen hatten, bogen sie auf die Hauptstraße ein, die Great North Route, die von Kapstadt nach Kairo führt. Sie kamen an Massai-Dörfern vorbei; einige mit Straßenständen, an denen Männer und Frauen in traditioneller Kleidung Holzschnitzarbeiten, Perlen und Schwertnachbildungen feilboten. Eine Handvoll nackter halbwüchsiger Jungen, von weißem Puder bedeckt, winkte ihnen zu. »Was ist mit denen?« hatte Roz gefragt. »Rituelle Beschneidung«, hatte Gil geantwortet, und Roz hatte lüstern gegrinst, während Linda zusammengezuckt war. Sie waren an der Stadt Arusha vorübergekommen und weiter in Richtung Kilimandscharo gefahren. Shambas, kleine, von Einheimischen betriebene Kaffee- und Bananenplantagen auf fruchtbaren Vulkanhängen, säumten ihren Weg. Dann bogen sie auf eine unbefestigte Straße ab, die bald nur noch eine Fahrspur war und immer mehr und tiefere Schlaglöcher verband und schließlich im wild wuchernden Gestrüpp verschwand. Sobald sie in der Waldzone angekommen waren, hatte die Spitze der Karawane angehalten.

Jetzt, auf einer Höhe von zweitausend Metern, versammelten sie sich um Mary Silver, ihre Bergführerin, eine stattliche Frau aus Seattle, die über reichlich Erfahrung verfügte.

»Das Entscheidende ist«, sagte sie, »langsam vorzugehen.« Umgeben von Palmen, Maulbeerfeigen- und anderen Bäumen, die von büscheligem limonengrünem Spanisch Moos umkränzt waren, lauschten sie ihren nüchternen Instruktionen, die von dem Geschnatter der Colobus- und Blauaffen in den höchsten Wipfeln an der Baumgrenze begleitet wurden.

»Ich bin schon einige Dutzend Male auf diesen Berg gestiegen und leite diese Tour gewöhnlich einmal im Jahr. In erster Linie aus sentimentalen Gründen. Das hier war mein erster Berg. Es ist ein Kinderspiel. Wirklich. Doch egal, ob es der Kilimandscharo oder der Everest ist – das Entscheidende ist das Tempo. Es ist wie Tiefseetauchen, nur umgekehrt und in anderer Dimension. Aber euch brauche ich nicht mit naturwissenschaftlichen Fakten zu kommen. Wenn ihr es langsam angehen lasst, gebt ihr eurem Körper die Chance, sich an den unterschiedlichen Sauerstoffgehalt zu gewöhnen. Je langsamer ihr geht, desto besser akklimatisiert ihr euch und desto eher wird euch die Höhenkrankheit verschonen und desto weniger werdet ihr schließlich die Blumen düngen. Fragen?«

Sie ließ die Augen langsam über die Gruppe schweifen. Ihr durchdringender Blick schätzte jeden einzelnen von ihnen ein. Mead und Linda saßen auf dem Boden zu ihren Füßen und hörten aufmerksam zu, wie eifrige Schülerinnen in der ersten Reihe. Peter lehnte lässig an einem Landrover, sich seiner guten Noten sicher. Roz stand in der Nähe, bereit, sich bei der erstbesten Gelegenheit aus dem Unterricht abzusetzen. Gil lehnte verlegen an einem Baum und spielte nervös mit einem Grashalm, der Neue, schüchtern und in sich gekehrt.

»Das hier ist der höchste Berg der Welt, der nicht einer Gebirgskette angehört. Er ist 5895 Meter hoch und hat drei Gipfel: den Kibo, den Mawensi und den Shira. Der Kibo ist der höchste, und sein höchster Punkt ist der Uhuru-Peak. Das ist unser Ziel. Ungefähr elftausend Menschen nehmen den Kilimandscharo pro Jahr in Angriff. Neunzig Prozent von ihnen wählen die Marangu-Route, die Hauptroute auf der östlichen Seite. Sie hat den Charme des Santa Monica Freeway zur Rushhour. Euer Geld nicht wert. Die meisten Menschen nehmen sich nicht genügend Zeit. Sie stellen sich vor, schnurstracks hinaufzusteigen und planen nur zwei, drei Tage für den Trip ein. Idioten. Nur zehn Prozent schaffen es bis auf die Spitze. Wir nehmen die langsamere Westroute – viel schöner und ein bisschen sanfter ansteigend. Ihr kommt dennoch nach oben.

Es gibt fünf Zonen. Die erste haben wir bereits hinter uns, die Ausläufer. Wir sind jetzt in der Waldzone. Danach folgt das Heide- und Moorland, das ist subalpin, dann die hochalpine Zone und schließlich der Gipfel. Insgesamt werden wir ungefähr vierzig Kilometer über das Shira-Plateau gehen. Für den Aufstieg rechne ich vier Nächte, für den Abstieg zwei. Soweit zur Schwerkraft.« Sie hielt inne und lächelte.

»Heute werden wir gemächlich beginnen und ungefähr fünfhundert Meter hochsteigen. Gibt uns allen Zeit, unseren Rhythmus zu finden. Wir werden immer noch in der Waldzone sein, wenn wir heute abend unser Lager aufschlagen. Das ist die beste Zone, um Tiere zu beobachten, es besteht also kein Grund zur Eile. Mbiti hier, unser Hauptführer, hat gesagt, er habe vor zwei

Wochen einen Leoparden gesehen, als er mit einer anderen Gruppe hinaufging. Es gibt auch wunderbare Vögel zu beobachten. Achtet jedoch darauf, dass ihr eure Regenumhänge ganz nach oben packt. Wir werden mit Sicherheit nass werden.

Morgen werden wir die subalpine Zone hinter uns bringen. Ihr werdet Heidelandschaften sehen, immergrüne Wildblumen und eine Menge Gras- und Steppenlandschaft. Wenn alles nach Plan läuft, werden wir bei ungefähr 3700 Metern unser Lager errichten. Das ist wahrscheinlich der beste Tag des Aufstiegs. Zwölfhundert Meter sind ein Sonntagsspaziergang.

Dann kommen wir zur Sache. Am nächsten Tag steigen wir rund neunhundert Meter hoch und übernachten bei gut 4600 Metern. Wir sind dann in der hochalpinen Zone, spärliche Vegetation, tundraartig. Das einzige Grün, das wir sehen werden, sind Moos und Flechten. Schöner Ausblick jedoch. Um die Zeit herum könntet ihr sauerstoffhungrig werden.

Der vierte Tag trennt die Frauen von den Mädchen, die Männer von den Jungen. Das Hochalpin wird ziemlich steil, viel Vulkangeröll. Und Schnee. Wenn das Wetter es erlaubt, werden wir hier und da einen prächtigen Blick haben. Andernfalls stellt euch auf vollkommenes Schneegestöber ein. Nebel und Wolken können uns dort verschlucken. Und zwar ziemlich plötzlich. Wir rasten bei ungefähr 5600 Metern. Der schwierigste Tag des ganzen Trips. Schade, aber die meisten, die den Schwanz einziehen, tun das hundertfünfzig, zweihundert Meter vor dem Gipfel. Komisch, nicht?

Der letzte Tag des Anstiegs ist ein Klacks. Eigentlich brauchen wir nur den Vormittag dazu. Wir legen die letzten zweihundertfünfzig Meter zurück und sind am Mittag auf dem Gipfel. Es ist keine große Kletterei nötig, aber ihr werdet vermutlich feststellen, dass ihr völlig erledigt seid, und damit ist es schon allein eine Herausforderung, sich überhaupt fortzubewegen.«

Mead warf Linda, die ziemlich blass geworden war, einen raschen Blick zu. Sie lehnte sich an sie und schenkte ihr ein ermutigendes Lächeln. Mead sah die Angst, die ihre Augen verschleierte. »Du schaffst das«, flüsterte sie.

»Und dann geht's nur noch bergab«, fuhr Mary fort. »Auf dem Rückweg nehmen wir die Marangu-Route. Nach fünf Tagen und vier Nächten, prognostiziere ich, werdet ihr mehr als genug vom Kilimandscharo haben. Zweimal übernachten, mehr braucht es nicht, um auf den Planeten Erde zurückzukehren.« Sie lachte verhalten. Sie schien die Schwerkraft höchst amüsant zu finden.

»Gegen die Schlaflosigkeit könnt ihr nicht viel ausrichten – gibt's automatisch als Zugabe, fürchte ich. Am Ende eines jeden Tages werden wir ein-, zweihundert Meter zusätzlich hinaufsteigen und dann wieder ins Lager hinuntergehen. ›Hoch steigen, tief schlafen‹, sagen manche. Könnte helfen. Wenn einige von euch Diamox bei sich haben, könnt ihr das auch ausprobieren.

Was die Höhenkrankheit anbelangt – die ist ein launiges Ding. Man weiß nie, wer sie bekommt und wer nicht. Ich schätze, jeder von euch wird in gewissem Ausmaß darunter zu leiden haben. Es fragt sich nur, ob sie den einen oder anderen von euch komplett aus den Latschen kippen wird. Wenn ihr sie bekommt, dann setzt sie übermorgen ein, wenn wir die Viertausend-Meter-Grenze durchbrechen. Achtet auf euren Körper. Kopfschmerzen sind das entscheidende Alarmsignal. Ihr verspürt vielleicht eine gewisse Unruhe und fühlt euch ein bisschen schwindelig. Der Puls könnte sich beschleunigen. Wenn sie voranschreitet, bekommt ihr Konzentrationsprobleme. Es besteht die Gefahr, dass ihr euer Urteilsvermögen verliert. Bei dem streckenweise steilen Terrain, das wir weiter oben bewältigen müssen, könnte das problematisch werden. Das größte Problem ist allerdings, dass sie unvermittelt einsetzen kann. Eben noch fühlt ihr euch pudelwohl, und dann – *wamm!* – ihr meint sterben zu müssen. Wollt vielleicht sogar am liebsten sterben. In schweren Fällen kann es zu einem völligen Blackout kommen, aber wir werden in enger Formation gehen, und ich werde euch im Auge behalten.

Was ihr noch über den Kilimandscharo wissen müsst: Die Tage könnten heißer nicht sein, aber die Nächte sind manchmal wie im eisigsten Winter. Ein plötzlicher Blizzard kann einsetzen. *Zack* – eine einzige weiße Hölle. Und all das, während die Leute unten auf den tieferen Hängen schwitzen. Man weiß einfach nie, was passieren wird. Man muss auf alles vorbereitet sein, mit allem rechnen – jederzeit.«

Mead schlang den Arm um Linda, die zusammengesackt war. Sie spürte Peters Augen auf sich und warf ihm einen raschen Blick über die Schulter zu. Er war hellwach, auf ihren Blick vorbereitet und lächelte sie strahlend an. Sie kannte dieses Lächeln. Es war das Lächeln, das er in Gruppenzusammenhängen einsetzte, wenn er die anderen höflich ausschließen und eine intime Brücke einzig zu ihr schlagen wollte. Sie entzifferte die Botschaft, die es enthielt, auf Anhieb: ›Ist das Leben nicht großartig? Werden wir zwei nicht ein wundervolles Abenteuer erleben?‹ Sie versuchte ihr Gesicht bewusst ausdruckslos zu halten. Sie wandte den Kopf und erblickte Roz, von nervöser Anspannung erfüllt, mit strahlenden Augen, erwartungsvoll. Mead ließ den Blick zu Gil schweifen. Er hockte auf dem Waldboden; seine Storchenbeine und seine dünnen Arme bildeten knochige Winkel, die scharf aus seinen Shorts und seinem Hemd ragten. Er schluckte ein Lächeln und senkte den Blick. Mead blickte zu Mary zurück und dachte, lieber Himmel, was für eine Gruppe. Sie drückte Linda kurz, um sie beide aufzumuntern.

»Okay, noch ein paar Regeln für unterwegs. Bleibt zusammen. Keine Extratouren. Ich möchte jeden von euch mit einem Blick erfassen können.

Wir beginnen jeden Morgen bei Tagesanbruch. Die Träger werden euch eine Stunde vorher wecken und euch Frühstück machen. Ihr müsst ungefähr viertausend Kalorien am Tag zu euch nehmen. Trinkt viel. Bei jeder Rast und auch unterwegs. Soviel ihr könnt. Es hilft. Wir werden regelmäßige Pausen einlegen. Die Träger werden vorausgehen und unser Mittagessen vorbereiten und unser Nachtlager aufschlagen.«

Mead betrachtete die fünf afrikanischen Männer, die hinter Mary standen. Sie stellten eine bunt zusammengewürfelte Truppe dar, jeder trug eine individuelle Kombination westlicher Kleidungsstücke, die vermutlich von früheren Reisenden zurückgelassen worden waren, wie eine abgetragene GAP-Khakihose mit ausgefransten Säumen und Löchern in beiden Knien oder ein Sweatshirt mit einem Plan der Pariser Metro.

»Alles, was ihr tun müsst, ist, einen Fuß vor den anderen zu setzen. Letzte Regel: Es ist falscher Ehrgeiz, eure Grenzen überschreiten zu wollen. Und es ist keine Schande, das Handtuch zu werfen. Große Höhen sind nicht jedermanns Sache. Ich erwarte, dass jeder von euch irgendwann mit der Natur zu Rate geht. Der Punkt ist, dass ihr eure Meinung jederzeit ändern und den Berg hinuntergehen könnt. Es wäre sogar rücksichtsvoll, uns übrige nicht aufzuhalten. Wenn ihr weiter raufgeht, obwohl euer Körper *runter!* schreit – dann haben wir ein Problem. Und glaubt mir, Leute, es wird nur schlimmer werden. Geht mit euch zu Rate. Geht mit mir zu Rate. Das ist alles, was ich von euch verlange.

Okay, wenn es keine weiteren Fragen gibt, dann lasst uns aufbrechen – langsam. Wie die Einheimischen sagen: *Pole Pole.*«

Luce huschte in die katholische Kirche in der 46. Straße. Sie hatte nicht einmal deren Namen wahrgenommen. Als sie das schwere Holzportal öffnete, traf die warme Luft, erfüllt mit dem Duft von Weihrauch und brennenden Kerzen, ihr Gesicht wie ein heiliger Passatwind. Sie blieb einen Augenblick still hinter der Schwelle stehen, bis ihre Augen sich an die Dunkelheit gewöhnt hatten, und betrachtete dann das lange schattige Mittelschiff, das auf den hellerleuchteten Altar zuführte. Er war noch mit roten und weißen Weihnachtssternen geschmückt, mit Stechpalmen und Tannenkränzen. Drei weitere Menschen befanden sich außer ihr in der höhlenartigen Kirche. Sie ging langsam den Mittelgang entlang und nahm dann auf einer der harten Holzbänke Platz.

Die Gewohnheit, Kirchen aufzusuchen, hatte Luce erst zwei Jahre zuvor angenommen. Wie viele ihrer neuen Gewohnheiten verstand sie auch diese nicht, besaß aber weder die Energie, gegen sie anzugehen, noch über sie nachzusinnen. Nach ihrem Aufwachsen in dem spirituell aseptischen Klima des elterlichen Atheismus fand sie nun Gefallen daran, in religiösen Bauwerken zu sitzen. Die Gerüche, die Stille, die visuellen Eindrücke übten eine beruhigende Wirkung aus.

Die Erbauer der ersten gotischen Kathedralen hatten recht, dachte sie. Wenn ich Gott auch nicht kennen kann, kann ich durch die Wirkung eines gewölbeartigen Raumes aufstrebender Linien, Farben und Gerüche doch zumindest etwas wie Gott erfahren.

Das Gebäude, in dem sie sich befand, war der Gotik nachempfunden. Die Decke wölbte sich gut zwanzig Meter über ihr, und sie sah, dass die Farbe abblätterte. Die angestrahlten Punkte – das Kreuz, die blauen Votivkerzen, die zu Füßen der Jungfrau leuchteten, das Bleiglas-Triptychon über dem Altar, in dem sich die letzten Strahlen des Winternachmittags fingen – all das, die Ikonographie, die Farben, die Lichter, die Gerüche, nährte sie auf eine Weise, die sie nicht verstand.

Sie sah sich um und entdeckte einen jungen Schwarzen, der vor einem Kruzifix stand. Er hatte den Kopf gesenkt und umklammerte die Füße des gekreuzigten Jesus. Eine alte Frau kniete einige Reihen vor ihr, nach vorn gebeugt und mit hängenden Schultern, die von Schmerz und Sehnsucht kündeten. Weiter rechts saß ein kahlköpfiger Mann aufrecht und ausdruckslos da, während Tränen über sein Gesicht strömten. Diese Menschen waren gleichermaßen Genossen wie Fremde für sie. Still und für sich trugen sie Augenblicke ihres Lebens in diesen Raum, flüsterten Gebete an den Unbekannten, machten einen Kniefall vor dem Ungesehenen und kehrten dann, mit demselben Kummer und Schmerz wie zuvor, auf die Straßen der Stadt zurück. Sie mischte sich gern unter diese kleine Gemeinde und fühlte sich auf seltsame Weise eingebunden.

Ihre Eltern hatten ihren Kinder alle möglichen Religionen und Glaubensrichtungen nahegebracht. Jeder Feiertag bot Anlass für einen kurzen Vortrag, ein Jahr lang war es das Christentum gewesen, ein Jahr lang der Buddhismus, dann der Hinduismus und so weiter. Doch wie jeder Stoff, der von unenthusiastischen Skeptikern vermittelt wird, erschien er leer und langweilig, konstruiert, um letztlich leere Regale vorzuführen.

Luce legte den Kopf in den Nacken und entdeckte eine prachtvolle blaue Linie in der Bleiglasrosette über sich, eine schlichte blaue Linie, die durch die ockerfarbenen Scheiben drang und mit ungezügelter Intensität erstrahlte. Farbe, dachte Luce, Farbe berührt meinen Geist. Aus dem Grund mochte sie den Winter so gern, wenn sich Farben gegen die eintönigen grauen Tage und dunklen Nächte abhoben.

Dann studierte sie den Rahmen des Bleiglasfensters, beinahe kobaltfarben, während ein Schatten nachlassenden Lichts hinter ihr erzitterte. Das Blau war ihr dermaßen vertraut. Sie betrachtete es noch eine Weile und schloss dann die Augen. Langsam, langsam tauchte die Leinwand vor ihrem inneren Auge auf.

Es war eine blaue Leinwand, kobaltblau. Dunkel an den Rändern. In der Mitte, in einer schützenden Blase, war das kleine Dorf aus der Vergangenheit, ein gelber, sichelförmiger Mond stand hell strahlend darüber. Ein glückliches Dorf, vom Schicksal zu ewigem Strahlen bestimmt, zu ewiger Erinnerung. Schmerzlich unberührbar in der Ferne. In der rechten oberen Ecke trieben die Liebenden dahin, eingehüllt in die Blätter der Vergangenheit, immer grün. In der unteren rechten Ecke die Geliebte, die sich eine Träne von der Wange wischte, traurig ob der Trennung, traurig ob des Todes. Und der Maler in der linken unteren Ecke, den Kopf verkehrt herum vor Kummer, mit dem Pinsel in der Hand, doch unfähig zu malen.

Luce hatte das Gemälde im Centre Pompidou gesehen, als sie das letzte Mal in Paris gewesen war. »Alles wird schwarz in meinen Augen«, hatte Chagall an jenem Tag geschrieben, als seine geliebte Bella, dreißig Jahre lang seine Ehefrau, gestorben war. Er legte Pinsel und Palette nieder. Fast ein Jahr lang war auch er tot, unfähig zu malen. *Ich und das Dorf* war eines der ersten Bilder, die Chagall vollendete, nachdem er aus seiner Trauer wieder aufgetaucht war.

Als sie nun das kobaltfarbene Glas betrachtete, spürte Luce, wie sich die Traurigkeit und die Sehnsucht schwer auf ihr Gemüt legten. Ihre Vergangenheit, wie die Erinnerung an das Dorf in Chagalls Gemälde, erstrahlte hell, außer Reichweite. Leere, vollständige und äußerste Leere war alles, womit sie in Berührung war.

Durch das dichte Blätterdach hindurch erhaschte Mead ab und an einen Blick auf einen kleinen Himmelsausschnitt. Das Licht war von einem so hellen Blau, dass es nahezu weiß schien. Die Affen und Vögel boten einen ununterbrochenen Wechselgesang über ihrem Haupt. Wie Mary gesagt hatte, erwies sich dies als ein guter Weg, um Tiere zu beobachten, und sie hatten bereits einen flüchtigen Blick auf einen Grünen Pavian erhascht und auf mehrere davonspringende Schirrantilopen. Als sie den sie umgebenden Wald betrachtete, hatte Mead jede nur mögliche Schattierung von Grün in ihrem Blickfeld.

Noch erlaubte die Höhenlage ihnen, Gespräche zu führen, und sie hatten sich im Laufe des Tages in zufällig entstehende Zweier- und Dreiergrüppchen zusammengefunden. Mead hatte es verhindern können, mit Peter allein zu sein, doch jetzt gingen Gil und Roz vor ihr, Linda und Mary waren hinter ihr, und Peter ergriff die Chance, sich zu ihr zu gesellen. Seine freudige Erregung war nicht zu übersehen.

»Also, Mite, wie gefallen dir Nairobi und der afrikanische Kontinent?«

»Beides gefällt mir. Zu meiner eigenen Überraschung, wie ich zugeben muss.« Sie hielt ihren Blick auf den Weg gerichtet, der sich durch das üppige Gestrüpp wand, doch sie spürte Peters suchenden Blick heiß auf ihren Wangen.

»Mich überrascht das nicht.« Er hatte Oberwasser.

»Nein?«

»Nein. Ich habe immer den Verdacht gehabt, dass unter deinem gestärkten weißen Laborkittel eine Abenteuerin steckt. Ich bin froh, dass du diesen Schritt getan hast. Es tut dir gut, mal aus dem Labor rauszukommen. Auch im Hinblick auf deine Karriere. Feldforschung ist immer ein Plus im Lebenslauf.« Sein Enthusiasmus für ihre Karriere überwog seine Herablassung, und sie beschloss, letztere zu ignorieren.

»Weißt du, Peter, ich stimme dir zu.«

»Und warum klingst du so überrascht? Wenn ich mich recht entsinne, waren wir in nahezu allen Dingen einer Meinung.« Mead schwieg. »Mit einer Ausnahme.« Es klang vertraulich, zerknirscht. Mead kämpfte gegen den Drang an, ihm in die Augen zu sehen. »Wie läuft's im Krankenhaus?« fragte er.

»Gut. Sie haben erstklassige Leute in der Stammbelegschaft. Unglaublich engagiert, wie du dir vorstellen kannst. Und einige interessante Ärztinnen und Ärzte im Austausch aus Frankreich und Belgien. Das Krankenhaus selbst ist nur rudimentär ausgestattet. Aber es ist nicht so schlimm wie befürchtet.«

»Und die Patienten?« Er eilte einige Schritte voraus, um einen herabhängenden Ast für sie beiseite zu halten.

»Danke. Überwältigend. In ihrer Anzahl und in ihren Nöten. Es ist einfach unzureichend – es gibt von allem nicht genug für alle.«

»Es öffnet die Augen, die heiligen Hallen der westlichen Medizin zu verlassen, wie?«

»Das kann man wohl sagen. Zu dem Zeitpunkt, an dem die meisten ins Krankenhaus kommen, ist es für sie schon viel zu spät. Und man kann so gut wie nichts für sie tun.«

»Weckt die Sehnsucht nach einer schlichten Girardien-Infektion, nicht?«

»Neulich hatte ich zwei deutsche Touristen zu versorgen. Sie hatten mit einigen Einheimischen im Stadtbus Bekanntschaft geschlossen und ein paar Kekse gegessen, die man ihnen angeboten hatte. Und Saft getrunken.«

»Hat sie ausgeknockt, wette ich. Schätze, sie haben nicht einen Blick in die Reiseinformationen geworfen, bevor sie ihre Heimat verlassen haben.«

»Als sie an der Endstation wieder zu sich kamen, war alles weg – Brieftaschen, Schmuck, Kameras.«

»Und die neuen Freunde ebenfalls.«

»Aber immerhin war ich in der Lage, sie zu behandeln, über ihre Naivität den Kopf zu schütteln und sie zur Deutschen Botschaft zu schicken. Wohin schicke ich die Afrikaner?« Sie wandte sich ihm zu und sah ihn mit einem Blick an, der eine dringliche Frage enthielt und zugleich ein enormes Maß an Frustration. Sie wandte den Blick gleich wieder ab; sie fürchtete, zuviel von sich gezeigt zu haben, gab sie sich doch sonst immer sehr kontrolliert. Als er das Wort ergriff, fragte sie sich, ob es echte Betroffenheit war, die ihn einen mitfühlenden Ton anschlagen ließ, oder ob er den Riss in ihrer Panzerung wahrgenommen hatte.

»Die Zahlen sind schwindelerregend, nicht wahr?« Er wog seine Worte sorgfältig ab. »Ich habe mir einen Gesundheitsreport für die Subsahara aus dem Internet geholt, bevor ich vorgestern Boston verlassen habe. Cholera, Denguefieber, Malaria, Meningitis. In Nigeria liegt die Sterblichkeitsrate bei 34 % – betrifft vor allem Kinder. Die Anzahl der Fälle, die allein in den ersten beiden Monaten dieses Jahres gemeldet wurden, übertrifft jetzt schon die Anzahl der Fälle, die in den vorherigen Jahren jeweils für das Gesamtjahr angegeben wurden. Eine Million Menschen müssten in Liberia, wo das reinste Chaos herrscht, gegen Gelbfieber geimpft werden. Eine Million. Und wenn achtzehn Millionen HIV/

Aids-Infizierte – und die Zahl wächst –, von denen viele immungeschwächt sind, mit TB konfrontiert werden ...«

»Den Krieg verlieren wir.«

»Mead, um das zu wissen, musstest du Chicago nicht verlassen.«

»Nein. Aber es mit eigenen Augen zu sehen ist etwas vollkommen anderes, Peter.«

»Ja.« Seine Stimme wurde wieder mitfühlend. »Ich weiß, was du meinst.« Er spürte ihre Düsterkeit und verfiel in Schweigen. Nach einer Weile sagte er mit einer Intimität, die sie ebenso dreist wie sentimental fand: »Komisch, nicht, dass ich den Kilimandscharo erklimmen muss, um ein Gespräch mit dir zu führen.«

»Ich habe auf deine eMails geantwortet und auf deine Anrufe zurückgerufen.« Mead wollte schnellstens wieder festes emotionales Terrain unter den Füßen haben.

»Hey, fühlst du dich angegriffen? Ja, das tust du. Aber wir haben nie miteinander gesprochen, nicht wirklich jedenfalls, und zwar seit Monaten.« Er blieb stehen und wandte sich ihr zu. Er verstellte ihr den Weg.

»Peter, es gibt nichts zu sagen.« Mead senkte den Blick.

Er beugte sich vor, so dass er mit ihr auf Augenhöhe war, und sagte in einem Ton, den sie als gekonnt zärtlich und zerknirscht gefärbt empfand: »Ich glaube doch. Es ist wirklich schön, dich zu sehen, Mead.« Dann musterte er sie langsam von Kopf bis Fuß und meinte: »Du siehst großartig aus.« Seine Finger strichen zärtlich über ihre Wange, zeichneten ihre Lippen nach.

»Bitte, lass mich ...« Sie trat einen Schritt zurück und zeigte nach vorn, wo die anderen eine Pause einlegten.

»Mead, ich vermisse dich. Weißt du das? Hast du eine Ahnung, wie sehr ich dich vermisse?«

»Ich möchte keine Vertraulichkeiten mit dir austauschen, Peter«, sagte sie entschieden und versuchte, an ihm vorbeizugelangen. »Nicht hier. Nicht jetzt.«

Peter ergriff sie sachte beim Arm. Er sah gekränkt aus. »Du glaubst mir nicht, oder? Ich sehe es dir an.«

Er seufzte und fuhr sich mit der Hand durch das Haar. Er lenkte galant ein. »Du hast natürlich recht. Dies ist nicht der richtige Zeitpunkt.« Er musterte sie erneut von Kopf bis Fuß. »Später. Wir reden später.«

Er ließ ihren Arm los, gesellte sich zu der rastenden Gruppe und fragte munter in die Runde: »Na, wie geht's?«

Mead spürte, wie ihre Anspannung schlagartig nachließ und ihr rasender Puls sich normalisierte. Unendliche Erleichterung durchflutete sie. Verdammt, dachte sie und versuchte das Glühen von ihren Wangen zu wischen, das wird schwerer, als ich gedacht habe. Und schlimmer, als befürchtet.

»Taxi!« Ein Taxi bremste an der Ecke 6th Avenue und First. Jacob sah zu, wie zwei Skinheads in das Taxi sprangen, das er herbeigewunken hatte. Zwei leere Taxis fuhren vorüber, ohne auf sein heftiges Gestikulieren zu reagieren. Er gab sich geschlagen, ließ die Hand sinken und sah Luce zaghaft an, die an der Ecke stand und ihr Grinsen unterdrückte. »Ich muss in meiner letzten Inkarnation versagt haben.«

»Ich glaube eher, dass der Kellner die Meldung abgesetzt hat, dass du ein notorischer Nörgler bist und lausiges Trinkgeld gibst.«

»Liebe Güte, Luce«, protestierte Jacob. »Ich hab ihn doch nur gebeten, die verdammte CD zu wechseln.«

»Jacob, du hast wortwörtlich gesagt – und ich entsinne mich genau: ›Können Sie nicht mal was anderes spielen als den *New Delhi Fliegenschwarm-Song?*‹ Ein bisschen beleidigend, mein Lieber, selbst für eine Kultur, in der dieses Stück seit einer Ewigkeit unter den Top Vierzig ist.«

»Jedesmal, wenn ich bei diesem Inder esse, spielen sie dasselbe gottverdammte Lied. Ich hab immer das Gefühl, andauernd Fliegen von meinem Gesicht verscheuchen zu müssen.«

»Außerdem warst du geizig mit dem Trinkgeld.«

»War ich nicht.« Er wand sich bei dem Gedanken, sich geizig gezeigt zu haben.

»Warst du doch. Und deshalb sind dein Name und dein Gesicht in dieser Gegend in Verruf geraten. Wir bekommen hier nie ein Taxi, also lass uns laufen.«

Luce hakte sich bei ihm unter und hoffte, sein Schmollen würde sich legen. Sie gingen die geschäftige Straße in Richtung Broadway entlang, um zur Galerie zurückzukehren, in der Jacob ein hektischer Nachmittag erwartete. Es war ein frischer, klarer Tag. Sie war glücklich, sich in Jacobs Gesellschaft zu befinden, mitten im Getümmel des Stadtlebens an einem strahlenden Nachmittag.

Luce begann die Melodie zu summen, die Jacob in dem indischen Restaurant rasend gemacht hatte. Er legte ihr die Hand auf den Mund und zog eine Grimasse. »Bitte. Quäle mich, wenn nötig, aber sing nicht.« Luce lächelte und boxte ihn spielerisch auf den Arm.

»Ich habe vielleicht den perfekten Käufer für *Nr. 19/Herbst* gefunden.« An der Ecke 2nd wich Jacob geschickt aus, um mit seinen Kenneth-Cole-Loafers nicht in eine schwarze Pfütze geschmolzenen Schnees zu treten.

»Ach, ja?«

»Ja, durch unseren Händler in Rom. Erfüllt jedenfalls die Kriterien – das heißt, private Sammlung und außer Landes.«

»Gut. Das hat ja eine ziemliche Weile gedauert.«

»Drei Jahre. Brrr. Gott, was ist es kalt.« In der Hoffnung auf ein Taxi spähte er sehnsüchtig die Straße entlang. »Ich finde immer noch, dass du übervorsichtig bist, was diese Serie anbelangt.«

»Vielleicht, aber mir ist wohler bei dem Gedanken, dass die drei Bilder außer Landes sind. Ich gehe lieber auf Nummer Sicher.«

»Denkst du, du wirst diese Serie bald beenden?«

»Keine Ahnung. Du weißt, wie es mir damit geht ...«

»Leidenschaftlich ambivalent?«

Luce lächelte. »Stimmt, ich fühle mich seltsam verbunden damit. Nachdem ich *Nr. 19/Winter* gemalt habe, wird der Zyklus vollendet sein. Ich weiß jedoch nicht, ob ich schon soweit bin. Außerdem bin ich nicht sicher, ob es schon Winter ist für Nr. 19.«

»Weißt du, Luce, das ist das Optimistischste, was ich dich seit Monaten habe sagen hören.«

»Ach, hör auf, Jacob. Du hast ein Faible fürs Dramatische entwickelt.«

»Wie kommt's, dass du nie irgendwelche alten Freundinnen und Freunde anrufst, wenn du in der Stadt bist? Chris hat mich gestern angerufen. Sie hat gesagt, du hättest versprochen, dich zu melden, es aber nicht getan.«

Luce wischte die Anschuldigung fort. »Zuviel zu tun. Ich mache es. Bald.« Aus den Augenwinkeln sah sie seinen zweifelnden Gesichtsausdruck und wappnete sich für eine weitere Attacke. Doch er änderte seine Taktik.

»Ich wünschte, du würdest zurückkommen.«

»Jacob, bitte fang nicht wieder damit an. Und bitte sei nicht beleidigt, aber es gibt nichts, was mich hierher zurückzieht.«

»Das ist verrückt, Luce. Alles ist hier, dein ganzes Leben, all deine Freundinnen und Freunde, deine Karriere, ich.«

»Ich fühle mich allmählich ganz heimisch in San Francisco.«

»Ja, ich weiß, dass du die Stadt geradezu liebst. Wahrscheinlich warst du deshalb in den vergangenen zwei Jahren acht Monate in Europa, sechs Monate in Mexiko, einen Sommer lang in Maine. Lass mal sehen, mit einer Woche hier und dort hast du vermutlich noch ein, zwei weitere Monate in New York verbracht. Das macht dann ungefähr sechs Monate, die du in San Francisco gewesen bist. Wenn's hochkommt.«

»Es dauert seine Zeit, bis man sich eingelebt hat.«

»Hör mal, Luce, nur weil Grace und du geplant hattet, dorthinzuziehen, heißt das nicht, dass du nun dort leben musst. Das ist verrückt.«

»Du wiederholst dich, Jacob. Vielleicht solltest du das bei deinem nächsten Arztbesuch erwähnen. Du weißt, ich mag Jenny.«

»Wechsel nicht das Thema. Sie mag dich auch. Du kennst niemanden dort. Wie hältst du das aus?«

»Sie scheint solide zu sein. Reif, aber nicht reizlos.«

»So ist es. Es muss einsam dort sein. Es ist ungesund, so allein zu sein.«

»Nach dem Lunch, den du gerade verspeist hast, willst du mir erzählen, was gesund ist? Jenny scheint dir ehrlich zugetan zu sein. Das ist gut.«

»Ich glaube, das ist sie. Nur weil Grace tot ist, heißt das nicht, dass du dich in einer geographischen Krypta begraben musst.«

Luce hielt kurz inne, um ihm einen finsteren Blick zuzuwerfen. Dann setzte sie ihren Weg fort. »Sie hat eine wunderschöne Haut. So sahnig-zart. Und ihr kastanienbraunes Haar ist die reinste Pracht.«

»Sie ist großartig. Vielleicht solltest du sie malen – dein erstes Porträt, wenn du nach New York zurückgekehrt bist?«

Luce warf ihm einen schrägen Blick zu. »Ich bin noch in meiner Landschaftsphase – Fenster der Seele und so. Und da du die Preise verdoppelt hast, habe ich keinen Grund, zur Porträtmalerei zurückzukehren.«

»Du fehlst mir, Luce.«

»Du mir auch. Ihr beide gebt ein tolles Paar ab.«

»Ich würde sie gern heiraten. Glaube ich. Wenn sie mich will. Glaube ich. Wir drei könnten ins Kino gehen, Canasta spielen ...«

»Du kannst Canasta nicht ausstehen.«

»... uns das Haus auf der Insel mieten ...«

»Das Haus, in das du nach der Vierhundert-Dollar-Klempnerrechnung nie mehr einen Fuß setzen wolltest?«

»... voller Bosheit über unsere Feinde und Bekannten herziehen.«

»Klingt gut. Ich bin sicher, Jenny würde es gefallen, immer eine Dritte im Bunde um sich zu haben.«

»Grace hat es nie gestört, wenn ich dabei war. Oder?«

»Nein. Aber das war etwas anderes.«

Jacob hielt unvermittelt inne und fragte empört: »Warum?«

»Darum.« Luce ging weiter und zog ihn mit sich.

»Entschuldige, Luce, aber das ist Blödsinn.«

»Hast du sie schon deinen Eltern vorgestellt?«

Jacob machte einige schnelle Schritte, um sie zu überholen und baute sich dann vor ihr auf. Er packte sie bei den Schultern. »Ich würde dich am liebsten schütteln. Vielleicht wäre eine Teufelsaustreibung angeraten.«

Luce blickte ihn an, sah dann über den Verkehr hinaus und barg den Kopf schließlich an seinem linken Arm. »Ich brauche keine Teufelsaustreibung, Jacob. Grace war das beste, was mir je passiert ist. Ich will nicht weniger von ihr, ich will mehr von ihr haben.«

Jacob legte den Zeigefinger unter ihr Kinn und hob sanft ihr Gesicht, bis sie ihn ansah. »Unmöglich, mein Herz. Das ist nicht möglich, egal, wo du lebst. Egal, wohin du auch gehst. Das wird einfach nicht geschehen. Du musst dein Leben leben.«

Eine Träne lief ihr langsam über die Wange. »Das will ich nicht.«

Jacob folgte der Träne mit dem Finger und wischte sie fort. »Ich weiß.« Er zog sie in seine Arme. »Aber du musst.« Er legte die Wange an ihren Kopf. »Das musst du wirklich.«

Um sie herum pulsierte die Stadt – voller Leben und ohne ihnen Beachtung zu schenken.

Mead hatte sich unter dem Vorwand, müde zu sein, gleich nach dem Abendessen in ihr Zelt zurückgezogen und den Großteil der Nacht damit verbracht, den Geräuschen des Waldes zu lauschen und ihren Jahren mit Peter nachzusinnen. Sie zwang sich dazu, jeden Augenblick des Glücks mit der Erinnerung an jenen Morgen drei Wochen vor ihrer Hochzeit zu kontern, an dem Peter sie auf ihrer Morgenvisite abgefangen und in eine leere Vorratskammer gezogen hatte. Dort hatte er ihr, erregt und schwitzend, von den anderen Frauen erzählt. Anfangs glaubte sie an einen Scherz, doch als sie seine Angst roch, begriff sie, dass es die Wahrheit war. Sie zwang sich, sich zu entsinnen, dass, wie sie später herausfand, Peters Gewissensbisse einsetzten, als er sich mit einer Kollegin eingelassen hatte, einer gemeinsamen Bekannten. Melanie hatte mehr gewollt als ein flüchtiges Abenteuer und war bereit gewesen, einiges dafür zu tun, dass sich das Blatt zu ihren Gunsten wendete und Mead von der Bildfläche verschwand. Peter wusste, dass er nur dann noch eine Chance hatte, und sei es auch nur eine geringe, wenn er es Mead sofort erzählte. Sie hatte ihn nie zuvor so aufgewühlt erlebt, so verzweifelt. Später entdeckte sie einen blauen Fleck auf ihrem Unterarm, so fest hatte er versucht, sie zu halten. »Raus hier, Peter!« hatte sie gesagt, in einem Ton, der Messer, Rasierklingen, Glasscherben war. »Scher dich zum Teufel, und zwar sofort!«

Ein wildes Konzert aus Vogelstimmen riss sie aus einem kurzen, unruhigen Schlaf. Verdammt, dachte sie, da hat er sich mit seinem Charme schnurstracks wieder in mein Leben eingeschmeichelt. Und ich habe es zugelassen. Bin ich so unglücklich, so ohne Hoffnung, dass ich tatsächlich in Erwägung ziehen würde, mich wieder auf ihn einzulassen? Voller Entrüstung über sich selbst zog sie ihr Sweatshirt über und verließ das Zelt.

Der Nebel hob sich. Vereinzelte Sonnenstrahlen brachen durch, getüpfelt durch in allen Regenbogenfarben schillernde Libellen. Der Morgen roch reich und verheißungsvoll. Bestärkt steuerte sie das Verpflegungszelt an, in dem sie Peter und Gil vorfand. Sie versuchte, Peter auf Abstand zu halten, indem sie sich Gil widmete. Als er ging, schickte sie sich an, ihren Tee in ihr Zelt mitzunehmen. »Bleib einen Moment«, hatte Peter sie gebeten. »Nein, ich muss mich fertigmachen.« Sein Gesichtsausdruck war sehnsüchtig gewesen. Verdammt, dachte sie und stopfte ihre Sachen in den Rucksack. Es gibt einfach kein Entrinnen. Sie war erleichtert, als sie Marys Stimme vernahm, die sie alle zusammenrief.

Jetzt, nach vier Stunden hartem Aufstieg, fühlte sie sich besser. Sie durchquerten die subalpine Zone mit ihren riesigen Heidekrautbüschen. Protea-Blumen mit ihrer zähen, prähistorischen Schönheit und feurige ungestielte Aloen gab es im Überfluss, dazu hochgewachsene Lobelien und merkwürdige Pflanzen mit langem Spinnenhaar, die aussahen, als seien sie dem Set von *Fantasia* entlehnt. Es war eine weite Wiesenlandschaft, und die sengende Sonne blitzte in den Grasbüscheln. Unten in der Ferne konnte Mead die goldenen Ebenen Kenias und Tansanias erkennen, gesprenkelt von Herden, die sie nicht genauer auszumachen vermochte, nicht einmal mit ihrem Fernglas. Ab und an zog ein Schwarzmilan geräuschlos über sie hinweg. Gil folgte Mead mit wenigen Schritten Abstand.

»Also, woher kennst du Peter?« fragte sie ihn.

»Ich bin Fotograf. Ich habe vor einigen Jahren auf einer seiner Reisen nach Nigeria mit ihm zusammengearbeitet.«

»Bis du auf Medizin spezialisiert?«

»Nein, nein. Ich bin im Grunde ein Amateur. Ich verwalte das Anwesen meiner Mutter im Nordwesten Kenias. Aber ich biete meine Dienste als Fotograf an, wenn Bedarf besteht, vor allem zum Thema Wildleben. Es war reiner Zufall, dass Peter und ich zusammengetroffen sind. Über den Freund eines Freundes ...«

Er sprach mit einem Akzent, den sie nicht verorten konnte. Seine Aussprache war sehr deutlich, und sein Ton hatte einen beschwingten Rhythmus. Es klang nicht kenianisch. »Wildleben, ach ja? Klingt interessant. Safaris und so?«

Ein Schatten flog über sein Gesicht, doch dann trug es auch schon wieder seinen höflichen Ausdruck. »Nein, ich arbeite meistenteils mit Umweltschützern zusammen – mit einem freien Journalisten beispielsweise, der für *National Geographic* die fortschreitende Ausrottung der Rhinozerosse dokumentiert, oder einer Wissenschaftlerin, die ein Stipendium bekommen hat, um die Auswirkungen von Krieg auf die Tierwelt zu erforschen.«

»Oh, klingt eher deprimierend als interessant.«

»Genau. Ich habe eben ein Projekt abgeschlossen, in dem es um die Auswirkungen der westlichen medizinischen Forschungsindustrie auf afrikanische Affen ging. Abscheulich, wirklich. Vernichtende Ergebnisse.«

Mead sah ihn misstrauisch an. Hatte sie seine Botschaft falsch verstanden? Im Profil sah er höflich, aber entschlossen aus. Sie setzten ihren Weg eine Weile schweigend fort. Mit seinen raumgreifenden Schritten kam er Mead sehr nah. In seinem Schweigen lag etwas Beunruhigendes, und sie spürte, dass er etwas sagen wollte. Plötzlich setzten sie beide gleichzeitig zu sprechen an. Sie lachten.

»Bitte«, sagte er freundlich. »Du zuerst.«

»Ich wollte dich nach dem Nordwesten Kenias fragen und nach dem Anwesen deiner Mutter.«

»Es ist ein wunderschöner Landstrich, draußen am Great Rift Valley. Man hat ein großartiges Gefühl von Raum um sich herum. Prächtige Ausblicke. Einfach wundervoll. Ich schätze mich sehr glücklich, dort aufgewachsen zu sein.«

»Lebst du heute nicht mehr dort?«

»Doch, zum Teil. Vor ungefähr fünfzehn Jahren hat meine Mutter eine Stiftung für Wildtiere gegründet und unser Land in ein Reservat verwandelt. Wir haben zahlreiche Arten dort, doch am gefährdetsten sind die Elefanten und die Rhinozerosse. Ich helfe ihr bei der Verwaltung des Reservats. Und ich bringe den Einheimischen bei, wie sie gegen Wilderer vorgehen können. Aber wir haben auch noch ein Haus in Nairobi, wo wir meistenteils für die Stiftung arbeiten. Im Moment verbringe ich etwa die halbe Zeit hier, die halbe Zeit dort. Das Rift Valley ist einfach unglaublich. Du solltest es dir unbedingt ansehen, bevor du Kenia verlässt.«

»Ja, das würde ich sehr gern, wenn ich die Zeit dafür finde.« Wieder verfielen sie in Schweigen. Dann erinnerte Mead sich, dass er ihr einige Minuten zuvor eine Frage hatte stellen wollen. »Was wolltest du mich fragen?«

Er zögerte und musterte sie aufmerksam. »Ich wollte dir keine Frage stellen. Ich wollte nur sagen, wie sehr ich mich darauf gefreut habe, dich kennenzulernen.«

»Warum?« fragte sie unumwunden und überlegte, ob das ein Annäherungsversuch sein sollte.

»Nun, als ich Peter kennenlernte und erfuhr, dass er wiederum dich kennt, war ich höchst beeindruckt. Und als er mich dann anrief, um zu fragen, ob ich ihn in Nairobi treffen und mit ihm hierher fliegen könnte, um uns euch anzuschließen, habe ich die Chance ergriffen.«

Mead blieb abrupt stehen. Gil drehte sich zu ihr um. »Habe ich was Falsches gesagt?«

»Ich verstehe nicht, Gil. Warum solltest du mich kennenlernen wollen? Es sei denn, du hättest zufällig meinen wichtigen, aber nichtsdestotrotz hochgestochenen Beitrag im *Journal of the National Institute of Allergy and Infectious Diseases* gelesen. Ich bin ja nun wirklich keine Berühmtheit.«

Er war die Verlegenheit in Person. Wäre er nicht schon vom Klettern erhitzt gewesen, hätte sein langes, nachdenkliches Gesicht wahrscheinlich eine tomatenrote Farbe angenommen. »Klär mich auf, Gil.«

»Weißt du, ich war noch nie in einer solchen Situation. Ich mache es unnötig kompliziert, nicht? Es ist bloß so, dass ich ... genau wie meine Mutter ...«, er schob die Brille auf seiner markanten Nase ein Stück höher, »wir sind große Bewunderer deiner Schwester Luce, so dass ich ... nun ja ... wirklich erpicht darauf war, dich kennenzulernen.«

Mead war zumute, als hätte ihr jemand mit einem Schlag die Luft geraubt. Sie stemmte die Hände in die Hüften, senkte den Blick und kickte den Boden.

»Habe ich dich gekränkt?« fragte Gil, offenkundig erschrocken.

Sie sah ihn an und zog eine Grimasse. »Nein. Ich weiß nicht, vielleicht doch. Nicht viele in meinem Umfeld wissen auch nur von meiner Schwester. Ich schätze, ich bin ein bisschen verwundert. Hätte nicht erwartet, den Kilimandscharo mit einem Autogrammjäger zu erklimmen.« Er zuckte sichtlich zurück. Sie schüttelte den Kopf. »Entschuldige, das war gemein.«

Hinter sich hörten sie Mary rufen: »Wir treten euch gleich in die Hacken. Macht voran!«

Als Mary und Linda auf gleicher Höhe waren, winkte Mead sie vorbei. »Wir bilden das Schlusslicht. Geht nur.«

Mary musterte sie mit schmalen Augen und versuchte die Situation einzuschätzen. »Alles in Ordnung?«

»Ja, ich will nur Atem schöpfen. Wir folgen euch auf dem Fuße.«

»Tut mir schrecklich leid, Mead«, murmelte Gil. »Ich wollte nichts Falsches sagen. Ich wollte dich ganz gewiss nicht in Verlegenheit bringen.«

»Du hast mich nicht in Verlegenheit gebracht«, log sie und ärgerte sich, dass ihre Reaktion so offenkundig gewesen war. Dann versuchte sie einen blasierten Ton anzuschlagen. »Ich enttäusche dich schrecklich ungern, Gil, aber ich verstehe nicht viel von Kunst, und von Luces schon gar nicht.« Er warf ihr einen konsternierten Blick zu. »Ich schätze, das klingt verwunderlich, aber ... nun, meine gesamte Familie ist im wissenschaftlichen Bereich tätig, bis auf Luce. Und die Wissenschaft dominiert.« Gil sah immer noch perplex aus. »Die Wahrheit ist, dass wir ihre Karriere nicht sonderlich verfolgen.«

Er war vollkommen irritiert. »Habt ihr euch entfremdet? Ich meine, ich weiß, das geht mich nichts an, aber ... Was genau meinst du damit? Redet ihr nicht miteinander?«

»Doch. Ja, wir reden miteinander. Aber sie ist ohnehin ziemlich still ... Meistens sehen wir uns nur bei Familienzusammenkünften, zu denen meine Mutter uns widerstrebende Geschwister ein, zwei Mal im Jahr nötigt.«

»Das ist alles?« Seine Augen waren groß vor Staunen.

»Ja, das ist alles. Wir haben alle kein besonders enges Verhältnis untereinander«, verteidigte sie sich. »Es ist nur so, dass wir anderen alle im wissenschaftlichen Bereich tätig sind. Wir haben etwas gemeinsam. Hör mal, ich weiß gar nicht, warum ich dir das alles erzähle. Das ist eine reine Familienangelegenheit. Privat.«

»Ja, natürlich. Ich verstehe. Es ist nur ...« Er ließ nicht locker. »Ich verstehe es wohl doch nicht. Es geht nicht nur darum, dass sie eine wunderbare Malerin ist – ich komme aus einer sehr innigen Familie. Ich kann mir zum Beispiel nicht vorstellen, über das Leben meiner Schwester Sonia nichts zu wissen.«

»Ich habe nicht gesagt, dass ich nichts über ihr Leben weiß. Ich dachte, wir sprechen über ihre Arbeit.«

»Oh, dann weißt du also einiges über ihr Leben?«

»Nun, sie ist zehn Jahre älter als ich. Ich war noch ein Kind, als sie uns verließ, um aufs College zu gehen«, sagte Mead unwillig.

Gil schien ihr Unbehagen zu spüren, das dünne Eis, auf dem sie sich bewegten. »Es tut mir schrecklich leid, dass ich das Thema angeschnitten habe. Ich hatte angenommen ... Ich hatte gewiss nicht vor, meine Nase in deine Angelegenheiten zu stecken. Es ist wie gesagt nur so, dass wir ihre Malerei sehr schätzen.«

Sie setzten ihren Weg fort. Mead wusste, dass der Ball bei ihr war, und um vollkommen gelassen zu erscheinen, spielte sie ihn zurück. »Du kennst Luces Bilder also ziemlich gut?«

»Ja, meine Mutter besitzt sogar einige davon. Sie hängen in unserem Haus in Nairobi. Vielleicht möchtest du sie dir bei Gelegenheit einmal anschauen.«

»Vielleicht.« Nach einer Weile fragte Mead: »Was genau gefällt dir an ihnen?«

»Nun, deine Schwester hat einen sehr ausgeprägten Stil, gegenständlich und doch sehr persönlich. Es ist natürlich alles vollkommen subjektiv, eine Frage des persönlichen Geschmacks, aber es gibt dermaßen viel abstrakte oder expressionistische Kunst. Manches davon gefällt mir, aber ich finde es dennoch alles sehr von Anonymität geprägt. Viele Maler verstecken sich hinter ihrem

Werk. Sie lassen sich von den Betrachtern erzählen, was da ist, was sie sehen. Deine Schwester hingegen ist sehr präsent, sehr klar in dem, was sie sagt.«

»Klingt, als wären die schlimmsten Befürchtungen meiner Eltern eingetreten.« Sie grinste schwach und seufzte leise.

»Ihre Porträts sind ehrlich. Keine Kompromisse. Ganz besonders gefällt mir –« Seine Worte verklangen abrupt.

Mead neigte den Kopf und sah ihn fragend an. »Was wolltest du sagen, Gil?«

»Ach, nur dass ich ihren künstlerischen Mut bewundere«, stammelte er.

»Sag, was du wirklich hattest sagen wollen. Bitte.« Sie wusste, dass sie fordernd klang, nicht bittend.

»Es gibt ein Bild von dir, das ich besonders mag.« Seine Stimme klang defensiv.

Mead fühlte sich wie gegen eine Wand geschleudert. Hier, Tausende Kilometer von zu Hause entfernt, auf dem Hang eines gottverdammten Berges, wurde sie von einem wildfremden Menschen wiedererkannt. Welche weiteren zutiefst persönlichen Details ihres Lebens würde sie in Luces Gemälden eingefangen finden, die in einem fremden Wohnzimmer oder Büro oder Eingangsbereich hingen? Die Vorstellung bereitete ihr außerordentliches Unbehagen – als ob ihr Leben eingefärbt auf einem Objektträger unter einem Mikroskop läge. Gil sah, wie sich der Zorn in ihren Augen sammelte. Er holte tief Luft und schnitt ein anderes Thema an. »Wie lange wirst du in Kenia bleiben?«

»Das Austauschprogramm dauert drei Monate. Zwei habe ich noch vor mir«, stammelte sie, innerlich ganz woanders.

Er wartete, ließ ihr Zeit. »Peter hat erzählt, dass du in Chicago lebst. Das muss eine ganz schöne Umstellung für dich sein.«

»Ja, das ist es«, antwortete sie abwesend.

»Kenia ist ein faszinierendes Land.« Er schwieg einen Moment. Dann fuhr er fort: »Ich bin hier geboren. Der erste in meiner Familie, der in Afrika geboren wurde.« Er warf ihr einen Seitenblick zu, um zu sehen, ob sie ihm zuhörte. »Meine Mutter war schwanger mit mir, als sie und mein Vater aus Italien hierherzogen.«

Sie wandte sich ihm zu. »Warum haben sie das getan?« fragte sie langsam.

»Nachdem sie selbst in Italien aufgewachsen waren, fanden sie Afrika vollkommen anders, besonders meine Mutter. Exotisch. Beängstigend. Faszinierend. Ich glaube, das hat sie angezogen. Und sie besaßen beide genügend Abenteuersinn, um herauszufinden, wie anders Afrika wirklich ist. Meine Mutter wusste schon seit ihrer Schulzeit in Florenz, dass sie irgendwann einmal hier leben würde. Mein Vater fand es eine interessante Vorstellung. Und er war offen. Aber es war die Leidenschaft meiner Mutter, die den Antrieb lieferte. Als Schulmädchen ist sie durch die Straßen von Florenz gestrichen, umgeben von der Kunst und Architektur Michelangelos und Giottos, Ghilbertis, mein Namensgeber, und Brunelleshis, und hat von Lehmhütten in Afrika geträumt.«

»Ist dein Vater immer noch glücklich über seine Entscheidung?«

»Mein Vater lebt nicht mehr. Er ist leider schon vor meiner Geburt gestorben. Ein paar Monate, nachdem meine Eltern hier angekommen waren.«

Mead runzelte voller Mitgefühl die Stirn. »Wie traurig.«

»Ja. Er wurde von zwei Elefanten getötet.«

»Tatsächlich?« rief Mead ungläubig und suchte gleich darauf nach passenderen Worten. »Wie schrecklich!«

»Ja, es war schrecklich. Schockierend, genauer gesagt. Er war auf der Jagd und hatte gerade einen Elefanten erlegt. Die beiden anderen Elefanten, die mit dem Getöteten zusammengewesen waren, haben sich umgedreht und ihn niedergerannt.«

»Mein Gott, das tut mir leid, Gil. Das klingt einfach unvorstellbar.« Sie sah ihn mit neuen Augen an. Ihm war offensichtlich unbehaglich zumute, und dennoch schien er merkwürdig entschlossen. Welch erstaunliche Kindheit er gehabt haben muss, dachte sie, während Bilder ihres Aufwachsens in New York vor ihrem inneren Auge aufblitzten.

»Ja, nicht wahr. Als meine Eltern hierherzogen, waren Großwildsafaris der tödlichen Art noch ziemlich en vogue. Erst in den letzten zwanzig Jahren, also seit relativ kurzer Zeit, haben wir begonnen, ein anderes Verhältnis zu dem Leben um uns herum zu entwickeln. Selbst meine Mutter, die nie ein Tier getötet oder viel für die Jagd übrig gehabt hat, fand es damals keineswegs unmoralisch. Obwohl sie zu jener Zeit geschworen hat, dass es keine Jagd mehr geben würde.«

»Es muss schrecklich schwer für sie gewesen sein.«

»Ja, das war es. Ihre Freundinnen haben mir erzählt, dass sie eine tiefe Trauerphase durchgemacht hat. Außer meiner älteren Schwester hat sie niemanden sehen wollen. Bis auf die Arbeiter natürlich. Aber sie ist eine erstaunliche Frau. Unglaublich stark. Sie hat mir erzählt, sie habe niemals daran gedacht, wieder fortzugehen. Und ich weiß, dass das stimmt. Ich versuche, mir vorzustellen, wie es für sie gewesen sein muss, ganz allein mit einer kleinen Tochter und mir auf dem Weg und ihr Mann von den Tieren getötet, von denen sie ihr Leben lang geträumt hat. Aber um hier zu überleben, um hier zu gedeihen, muss man stark sein.«

Während Gil erzählt hatte, waren sie stehengeblieben, und nun folgte ein Augenblick der Verlegenheit, als sie einander noch immer ansahen, obwohl die Worte bereits verklungen waren. Mead hegte den Verdacht, dass Gil ihr diese Einzelheiten aus seinem Leben erzählt hatte, um ihr Unbehagen zu zerstreuen, ihr Gefühl der Entblößung zu verringern. In seinem Gesicht erblickte sie die Liebe, die er für seine Mutter, für sein Land empfand. Und da ist noch etwas anderes, dachte Mead. Freundlichkeit. Ja, ich würde es Freundlichkeit nennen. »Deine Mutter muss das Leben hier sehr lieben.«

»O ja, das tut sie. Um hierzubleiben, muss man das auch. Aber es gibt auch so vieles, das zu lieben sich lohnt.«

Von weiter vorn rief Mary ihnen zu: »Ihr da hinten – ihr fallt zurück. Kommt!«

Es war alles, wie sie es in Erinnerung hatte, die säuberliche Reihe gepflegter Gebäude in einer ruhigen Wohnstraße. Das Haus, das sie jetzt so aufmerksam musterte, war in der Tat ein Schmuckstück – ein blaugraues dreistöckiges georgianisches Wohnhaus mit grauschwarzen Verzierungen. Eine dunkle Stoffmarkise schützte den Absatz oberhalb der drei Marmorstufen, die zum Eingangstor führten. Das Tor selbst war eine geschmackvolle Schmiedearbeit mit einem leicht japanischen Flair, sehr schön ausgeführt, so dass Sicherheitsaspekt und Kunst auf ästhetisch ansprechende, unaufdringliche Weise miteinander verschmolzen. Die Tür hinter dem Tor bestand aus facettiertem Glas mit einer schwarzen Lackeinfassung und einem eleganten Messingknauf. Sie erlaubte einen Blick in die Eingangshalle, die selbst aus der Entfernung die Aura von verlässlicher, diskreter Wärme ausstrahlte. Ein erlesener roter Perserteppich lag auf gepflegten weißen Kacheln. Eine Palme in einem großen reichverzierten blau-weißen Übertopf stand vor einer austernfarbenen Wand, und daneben führte eine Treppe mit einem dicken orientalischen Läufer und einem soliden Geländer mit austernfarbenem Handlauf in den ersten Stock hinauf.

Draußen am Tor hing ein Messingschild mit der Hausnummer 19. Darunter befanden sich drei Klingelknöpfe. Die Fassade des Hauses wirkte eine Spur düster, aber sorgfältig gepflegt. Auf allen drei Etagen gingen zwei große Fenster auf die Straße hinaus. Im zweiten Stock waren Fensterläden zu erkennen, die Lamellen offen, die Läden halb geschlossen. Vor den Fenstern im zweiten Stock hingen Blumenkästen, die zur Zeit jedoch leer waren.

Es war genau so, wie sie es in den vergangenen zehn Jahren immer vorgefunden hatte. Luce fand das seltsam tröstlich. Wenn man, wie sie es jetzt tat, mit Hilfe der Hände die hässliche, kalte moderne Scheußlichkeit zur Rechten ausblendete und die Wolkenkratzer kappte, die wie ungebärdiges Unkraut aus dem Dach zu sprießen schienen, war es ein Haus, dem eine gewisse Zeitlosigkeit anhaftete – von parkenden Autos und dem Verkehr einmal abgesehen. Ein japanischer Ahorn wuchs auf dem Gehweg, schützend von einem schmiedeeisernen Gitter umgeben, das dieselbe Handschrift aufwies wie das Eingangstor. Jetzt war es mit dünnen Schneelinien verziert, doch Luce hatte es bereits zu allen Jahreszeiten gesehen.

Das kleine Bistro, in dem sie saß, einen Tisch vom Fenster entfernt, lag auf der anderen Straßenseite, schräg gegenüber von Nummer 19. Luce hielt den Blick unverwandt auf das Gebäude geheftet, während sie sich ein weiteres Glas Wein bestellte und die Szene mit einem schwarzen Filzstift auf einer Cocktailserviette skizzierte. Die Serviette wies Risse auf, wo sich die feine Spitze des Stiftes in ihr verfangen hatte, und dunkle Flecken, wo die Tinte in unregelmäßigen Punkten eingesickert war.

Nach dem halben zweiten Glas Wein sah Luce ein Taxi vor Nummer 19 anhalten. Ein großer Mann beugte sich vor und bezahlte den Taxifahrer. Dann stieg er aus, verharrte einen Augenblick auf der Straße und blickte zum obersten Stockwerk hinauf. Von hinten schien er in seinem schwarzen Cashmere-Mantel ein gutgebauter Mann in den Vierzigern zu sein. Seine Haltung zeugte von Entschiedenheit, stark und solide. Er tippte die Krempe seines schwarzen Hutes ein winziges bisschen nach oben, stieg dann beschwingten Schrittes die Stufen hinauf und drückte einen der Klingelknöpfe. Erwartungsvoll öffnete er das Tor und dann die Glastür, und dann durchquerte Luces Vater die Eingangshalle und eilte die Treppe hinauf, immer zwei Stufen auf einmal nehmend, bis er aus Luces Blickfeld verschwand.

Sie schob die Serviette mit ihrer Skizze tief in ihre Manteltasche, zahlte und ging. Auf dem Gehweg schlug sie die andere Richtung ein, die Nummer 19 im Rücken, und ging bis zur nächsten Straßenecke. Dort winkte sie ein Taxi herbei. Bevor sie sich auf den Rücksitz sinken ließ, warf sie die zusammengeknüllte Cocktailserviette in einen Abfalleimer.

Mead stand bei viertausend Metern am Abhang des Berges, drückte ein letztes Mal auf den Auslöser und ließ die Kamera dann wieder an dem Riemen baumeln, den sie um den Hals trug. Sie genoss noch einen Moment die relative Einsamkeit, warf einen letzten Blick und schlug dann den Weg zum Verpflegungszelt ein. Als sie sich bis auf wenige Schritte genähert hatte, vernahm sie Bruchstücke der Konversation. Es ging um das Thema Aids.

Sie betrat das Zelt und setzte sich neben Linda. Peter warf ihr einen geflissentlich besorgten Blick zu.

»Also, wie lautet die Geschichte der Krankheit?« fragte Gil Peter. Er goss sich eine Tasse Kaffee ein und bot Roz an, ihr nachzuschenken. »Warum nicht«, knurrte sie. »An Schlaf ist ohnehin nicht zu denken.« Sie saßen um den Tisch herum. Die Teller waren bereits abgeräumt worden. Es war ihr zweiter Abend.

»Mead, ich glaube, das ist dein Fachgebiet«, leitete Peter die Frage weiter. Auf Roz' Gesicht malte sich Enttäuschung.

Mead fing widerstrebend an zu erzählen. »Es gibt verschiedene Versionen, was auf ein ganz anderes Problem verweist. Eine Version spielt sich in Lukunya ab, einem Dorf an der Grenze zwischen Uganda und Tansania. 1983. Es heißt, ein Händler aus Uganda sei durch das Dorf gekommen, um Stoff für Kangas zu verkaufen. Es gab ein Muster, *Juliana* – so wurde die Krankheit denn auch eine Zeitlang genannt –, das die Frauen des Dorfes besonders schön fanden. Einige von ihnen boten, da sie kein Geld hatten, Sex im Austausch für den Stoff an. Einige Monate später wurde eine der jungen Frauen krank – Appetitlosigkeit, Übelkeit, Diarrhöe. Sie siechte dahin; sie wurde so schwach, dass man sie herumtragen musste wie ein Baby. Kurz bevor sie starb, tauchten bei anderen Frauen, die mit Sex bezahlt hatten, dieselben Symptome auf.

Wegen der Kriege von 1978 und 1979 war die Lage zwischen Tansania und Uganda immer noch angespannt. Die Dorfbewohner waren überzeugt, dass der ugandische Händler ein Hexer gewesen war, der einen Fluch über das Dorf gebracht hatte. Als die Schamanen des Dorfes die kranken Frauen nicht zu heilen vermochten, waren die Menschen überzeugt, dass es die Strafe dafür war, dass die Frauen sich den Feinden hingegeben hatten.«

»Ich fürchte, es ist für Naturvölker nicht ungewöhnlich, Krankheit als Strafe zu betrachten«, warf Gil ein.

»Diese Haltung ist keineswegs auf Naturvölker beschränkt«, mischte Peter sich ein. »Wisst ihr, dass im fünfzehnten Jahrhundert eine schreckliche Krankheit in England grassierte, die man das Schwitzen nannte, weil die Opfer übermäßig in Schweiß gerieten und starben? Üble, schmerzhafte Sache – kam ganz plötzlich und endete stets tödlich, innerhalb von vierundzwanzig Stunden. Die Franzosen waren überzeugt, es sei die Strafe für die Kriege, die die Engländer gegen sie geführt hatten. Aus irgendeinem obskuren Grund waren die Franzosen immun.«

»Liegt bestimmt am Foie Gras und am Beaujolais. Kuriert so gut wie alles. Sag mal, bist du je in Paris gewesen, Peter?« fragte Roz. »Traumhafte Stadt.«

»Und welche Version gibt es noch, Mead?« hakte Linda nach und warf Roz einen bösen Blick zu.

»Eine andere heißt *Robber's Disease* – Räuberkrankheit. Ähnlich gelagert, kleine Unterschiede im Detail. Diese Geschichte hat sich in Kasenero, Uganda, abgespielt, einem kleinen Ort am Viktoriasee, in dem es mehr Schmuggler als Fischer gibt. Während der wirtschaftlichen Blütezeit schossen die Bars und Hotels und Brauereien wie Pilze aus dem Boden. Und es gab zahlreiche Prostituierte. Es war ein lebenslustiger Ort im Aufwind. Händler ließen sich auf das angebotene Amüsement ein und kehrten mit Aids nach Tansania zurück. Und nach Kenia. Und Ruanda. Und alle angrenzenden Länder. Siebzehn Einwohner, allesamt Schmuggler, erkrankten an Aids. Anfangs hieß es, es geschehe ihnen recht, weil sie sich auf Tansanierinnen eingelassen hätten. Und vielleicht sei es auch die wohlverdiente Strafe für ihre Sünden – für Raub und Schmuggelei.«

»Juliana oder Räuberkrankheit, egal, wie man es nennt«, meinte Roz, »der Punkt ist, dass Aids hier seinen Ausgang nahm.«

»Nicht zwingend«, entgegnete Mead. »Es gab eine Handvoll verdächtiger Fälle in den USA und andernorts, die diese Theorie widerlegen. Der umstrittenste – und faszinierendste – ist der Fall des sechzehnjährigen Jungen aus St. Louis, 1968, dessen Immunsystem vollkommen versagte und der praktisch dahinsiechte und im Jahr darauf starb. Er ging als medizinisches Rätsel in die Annalen ein, aber in den frühen achtziger Jahren mutmaßten die Wissenschaftler, dass er Aids gehabt haben könnte. 1987 testete man die eingefrorenen Blutproben und das Lymphgewebe. Er war positiv.«

»Das ist noch kein Beweis«, wandte Roz ein.

»Nein, das stimmt«, gab Mead zu. »Es ist kein Beweis. Es gibt eine Menge Theorien.«

»Roz«, rief Linda mit kaum verhohlenem Unmut, »was spielt das für eine Rolle? Die Stadtbewohner behaupten, es komme vom Land. Die Landbewohner behaupten, es komme aus der Stadt. Die Männer bezichtigen die Frauen, die Frauen bezichtigen die Männer. Viele glauben, es sei eine Verschwörung der Weißen. Der Punkt ist, es spielt keine Rolle. Ich kenne eine Ärztin, Jane Kapito – ich glaube, du würdest sie mögen, Mead –, die sagt: ›Es ist eine Schlange im Haus. Was spielt es für eine Rolle, wie sie hineingekommen ist? Wir müssen sie hinausschaffen.‹«

»Linda, zu deiner beruflichen Information – epidemiologisch betrachtet spielt es sehr wohl eine Rolle«, widersprach Roz, um ihr Gesicht zu wahren.

»Also, wie hat man schließlich herausgefunden, dass es Aids war?« fragte Gil an Mead gewandt.

»Einige Ärzte in einem kleinen Krankenhaus in Tansania, die

wahren Helden der Geschichte, finde ich, waren überzeugt, dass es sich um eine vollkommen neue Krankheit handelte. Irgendwann hatten sie genügend Geld zusammengekratzt, um einen von ihnen an das Muhimbili Institut, die Medizinische Fakultät der Universität in Daressalam, zu schicken.

Dort in der Bibliothek blätterte dieser Arzt durch das *New England Journal of Medicine* und fand Gottliebs Ergebnisse der Untersuchungen, die er unter schwulen Männern in Los Angeles durchgeführt hatte. Abgesehen von der unterschiedlichen Patientengruppe schien es sich um dieselbe Krankheit zu handeln.«

»Stellt euch vor«, sagte Linda, »in Daressalam zu sitzen und das *New England Journal of Medicine* zu lesen. Das ist doch irre.«

Roz verdrehte die Augen und wandte sich vertraulich an Peter. »Schätze, sie kennt den ›Die Welt ist klein‹-Pavillon in Disneyland nicht.«

»Schade, dass du so verdammt abgeklärt bist, Roz!« fauchte Linda. »Ich finde es nun mal erstaunlich.« Roz zuckte zusammen. Mead war froh über Lindas gereizte Reaktion, auch wenn sie zum Teil dem Sonnenbrand geschuldet sein mochte, den sie sich an diesem Tag geholt hatte.

»Wer ist Gottlieb? Und was heißt: unterschiedliche Patientengruppe, Mead?« fragte Gil nach und lenkte die Aufmerksamkeit von Roz' und Lindas Gezänk fort.

»Gottlieb ist ein Arzt, der am Medizinischen Institut der University of California in Los Angeles gearbeitet hat und sich 1981 mit den ersten Fällen von Aids konfrontiert sah. Er hatte zunehmend Patienten, die ähnliche schwere Symptome aufwiesen: sie waren aschfahl, extrem untergewichtig, mit Pilzinfektionen wie Hüttenkäse im Mund, litten an anhaltendem trockenem Husten und Lungenschmerzen. Es sah nach Lungenentzündung aus, aber es war höchst ungewöhnlich, dass weiße gesunde Männer diese Symptome aufwiesen. In L.A. wie auch im restlichen Land handelte es sich ursprünglich ausschließlich um schwule Männer. In

Afrika waren es ausschließlich Heterosexuelle.« Sie hielt einen Moment inne. »Doch zurück zu den bereits erwähnten tansanischen Ärzten. Nach langem politischen Hin und Her und Strippenziehen von seiten der Regierung nahmen sie Kontakt zum CDC, zum *Centre for Disease Control,* auf und durften schließlich Proben schicken. Ihre Vermutungen bestätigten sich, und der Rest ist, wie man sagt, Geschichte.« Mead seufzte.

»Ich erinnere mich an jene Jahre«, sagte Gil. »Es war die Rede von einer neuen Killerkrankheit, die um sich griff wie ein Flächenbrand. Und die Einheimischen wussten, dass sie unheilbar war. Viele, die daran erkrankten, begingen lieber Selbstmord, als sich dem Todeskampf auszusetzen, den sie bei anderen beobachtet hatten. Eine Zeitlang war Thiodan andauernd ausverkauft.«

Roz neigte fragend den Kopf. »Und das ist?«

»Ein Pestizid. Wir mussten unsere sämtlichen landwirtschaftlichen Betriebsmittel unter Verschluss halten. Sie haben nichts unversucht gelassen.«

»Sind dir auch ›Spritzendoktoren‹ begegnet?« fragte Mead.

»Nein, davon habe ich nur gehört.«

Roz lächelte Peter kokett an. »Ich komme mir so ausgeschlossen vor. Schätze, von einem gehäuften Vorkommen von Dermatitis hat man in diesem Teil der Welt noch nichts gehört.«

Linda sah sie ungläubig an. »Mach dich nicht lächerlich, Roz. Ich glaube, du leidest an Hirndermatitis.«

»War doch nur ein Scherz. Krieg dich wieder ein, Linda. Also, erzählt mir«, fuhr sie mit geheucheltem Interesse fort, »was war ein ›Spritzendoktor‹?«

»Ist. Es gibt sie wohl immer noch.« Mead sah Gil an, und er nickte. »Eine Mischung aus Hexendoktor und Schlangenölverkäufer. Schwarzmarktware. Ein Typ kriegt ein paar Spritzen in die Hände ...«

»Eher eine einzige«, wandte Linda ein.

»Richtig«, stimmte Mead zu. »Eine Spritze und ein paar Antibiotika vom Schwarzmarkt. Oder einfach irgendein flüssiges Mittelchen.«

»Wir hatten einige derartige Fälle in Misericordia«, erklärte Linda. »Wohlmeinende Mütter nehmen ihre Familien mit auf die Felder hinaus, wo diese Typen herumhängen und ihnen Spritzen gegen alles und jedes verpassen. Unnötig zu betonen, dass sie null medizinische Ausbildung haben. Und natürlich nichts sterilisiert ist. Es ist zum Heulen.«

»So ist das Leben«, warf Roz ein.

Linda wandte sich von ihr ab und schlug die Beine übereinander. »Häng dich da nur nicht zu sehr rein, Roz. Du wirst noch an deiner Milch der Menschenliebe ersticken.«

»Schlichte Tatsache. ›Leben ist Leiden‹, sagt der Buddha. Falls du das beim Auswechseln der Bettpfannen noch nicht gemerkt haben solltest, Linda.« Roz fuhr mit dem Finger lässig über den Rand ihrer Tasse. Dann murmelte sie: »Kein Wunder, dass man Afrika für verloren hält.«

Linda kochte vor Wut und warf ihr einen verächtlichen Blick zu.

»Sagt wer?« fragte Gil. Roz sah ihn ungläubig an. Gil ließ nicht locker. »Also?«

»Die etablierte Medizin«, gestand Mead ein. »Und in diesem Fall hat sie vermutlich recht.«

»Vielleicht«, wandte Peter ein. »Vielleicht hat sie recht. Solange wir leben, besteht Hoffnung.«

»Ach, bitte«, Mead konnte ihr Lächeln nicht unterdrücken. »Seit wann bist du Optimist?«

»Mead, ich bin überrascht. Ich dachte, du kennst mich besser. So leicht gebe ich nicht auf.«

Unbehagen machte sich breit, als Peter Mead im weichen Licht der Kerosinlampe unverwandt anblickte.

»Wie kommt es, dass du dich auf Aids spezialisiert hast, Mead?« Gil versuchte, dem Gespräch eine andere Richtung zu geben.

Mead und Peter tauschten einen komplizenhaften Blick aus.

»Nun, da spielen verschiedene Gründe eine Rolle.« Mead runzelte die Stirn und seufzte.

»Hey, das ist unfair«, wandte Roz ein. »Keine privaten Scherze. Lass hören.«

»Es ist im Grunde nichts Privates«, erwiderte Mead kurzangebunden. »Und schon gar kein Scherz. Oder überhaupt sonderlich interessant.«

»Stell dein Licht nicht unter den Scheffel, Mead«, ermunterte Peter sie.

»Ich jedenfalls würde die Geschichte gern hören.« Linda wandte sich Mead mit ernstem Interesse zu.

»Ich war noch in der Vorklinik, als Aids in den USA erstmals diagnostiziert wurde. Zu jener Zeit herrschte unter Medizinern noch eine ziemliche Arroganz in Sachen Infektionskrankheiten, die für ein Ding der Vergangenheit gehalten wurden. Und ich war fasziniert, als ich das erste Mal durch ein Mikroskop sah, das muss ich zugeben. Eine vollkommen neue Welt tat sich mir auf, und ich wollte alles darüber wissen, was es zu wissen gab.«

»Das ist nicht der Grund, aus dem Peter und du einen bezeichnenden Blick ausgetauscht habt«, sagte Roz. »Raus mit der Sprache.«

»Mein Vater ist Chirurg. Er wollte das Familienskalpell an mich weitergeben. Ich habe mich anders entschieden.«

»Das ist ein winziges bisschen untertrieben«, meinte Peter. »Walter, Meads Vater, ist eine ziemlich starke Persönlichkeit. Ich glaube, das ist eine faire Beschreibung, meinst du nicht?« Mead nickte. »Man könnte sogar sagen, dass Dschingis Khan sich neben Walter wie eine Schmusekatze ausnehmen würde. Soll heißen, ihm widersetzt man sich selten. Mead hatte einen Freund, Tommy. Eigentlich war es der beste Freund ihrer Schwester aus dem College.«

Mead erklärte, was es mit Tommy auf sich hatte. »Er war wie ein großer Bruder für mich. Nein, noch besser. Er hat Luce immer gezwungen, mich in ihre Unternehmungen einzuschließen. Hat mich immer gefragt, wie es mir geht. Hat mich nie herablassend behandelt. Er war ein ganz besonderer Mensch und ein guter Freund. Ich habe ihn oft angerufen, obwohl es Ferngespräche waren, und er hat immer mit mir geredet. Oder mich zurückgerufen. Das ist schon was, nicht? – ein Collegestudent, der sich die Zeit nimmt, mit einem kleinen Mädchen zu sprechen.«

»Und Jahre später«, fuhr Peter fort, »gehörte er leider zu den ersten Aids-Fällen in New York. Daddy wollte nicht, dass seine jüngste Tochter mit einem Mann Umgang pflegte, der diesen Schwulenkrebs hatte, und er wollte schon gar nicht, dass sie ihre vielversprechende Karriere in diese Richtung lenkte.« Mead zuckte die Achseln. »Und somit wurde die erste Grenze in den Sand zwischen ihnen beiden gezogen. Als Mead sie ohne mit der Wimper zu zucken überschritt, dämmerte Walter, mit wem er es zu tun hatte.« Peter hielt einen Moment inne, um Mead bewundernd anzulächeln. »Mead hat einen sehr erfolgreichen Karrierestart hingelegt. Und sich erfolgreich gegen Walter behauptet.«

»Weißt du, Mead«, begann Gil zögernd. »Ich glaube ...«

»Raus damit, Mann!« forderte Roz grob.

Gil warf ihr einen missbilligenden Blick zu, bevor er sich erneut an Mead wandte. »Ich glaube, ich habe diesen Tommy schon mal gesehen.« Alle Köpfe wandten sich ihm zu. »Ich meine, ein Gemälde von ihm. Es gab da eine Serie von deiner Schwester, vielleicht vor zehn Jahren entstanden, die ich vor vier oder fünf Jahren in Rom gesehen habe, mit dem Titel *Neonplage*. Da ist das Porträt eines blonden Mannes dabei, groß, gutaussehend, mit einem kleinen Grübchen im Kinn ...«

»Klingt wie Tommy.« Mead war verblüfft.

»Es gab eine ziemliche Kontroverse, als es gezeigt wurde, wunderschön ausgeführt, aber niederschmetternd. Sehr deutlich. Der Betrachter weiß, dass dieser Mann, jung, gutaussehend, stirbt. Und leidet. Alles geschieht in einem kargen blau-weißen Krankenhauszimmer mit diesem kalten fluoreszierenden Licht. Und in jedem Bild sieht man die Stadt durch das Fenster des Krankenzimmers. Es entsteht also ein unglaublicher Kontrast zwischen seiner Isolation und seinem unmittelbar bevorstehenden Sterben und der Stadt, die so geschäftig, so lebendig ist. Besonders auf den Bildern, auf denen es Nacht ist – wenn die Lichter der Stadt so hell leuchten und das Neon aufblitzt.«

Mead saß vollkommen perplex da. Gil sah voller Unbehagen auf seine Hände hinab. Dann schaute er Mead an. Linda warf Peter einen fragenden Blick zu, aber er zuckte nur die Achseln.

»Moment mal«, sagte Roz. »Deine Schwester ist Malerin?«

»Und zwar eine gute«, bestätigte Gil. Mead sah ihn kurz an. »Vielleicht hätte ich das nicht erzählen sollen«, fuhr er reumütig fort. »Es tut mir leid.«

»Wieso hast du mir nichts davon erzählt, Mead? Ich bin immer auf der Suche nach einer guten Investition.«

»Bleib bei deinen Klunkern, Roz.« Lindas eisiger Ton duldete keinen Widerspruch.

Mead hatte den Kopf in die Hand gestützt und saß in stummer Erstarrung da. Sie und Gil blickten einander unverwandt an. Peter versuchte sich einzuschalten. »Die andere Seite, wie Mead bereits angedeutet hat, ist die Faszination, die von der Welt der Mikroben ausgeht. Ich entsinne mich, dass du mir erzählt hast«, Peter sah Mead an, Lichtjahre entfernt, und legte ihr eine tröstliche, haltbietende Hand auf den Arm, »dass Mikroben ein neues Universum seien. Und Mead, anders als das medizinische Establishment, hat sie nie unterschätzt. Sie hat angefangen, die Geschichte der Krankheit zu erforschen und ist zu dem Schluss gelangt, dass der Krieg nicht leicht zu gewinnen sein wird. Falls überhaupt. Aids ist ihr Spezialgebiet. Mikroben sind ihre Leidenschaft.« Er hielt inne. »Alles in Ordnung mit dir?«

»Klar.« Meads Stimme war leise. Wieder war sie überwältigt von diesem Fremden, der vertrauliche Einblicke in ihr Leben besaß, der mehr über ihre Schwester wusste als sie selbst. Sie versuchte, sich eine notdürftige Maske zurechtzubasteln. »Ich schätze, ich habe einfach lange Zeit nicht an Tommy gedacht.« Ein Augenblick des Unbehagens folgte, bis die Neugier über die peinliche Verlegenheit siegte und Mead erneut das Wort ergriff: »Eine ganze Serie? Das ist ja erstaunlich. Wie viele Bilder sind es?«

»Ich weiß nicht genau. Fünf? Zehn? Meine Mutter weiß es eventuell. Sie hat es vielleicht in irgendeinem Katalog stehen«, erwiderte er vorsichtig. »Sie wurden von der Kritik hoch gelobt, haben sich aber nicht gut verkauft. Wie man sich denken kann.« Ein Leichentuch schien sich über den Tisch zu senken.

»Ich glaube, es ist Zeit, schlafen zu gehen«, sagte Linda und stand auf.

»Gute Idee«, stimmte Mead zu und erhob sich eilig, begierig fortzukommen. »Ich glaube, ich folge deinem Beispiel. Gute Nacht.«

Peter griff nach Meads Hand. Er strich flüchtig mit den Lippen darüber und sah sie mit trostvollem Blick an. »Bist du sicher, dass es dir gutgeht? Kann ich etwas tun?«

»Danke, Peter.« Seine Besorgnis rührte sie, und sie erlaubte sich, kurz seine Hand zu halten. »Mir geht's gut.« Sie wandte sich um und folgte dem Kegel von Lindas Taschenlampe.

Roz sah ihnen durch den offenen Zelteingang nach, bis das Licht der Taschenlampe verschwunden war. »Nun, meine Herren, sieht so aus, als wären wir bei der kritischen Masse angelangt. Geschieht auf jeder Party.« Roz sah von Peter zu Gil. »Wer ist manns genug für eine weitere Tasse Muckefuck?«

Peter und Gil sahen sich an und lächelten. Beide hielten Roz ihre Tassen hin.

Luce lehnte sich an die kalte Betonbrüstung am Cherry Hill. Der Central Park war eine schmuddelige grauweiße Waschküche. Sie ließ den Blick über die leere Wiese schweifen und dachte an wärmere, hellere Tage mit Sommerpicknicks und Konzerten.

Sie war den ganzen Nachmittag umhergewandert und legte nun eine Pause ein. Keine Rast, denn Rast gab es nicht. Nur eine

Pause. Allein zurückgelassen war die Stadt eine Geisterstadt für sie, trostloser als jedes staubtrockene, windgeschüttelte Westernkaff aus den Schwarzweißfilmen der fünfziger Jahre.

Durch den Schleier ihrer Erinnerung sah Luce die Schemen ihres früheren Lebens, als sie endlos, endlos durch die Straßen streifte. An dieser Ecke hat eine gereizte Grace nervös auf die Uhr geblickt, dann Luce kommen sehen und versucht, ihre ursprüngliche freudige Reaktion unter der Maske der Missbilligung zu verbergen. Durch dieses Restaurantfenster sieht sie, wie sie beide mit Freundinnen zu Abend essen, später in ihrer Beziehung, als sich das Feuer der Leidenschaft zur wohligen Wärme der Intimität abgekühlt hat. Hier ist das Juweliergeschäft, in dem sie den Ring für Grace erworben hat, quälende zwei Monate vor ihrem zweiten Jahrestag. Hier ist der Möbelladen, in dem sie ihren ersten gemeinsamen Kauf getätigt haben; sie haben schnell etwas ausgewählt, das ihnen beiden gefiel, als ob das ein hundertprozentiger Garant wäre, eine emotionale Versicherungspolice.

War das ihr Leben gewesen? fragte sie sich. Das, was nun entkörperlicht schien, flüchtig, vergänglich? Schattentheater, mehr nicht. Die flinken Scherben der Vergangenheit, die über den dünnen weißen Schirm ihrer Gegenwart tanzten? Existierte diese Zeit noch, irgendwo, jenseits ihres Zugriffs? Wie Glühwürmchen, die in einem Glas gefangen waren, verglommen das Leuchten, die Hitze einer jeden Erinnerung.

Sie hasste das, das langsame Verblassen, das den glänzenden Schein auslöschte und nichts als schale Patina und Schmerz zurückließ. Sie haderte damit. Das da war ihr Leben, das war sie, dort wollte sie sein. Sie wollte den Schirm durchdringen, ihn gewaltsam aufschlitzen, durchbrechen, zurückkehren. Doch es gab kein Entkommen aus der grausamen Einsamkeit ihrer Gegenwart.

»Ich glaube, unser Leben hat sich unwiderruflich verändert«, hatte Grace sich geschlagen gegeben. Sie hatten auf den entgegengesetzten Enden der Wohnzimmercouch gehockt. »Ich frage mich, ob ich je wieder in der Lage sein werde, das Leben aus der V.d.D.-Perspektive zu betrachten.«

»Was ist V.d.D.?« Luce hatte kaum die Energie zum Reden. Sie wäre am liebsten ins Bett zurückgekrochen, wo sie beide die vergangenen zwei Tage verbracht hatten.

»Vor der Diagnose. Jetzt sind wir N.d.D. – nach der Diagnose. Komplettes Neuland.«

Luce hatte Grace beobachtet, graue Schatten der Niederlage und Verzweiflung, wie sie mit den Fransen des Sofakissens gespielt hatte, das sie an die Brust gepresst hielt. Sie konnte es nicht glauben, dass es erst acht Tage her war, seit Grace, in Strümpfen und übergroßem T-Shirt, in die Küche gewankt war. Luce war von der Angst in Graces Gesicht – ein rarer Anblick und von daher bemerkenswert – überrascht worden und hatte beim Kaffeemahlen innegehalten. »Ich habe einen Knoten gefunden« war alles, was sie gesagt hatte, alles, was sie hatte sagen können, bevor es ihr die Kehle zugeschnürt hatte. Irgendwann in den vergangenen Tagen hatte es einen Arztbesuch gegeben, Gänge zum Labor, erneut zur Ärztin, um in deren sonnigem Sprechzimmer die Diagnose zu erfahren. Es war ein verwirrendes Aufeinanderfolgen von schlaflosen Nächten und mitternächtlichen Gesprächen gewesen, die allesamt mit der Frage »Was ist, wenn?« begannen und endeten. Eine Zeit, in der Angst die Hoffnung zunichte machte, Verleugnung die Realität niederrang, eine Zeit akuter Taubheit gepaart mit akuter Wahrnehmung, eine Zeit, in der Luce, die irgendwo neben sich stand, der Kostbarkeit ihres gewöhnlichen Lebens stets gewärtig war.

»Luce, versprich mir, dass du das packen wirst.«

Und Luce war tief in sich gegangen und hatte mit heiserer Stimme erwidert: »Ja, ich schaff das schon.«

Die Ellbogen auf das Geländer gestützt, dachte Luce: Du hattest unrecht, Grace. Vor der Diagnose und Nach der Diagnose sind nicht zwei separate Länder. Sie sind miteinander verbunden, sind ein einziger grenzenloser Kontinent, der mir nun vollkommen verschlossen ist.

Nachdem sie sich fast eine Stunde lang hin- und hergewälzt hatte, schlüpfte Mead aus dem Zelt. Sie vernahm gedämpftes Gemurmel aus der Richtung des Verpflegungszeltes und schlug leise die entgegengesetzte Richtung ein. Etwa dreißig Meter von ihrem Lager entfernt stieß sie auf eine Gruppe von Senecio-Sträuchern, prähistorischen Gestalten in der tiefen Nacht, und ließ sich bei ihnen nieder. Es war eine Wohltat, nicht länger in ihrem kleinen, stickigen Zelt zu sein, das von dem unvermuteten Ausbruch von Gefühlen und Erinnerungen erfüllt war.

War es erst zwei Wochen her, dass sie völlig unbefangen eine kühne Klettertour auf den Kilimandscharo geplant hatte, Frauen unter sich, eine Tour, auf der sie sich gewiss von den Strapazen ihrer ärztlichen Tätigkeit in Nairobi erholen würde? Jetzt hingegen, verstrickt mit der Vergangenheit, erwies sich der Berg, den sie sich als solide Startrampe zu neuen Höhen, als neue Energiequelle erhofft hatte, als erstickender, erdrutschgefährdeter Geröllhaufen aus ihrer Verwerfungen ausgesetzten Vergangenheit. Sie holte tief Luft und versuchte, die Fäden zu entwirren.

Um Ordnung in etwas zu bringen, das sie als vollkommen chaotisch empfand, teilte sie ihre Gedanken methodisch in klare Kategorien ein. Erstens, dachte sie, Peter. Er versuchte offensichtlich hartnäckig, wieder eine Verbindung zu ihr zu knüpfen, sie zu unterstützen, sie zu umwerben, ihr mit großem Einsatz zu zeigen, dass er sich ändern konnte, sich geändert hatte. Als sie in die schwarze Ferne starrte, zogen Erinnerungen wie Phantome an ihr vorüber: Spaziergänge am Charles River in der ersten Zeit ihrer Verliebtheit; leidenschaftliche Nachmittage in seinem oder ihrem Apartment, gestohlene Stunden, die in ihrem vollen Terminkalender keinen Platz fanden; einige wenige Rucksacktouren; mitternächtliche Gespräche bei schlechtem Kaffee in öden Krankenhauscafeterias. Sie erinnerte sich an Dinnerparties in New York, bei denen ihre Eltern, insbesondere Walter, vor Stolz auf seinen künftigen Schwiegersohn gestrahlt und sich in Gegenwart seiner langjährigen Kollegen besitzergreifend bei ihm untergehakt hatte. Er war mehr als annehmbar. Er war das große Los. Und jetzt? fragte sie sich. Meine Entschlossenheit hat einen Riss bekommen, aber ein Riss ist alles, was er braucht. Er gewinnt.

Sie erkannte ihre Niederlage an und ging rasch zu Gil über. Nun, es ist nicht Gil an sich, grübelte sie. Er scheint ziemlich harmlos zu sein. Was die Sache, die er aufgebracht hat, für mich um so bemerkenswerter macht. Hier bin ich, beinahe fünftausend Meter über dem Meeresspiegel, Tausende von Kilometern von San Francisco entfernt und erfahre von einem praktisch Fremden von meiner Schwester und ihren Bildern. Scham ergriff Besitz von ihr. Sie schob das Gefühl sofort als unnütz beiseite. Darauf folgte Eifersucht. Dann Besitzgier. Wie konnte sie den sterbenden Tommy malen?

Gil führt mich also nicht nur zu Luce zurück, sondern auch zu Tommy. Und jetzt, wo sie allein war, brachte einzig sein Name, ein tonloses Wispern in ihrem Geist, eine Flut von Erinnerungen, die so schnell dahinströmten, dass sie kaum mithalten konnte mit den flüchtigen, fragmentarischen Bildern: Schlittschuhlaufen im Rockefeller Center, ein Besuch der Met, ein Konzert der Talking Heads, Tommy, der mit gespielter Ungehaltenheit an der Wohnungstür stand und rief: »Nun mach schon, Mead, oder wir gehen ohne dich.«

Luce hatte nie darauf gedrängt, dass Mead sich ihnen anschloss, aber sie schien auch nie etwas dagegen zu haben. Jetzt, als sie viele Jahre später darüber nachsann, fragte Mead sich, ob Tommy nicht vielleicht ein notwendiger Abgesandter gewesen war – zwischen Luce und Mead, zwischen Luce und ihren Eltern. Tommy, immer ein Lachen parat, hatte eine charmant-flapsige Art, die ihm Aufnahme in diese kühle und verhaltene Familie gewährte. Er konnte sich ihnen gegenüber Freiheiten erlauben, die sie ansonsten nicht geduldet hätten. Er glättete ihre Kanten, durchstach ihre Schutzhüllen. Und all das mit Gutgelauntheit, mit echter Wärme. Und wenn er mit ihnen zusammen war, dann glaubten sie manchmal, die Wärme sei ihnen eigen.

Sie und Tommy saßen noch in der Küche, lange nachdem alle anderen zu Bett gegangen waren, und redeten miteinander bis zum frühen Morgen. Er stellte ihr Fragen nach ihrem Leben. Anfangs fand sie seine beharrliche Neugier unhöflich und wusste nicht darauf zu reagieren. Zu reden, wirklich miteinander zu reden schien ein ungeschriebenes Gesetz zu übertreten. Doch er bekam es aus ihr heraus – in wen sie verliebt war, wie es war, unter all den Kindern in der Klasse die Jüngste zu sein, was sie werden wollte, wenn sie groß war. Mit ihm konnte sie über alles sprechen. Selbst über Luce.

Mead hatte von ihrer ersten Begegnung an gewusst, dass er schwul war. Dennoch wusste sie es zu schätzen, als er sie mit vierzehn eines Nachmittags beiseite nahm, um es ihr selbst zu erzählen. Er begegnete ihr mit Ehrlichkeit und Respekt, was die Liebe, die sie für ihn empfand, nur noch vergrößerte.

Walter und Elizabeth hatten schockiert getan, als sie Jahre später von seiner Diagnose erfuhren. Ihre Gastfreundschaft beschnitten sie nicht, aber das war auch gar nicht nötig. Tommy hatte seine Besuche bei ihnen längst eingestellt. Luce besaß ihre eigene Wohnung unten im Village, wo sie sich trafen, und Mead war in Boston im College. Ihr Magen zog sich vor Zorn zusammen, Tränen strömten ihr übers Gesicht. Schnell schob sie alle weiteren Erinnerungen beiseite und warf die Tür des Gewölbes zu.

Blieb Luce. Neben Tommy gab es auch noch Porträts von Mead. Was hatte Luce noch in Ölfarben enthüllt? Der Zorn, den sie am Nachmittag verspürt hatte, war verebbt. Jetzt empfand sie ein Fünkchen Neugier. Warum, fragte Mead sich, habe ich ihre Gemälde nie gesehen?

Dann fiel ihr der Abend wieder ein, als ihre Eltern von Luces erster Ausstellung nach Hause zurückgekehrt waren. Ihr Vater, stets kühl und beherrscht, war ein schäumender Gletscher. Er verzog sich schnurstracks in sein Arbeitszimmer, während Elizabeth unruhig auf und ab ging.

»Wie war's, Mom?«

»Schrecklich«, hatte sie geantwortet. »Einfach schrecklich. Ich weiß nicht, wie sie so grausam sein kann, wie sie uns das antun kann.« Es wurde nie wieder darüber gesprochen, aber die Missbilligung war nicht zu überbieten. Mead hatte niemals zuvor – und auch danach nicht – erlebt, dass irgend etwas die beiden dermaßen verstört hätte.

Und Luce – was sollte sie von Luce halten? Irgendwie hatte die Begegnung mit Gil der Tatsache Realität verliehen, die Mead bis dato ohne innere Beteiligung anerkannt hatte: dass ihre Schwester für sich genommen, in einer anderen Welt, erfolgreich war. Zum ersten Mal fragte Mead sich, wie es Luce bei den jährlichen Familienzusammenkünften ergangen sein mochte, bei denen nie ein Wort zum Thema Kunst, zu ihrer Karriere gefallen war. Oder schlimmer noch, zu wissen, dass unter der Oberfläche ein striktes Tabu herrschte. Dass Luces Privatleben nicht thematisiert wurde, war weder überraschend noch provokativ. Es wurden kaum je Einzelheiten aus dem Privatleben der Familienmitglieder untereinander ausgetauscht. Mead erinnerte sich sogar daran, dass im letzten Sommer niemand Peters Abwesenheit angesprochen hatte. Immer wie auf rohen Eiern, seufzte sie, immer auf Armeslänge.

Doch jetzt wollte Mead seltsamerweise mehr über Luce wissen – was sie malte, warum sie nach San Francisco gezogen war. Wie kommt es, fragte sie sich verblüfft, dass es solch klaffende Wissenslücken zwischen uns gibt?

Mead atmete ein paarmal tief ein. Die frische Nachtluft, die geistige Auseinandersetzung, das Weinen hatten geholfen. Sie fühlte sich ein wenig erholt. Doch was sollte sie wegen Peter unternehmen, der sich zerknirscht zeigte und um ihre Tür herumstrich? Heute nacht werde ich es ohnehin nicht herausfinden, redete sie sich beruhigend zu. Lass dir Zeit. Es ist die reinste Ironie, dachte sie und rieb sich die Hände, die mit der zunehmenden Höhe angeschwollen waren, dass ich froh wäre, wieder in Nairobi zu sein. Das Klettern, insbesondere jetzt, wo es steiler bergan ging und sie nicht viel miteinander reden konnten, ließ ihr zuviel Zeit für sich. Und die Gesellschaft, in der sie sich befand, hatte ihre gewöhnlich ruhigen mentalen Gewässer aufgerührt. Sie fühlte sich von allen Seiten bedrängt.

Sie dachte an Nairobi, die von Krankheit belagerte Stadt. Und ebenso schnell rief sie ein Bild von sich selbst auf, wie sie in ihrem sauberen, wohlausgestatteten, hochmodernen Labor in Chicago das Virus erforschte. Egal, wie – sie war fasziniert, in Bann geschlagen von Infektionskrankheiten und der Anfechtung, die sie für das Leben bedeuteten. Genau das machte ihr grundlegendes Interesse an ihrer Forschungsarbeit aus – das drohende Desaster, dass vom Zufall, einer bewussten Anstrengung oder einer unberechenbaren Laune der Natur in Schach gehalten wurde. Es war eine hauchdünne Balance, die bei Aids und anderen Infektionskrankheiten zerstört worden war. Und sie steckte mittendrin, im Schützengraben, auf der anderen Seite. Sie hatte, genau wie das Virus, eine Grenze überschritten.

Als sie den Blick über das Lager schweifen ließ, stellte sie fest, dass die Kerosinlampe verloschen und das leise Gemurmel, das ihre Gedanken fortwährend begleitet hatte, verklungen war. Sie wollte sich gerade erheben, als sie die schemenhaften Gestalten von Roz und Peter entdeckte, die aus dem Verpflegungszelt traten. Sie wartete, denn sie wollte weder mit jemandem sprechen noch ihr verweintes Gesicht zeigen, und beobachtete, wie die beiden vor Roz' Zelt stehenblieben. Roz schlüpfte hinein, und einen Augenblick später, nach einem prüfenden Blick über die Schulter, folgte Peter ihr.

Das Geräusch des Reißverschlusses, mit dem das Zelt geschlossen wurde, zerriss die Nacht.

Der Schatten dreier Menschen, die wenige Meter vor ihr vorübergingen, riss Luce aus ihrer Versonnenheit. Sie beobachtete die Gruppe, offenkundig eine Tochter von Mitte Dreißig mit ihren Eltern, die zu Besuch waren, im Schlepptau. Die Tochter ließ ihre Eltern vor dem Bethesda-Brunnen anhalten und holte ihre Kamera aus der Tasche. Die Eltern setzten ihre zahlreichen Einkaufstüten ab, die randvoll mit nachweihnachtlichen Schnäppchen waren. Die Tochter machte sich an das Arrangement, wies ihre Eltern an, sich so zu drehen und so und wartete darauf, einen günstigen Moment zu erhaschen. Es war eine heimelige Szene, die Eltern lachten gutmütig, wenngleich ein wenig verlegen, sich so offenkundig als Touristen zu erweisen. Luce verspürte einen Stich, einen Schmerz, der gewöhnlich zu tief begraben war, um exhumiert zu werden. Familie. Die Wärme einer Familienrunde.

Nachdem die Tochter die Eltern fotografiert hatte, beharrte der Vater darauf, Mutter und Tochter abzulichten. Luce sah zu, mit zusammengekniffenen Augen, ewige Voyeurin von Eltern-Tochter-Beziehungen. Sie beobachtete, wie die beiden auf Geheiß des Vaters näher zusammenrückten. Sie sah, wie sie die Arme umeinanderlegten. Sie registrierte die subtile Ausweichbewegung der Mutter, fort von der Tochter, das angespannte Lächeln der Tochter und wie beide, kaum hatte der Verschluss geklickt, die Arme sinken ließen, froh, erlöst zu sein. Sie vernahm die Stimme der Mutter, mechanisch, ausdruckslos, die fragte: »Wo geht's jetzt lang?«, und sah die Tochter stumm den Weg weisen. Familie, seufzte Luce und versuchte, ihren Schmerz wieder zu begraben.

Weiter oben, etwa zehn Straßenzüge entfernt, saßen ihre Eltern vermutlich in ihrem Wohnzimmer, in den beiden sich gegenüber stehenden Clubsesseln, hinter ihrem jeweiligen Buch oder Magazin. So nah. So fern.

»Luce«, hatte Grace eines Abends beim Essen gesagt, »lass uns deine Eltern zum Abendessen einladen.«

Luce lehnte sich auf ihrem Stuhl zurück und starrte das außerirdische Wesen an, das von Graces Körper Besitz ergriffen hatte. »Nein.«

»Luce, ich kenne dich nun seit fast drei Jahren. Und ich bin ihnen noch nie begegnet.«

»Grace, ich kenne sie schon mein Leben lang. Ich wünschte, ich wäre ihnen nie begegnet.«

»Im Ernst. Es sind deine Eltern, trotz allem. Du weißt schon, Mom und Dad.«

»Nein. Das ist keine gute Idee.«

»Lass sie uns zum Seder einladen ...«

»Noch schlimmer. Habt ihr heute nachmittag einen Joint geraucht, Ruthie und du?«

»... zusammen mit Ruthie, Pearl und Irv, Milton und ...«

»Schlimmer geht's nicht. Neuer Rekord. Auf gar keinen Fall.«

»Luce«, sie zog ihren Namen in die Länge, »bin ich dir peinlich?«

»Nein!« entgegnete sie heftig. »Das weißt du. *Sie* sind mir peinlich.«

»Nun, wenn das ein ›Peinliche Eltern‹-Wettbewerb ist, dann sollten wir Ruthie auf jeden Fall dazu anmelden.«

»Nimm's mir nicht übel, aber sie spielt in der Provinzliga. Grace, es ist wahr – ich möchte meine Eltern nicht zum Essen einladen. Ebenso wahr ist, dass sie niemals kommen würden. Und ...«

»Das kannst du nicht wissen, bevor du sie nicht gefragt hast.«

»... Und sollte die Hölle zufrieren und Schweine fliegen können und sie doch kommen, würden sie sich miserabel fühlen. Genau wie wir.«

»Luce, ich kann nicht glauben, dass sie wirklich so schlimm sind, wie du sie hinstellst. Menschen ändern sich, werden milder. Insbesondere wenn sie älter werden.«

»Dr. und Mrs. Bennett nicht. Sie sind versteinert.«

»Was um alles in der Welt soll das heißen? Versteinert?«

»Wenn du sie kennen würdest, wüsstest du's.«

»Siehst du, genau das meine ich. Ich habe kein Bezugssystem.«

»Nein.«

»Okay.« Grace trat den Rückzug an. »Was ist mit Mead?«

»Was soll mit Mead sein?«

»Laden wir Mead zum Abendessen ein.« Luce starrte Grace verständnislos an. Grace beugte sich vor. »Ich möchte jemanden von deiner Familie kennenlernen, möchte sehen, wie sie sind. Ich möchte deinen Hintergrund besser verstehen. Sieh nicht so schockiert drein. Weißt du, Luce, in vielen Teilen der Welt würde das nicht als bizarres Ansinnen betrachtet werden.« Luce lehnte sich erneut zurück und seufzte. Grace beugte sich noch ein Stück weiter vor. »Bitte, Luce.«

»Okay.« Sie gab nach und bereute es augenblicklich.

Später griff sie im Arbeitszimmer zum Telefon, um Jacob anzurufen. Doch Grace telefonierte in der Küche bereits mit ihrer Mutter.

»Es hat funktioniert wie ein Zaubermittel. Ich habe ihre Eltern verlangt und mich mit Mead zufriedengegeben.«

»Wie ist aus dir bloß ein derart durchtriebenes Geschöpf geworden? Meine Tochter!«

»Ich glaube, die Frage hast du dir gerade selbst beantwortet, Ma.«

»Klugscheißerin. Warum du nicht Juristin geworden bist, werde ich nie verstehen. Du könntest eine steinreiche Frau sein. Besser noch: Ich hätte eine steinreiche Tochter. Ich hoffe nur, dass sich das nicht als Bumerang erweist.«

»Ma, sie sind Schwestern. Sie sollten miteinander zu tun haben. Miteinander sprechen. Zusammen einkaufen gehen. Du weißt schon, all so was.«

»Und was ist, wenn sie wie Pearl ist? Falls du es noch nicht bemerkt haben solltest – nicht alle Schwestern kommen miteinander aus, Ms. Oberschlau.«

»Ich schätze, deshalb sind wir in die Wohnung neben deiner Schwester gezogen, als ich fünf war. Ich schätze, das ist der Grund, warum du noch immer Tür an Tür mit ihr wohnst. Du und Pearl, ihr liebt einander. Ihr streitet einfach gern. Wenn das so sein sollte, dann hat Luce zumindest jemanden, mit dem sie streiten kann.«

»Versteh mich nicht falsch, Grace, du weißt, ich habe Luce ins Herz geschlossen, aber in dieser Hinsicht ist sie ein wenig beschränkt. Wenn ihre Schwester auch so ist, dann könnte euch ein ziemlich scheußlicher Abend bevorstehen. Ups, es klingelt. Vermutlich deine Tante Pearl, die mir ihr neuestes Juwel vorführen will. Oi.«

»Ich ruf dich morgen an, Ma.«

»Okay. Und wir gehen Samstag ins Kino, wie geplant, ja?«

»Klar. Du zahlst.«

»Freches Gör. Hab ich nicht dein College bezahlt? Ich muss Schluss machen.«

»Pass auf dich auf.«

»Und du auf dich.«

Luce legte den Hörer sachte auf und setzte sich an den Schreibtisch. Sie war geschmeichelt, dass jemand solche Haken schlug, um ihren Willen bei ihr durchzusetzen, und fürchtete gleichzeitig, dass Grace enttäuscht sein würde. Sie nahm das gerahmte Foto von Grace und Ruthie in die Hand. Es war ein Doppelrahmen. Auf dem einen Foto sahen sie einander an, mit breitem Lächeln, herumkaspernd. Luce konnte sich das respektlose Geplänkel vorstellen. »Du bist eine echte Nervensäge«, würde Ruthie sagen. »Bin bei der besten in die Lehre gegangen, Ma«, würde Grace lachend erwidern. Auf dem zweiten Foto lehnten sie an der Brüstung der Brooklyn Bridge, während die Sommersonne unterging; Graces Arme lagen um Ruthies Taille, ihr Kopf ruhte auf Ruthies Schulter, Ruthies Hand lag an Graces Wange. Die Liebe, die so ungehindert floss, sich so leicht zum Ausdruck brachte, war für Luce eine fremde Sprache.

»Du willst wissen, was Familie ist, Luce, jedenfalls wenn sie funktioniert?« hatte Ruthie bei einer ihrer endlosen Stammeszusammenkünfte scherzhaft gefragt. »Familie ist, wenn du jemanden liebst, obwohl du es musst.« Grace hatte die Augen verdreht und Pearl in der Küche zugerufen: »Jetzt reicht's! Sie ist völlig hinüber. Kein Bier mehr für Ruthie!«

Mead, dachte Elizabeth, und lehnte sich in ihrem Clubsessel zurück. Sie legte ein Lesezeichen in das Buch über Ostafrika, das sie gerade las, schloss es und ließ es auf den Schoß sinken. Sie legte beide Hände um die warme Teetasse, trank langsam und ließ die Gedanken an ihre jüngste Tochter über sich hinwegziehen wie Duftschwaden mit Orangennote.

Sie hatte das Buch über Afrika, ein weiteres, am Tag zuvor bei Barnes & Noble in der Innenstadt gekauft. Sie hatte die Reisebuchabteilung durchstöbert in der Hoffnung, etwas Neues über Kenia, Tansania und den Kilimandscharo zu finden. Inzwischen kannte sie die meisten Bücher; sie hatte sie sich entweder in der Bücherei ausgeliehen oder gekauft. Ein junger Mann hatte sie gefragt, ob sie Hilfe bräuchte. »Meine Tochter ist in Afrika«, war es aus ihr herausgeplatzt. »Sie ist Ärztin, und sie und einige weitere Frauen steigen gerade auf den Kilimandscharo.« Der Verkäufer hatte sie ausdruckslos angesehen. »Ihr Fachgebiet sind Infektionskrankheiten. Sie ist auf Aids spezialisiert.«

»Oh, Aids. Die Bücher über Aids sind dort drüben an der Wand.« Er war wieder zum Leben erwacht. Sie hatte ihm spröde gedankt und war mit dem Buch zur Kasse gegangen.

Welch ein Abenteuer, dachte sie, schloss die Augen und stellte sich den Berg vor, auf drei Grad südlicher Breite, wie er sich aus der trockenen Ebene bis zu seiner schneebedeckten Spitze erhob. Hemingway hatte über ihn geschrieben: »weit wie die ganze Welt, groß, hoch und unvorstellbar weiß in der Sonne war der flache Gipfel des Kilimandscharo«. Er galt als untätiger Vulkan und hatte einen Krater auf dem Gipfel. Meads Gestalt, aufrecht und resolut, den Steilhang zu ihren Füßen, beherrschte Elizabeths innere Vision.

Elizabeth betrachtete den Stapel Bücher auf dem Lesetischchen: *Jenseits von Afrika, Westwärts mit der Nacht, Die besten Wildparks in Afrika,* Hemingways *Gesammelte Werke.* Sie hatte den Auszug aus *Die grünen Hügel Afrikas* gelesen. Gewiss, die Zeiten hatten sich geändert. Und dennoch berührten diese afrikanischen Geschichten Elizabeth, und sie sann darüber nach, dass Mead sich ebenfalls auf einer Safari befand, wenngleich sie Mikroben im Visier hatte, nicht Großwild. Irgendwann in der vergangenen rastlosen Nacht hatte sie ihre Leselampe angemacht und »Schnee auf dem Kilimandscharo« gelesen. Sie schauderte bei der Erinnerung daran. Es war Jahre her, seit sie die Kurzgeschichte gelesen hatte, und die erneute Lektüre hatte sie mit einer düsteren Vorwarnung erfüllt. Gott sei Dank stieg ihr Kind nicht in irgendwelche kleinen Flugzeuge!

Wie aufregend musste das für Mead sein, welch ein Triumphgefühl! Tausende von Kilometern entfernt war Elizabeth von Stolz und Bewunderung für ihre Tochter erfüllt. Der Gedanke an die drei Frauen, die unter der Führung einer weiteren Frau eine solche Expedition in Angriff nahmen, weckte ihre Ehrfurcht. »Wirklich, Mutter, mach nicht solch einen Wirbel darum. Es ist im Grunde nur eine ausgedehnte Bergwanderung. Es soll allerdings tolle Ausblicke geben.« So hatte Mead sich per eMail in ihrer typisch bescheidenen Art geäußert.

Sie nahm das Buch wieder zur Hand und studierte die Karte. Mit dem Zeigefinger, bläuliche Venen unter papierner Haut, folgte sie sachte der Route von Nairobi aus südöstlich zum Kilimandscharo Nationalpark. Dann legte sie die Hand auf die Küste Ostafrikas und wünschte sich, dass es ihrer Tochter wohlerginge.

Die gegenüberliegende Seite zeigte ein Schwarzweißfoto einer Straße, die sich durch ein Massai-Dorf zog. Die Straße war von einigen strohgedeckten Hütten gesäumt und zeigte traditionell gekleidete Massai beim Radfahren, Viehhüten und Lenken von überladenen Eselskarren. Sich vorzustellen, dass dieses Dorf vor Betriebsamkeit summt, dachte Elizabeth, während Mead dem Gipfel des Kilimandscharo näher und näher rückte.

Sie nahm die Brille ab, schloss die müden Augen und ließ den Kopf an die Lehne sinken. Es war eine schwierige Nacht gewesen. Sie hatte sich hin- und hergewälzt. Luce ließ sich nicht aus ihren Gedanken verdrängen. Was sollte sie ihretwegen unternehmen? Schuldgefühle hatten dumpfe Kopfschmerzen ausgelöst, und Elizabeth rieb sich die Schläfen. Sie hatte Walter gegenüber nichts von Luces Anwesenheit in New York verlauten lassen. Wozu auch? Es würde eine ohnehin angespannte Situation nur noch komplizierter machen. Und Walter, der Arme, ist so von seiner Arbeit eingenommen, mutet sich viel zuviel zu. Plötzlich setzte sie sich auf. Ich tu's, dachte sie. Ich tue es einfach. Sie erhob sich und ging, impulsiv wie selten, zum Schreibtisch hinüber, zog die mittlere Schublade auf und nahm das Telefonbuch heraus. Sie fand die Nummer, die sie suchte, und wählte schnell.

»Galerie Malowitz.« Die Stimme am anderen Ende war jung, gekünstelt, eine Spur arrogant. Elizabeth kam sich sofort wie ein Eindringling vor. »Hallo, könnte ich vielleicht Luce Bennett sprechen?« Sie versuchte, gelassen zu klingen, gleichmütig.

»Wer spricht da, bitte?«

Sie zögerte. »Eine Bekannte.«

»Tut mir leid, sie ist momentan nicht da. Sie wird zu ihrer Ausstellung erwartet und kommt regelmäßig vorbei. Ich kann ihr etwas ausrichten. Wie lautet Ihr Name und Ihre Telefonnummer?«

»Ach, nein. Bemühen Sie sich nicht. Ich versuche es später noch mal.« Sie legte rasch auf, räumte das Telefonbuch fort und kehrte zu ihrem Clubsessel zurück. Wieder legte sie die Hände um die Tasse und hoffte, dass die Wärme das leichte Zittern vertreiben würde. Verdammt, dachte sie, ohne selbst recht zu wissen, wen oder was sie verfluchte und weshalb. Sie legte ihr Buch oben auf den Stapel und schaltete CNN an.

Während sich irgendein langweiliger Kongressabgeordneter darüber ausließ, in irgendeiner parteistrategischen Angelegenheit endlich auf den Punkt zu kommen, fragte Elizabeth sich verärgert, was sie hätte sagen wollen. »Oh, Luce, ich hab gelesen, dass du in der Stadt bist. Hast du Zeit, mit mir zu Mittag zu essen?« Nein. »Luce, bei einer Party hat neulich jemand zufällig erwähnt, dass du in der Stadt bist. Magst du zum Abendessen kommen?« Noch schlimmer.

Was wollte sie eigentlich von ihrem ältesten Kind? Was? Erregt stellte sie den Fernseher aus und ging zu ihrem Computer hinüber. Vielleicht hatten sich Rand oder Avery gemeldet. Sie startete den Computer und hörte ihn auf eine Weise, die sie noch immer irritierte, melden: »Es ist Post eingegangen.« Sie öffnete ihre Mailbox und las die neueste Nachricht – von Chad an EBennett. Nanu, was ist das? fragte sie sich.

An: EBENNETT
Von: CHAD
Was ist los? Das letzte, woran ich mich erinnere, ist, dass ich meinen Kopf an Deine Brüste geschmiegt habe. Dann warst Du weg. Wohin bist Du verschwunden?

Elizabeth war schockiert. Sie tippte rasch eine Antwort: »Sie haben die falsche Person angeschrieben, junger Mann. Versuchen Sie es noch mal ... WOANDERS!« Sie löschte die Nachricht auf der Stelle. Wo würde die Welt noch enden, stöhnte sie innerlich. Verärgert schaltete sie den Computer aus und kehrte zu ihrem Clubsessel zurück. Mit einem tiefen Seufzen schlug sie das Buch wieder auf und studierte die Karte.

»Roz!« rief Peter eifrig zu Roz hinüber, die gegen einen Felsvorsprung gelehnt dasaß. »Soll ich dir einen Teller Pasta bringen?« Sie schüttelte vehement den Kopf und winkte ihn fort.

Es war der dritte Tag. Sie machten Mittagsrast. Mary, die gern für sich allein Erkundungen unternahm, war nicht zu sehen. Roz war am Vormittag plötzlich von der Höhenkrankheit überrascht worden und hockte jetzt reglos da. Ihre dumpfe Teilnahmslosigkeit wurde nur hin und wieder von hastigen Rückzügen unterbrochen, um ein Privatgespräch mit Mutter Natur zu führen. Der Aufstieg begann an den Nerven aller Beteiligten zu zerren. Mead, noch immer fassungslos, war fest entschlossen, kein Wort über ihre Beobachtung in der vergangenen Nacht zu verlieren, und bemühte sich um äußere Gleichmütigkeit. Sie saß mit Linda, Gil und Peter auf einer Decke. Sie alle hatten kaum Appetit, bis auf Peter, der herzhaft zulangte.

»Gibt es Fortschritte in Sachen Ebola-Virus, dem du auf der Spur bist?« fragte Gil.

»Nein, im Grunde nicht. Wir kennen das natürliche Wirtsreservoir des Virus bislang noch nicht. Es zerstört seinen Wirt vollkommen – am liebsten Menschen. Doch nach einem Ausbruch verschwindet es irgendwohin und findet einen neuen Wirt, den es nicht zerstört. Den suchen wir bislang vergeblich.«

»Ebola ist eine der neuen Krankheiten«, erklärte Mead an Gil gewandt. Sie bemühte sich um einen ruhigen, professionellen Ton. »Ein Merkmal einer relativ neuen Krankheit ist der tödliche Verlauf – Wirt und Parasit sind noch keine alten Bekannten. Und der Parasit hat noch nicht gelernt, wie er seinen Wirt ausbeuten kann, ohne ihn zu töten. Der Parasit ist selbstsüchtig – aber nicht allzu clever.«

»Noch nicht jedenfalls«, strahlte Peter sie an, und Mead drehte sich der Magen um. »Die Theorie lautet, dass das, was als Parasitentum beginnt, als Symbiose endet. Darin liegt im Grunde sogar eine gewisse Schönheit.«

»Peter!« attackierte Mead ihn. »Parasitentum, ob mikrobiologisch oder menschlich, ist keine gutartige Aktivität, geschweige denn schön zu nennen.« Überraschung verdüsterte Peters Gesicht. Mead spürte, dass sie die Oberhand hatte, und fuhr fort. »Aber es gibt Dinge, Gil, die noch viel schlimmer sind als neue Krankheiten wie Ebola. In gewisser Hinsicht können wir Ebola und ähnliche Krankheiten theatralisch nennen. Sie verlaufen höchst dramatisch und in der Regel tödlich, aber sie sind nicht für die Mehrzahl der Todesfälle verantwortlich. Das sind die alten Krankheiten, diejenigen, die wir längst unter Kontrolle zu haben meinten, die aber wieder aufleben. Krankheiten wie Tuberkulose, Denguefieber, Diphterie kehren mit erhöhter Virulenz zurück. Weißt du, Gil, diese Mikroben können alle Grenzen überschreiten. Und sie sind unglaublich anpassungsfähig. Was bedeutet, dass sie, wenn man ihnen genügend Zeit lässt, gegen vormals erfolgreiche Medikamente immun werden.«

»Oder dass sie, wie gewisse Spielarten, die man im Trinkwasser in verschiedenen amerikanischen Städten gefunden hat, sogar gegen Chlor resistent sind.«

»Tja, und dann muss man schon aufpassen«, sinnierte Linda.

»Oder sich vor Angst in die Hosen machen?« meinte Roz. Sie gesellte sich zu ihnen, wenngleich auf wackligen Beinen.

»Das wäre auch angemessen. Geht's dir besser?« Linda schirmte ihre Augen ab, um Roz besser ausmachen zu können. »Du siehst noch immer ein bisschen grün um die Nase aus.«

»Mir geht's gut«, erwiderte sie knapp.

»Wisst ihr«, ergriff Gil das Wort, »es liegt eine gewisse Ironie darin, welche Rolle die Unabhängigkeit der Länder dabei gespielt hat. Versteht mich nicht falsch. Ich will nicht sagen, dass wir zu den alten kolonialistischen Zuständen zurückkehren sollten. Aber seit all diese Länder ihre Unabhängigkeit erlangt haben, ist alles aus dem Lot geraten. Die Menschen verlassen ihre Dörfer in Scharen, um in die Städte zu ziehen. Dort gibt es nicht genügend Arbeit, also verarmen sie und leben unter unvorstellbar elenden Bedingungen. Bist du schon in Sofia Town gewesen, Mead?« Sie schüttelte den Kopf. »Grauenhaft. In Sofia Town erscheint dir schlichte Armut noch luxuriös.«

»Dazu kommen noch die Kriege, die ihren Tribut fordern«, ergänzte Mead. »Allein hier in Tansania haben sie es mit einer halben Million Flüchtlinge aus dem Ruanda-Burundi-Konflikt zu tun. Das hier ist eines der ärmsten Länder der Welt, mit einer Lebenserwartung von zweiundvierzig Jahren, ein Land, in das eine Unmenge von Menschen strömen, die einfach nur in Sicherheit sein wollen.«

»Das geschieht überall«, meinte Gil. »Nicht nur in Ruanda oder Burundi. Oder Liberia oder Somalia. Sieh dir Sierra Leone an. Zehntausende Menschen sind dort im Bürgerkrieg umgekommen. Über anderthalb Millionen Menschen waren gezwungen, aus ihrer Heimat zu flüchten.«

»Was ist mit der politischen Führung? Wo sind die Friedensstifter?« fragte Linda.

»Im Tresorraum – beim Geldzählen.« Roz warf Linda einen herablassenden Blick zu und schüttelte den Kopf.

»Gute Frage, Linda«, erwiderte Gil. »In Sierra Leone gab es gerade Präsidentschaftswahlen. Die Rebellenführer haben angeordnet, sie zu boykottieren. Wähler, die sich dem nicht fügen wollten, wurden die Hände abgehackt. Oder die Rebellen haben ihnen mit Brandeisen die Worte ›Keine Wahlen‹ auf dem Rücken eingebrannt.«

»Das ist ja schrecklich! Wie kann man so brutal sein?« Linda war entsetzt.

»Hallo? Wo bist du die letzten Jahre gewesen? Im Pfadfinderlager für Mädchen?« meinte Roz. Höhenkrankheit war ein bösartiger Treibstoff.

»Manche Mitglieder der politischen Führungsriege sind ziemlich übel«, sagte Gil. »Und die meisten haben entweder ein Anwesen in Italien oder ein Schweizer Bankkonto.«

»Es ist ein einziger Sumpf«, meinte Peter. »Wenn man sich nur mal überlegt, wie lange es gedauert hat, bis die Regierungen bereit waren, offen über das Thema Aids zu reden. Sie haben die Fakten bewusst unterdrückt, um die Gefährlichkeit der Situation herunterzuspielen.«

»Wie ein berühmter Politiker einmal gesagt hat: ›Es ist nicht zu glauben, in welchem Ausmaß man ein Volk hintergehen muss, um es zu regieren.‹«

Linda sah auf. »Wer hat das gesagt, Gil?«

»Hitler. In *Mein Kampf.«*

Peter lachte bitter. »Das ist gut. Fast so gut wie ›Arbeit macht frei‹ – der Willkommensgruß in Auschwitz.«

»Ist das das Partyspiel des neuen Zeitalters? Endlose Diskussionen über unseren unmittelbar bevorstehenden Untergang als Spezies?« Roz wurde zunehmend unwirsch. Und grüner.

»Vielleicht ist es bloß das Alter«, mutmaßte Linda. »Macht es dich glücklicher, an eine Bar voller Zwanzigjähriger zu denken, die sich ins Delirium trinken und tanzen und unserem unvermeidlichen Untergang in seliger Ahnungslosigkeit entgegengehen?«

»Wissen mag Macht bedeuten, macht aber nicht unbedingt Spaß«, entgegnete Roz.

»Guter Punkt«, gab Linda zu.

»Entschuldigt mich«, sagte Roz unvermittelt und grünlicher denn je. »Ist wieder mal soweit.« Und sie taumelte davon.

Die anderen sahen zu, wie sie hinter dem Felsvorsprung verschwand. Peter versuchte Meads Aufmerksamkeit zu gewinnen und fragte respektvoll: »Also, Dr. Bennett, was schließt du aus der jüngst beobachteten Wechselbeziehung zwischen dem Rückgang der Beschneidung und HIV-Infektionen im Subsahara-Aids-Gürtel?«

Sie nahm ihren Teller und stand auf. Über die Schulter antwortete sie beiläufig: »Nicht viel. Interessante Korrelation der Daten, aber noch kein Zusammenhang wissenschaftlich belegt.« Ihr Ton war kalt und brüsk. Sie ging davon und genoss die Ohrfeige, die sie Peter mit ihren Worten verabreicht hatte.

Die späte Nachmittagssonne, die von dem großen Panoramafenster im obersten Stockwerk eingefangen wurde, erschien Luce unten auf ihrer Bank in dem kleinen Park wie ein loderndes Trapez aus heißen orangefarbenen, gelben und roten Flammen. Unten im Erdgeschoss befanden sich Mary's Market, ein kleiner Lebensmittelladen, Lee's Wäscherei und The Great Wall, wo es das schlechteste chinesische Essen der Welt gab. Eine Montage, zusammengesetzt aus den Menschen, denen sie im Laufe der Jahre auf dieser Straße begegnet war, erschien vor ihrem geistigen Auge: die lokale Theaterlegende in uralten Trainingsklamotten, Zigarette im Mundwinkel, ihren Zwergpudel liebevoll auf dem Arm; Mr. Tennebaum, ein Lithograph mit starkem deutschem Akzent, stets adrett, der mit der Erinnerung an den Holocaust lebte und mit der Schuld, überlebt zu haben; Françoise, eine muntere junge Drag Queen, die in einem Lokal in der Nähe auftrat und Französisch mit ohiogefärbtem Akzent sprach. Luce überlief ein Schauder bei diesen Erinnerungen.

»Ich könnte zu dir ziehen. Oder du ziehst zu Ruthie und mir. Oder wir könnten uns zusammen eine neue Wohnung suchen«, hatte Grace vorgeschlagen, nachdem sie sich ein Jahr kannten.

»Oder wir könnten weitermachen wie bisher und uns noch besser kennenlernen.« Sie saßen im Park, tranken Kaffee, lasen die *Sunday Times* und genossen die ersten Strahlen eines sonnigen Frühlingsmorgens.

»Du weißt wirklich, wie man die Bremse zieht, Luce. Wir können uns auch noch besser kennenlernen, wenn wir zusammenleben.«

»Ich bin vierunddreißig. Ich sollte wissen, wie ich die Bremse ziehe.«

»Und ich bin fast zweiunddreißig.«

»Richtig.«

»Ich nehme an, du findest, dass das eine clevere Antwort war? Tja, ich glaube, wir müssen mal Bilanz ziehen. Soll ich die Situation mal zusammenfassen?«

»Würde mein Nein es verhindern? Bitte, fasse zusammen.« Luce blies in den Pappbecher und trank ihren Kaffee in kleinen Schlucken.

»Wir kennen uns jetzt fast ein Jahr. Du hast keine ansteckenden Krankheiten, von einer leichten Tendenz zu Trostlosigkeit und Verzweiflung abgesehen, die bei dir einen gewissen Charme aufweist und gegen die ich langsam immun werde. Du hast keine ekelerregenden Gewohnheiten – sehr wichtig. Gute Zahnhygiene. Ein interessanter, wenngleich kleiner Bekanntenkreis. Du bist sehr sexy, sprichst nicht viel, hast keine aufdringliche Familie – großes Plus. Und du wolltest dir noch nie Geld leihen. Perfekt.«

»Ich fühle mich geschmeichelt, Grace. Ist mir schon fast peinlich, dass meine Vorzüge so offenkundig sind. Hast du das schon öfter gemacht? Das war so flüssig.«

»Kleiner Schönheitsfehler – du bist ein winziges bisschen zu schlagfertig für meinen Geschmack. Aber da du nicht viel redest, fällt es nicht weiter ins Gewicht.« Luce lächelte. »Dein hinterhältiges Grinsen könnte mir in ein, zwei Jahrzehnten ein wenig auf die Nerven gehen, aber im Moment finde ich es noch ganz amüsant und bin willens, die darinliegende Herablassung zu ignorieren.«

»Autsch. Wie ich sehe, ergibt die Bestandsaufnahme nun doch einige negative Seiten.«

»Ich dachte, das würde dich glücklich machen. Zu wissen, dass ich eine ausgewogene Sichtweise habe, meine ich. Ich will dir ja nur gefallen.«

»Ich bin nahezu ekstatisch.«

»Ja, das sehe ich. Das leichte Grinsen in deinem Gesicht wird sich gleich zu einem ausgewachsenen Feixen entwickeln. Reiß dich zusammen, Luce. Wir sind in der Öffentlichkeit. Was mich anbelangt«, fuhr sie unverzagt fort, »ich bin selbstgenügsam und pflegeleicht.«

»Besten Dank.«

»Womit ich meine, dass ich mich, wenn meine Herzallerliebste für Wochen am Stück nichts als ihre Malerei im Sinn hat, auch allein amüsieren kann.«

»Ein eleganter Seitenhieb. Ich werde darüber hinwegsehen.«

»Ich bin treu und ehrlich.«

»Braves Mädchen.«

»Ich habe allerdings eine Mutter.«

»Ja, daran besteht kein Zweifel. Doch ich mag Ruthie.«

»Ja, ein großes Plus, das ich zu erwähnen vergaß. Verschiedene Freundinnen sind mitten im Borschtsch geflohen. Du bist bis zum Ende des Mahls geblieben. Vielleicht sollte mich das beunruhigen. Aber es geht hier nicht um Ruthie. Zurück zu mir. Ich habe in meinem ganzen Leben kein Selbsthilfebuch gelesen, ich habe kein inneres Kind, das sich uns aufdrängt, ich habe keine Ahnung von Kunst, so dass ich dir nie reinreden werde, ich kann kochen – Gott sei Dank, ich bin geradezu langweilig ausgeglichen und stamme von einem gesunden russischen Bauernschlag ab.«

»So hätte ich es nicht unbedingt zusammengefasst.«

»Luce, ich wäre eine alte Dame, wenn ich darauf warten wollte, bis du die Dinge zusammenfasst. Aber zum Glück bin ich nicht nachtragend.«

»Bitte ...«

»Übertrieben, aber wahr. Und last, but not least bin ich verrückt nach dir. Hin und wieder hast du hinter deiner gleichmütigen

Fassade ein gewisses Interesse an mir durchblicken lassen, das ich dahingehend interpretiere, dass auch du verrückt nach mir bist – auf deine ungestüme Weise. So, da hast du's. Damit sind meine Ausführungen beendet.«

»Eine überzeugende, schlüssige Darlegung des Beweismaterials. Was kann ich da noch sagen?«

»Vielleicht dass du mich auch liebst? Das wäre natürlich ein ziemlich gewagter Schritt – vielleicht könntest du statt dessen einfach nicken und einmal mit dem Fuß aufstampfen?«

Luce saß auf der Parkbank, wartete einen Moment und nickte dann mit dem Kopf.

»Du bist hoffnungslos.« Grace war verletzt, versuchte aber einen lockeren Ton anzuschlagen.

Luce beugte sich zu ihr hinüber, legte eine Hand um ihren Kopf und zog sie an sich. »Grace, ich liebe dich auch«, flüsterte sie in ihre Locken. »Wirklich.«

Luce lehnte an dem kalten Maschendrahtzaun und sah zu den Fenstern der Wohnung hinauf, in der sie gemeinsam gelebt hatten. Dann blickte sie zu der leeren Bank hinüber und legte sich beide Hände über die Augen, als wolle sie ihre Erinnerungen bewahren.

Mead hockte auf einem großen Felsen aus Vulkangestein und beobachtete, wie der Mond über den tintenschwarzen Himmel wanderte. Das Abendessen an ihrem vierten Tag war eine armselige Angelegenheit gewesen. Niemand hatte groß Appetit verspürt. Die Tage des Aufstiegs, die sinkende Temperatur und die zunehmende Höhe forderten von fast allen ihren Tribut. Die lockere Kameraderie, die an den vorangegangenen Abenden in der Gruppe geherrscht hatte, war nun barer Höflichkeit gewichen. Insbesondere Roz hatte zu leiden, und ihre Übelkeit schien ein besorgniserregendes Ausmaß anzunehmen. Sie hatte die Träger angewiesen, ihr Zelt am Rand des Lagers zu errichten, in der Hoffnung, dass ihr die zusätzlichen zwanzig Meter mehr Privatheit böten. Gil hielt sich noch mehr für sich als ohnehin schon, und Lindas sich verschlimmernder Sonnenbrand machte sie gereizt. Nur Peter, Mary und die Träger schienen des Nachts gut zu schlafen.

Es war ein harter Klettertag gewesen, wie Mary angekündigt hatte. Die Steigung war entschieden steiler geworden, und gleich nach der Mittagspause waren sie auf Schnee gestoßen. Mead hatte einen Großteil der vergangenen Nacht an einen Baum gelehnt dagehockt – sie war wie gelähmt gewesen, nachdem sie beobachtet hatte, wie Peter in Roz' Zelt verschwand. Selbst nachdem Peter in sein eigenes Zelt zurückgeschlichen war, hatte sie sich nicht rühren können. Erst unmittelbar vor Sonnenaufgang war es ihr gelungen, aufzustehen und in ihr Zelt zurückzukehren. Den ganzen Tag über hatte sie sich wie betäubt gefühlt und unter Übelkeit gelitten. Da der Aufstieg beschwerlich war, hatte es wenig Gelegenheit gegeben, miteinander zu reden, und dafür war Mead dankbar. Trotz der Stunden, die sie für sich war, hatte sie keinen klaren Gedanken fassen können, sondern bei jedem Schritt im knirschenden Schnee immer nur das Geräusch des Reißverschlusses von Roz' Zelt vernommen.

In der Pause am Vormittag hatte Mary ihnen eine neue Technik gezeigt, mit der sie die steileren, felsigeren Hänge hinaufgelangten: Nach jedem Schritt wurde das Knie, das bergauf wies, von dem anderen Bein gekreuzt, um das Gewicht vom Muskel auf den Knochen zu bringen, während das andere Bein entlastet wurde. Jeder Schritt erforderte einige Sekunden Pause. Dennoch war es erschöpfend.

Als Mead die Landschaft betrachtete, schien sie ihr geradezu mondartig. Der Schnee war pudrig und trocken. Das dunkle Vulkangestein hätte ebensogut Mondgestein sein können. Kerosinlampen brannten in den blauen Zelten, die die Landschaft mit bizarren blauen Halbkugeln tüpfelten. Mit dem Einsetzen der

Dunkelheit schien alles karg und reduziert, weiträumig und fern.

Sie sah Peters Silhouette, die selbst als Schatten auf dem Schnee von Vitalität kündete, auf sich zukommen. Die unterdrückte Erbostheit, die in den letzten vierundzwanzig Stunden in ihr geköchelt hatte, wandelte sich jetzt in eisige Bangigkeit. Sie wusste immer noch nicht, was sie ihm, wenn überhaupt, sagen wollte.

»Ich dachte, du hättest vielleicht gern eine Tasse Tee, um dich aufzuwärmen – entcoffeiniert.« Er reichte ihr zwei Tassen und schenkte ihnen beiden aus einer Thermosflasche ein. »Hier, das ist besser. Wundervolle Nacht, nicht?« sagte er einschmeichelnd, als er zum sternenübersäten Himmel hinaufblickte.

»Ja«, sagte sie gleichmütig. Sie mochte nicht darauf eingehen.

»Arme Roz, nicht? Es hat sie übel erwischt.«

»Arme Roz.« Sie fragte sich kurz, ob ihre Antwort ein Spur Mitgefühl enthalten hatte.

»Wie geht es dir?« Er beugte sich besorgt zu ihr hinüber.

»Ganz gut«, erwiderte sie und rückte von ihm fort. »Könnte ein bisschen mehr Schlaf gebrauchen – aber das geht mir ja eigentlich immer so.«

»Unsere schlaflosen Nächte während der Assistenzarztzeit erweisen sich als gutes Training fürs Bergsteigen.« Eine Weile schwiegen sie. Dann ergriff Peter, wie erwartet, erneut das Wort. »Magst du reden?«

»Nein.«

»Hast du was dagegen, wenn ich es tue?« Er nahm ihr Schweigen als Zustimmung. »Ich habe viel nachgedacht, seit du nach Chicago gezogen bist. Ich hatte eine Menge Zeit zum Nachdenken. Eine Menge Stoff zum Nachdenken. Es ist komisch, Mead, denn wenn ich an uns beide zurückdenke, dann tun wir nie irgendwas wirklich Aufregendes oder Interessantes. In jenen Tagen waren wir viel zu beschäftigt dafür. Konnten schon von Glück sagen, wenn wir es mal zum Kinostart eines Films geschafft haben und nicht nur zu einer Wiederholung. Nein, ich denke einfach nur daran, wie gut es war, mit dir zusammenzusein, mit dir zu reden, mein Leben mit dir zu teilen. Und unsere Arbeit. Ich vermisse es wirklich, mich über unsere Arbeit auszutauschen. An dich kommt niemand heran. Nicht im entferntesten.« Er hielt inne und wartete auf ihre Reaktion. Ihr Gesicht war ausdruckslos. »Mir ist inzwischen klar geworden, dass du etwas ganz Besonderes bist. Nicht dass ich das nicht schon früher gemerkt hätte. Aber es ist mir noch mal deutlicher geworden. Kurzum, ich vermisse dich, Mead.« Er legte eine dramatische Pause ein. Dann lächelte er breit. »Ich möchte eine zweite Chance haben.«

Mead sah in den tiefschwarzen Himmel und seufzte. Sie hatte beschlossen, nicht die Wahrheit zu sagen und, zumindest im Augenblick, Beschuldigungen und bittere Worte unausgesprochen zu lassen. »Peter, ich würde lügen, wenn ich sagen würde, dass du mir nicht gefehlt hast. Du hast mir gefehlt.«

»Nun, das ist doch schon mal ein Anfang. Das ist gut.«

»Nein, ist es nicht.«

»Aber Mead ...«

»Auch ich habe eine Menge nachgedacht. Vor allem in den letzten Tagen, wo ich dich um mich hatte, dich gesehen, mit dir geredet habe. Und weißt du was? Es hat mir gezeigt, wie wütend ich bin.«

»Wütend? Wieso? Habe ich in den vergangenen Tagen etwas angestellt?« Seine gespielte Unschuld erfüllte sie mit Abscheu. Und Erstaunen.

»Ja, du bist ganz du selbst gewesen – in jeder Hinsicht.« Sie wartete, um seine Reaktion zu beobachten – die neutral gehalten war –, und fuhr dann fort. »Du warst unter anderem absolut charmant, gutgelaunt, reizend, aufmerksam. Für dein gutes Aussehen bekommst du keinen Bonus – das ist nicht dein Verdienst. Mir ist vollkommen klar, wieso ich mich in dich verliebt habe.«

»Und das soll nicht gut sein? In meinen Ohren klingt das gut.« Sein Gesicht nahm die jungenhaft-spitzbübische Miene an, mit der er gewöhnlich ausgezeichnet ankam.

»Nein, das ist nicht gut. Weil es dazu führt, dass ich mich nach etwas sehne, das mir nur noch mehr Schmerz bereitet. Und dazu bin ich nicht bereit.«

»Du weißt«, sagte er mit einer Spur Selbstgerechtigkeit, »dass ich dir von den anderen Frauen nicht hätte erzählen müssen. Hältst du mir das nicht zugute?«

Er geht wirklich gern ein hohes Risiko ein, dachte sie, geschockt von seiner Unverfrorenheit, seiner Lügerei. Kein Wunder, dass er ein mikrobiologischer Cowboy ist. Zum ersten Mal begriff sie, dass nicht die Jagd auf das tödliche Virus oder das erfolgreiche Aufspüren den Kitzel für ihn ausmachte, sondern die Tatsache, dass er bis an die Grenze ging und das Virus herausforderte. Einen Moment lang war sie versucht, ihm die ätzende Wahrheit ins Gesicht zu schleudern. Doch sie wusste, was sie wollte, und sie wusste, sie würde es erreichen, auch ohne die kürzlich erhärteten Beweismittel ins Feld zu führen. »Nein, du hättest es mir nicht erzählen müssen. Aber«, sie ließ zu, dass ihr Schweigen einige unbehagliche Momente erzeugte, »ich halte es dir nicht zugute. Was erwartest du von mir? Dass ich dir danke, weil du deine charakterlichen Mängel so großmütig kundtust? Du hast mich vor einer schmerzvollen Zukunft bewahrt. Danke. Du hast mich außerdem von einer vielversprechenden Zukunft abgeschnitten.«

»Das ist alles so verkorkst. Ich wollte doch nur das Richtige tun.«

Sie war angewidert. »Verdammt noch mal, Peter, verstehst du nicht? Ich kann dir nicht mehr vertrauen. Nie mehr. Hast du eine Ahnung, wie zerstörerisch sich das auswirkt?«

»Mead, hör mir zu.« Er ergriff ihre Hand, die sie ihm augenblicklich entzog. »Wir hatten es gut zusammen. Das weißt du. In deinem tiefsten Inneren kannst du nicht leugnen, dass wir gut zusammengepasst haben.«

»Peter, du bist unglaublich. Hast du auch nur ein Wort von dem, was ich gesagt habe, gehört?«

»Mead, ich weiß nur, dass ich dich liebe. Und ich glaube, du liebst mich auch immer noch.« Er ließ verschämt den Kopf hängen. »Zumindest hoffe ich das. Wir könnten ein wunderbares Leben miteinander haben.«

War er immer schon so leicht zu durchschauen gewesen? fragte Mead sich. Und ich so blind? Ekel stieg in ihr auf.

»Willst du nicht wenigstens darüber nachdenken, ob wir wieder zusammenkommen?« bat er. Sie fragte sich plötzlich, worum es bei diesem ganzen Einsatz eigentlich ging, warum er so hartnäckig war. Sie gelangte rasch zu dem Schluss, dass es mit ihr vermutlich wenig zu tun hatte. »Nein«, sagte sie schlicht. Er musterte ihr Gesicht. Falls er einen Verdacht hatte oder die Frage hatte stellen wollen, so verriet ihm ihr Gesicht die Antwort.

»Gibt es da einen anderen?« fragte er.

Mead schnürte es fast die Kehle zu. »Nein.«

Er stand da und schien vollkommen ratlos zu sein; er trat von einem Fuß auf den anderen und fuhr sich mit der Hand durch das dichte Haar. »Mead ... Du willst wirklich nicht darüber nachdenken, wieder mit mir zusammenzukommen?«

Sie sah ihm in die Augen und antwortete mit fester Stimme: »Nein.« Konnte ihn das wirklich überraschen? dachte sie. Unglaublich. »Peter, kapierst du es nicht?« fragte sie ungehalten. »Ich habe es bereits getan. Ich habe meine Entscheidung getroffen – zwei Mal inzwischen. Ich werde es nicht noch einmal tun.«

Peter sah sie an und biss sich auf die Lippe. Dann nickte er langsam, drehte sich um und ging davon.

Sie fühlte sich so körperlos, dass es sie beinahe überraschte, zu sehen, dass er nicht schwerelos davonsprang, als er den kargen, mondbeschienenen Hang überquerte. Sie meinte kurz, eine Glocke läuten zu hören, aber es war wohl nur der hohle Bergwind, der ihr in den Ohren klang.

Das Klingeln des Telefons zerriss die angespannte Stille in dem abgedunkelten Hotelzimmer. Widerwillig nahm sie den Hörer auf.

»Luce, hier ist Tina. Hör mal, Jacob wird ein bisschen zappelig. Bist du fertig? Machst du dich bald auf den Weg?« Luce hielt den Hörer ein Stück von ihrem Ohr weg, um die Panik zu mildern, die sie in Tinas Stimme vernahm.

»Bin so gut wie fertig. Sag Jacob, dass ich dasein werde. Bald.« Sie sprach gemessen, um Tinas hektischer Salve etwas entgegenzusetzen.

»Luce, bitte trödele nicht. Du weißt, wie er ist, und einige der wichtigen Kritiker kommen früh und können nicht lange bleiben. Und ...«

»Jaja. Ich hab verstanden, Tina. Ich bin fast fertig. Gib mir noch ein paar Minuten, dann bin ich auf dem Weg.«

»Okay. Aber beeil dich. Bitte.«

»Ja. Natürlich.«

Luce legte auf. Sie blieb in dem viel zu gestylten Sessel an dem viel zu kleinen runden Tisch, der als Schreibtisch fungierte, sitzen, fertig angekleidet, zum Gehen bereit und doch unfähig aufzustehen. Ich wünschte, ich wäre tot, dachte sie.

Es war nicht nur die Angst vor der Ausstellung, die Luce lähmte und ihre Beine in Blei verwandelte. Sie hatte schon viele Ausstellungen gehabt, und wenngleich sie ihr allesamt Unbehagen bereitet hatten und das Gefühl von Verletzlichkeit, so hatte sie doch gelernt, sie einigermaßen zu überstehen. Brillant war sie nicht, aber sie konnte ein Gespräch mit einem Kritiker oder einer Journalistin führen und sich einem potentiellen Käufer angenehm zeigen. Vor allem hatte sie gelernt, in abstrakten Begriffen über ihr Werk zu sprechen, in einem Bereich, den sie von ihrem Herzen ein Stück fernhielt. Und es lag nicht einmal daran, dass diese Ausstellung im Lichte der jüngsten positiven Besprechungen und der gestiegenen Aufmerksamkeit eine neue Bedeutung gewonnen hatte. Und es lag auch nicht daran, dass dies die erste Ausstellung seit Graces Tod war. Es war das quälende Zusammentreffen all dieser Dinge. Ihr beruflicher Erfolg verstärkte das Gefühl persönlicher innerer Leere und Verzweiflung und machte den Verlust, den sie verspürte, akut und unausweichlich deutlich. Für jeden beruflichen Erfolg empfand sie ein gleichwertiges Defizit in ihrem Privatleben. Und der unmittelbar bevorstehende Kontrast zeigte ihr, wie klein und endlich und öde der Schmerz ihr Leben machte.

Sie wusste, sie würde ihrem Leben kein Ende setzen. Das stand nicht einmal zur Diskussion. Aufgewachsen wie sie war in dem ausgewogenen moralischen Umfeld des elterlichen Atheismus, war das in ihrem tiefen Inneren keine Option.

Doch wenn sie einfach sterben würde, hätte sie nichts dagegen. »Es macht mir nichts aus zu sterben«, hatte Grace mit schwacher Stimme geflüstert, »aber ich mag dich nicht verlassen«, und in dem Augenblick, als Luce auf der Bettkante saß und sich vorbeugte, um diese Worte zu vernehmen, hätte sie Grace am liebsten geschlagen, so gewaltig war der Zorn, der in ihr aufstieg und sie an der Kehle packte. Doch jetzt, zwei dürre Jahre später, verstand Luce.

Sie war – durch eine andere Krankheit – am gleichen Punkt angelangt. Überwältigende Trauer hatte sie eine andere Route entlanggeführt, aber zu guter Letzt, vom Schmerz erschöpft, verstand sie Graces Worte. Trotz all ihrer selbstsüchtigen Ermahnungen an Grace, zu kämpfen, zu überleben, zu leben, hätte Luce nichts mehr dagegen, zu sterben, so öde war ihr Leben geworden. Sie würde die Erleichterung willkommen heißen, das Ablegen der Last von Trauer und Schmerz, das Ende der Einsamkeit. Ließ sie die Misogynie außer acht, so beneidete sie die indischen Ehefrauen, die sich auf die brennenden Totenbahren werfen konnten, die Frauen der Pharaonen, die durch dunkle, gewundene Tunnels gewandert waren, um bei dem geliebten Menschen zu sein. Sie glaubte nicht an ein Leben nach dem Tode, aber sie glaubte an ein Leben, das nicht länger lebenswert war. Es war das, womit sie sich jeden Tag konfrontiert sah. Weitermachen, die Zeit verstreichen zu lassen, sie schlicht zu ertragen wurde immer schwieriger.

Wieder klingelte das Telefon. In dem dunklen Hotelzimmer blinkte das rote Licht an dem Apparat mit jedem Klingeln auf. Sie beobachtete es ausdruckslos, und schließlich nahm sie den Hörer auf. »Tina, ich bin schon auf dem Weg«, sagte sie.

»Luce, bist du's?« sagte eine warme Stimme.

»Ja, wer spricht da?«

»Jenny. Ich bin so froh, dass ich dich erreicht habe. Ich komme gerade von der Arbeit, gleich bei dir um die Ecke. Und ich dachte, ich versuch's einfach mal – vielleicht bist du noch da. Ich wollte vorschlagen, ob wir uns zusammen ein Taxi nehmen, um zur Galerie zu fahren.«

»Oh ... ehm ... okay.«

»Ich bin unten in der Halle.«

»Bin gleich da.« Luce legte sachte den Telefonhörer auf, erhob ihren bleiernen Leib langsam, holte sich ihren Mantel und verließ widerstrebend das dunkle Hotelzimmer.

Im grellen Weiß des blendenden Schnees lehnte Mead sich gegen den Steilhang und trank einen Schluck Wasser. Sie hatten an diesem Morgen den Aufstieg durch die zweite Hälfte des Western Breach begonnen, und die Temperatur war niedrig geblieben, trotz der Sonne. Der Weg war inzwischen entschieden beschwerlicher, und Mead spürte, wie sie unangenehm anschwoll, als Kapillaren und Venen sich zusammenzogen. Bei dieser Höhe bekamen sie nur halb soviel Sauerstoff wie auf Höhe des Meeresspiegels, und ihre Brust zog sich zusammen. Es war beunruhigend, solch eine Gier nach Sauerstoff zu empfinden, einzuatmen und doch keinen vollen Atemzug zu bekommen. Kopfschmerzen, Übelkeit, Kurzatmigkeit. Ist das nun die Höhenkrankheit, überlegte sie, oder nur Lebensüberdruss? Sie rieb sich die Schläfen und versuchte das dumpfe Pochen zu lindern.

Sie hatten häufiger Rast eingelegt als zuvor. Roz, die von ihren fortwährenden Brechanfällen entkräftet war, hielt die Gruppe eindeutig auf – sie erklomm das weiße Antlitz des Berges in mühsamem Kriechtempo. Während bislang alle zu diesem Thema schwiegen, kündete ihr Blickkontakt von zunehmender Gereiztheit und Ungeduld. Mary hatte gleich nach dem Frühstück klare Worte gesprochen: »Roz, deine Gruppe ist sehr rücksichtsvoll, und es ist ihre Entscheidung, aber ich persönlich bin der Meinung, dass du besser umkehrst. Wir haben jetzt den härtesten Abschnitt vor uns.« Roz hatte unerbittlich den Kopf geschüttelt und sich weitergeschleppt. Daraufhin hatte Mary Roz den ganzen Morgen über immer wieder angefeuert: »Weiter, Doc, weiter. Du würdest doch auch nicht mitten in der Operation schlappmachen, oder? Nicht stehenbleiben.« Roz versuchte diese Zurufe mit höhnischen Worten und fiesen Blicken zu parieren und Marys Vorstellungen von ihrer beruflichen Tätigkeit zu korrigieren, doch sie brachte nur leichte Grimassen und leises Geknurre zuwege.

»Okay, alle miteinander – hört mir mal zu.« Mary stand mitten unter ihnen, vor ihr befanden sich Mbiti und zwei weitere Bergführer, gefolgt von Mead, Linda und Gil. Hinter Mary folgten Roz und Peter. »Der Abschnitt, den wir jetzt vor uns haben, ist wie eine buddhistische Meditation. Er verlangt absolute Konzentration. Ihr müsst jeden Schritt, den ihr tut, sorgsam überlegen. Seid wach und aufmerksam. Wir werden eine enge Rinne hinaufklettern, die aus nichts als Fels, Schnee und Eis besteht. Glatt und tückisch. Geht es langsam an. Vergewissert euch, dass jeder Schritt sicher ist. Ich rate euch, nicht aufzublicken und auf keinen Fall nach vorn zu schauen. Es würde euch bloß ermüden und entmutigen. Heftet eure Augen auf eure Füße und den schmalen Bergpfad, den ihr hinaufklettert. Ein Schritt nach dem anderen, langsam und stetig, und wir werden alle hinaufkommen.«

Wie beim Appell fragte Mary alle nacheinander, wie es ihnen ging. Mbiti und die beiden anderen Bergführer fragte sie nicht; sie standen etliche Meter entfernt und rauchten.

»Mead?«

»Bis auf den Presslufthammer in meinem Kopf könnte es nicht besser sein.«

»Linda?«

»Mir geht's ganz gut. Aber die Sonne ist mörderisch. Selbst mit Sonnenbrille ist es, als ob mir ein Messer in die Pupillen sticht, wenn ich auf den Schnee gucke.«

»Gil, mein Freund?«

»Recht gut, danke.«

»Roz?«

Roz hob mühsam die Hand und salutierte müde.

»Peter, dich muss ich gar nicht erst fragen. Ich möchte, dass du dicht hinter Roz bleibst. Es könnte sein, dass sie Hilfe braucht auf dem kommenden Abschnitt.

Leute, ihr wisst gar nicht, was für ein Glück ihr habt. Hier sind wir auf knapp fünftausend Meter. Von einer Sekunde zur nächsten kann ein Sturm ausbrechen. Die Temperatur kann in den Keller fallen. Und seht euch um – wir haben einen wunderschönen Tag. Irgend jemand ist uns wohlgesinnt. Okay, wenn alle bereit sind, setzen wir unseren Spaziergang fort.«

Den ganzen Morgen über hatte Mead sich immer wieder der Phantasie hingegeben, wie sie unvermittelt innehielt, sich umwandte und sich schlicht bergab gleiten ließ. Der Gedanke an einen raschen Abstieg, egal wie beschämend, war verlockend. Doch das rhythmische Geräusch von Linda, die hinter ihr ging, hatte sie angespornt. Jetzt, angesichts einer Steigung von fünfundvierzig Grad, ließ sie ihren Geist leer werden und besah sorgfältig jeden Fußbreit des tückischen Geländes vor ihr. Ein paarmal fiel ihr das Herz in die Hose, als sie ausglitt und aus dem Tritt kam. Das Bild einer Kettenreaktion, die sich durch die Rinne bergab fortsetzte, genügte, um ihre Konzentration zurückzugewinnen.

Plötzlich erklangen Rufe und Schmerzensschreie von unten herauf, die die blau-weiße Stille in tausend Splitter zerrissen. Mead ließ sich instinktiv zu Boden fallen und griff nach einem Felssims.

Sie vernahm das Geräusch von Füßen, die verzweifelt über Felsboden glitten, gefolgt von einem lauten längeren Gepolter, als jemand ausrutschte und den Berg hinunterstürzte.

»O mein Gott!« hörte sie Roz rufen.

Dann erklang Peters von Panik erfüllte Stimme: »Halt dich fest. Versuch, dich gut festzuhalten.«

»Mbiti!« rief Mary. »Halt! Komm schnell herunter. Beeil dich!«

Mead schmiegte sich an die felsige Wand, um Platz für Mbiti und die anderen beiden Bergführer zu machen, die den engen Pfad halb herunterstolperten, halb rutschten. Weiteres Gepolter, weitere Rufe, ein lautes schreckliches Aufschlagen, dann entsetzliche Stille.

»Mead!« Lindas Stimme war schreckerfüllt. »Was ist da los? O mein Gott! Werden wir hier oben sterben?"

Der Abschnitt der Rinne, in dem sie sich befanden, verlief in Windungen, so dass Mead, hätte sie den Mut und die geistige Entschlossenheit gehabt, den Kopf zu wenden, dennoch nicht hätte sehen können, was sich unter ihnen befand. »Ich weiß es nicht, Linda. Klingt, als sei jemand abgestürzt. Versuch, ruhig zu bleiben. Gil, alles in Ordnung? Kannst du etwas sehen?«

Gil befand sich einige Meter unter ihnen. »Mit mir ist alles in Ordnung«, kam seine Antwort, »aber ich kann nichts sehen. Bleibt, wo ihr seid. Ich werde hinunterrutschen. Dann komme ich zurück und berichte euch.«

Mead umklammerte den steinernen Vorsprung und versuchte, festeren Halt zu finden.

»Mead, ich rutsche ab. Ich falle gleich.«

Mead vernahm die Panik, die einen Anfall von Hyperventilation heraufbeschwor. »Linda!« Meads Stimme war einfühlsam, beschwörerisch. »Du wirst nicht fallen. Halt dich fest. Warte, ich komme zu dir. Halt dich weiter fest.« Mead ließ sich auf dem Bauch zu Linda hinunterrutschen. Das Eis und der felsige Boden schoben ihre Goretex-Jacke hoch, zerschrammten ihren Bauch und beschleunigten ihren Abrutsch.

»Pass auf!« rief Linda, als Meads Stiefel auf sie zugeglitten kamen und gleich darauf ihr Gesicht streiften. Mead rollte über Linda hinweg, und dann glitten beide etliche Meter bergab, bevor es Mead gelang, ihre Rutschpartie abzubremsen und horizontal in einer felsigen Querrinne zu landen. Ihre Handschuhe waren zerfetzt. Sie streckte sich der Länge nach aus, drückte den Nacken in die eine Seite des Felsens, die Füße in die andere und klemmte sich quer in der Rinne ein. Linda rutschte mit Karacho in sie hinein, aber der Keil aus Meads Körper bewahrte sie beide vor weiterem Abrutschen.

Mead machte automatisch eine körperliche Bestandsaufnahme von Kopf bis Fuß. Sie war nicht weiter verletzt, sie hatte Prellungen, das ja, sie fühlte sich zerschlagen und blutete ein bisschen, aber alle Körperteile schienen funktionstüchtig. »Linda, alles in Ordnung?«

Linda schlug die Hände vors Gesicht. »Ich will runter.«

»Halt still, ja? Ich will dich rasch untersuchen, um sicherzugehen, dass nichts gebrochen ist.« Sie löste sich langsam von Linda, zog ihre Handschuhe aus und nahm Lindas Hände von ihrem Gesicht. Die Gewalt ihres Sturzes hatte Linda die Sonnenbrille vom Gesicht gerissen. »Lieber Himmel«, sagte Mead, als sie Lindas geschwollenes Gesicht sah. »Kannst du das Auge öffnen?« Linda stöhnte, öffnete aber langsam ihr rechtes Auge. »Das wird ein schönes Veilchen werden. Entschuldige.« Mead legte ihre Hände an Lindas Kopf und arbeitete sich langsam den Körper hinunter, um eventuelle Brüche zu ertasten.

»Aua!« rief Linda, als Mead ihr Bein berührte.

»Nur eine schwere Prellung. Zum Glück ist es der Oberschenkel. Nicht weiter schlimm. Komm, versuch dich aufzusetzen.« Benommen richtete Linda sich auf und lehnte sich gegen die Felswand. Mead fand die Unübersichtlichkeit des Terrains unerträglich. »Was ist da unten los?« rief sie. Keine Antwort. Lindas Gesicht war angsterfüllt. »Lass uns im Moment einfach hierbleiben«, schlug Mead vor. Linda begann zu zittern. Wenige Minuten später war ihr Körper von einem unkontrollierbaren Schütteln ergriffen. »Liebe Güte, Linda!« rief Mead. Sie fürchtete, Linda könnte in Schock und Unterkühlung fallen. »Bleib hier!« Sie rollte Linda auf den Rücken, legte sich auf sie und rieb kräftig ihre Glieder, um die Blutzirkulation in Gang zu halten.

»Himmel, du tust mir weh. Runter mit dir! Liebe Güte!«

Mead zog sich langsam zurück und sah Linda prüfend in die Augen.

»Ich hab doch gesagt, dass alles in Ordnung ist«, murmelte Linda.

Zehn Minuten später hörten sie, wie sich jemand näherte.

»Wer ist das?« fragte Mead.

»Mary.« Sie klang verärgert.

Mead wartete, bis Mary sie erreicht hatte, bevor sie fragte: »Was zum Teufel ist passiert, Mary?«

»Roz«, erwiderte sie scharf. »Das zum Teufel ist passiert. Diese gottverdammte bornierte, eigensinnige Debütantin hat hier auf diesem Berg nichts zu suchen.« Sie seufzte schwer. »Entschuldigung, ich schätze, ich sollte nicht so über eure Freundin reden. Was ist mit euch beiden passiert?« Sie musterte sie mit einem harten, unbarmherzigen Blick.

»Wir haben eine kleine Rutschpartie gemacht«, wiegelte Mead ab.

Mary wies auf Lindas Auge. »Was um alles in der Welt hast du getan? Ihr ein Veilchen verpasst?«

»Ärzte sind eine gefährliche Spezies, Mary.« Linda kühlte sich das Auge vorsichtig mit einer Handvoll Schnee.

»Alles okay mit dir?« Mary beugte sich besorgt zu Mead hinüber.

»Ja, ein bisschen grün und blau, ein bisschen mitgenommen«, antwortete Mead. »Abgesehen davon ist alles in Ordnung.«

Mary holte tief Luft. »Also, lasst uns Tacheles reden. Ihr zwei müsst jetzt entscheiden, ob ihr den Weg fortsetzen oder den anderen nach unten folgen wollt.«

»Mary, um Gottes willen, sag uns, was passiert ist«, stöhnte Linda.

»Roz ist ausgerutscht. Ich wusste, dass sie auf einen Sturz zusteuerte. Hat Peter mitgerissen. Keine Ahnung, wie sie das angestellt hat, aber irgendwie sind sie aus der Rinne rausgeflogen und über den Rand gestürzt. Sind ungefähr fünf Meter tief gefallen. Gott sei Dank in eine Schneewehe. Hätte schlimmer kommen können. Viel schlimmer.« Mead sah, dass Mary tief betroffen war. »Peter ist unversehrt, aber Roz scheint sich den Fuß gebrochen zu haben. Sie sind immer noch da unten. Peter kühlt den Fuß mit Schnee.« Sie schüttelte angewidert den Kopf. »Ich bin noch nie jemandem wie ihr begegnet. Ich wusste es, kaum hatte ich sie erblickt. War so ein Bauchgefühl. Also, Mädels, was darf's sein? Peter, Gil, Mbiti und einer der anderen Führer werden sie hinunterschaffen. Sie bauen gerade eine provisorische Trage. Ich glaube, Gil hat vor, mit ihr ins Krankenhaus nach Nairobi zu fliegen. Wir können entweder den Aufstieg fortsetzen oder uns auf den Rückweg machen. Ihr zahlt, ihr entscheidet.«

Mead und Linda sahen einander unschlüssig an. »Was meinst du, Linda? Egal, wie du dich entscheidest – ich bin mit allem einverstanden.«

»Bist du dir da sicher?«

Mead nickte. »Du hast die körperlichen Blessuren davongetragen.«

»Wenn ihr mich fragt«, mischte Mary sich ein, »würde ich sagen, dass wir verdammt nah dran sind. Linda, wenn du dich noch ein bisschen weiterschleppen könntest, wäre es schade ...«

Linda sah die Rinne hinauf und dann wieder hinunter. »Dann sage ich: Hinauf!«

Mead lächelte, überrascht von Lindas Entscheidung. »Also hinauf!«

»Mary, da oben gibt's ein Holiday Inn, nicht wahr? Bequemes Bett, heiße Dusche, Zimmerservice.«

»Schätzchen, in dem Fall würde ich mit dir um das letzte freie Zimmer kämpfen. Also schön. Die Entscheidung ist gefallen. Ihr beide bleibt hier. Hat keinen Sinn, dass wir alle zurückgehen. Ich werde hinuntersteigen und die Situation klären. In etwa zwanzig Minuten bin ich zurück. Habt ihr genug Wasser?«

Mead überprüfte ihre Vorräte. »Ja, es reicht.«

»Also gut, ich bin bald wieder da.« Sie glitt den Weg hinunter, hielt dann aber inne, indem sie sich mit der Hand an der Felswand abstützte, und drehte sich noch einmal um. »Irgendwelche Abschiedsbotschaften?«

Sie tauschten einen Blick, und Linda schüttelte den Kopf. Müde und erschöpft lehnte Mead sich an die harte Wand der Felsrinne. Was sollte sie sagen? Ihr Verdacht, was Peters wahren Grund anbelangte, Roz zu begleiten, brannte ihr wie Säure im Magen. Eine Mischung aus Zorn, Verletztheit, Kränkung und Enttäuschung pochte in ihrer Brust.

Dann wurde all das plötzlich von einem Gefühl des Verlusts fortgespült. Sie wusste, dass sie Peter nicht wiedersehen würde, dass dies wirklich der Abschied war. Angemessen, dass er durch eine Abgesandte erfolgen würde. Das Geräusch des Reißverschlusses ertönte wieder in ihrem Kopf. Sie sah Mary an und sagte: »Nein, ich wüsste nicht, welche.«

Sie verharrten einige Zeit schweigend auf dem kalten, harten Boden, bis Linda sich schließlich zu Mead hinüberbeugte. »Alles in Ordnung, Mead?«

»Klar. Und bei dir?«

»Weißt du, ich glaube wirklich, ich werde es bis ganz nach oben schaffen.«

Mead lächelte. »Das glaube ich auch.«

»Keine von euch beiden wird es irgendwohin schaffen, wenn wir unsere Hintern nicht in Bewegung setzen.« Marys Stimme eilte ihr voraus. Fred, der verbleibende Bergführer, übernahm die Vorhut. »Schaut noch ein letztes Mal zum blauen Himmel hinauf. Die nächsten sechs Stunden werden wir nämlich ausschließlich auf unsere Füße gucken. Okay? Also los, auf geht's. Wir müssen Zeit wettmachen.«

»Da bist du ja«, sagte Jacob, als Luce eintrat. Er nahm ein Glas Champagner vom Tablett und reichte es ihr. Er setzte ein strahlendes Lächeln auf und fragte leise: »Wo zum Teufel hast du gesteckt? Hallo, Jenny.« Er beugte sich vor, um sie zu küssen. Jenny wies auf ihren Mantel und erbot sich, Luces ebenfalls wegzubringen.

»Danke, Jenny«, sagte Luce und sah ihr nach. »Ich mag sie wirklich, Jacob.«

»Luce, du kommst eine halbe Stunde zu spät. Der Herausgeber von *Art Review Quarterly* ist geduldig auf und ab getigert. Der PR-Director einer großen High-Tech-Firma war sehr erpicht darauf, dich kennenzulernen, konnte aber nicht länger bleiben. Eine Riesenverkaufschance – futsch!«

»Jacob, dieser finstere Blick ist äußerst unattraktiv. Hat deine Mutter dich nie gewarnt, dass dein Gesicht so stehenbleiben kann?«

»Luce, ich bin entzückt, dich in so ausgezeichneter Stimmung zu erleben. Es wird enorm hilfreich für die verbleibende Zeit deiner Ausstellung sein.«

»Übertreiben wir nicht. Aber es tut mir leid, Jacob. Der Verkehr war schrecklich. Und ich war wirklich ein bisschen spät dran. Ich werde jetzt gleich mit dem Herausgeber sprechen.«

»Wenn es dir keine Umstände bereitet. Und sei so gut und richte doch bitte Ruthie unterwegs aus, dass sie ihre Handtasche nicht mit Hors d'œuvres vollstopfen muss. Ich gebe ihr gern einen Teller mit, wenn sie geht.«

Luce lächelte, legte ihm die Hand auf den Rücken und hob sich auf die Zehenspitzen, um ihn zu küssen. »Es tut mir leid, Jacob. Ich verspreche, mit allen hochkarätigen Menschen zu reden.« Sie wandte sich um und ging zu Ruthie hinüber.

»O là là, sehen wir heute abend nicht schick aus? Netter Fummel. Sag mal, Luce, ich habe mir deine Bilder angesehen – du bist keine Frau, der es gutgeht. Das sind sehr traurige Bilder. Wirklich. Aber ich bin ein bisschen erstaunt. Ich hörte jemanden sagen, dass sie voller schöner Angst sind, was ich nicht schön finden kann. Du brauchst Hilfe. Ich habe die Nummer eines Seelenklempners, der Telefonberatung im Minutentakt macht. Das ist mein Ernst. Ich mache mir Sorgen. All diese *Auf der Suche nach Grace*-Bilder. Luce, das ist nicht gut. Überhaupt nicht gut. Deine Highway-Bilder sind schön, na ja, zumindest wenn man sich gern Highways ansieht. Komisch, dabei scheinen die Käufer hier heute abend allesamt ziemlich hochgestochen zu sein. Ich schätze, nur stinkreiche Leute hängen sich gern ein Highway-Bild ins Wohnzimmer. Ich für meinen Teil hab jahrelang auf der Warteliste gestanden, um ein Apartment auf der Rückseite des Wohnblocks zu kriegen, damit ich nicht immer den ganzen Verkehr sehen muss. Wer kann schon vorhersagen, was Geld aus dir macht? Und wo wir gerade von Geld sprechen – ich glaube, dein Drucker hat Mist gebaut. Hast du die Preisliste gesehen?« Sie stieß einen Pfiff aus. »Verlangst du wirklich dermaßen viel Kohle für eines deiner Bilder? Wenn ja, werde ich künftig nett zu dir sein. Zum Teufel mit Pearl. Wer braucht eine Nervensäge von Schwester, wenn ...«

»Entschuldige mich, Ruthie. Da drüben ist jemand, mit dem ich sofort sprechen muss. Ich bin in ein paar Minuten wieder bei dir.«

»Hey, Miss Wichtig, ich weiß, dass du arbeiten musst. Ich bin gut versorgt, ich schau mich einfach weiter um. Versuche, mir einen reichen Mann zu angeln, der mit einem Fuß im Grab steht und mit dem anderen auf 'ner Bananenschale. Geh, geh. Ich amüsiere mich schon. Und wenn mich jemand fragt, woher ich dich kenne, sage ich, dass du meine Goldfee bist. Gut, nicht? Geh, geh. Mach dir um mich keine Sorgen. Lecker, dieses Zeug«, sie prostete Luce mit ihrer Champagnerflöte zu. »Wie nennt sich das? Kalte Ente? Mundet sehr gut. Auch das Essen ist lecker. Bis später …«

»Ach, Ruthie, Jacob lässt dir ausrichten, er würde sich glücklich schätzen, dir einen Teller Hors d'œuvres mitzugeben, wenn du gehst.«

Sie beugte sich hinunter und flüsterte vertraulich: »Ich glaube, er macht sich Sorgen, dass du deine Handtasche ruinierst.«

»Ha, das alte Ding! Ja, aber das ist sehr nett von ihm. Und, Luce, wenn du zurückkommst, habe ich eine heiße Neuigkeit für dich. Brandheiß. Frisch aus der Druckerpresse, weißt du. Ich geb dir einen Tip – Pizza-Lieferanten sind nicht so, wie du denkst.« Sie zwinkerte Luce übertrieben zu.

Luce ging an dem Kammerquartett vorbei und machte sich auf die Suche nach dem Herausgeber. Als sie ihn entdeckte, hielt sie kurz inne, um sich zu sammeln. Dann trat sie mit einem frisch aufgelegten Lächeln zu ihm.

Jenny gesellte sich zu Jacob und nahm das Glas Champagner, das er ihr anbot. »Danke«, sagte er und beobachtete, wie Luce mit dem Herausgeber sprach. »Ich schulde dir einen Gefallen.«

»Kein Problem. Ich hab dir gern geholfen. Als ich hier rausging, konnte ich erst kein Taxi finden, was angesichts der Uhrzeit kein Wunder war. Doch dann hat der Fahrer beim Hotel gewartet, das war gut. Du hattest vollkommen recht – sie brauchte einen kräftigen Schubs.«

»Was hast du zu ihr gesagt, das sie in so gute Laune versetzt hat?«

»Ich hab gar nicht viel gesagt. Nur zugehört. Auf die Gefahr hin, dich zu verstimmen – darf ich dir einen ungebetenen Rat geben?« Sie wandte sich ihm zu und sah, wie er sich nervös über das Kinn strich.

»Warum nicht?«

»Hör auf, ihr mit deinen Lösungsvorschlägen zu kommen. Gib ihr ein bisschen Raum.«

»Und ich soll zusehen, wie sie einen Rettungsring verpasst, der just auf der anderen Seite der Welle ist?« Seine Stimme war spröde.

»Ups.« Sie sah ihn an, hob die Augenbrauen und schluckte schwer. »Erinnere mich daran, dir niemals ungebeten einen Rat zu geben.«

»Mit Vergnügen.« Er beugte sich zu ihr und küsste sie auf die Wange. »Ich bin dir dennoch etwas schuldig.«

»Nun, wie fühlt man sich auf dem Dach Afrikas?« fragte Mary. Sie hatten die letzten beiden Stunden damit zugebracht, den großen Gletscher im Norden zu ersteigen, einen riesigen eisblauen Vorhang, der den Berggipfel umhüllte. Jetzt standen sie auf 5895 Metern Höhe neben einem Schild, auf dem stand: »Sie haben den Uhuru-Peak erreicht – den höchsten Punkt Afrikas!« Mead ließ Linda die Frage beantworten.

»Großartig. Um die Wahrheit zu sagen – es fühlt sich einfach verdammt großartig an. Von den unerträglichen Schmerzen natürlich einmal abgesehen. Wie steht's um dich, Mead?«

»Frag mich, wenn wir wieder auf Höhe des Meeresspiegels sind.«

Mary lachte. »Es gibt einige interessante Dinge zu sehen, wenn ihr euch ein bisschen umgucken wollt. Im Reusch-Krater sieht man Fumarolen, Spalten, aus denen Schwefelgase ausströmen, und den zentralen Vulkanschlot, auch Aschengrube genannt. Faszinierende Topografie. Normalerweise bleiben wir etwa eine Stunde hier oben.«

»Auf die Gefahr hin, faul zu erscheinen«, meinte Linda und ließ sich auf einen schneebedeckten Vorsprung sinken, »ich glaube, ich werde einfach hier sitzen bleiben, keinen unnötigen Schritt tun und den Ausblick genießen – das heißt, soweit ich mit einem Auge noch sehe.« Sie warf Mead einen verschmitzten Seitenblick zu, und Mead grinste noch einmal entschuldigend.

»Klingt gut.« Mead ließ sich ebenfalls nieder. »Was dagegen, wenn ich mich zu dir geselle?«

»Keineswegs.«

»Gut, ich sehe mich ein bisschen um. Bin in einer Stunde zurück. Ach, übrigens, gewöhnlich biete ich meinen überlebenden Bergsteigerinnen einen Schluck an.« Mary zog eine kleine Flasche Champagner aus ihrem Rucksack. »Ihr bleibt also hier, ja?«

Mead und Linda tauschten einen Blick und fingen dann an zu kichern. »Mary«, sagte Mead voller Ernst, »du kannst dich darauf verlassen.«

»Aber du kannst die Autoschlüssel gern mitnehmen, wenn du uns nicht traust, Mom«, ergänzte Linda.

Als Mary davonging, öffnete Mead den Champagner und goss ihn in zwei Tassen, die Linda aus ihrem Rucksack hervorgeholt hatte. »Sag mal, Mary, was bedeutet Uhuru eigentlich?« rief Linda ihr hinterher. Ohne sich umzudrehen, rief Mary über die Schulter zurück: »Freiheit.« Mary reichte Linda die Hand, und die beiden Frauen sahen sich an.

»Gratuliere. Du hast es geschafft.«

»Danke, Mead. Du hast es auch geschafft.«

»Ja, ich glaube, das stimmt.« Sie stießen mit ihren Plastiktassen an.

»Mit Glauben hat das nichts zu tun.« Linda sah sie fest an. »Du hast es geschafft. Nicht leicht, angesichts der Umstände, insbesondere was Peter anbelangt ... und Roz.«

»Was meinst du damit?« Meads Gesicht war vollkommen ausdruckslos.

»Wem willst du was vormachen? Mir jedenfalls nicht. Mit sieben Zelten und je fünf Metern Abstand und einer begrenzten Anzahl von unterschiedlichen Wanderstiefeln bedarf es nicht viel und schon kann eine Schlaflose, die kurz aus dem Zelt späht, zwei und zwei zusammenzählen. Muss hart gewesen sein. Du hast es bewundernswert ertragen.«

Mead seufzte. »Tja, Fakten sind Fakten. Wankelmut? Gehört der Vergangenheit an.«

»Ach, komm schon, Mead. Lass den Stoizismus beiseite. Lieber Himmel, dein Weißer Ritter, na ja, dein gefallener Weißer Ritter kehrt in dein Leben zurück, nur um Roz quasi vor deinen Augen zu vögeln. Das ist was anderes, als bei einer Verabredung versetzt zu werden. Das ist eine Riesensauerei. Ich bin stinksauer, und dabei war ich nicht mit diesem Arschloch verlobt.«

»Er ist ein Arschloch, nicht?«

»Der charmanten, attraktiven, virilen Sorte, Güteklasse A. Ich war schwer versucht, ihn in den Abgrund zu schubsen – doch Roz ist mir zuvorgekommen. Ich glaube, ich hätte eine bessere Stelle gewählt, irgendwo, wo es ein bisschen steiler gewesen wäre. Ein kleiner Ausrutscher auf dem ersten Abschnitt der Western Breach – und schwups, weg ist er. Bye, bye, Herzschmerz.«

»Nicht ganz mein Stil, aber ...« Sie grinste langsam. »Keine schlechte Idee.«

»Tja, es mag nicht viel nützen, aber jedenfalls tut es mir leid.«

»Danke, Linda, aber das muss es nicht. Ich bedaure es nie, Klarheit gewonnen zu haben. Manchmal ist der Preis ein bisschen hoch, aber ... Egal, es ist zum Teil meine eigene Schuld.«

»Wie bitte?« Linda war empört.

»Ich hätte es unterbinden müssen, bevor es auch nur anfing. Ich hätte nicht zulassen dürfen, dass er kommt.«

»Mead, es bleibt unser Geheimnis, dass du nicht vollkommen bist. Obwohl es mir durchaus eine gewisse Genugtuung bereitet.« Sie zögerte. »Wir heißen nicht immer gut, was oder wen wir wollen. Es ist vertrackt.«

Mead nickte und drehte sich dann um, so dass sie Rücken an Rücken saßen. Sie hockten schweigend da, beide in ihre Erinnerungen an die vergangenen Tage versunken; beide schauten sie auf den schneebedeckten Gletscher, die bauschigen weißen Wolken, die den Gipfel einhüllten, und den endlosen blauen Himmel über ihnen und tranken Champagner.

»Mead?«

»Ja?«

»Kann ich dich um einen Gefallen bitten?«

»Sicher.«

Linda zögerte. »Würdest du mir ein Empfehlungsschreiben geben? Ich habe mich entschlossen, mich fürs Medizinstudium zu bewerben, wenn ich nach Hause komme.«

Mead drehte sich um und lächelte. »Natürlich mache ich das. Das ist ein guter Schritt, Linda. Du wirst eine wunderbare Ärztin werden.«

»Glaubst du?«

»Weiß ich.«

»Danke. Weißt du was? Ich glaube auch. Zumindest wird Tim froh sein, mich eine Weile zu Hause zu haben.« Sie schwieg einen Moment. Dann fragte sie: »Bist du froh, dass du auf diesen verflixten Berg gestiegen bist?«

Mead holte tief Luft. »Ja, das bin ich.«

»Ich auch. Vielleicht sollten wir auf die Katalysatorin trinken. Oder geht das zu weit?«

»Nein, ich glaube nicht. Sie hat immerhin eine Nebenrolle in meinem Drama mit Peter gespielt. Also – auf Roz ...« Mead wandte sich um und sah Linda an. Dann besann sie sich auf ihre Gefühle. »Wenn ich's recht bedenke, geht das vielleicht doch zu weit.« Sie sprang auf. »Ich weiß was Besseres«, meinte sie und zog Linda auf die Füße: »Auf Afrika.«

»Auf Afrika.« Beide erhoben die Tassen.

»Noch was Besseres«, sagte Linda dann. »Wie wär's mit: Auf die Freiheit?«

»Ja«, antwortete Mead. »Das ist es. Uhuru – auf die Freiheit.«

Sie drehten sich einmal im Kreis, stießen miteinander an und tranken auf die Freiheit.

»Ich habe eine Überraschung für dich«, hatte Jacob am Telefon gesagt.

»Und was soll das sein?« Luce zwang sich, den Anschein von Neugier zu erwecken.

»Kann ich dir besser zeigen als erzählen«, hatte Jacob verschmitzt geantwortet.

»Okay.« Luce schwieg sich aus.

»Luce!« hatte Jacob entnervt erwidert. »Könntest du bitte ein bisschen Interesse an den Tag legen?«

»Entschuldige, Jacob. Ich war immer noch am Zeitunglesen«, log sie, während sie das Hotelkopfkissen fester an sich drückte und den Wetterbericht im Fernsehen auf stumm schaltete. Sie versuchte einen enthusiastischen Ton anzuschlagen. »Was für eine Überraschung hast du für mich?«

»So ist es besser. Wenngleich immer noch ein bisschen lahm. Du fliegst am späten Nachmittag, richtig? Kannst du mich im Laufe des Vormittags in der Galerie besuchen?«

»Klar. Bis dann. Ach, und Jacob ...« Ihre Stimme war ausdruckslos. »Ich kann's kaum erwarten.«

»Erbärmlich, Luce, ganz erbärmlich. Warum gebe ich mir bloß so viel Mühe? Tschüs.«

Nun standen sie auf dem Gehweg vor dem Gebäude in SoHo, in dem sich Luces altes Atelier befand. Sie verschränkte die Arme vor der Brust, pflanzte die Füße fest auf den Boden und fragte mit schneidender Stimme: »Was wollen wir hier, Jacob?«

»Warum bist du so gottverdammt widerspenstig? Komm einfach mit rein«, antwortete er, ergriff ihre Hand und zog sie mit sich in das Gebäude. Als sie im Lastenaufzug hinauffuhren, lehnte Luce in einer Ecke und kochte, während Jacob sie nicht weiter beachtete und ein schlichtes Liedchen summte. Im obersten Stock angekommen, schob Jacob die Fahrstuhltür auf und zog Luce in den leeren Raum, der einst ihr Atelier gewesen war.

Sonnenlicht strömte durch die französischen Fenster, die vom Boden bis zur Decke reichten, und durch das riesige Dachfenster herein. Der Raum zog sich über die gesamte Länge des Gebäudes und hatte auf drei Seiten Fenster.

»Warum tust du mir das an, Jacob?«

»Ich tue das *für* dich, Luce. Das ist ein Unterschied. Hör mal«, sagte er und durchquerte den Raum, »ich habe mit dem Vermieter gesprochen, und er ist bereit, das Bad zu renovieren. Und eine kleine Küche einzubauen. Das wäre doch schön, oder?«

»Was ist mit dem Typ, der es nach mir gemietet hatte?«

»Hat irgendwo einen Job an der Uni angenommen. Klasse hier, nicht? Du musst zugeben, es gehört zum Besten an Ateliers, was die Stadt zu bieten hat.«

Luce schritt die Länge des abgenutzten, farbgesprenkelten Holzbodens ab. »Ja, du hast recht.«

»Der Vermieter sagt, er würde sich gedulden und dir Vorrang geben. Schätze, du hast bei ihm einen Stein im Brett.«

»Bei dem Mistkerl?« Luce hatte ihre Zweifel. »Wir haben ständig im Clinch gelegen.«

»Na schön, ich hab ihn bezahlt. Aber nur eine Monatsmiete. Um dir ein wenig Zeit zu erkaufen.« Jacob war höchst zufrieden mit sich. Luce zwang sich zu einem Lächeln. »Danke, Jacob.«

»Und?«

»Ich muss es mir überlegen.«

»Was gibt's da zu überlegen? Du könntest ...«

»Jacob«, sagte sie, »bist du so nett, mich eine Weile allein zu lassen?« Er sah beleidigt drein. »Bitte ...«

»Na schön.« Er ging in Richtung Aufzug. Dann hielt er inne. »Kommt du in der Galerie vorbei, bevor du abreist?«

»Muss ich – ich hab meine Sachen dort.«

»Oh, ja.« Er kratzte sich den Kopf. »Hatte ich ganz vergessen.«

Als sie sah, dass seine Enttäuschung anhielt, sagte sie: »Danke, Jacob. Du bist ein Schatz. Und ein guter Freund.« Er nickte wie ein Clown. »Das bist du.«

Der Fahrstuhl rumpelte abwärts, während Luce in einem Flecken Sonne an der Wand lehnte. Müdigkeit überkam sie. Sie streckte sich auf dem warmen Fußboden aus, schloss die Augen vor der Gegenwart und glitt mühelos in die Vergangenheit.

»So, das ist also dein Atelier? Hm, sehr heimelig. Ein zweites Zuhause, wie ich sehe.«

Grace hatte Luce dazu bewogen, sie in ihr Atelier einzuladen und stand nun mitten im Raum und drehte sich langsam um die eigene Achse. »Also das hier sind deine Bilder?«

»Richtig.«

»Hm, ich vermute«, sagte sie schüchtern, »dass ich keine Zahlen unter der Farbe finden werde, oder? Du weißt schon, eins für rot, zwei für blau ...?«

»Nein, zumindest bei diesen hier nicht.«

»Und ich schätze, dass du nicht viele großäugige Dritte-Welt-Kinder malst.«

»Nein, nicht viele.«

»Schade. Eines meiner Lieblingsmotive. Gleich nach schwarzen Jesusfiguren aus Samt.«

»Geht mir ähnlich. Ich arbeite mich langsam dahin.«

»Tja, verzage nicht. Du scheinst ein bisschen Talent zu besitzen. Vielleicht schaffst du es noch.«

»Du hast deinen Kunstsachverstand gut verborgen gehalten.«

»Ja, weißt du, ich prahle nicht gern damit, aber ich habe das beste gesehen, was Woolworth im Angebot hat. Ich halte mich lieber bedeckt. Nicht jeder hat meine günstigen kulturellen Bedingungen genossen. Was dagegen, wenn ich mich ein bisschen umsehe?«

»Bitte, nur zu.«

»Danke.« Sie wurde still und wanderte langsam durch das Atelier. Sie betrachtete aufmerksam die Gemälde, die Luce aufgehängt hatte, und ging auch die Bilder durch, die an den Wänden lehnten. Es war ihre dritte Verabredung. Im Verlauf der beiden vorangegangenen Abende, die sie zusammen verbracht hatten, war Luce abwechselnd amüsiert, fasziniert und schockiert von dieser Frau gewesen, die sie durch Freundinnen kennengelernt hatte. In der Woche zuvor, bei ihrer zweiten Verabredung, hatte Grace zu Beginn des Abendessens weniger gefragt als vielmehr verkündet: »Soll ich dir erzählen, was aus meiner Sicht hier geschieht, oder möchtest du beginnen?«

»Bitte.« Luce hatte ihr den Vorrang gelassen, amüsiert über ihre Direktheit, ihre Chuzpe. »Nur zu, fang an.«

»Kitzel.«

»Kitzel?«

»Jiddisch für Chemie.«

Luce wartete, dann lächelte sie. »Chemie?«

»Chemie.«

»Das ist alles?«

»Das ist alles.«

»Verstehe.« Luce fand Graces Wissenschaftsverständnis entzückend.

»Ich hab's auf dich abgesehen.«

»Verstehe.«

»Und du? Nun, du musst es nicht sagen.«

»Das werde ich auch nicht. Noch nicht.«

»Nein. Das habe ich auch nicht erwartet.«

»Nein? Warum nicht?«

»Weil du eindeutig Upper East Side bist. Sehr zugeknöpft, sehr reserviert. Ich hingegen bin durch und durch Brooklyn.«

»Verstehe.«

»Darauf wette ich. Ich werde deine Herkunft nicht gegen dich verwenden.« Sie lächelte.

»Danke. Sehr großmütig von dir.«

»Ruthie, meine Mutter, sagt: ›Wohin du gehst, da bist du.‹«

»Tja, dagegen kann man schwerlich argumentieren.«

»Und hier sind wir.«

»In der Tat.«

»Sollen wir bestellen?«

»Das wäre wohl am besten.«

Eine Woche später hatte Luce Grace dabei beobachtet, wie sie von einem Stapel an der Wand lehnender Gemälde zu jenen zurückkehrte, die an der Längsseite hingen. Ihr gefiel die Art, wie Graces Schultern ihrem übrigen Körper vorauszueilen schienen, die Art, wie ihr Haar, eine lockige Mähne, ihr ovales Gesicht einrahmte. Sie folgte Grace, die vor zwei Bildern innegehalten hatte, und sagte: »Du bekommst nicht nur mein Atelier zu sehen, sondern lernst auch meine Familie kennen. Das da unten sind meine Eltern.«

»Ich verstehe, wo du dein temperamentvolles Wesen her hast.« Luce hatte gelacht. *»Ärztin 1.«* Grace las den Titel, der in Bleistift über dem Bild an die Wand geschrieben war. »Und wer ist das?«

»Meine Schwester Mead. Ich habe es nach einem Foto gemalt, das ich letzten Sommer am Strandhaus meiner Eltern von ihr aufgenommen habe.«

Grace warf Luce über die Schulter einen Blick zu. »Mead? Das ist ein Name?«

»Ich schätze, wir haben alle ungewöhnliche Namen. Meine Brüder heißen Rand und Avery.«

»Lieber Himmel, das klingt, als wärt ihr allesamt aus Ayn Rands *Wer ist John Galt?* entsprungen. Was hatten eure Eltern bloß gegen euch?«

»Meinem Vater war Individualität wichtig.«

»Nun, Mead sieht aus, als ob sie das Kriterium erfüllt. Sie kommt mir ziemlich entschlossen vor.«

»Das ist sie. Und noch einiges mehr.«

»Ärztin?«

»Bald. Sie beendet gerade ihre Facharztausbildung.«

»Steht ihr beide euch nahe?«

»Nein, im Grunde nicht. Sie ist zehn Jahre jünger. Aber ich bewundere sie. Und zolle ihr Beifall.«

»Du zollst ihr Beifall? Meine Güte, Schwesterlein, überschlag dich nur nicht.«

»Wie ist es mit dir?« Luce verschob den Fokus. »Hast du Geschwister?«

»Nein, es gibt nur meine Mutter und mich. Ruthie hat sich scheiden lassen, als ich ungefähr fünf war, und nie mehr geheiratet. Aber mein Onkel Milton und meine Tante Pearl haben beide Kinder, deshalb habe ich eine Menge Cousinen und Cousins. Ich hab mir aber immer eine Schwester gewünscht. Als Einzelkind ist man ziemlich allein. Hey, möchtest du mich malen?«

Luce war verblüfft. »Ähm ... ja.«

»Wo sitze ich? Hier?« Grace klopfte auf einen Hocker, der vor Luces Staffelei stand.

»Jetzt?«

»Warum nicht?«

»Nun, gewöhnlich dauert es ein bisschen.«

»Das macht nichts.«

»Ich meine, einige Sitzungen.«

»Das kann ich einrichten.«

»Also schön. Lass mich nur eben eine neue Leinwand holen.« Die nächsten Minuten suchte und fand Luce eine Leinwand, brachte sie auf der Staffelei an und richtete ihre Farben her. Als sie fertig war, blickte sie auf und sah Grace auf dem Stuhl sitzen. Splitternackt.

»Was soll das?« rief Luce irritiert.

»Was das soll? Ich dachte, du wolltest mich malen.«

»Ich habe nicht gesagt, dass ich dich nackt malen will.«

»Nein, das hast du nicht.« Grace schwieg einen Augenblick. »Ich will, dass du mich nackt malst.«

Luce brauchte einen Moment, um sich zu sammeln. »Gut«, sagte sie dann ruhig. »Bitte sitz still.« Sie betrachtete Grace von Kopf bis Fuß, ging langsam um den Hocker herum. Die Sommerabendsonne tönte ihre Haut zu einem goldenen Rosa und sammelte sich in kleinen Lachen um ihre Schlüsselbeine. Luce registrierte die Rundung ihrer Schultern, wie zarte Wellen, die im Begriff waren, ans Ufer zu lecken, die Fläche ihres Rückens, der sich zu ihrer Taille verjüngte, das klar konturierte Dreieck ihres Kreuzbeins. »Gut«, sagte sie, nun vollkommen Herrin der Lage, vollkommen im Arbeitsmodus. »Dreh deine Knie ein bisschen nach rechts. Gut. Sitz aufrecht und dreh den Oberkörper nach rechts. Jetzt den Kopf, neige ihn ein bisschen. In die andere Richtung. So ...« Luce zeigte die gewünschte Neigung mit der Hand, damit Grace sie nachmachte.

»Genau so.« Luce begann Graces Umriss auf der Leinwand festzuhalten, gegen die großen Fenster, durch die sich die Stadt abzeichnete.

»Wie ich sehe, muss ich mich bloß ausziehen, um dich aus dem Konzept zu bringen. Ich werde mir das für künftige Gelegenheiten merken.«

»Bitte halt still. Nicht sprechen.«

»Gibt's Musik?«

»Nein. Ich ziehe Ruhe vor.«

»Nicht mal ein Radio?« beharrte Grace.

Luce zog eine Grimasse und stellte das Radio hinter sich an.

»Könntest du den Sender wechseln?«

»Du magst keine klassische Musik? Was willst du ...?«

»Jazz wäre schön.« Grace lächelte, während Luce einen entsprechenden Sender suchte. »Da. Stop. Das ist gut.«

»Bist du nun bereit?« fragte Luce. Grace nickte. »Bitte nicht bewegen.«

Luce arbeitete schnell. Nach zwanzig Minuten sah sie Grace fragend an. »Brauchst du eine Pause?« Aus dem Radio erklangen die Stimmen von Ella und Louie:

Unter einer Decke von Blau
Nur du und ich unter den Sternen
In die Arme süßer Hingabe gehüllt
Die Nacht gehört uns

Unter einer Decke von Blau
Bezaubern mich all deine Reize
Darling, ich weiß, in deinen Armen
Tanzt mein Herz

Der Zauber einer Sommernacht
Schlägt mich in seinen Bann
Tragisch wäre die Nacht
Wärst du nicht hier
Sie mit mir zu teilen, mein Schatz

Vom Himmel droben bedeckt
Träumen wir einen Traum der Liebe für zwei
In die Arme süßer Hingabe gehüllt
Unter einer Decke von Blau

»Luce, komm her.«

Luce trat zu ihr und blieb einen Schritt vor ihr stehen. »Bist du immer so provozierend, Grace? So selbstsicher? So kühn?«

Grace senkte den Blick und lächelte, dann sah sie Luce direkt in die Augen. »Nein.« Sie ergriff Luces Hände und drehte die Handflächen nach oben. »Schöne Hände. Sehr schön.« Sie barg ihr Gesicht in Luces Händen und atmete tief ein. Dann stand sie auf und sagte: »Du wirst sehen, Luce, dass ich dich von ganzem

Herzen liebe.« Sie legte Luces Hände auf ihren nackten Rücken. »Das wirst du.«

Als Luce in dem leeren Atelier lag, meinte sie Graces warme Berührung auf ihrem nackten Rücken beinahe zu spüren, aber es war nur die schwache Wintersonne auf ihrem Weg den Himmel hinunter.

Dritter Teil

»Also, Mead«, Dr. Jane Kapitos Stimme klang weich vor Ironie; ihr von Natur aus beschwingter Sprechrhythmus schien viel zu musikalisch in Anbetracht der Umgebung. »Das hier ist Z59.5 – ungeschönt.« Sie öffnete die Arme, um auf die Verwahrlosung ringsum zu verweisen. Mead drehte langsam den Kopf und nahm den Anblick, die Geräusche und Gerüche von Sofia Town auf. Haltsuchend lehnte sie sich gegen den kleinen Wagen, mit dem sie aus dem Zentrum Nairobis hierhergefahren waren. Die unbarmherzige Sonne, die sich in den kleinen Wellblechhütten spiegelte, war stechend, als wäre die Wirklichkeit von Sofia Town noch nicht schmerzvoll genug. Trotz des grellen Lichts nahm Mead die Sonnenbrille ab. Sie fühlte sich bereits wie ein Eindringling, und sich hinter dunklen Gläsern zu verstecken erschien ihr doppelt unhöflich. Die Geräusche von Menschen, die zu eng zusammenlebten, unnatürlich nah beieinander, bildeten einen steten Lärmpegel. Sie dachte an das Innere der großen Termitenhügel, die sie gesehen hatte, als sie das weite Land durchquerten. Ein Termitenhügel, der außer Kontrolle geraten war.

Was als Häuser galten, waren in Wirklichkeit Reihe um Reihe von dominoartig aneinanderlehnenden Hütten, die je eine Wand mit der Nachbarhütte teilten. Das Baumaterial reichte von rostendem Wellblech über zerrissene Plastikplanen und dünne Sperrholzplatten bis zu Stofflumpen. Ein heftiger Sturm würde die ganze Stadt niedermachen.

Die rissigen, unbefestigten Wege waren voller Menschen, und das Leben schien aus allen Hütten auf die Gassen hinauszuquellen. Vor einer Hütte saß eine ältere Frau unter einem zerrissenen schwarzen Schirm und bot farblose Tomaten feil, die vor ihr auf einer handgewebten Matte ausgebreitet waren. Vor der nächsten Hütte trug ein Mädchen von nicht mehr als sechs Jahren, gekleidet in Schichten aus roten und orangefarbenen Lumpen, ein Baby auf dem Rücken; als Schlinge diente eine ausgefranste schmutzige Windel. Sie stand neben einem weiteren Mädchen von acht, neun Jahren, die ein korallenrotes Kleid trug, das voller Schmutzflecke war und offensichtlich von einer wohlhabenden Familie in den Vororten Nairobis fortgeschenkt worden war. Silberne Perlen, Ohrringe und ein Silberarmband vervollständigten die Aufmachung. Sie kniete vor einem angeschlagenen Topf, der auf nachlässig zusammengeschobene Steine und zwei kokelnde, rauchende Äste gestellt worden war, und rührte in einem wässrigen Brei. In einer anderen Welt, in der das Kleid gerade frisch aus der Reinigung gekommen wäre, hätte sie dazu weiße spitzenverzierte Söckchen und schwarze Lackschuhe getragen und wäre vielleicht auf dem Weg zur Sonntagsschule gewesen. Hier war sie auf dem Weg nach nirgendwo.

Ältere Mädchen lungerten müßig im Hintergrund, lehnten an Pfosten, hockten in den spärlichen Schattenflecken. Zwei Frauen saßen auf einem zusammengerollten Rattanvorhang, der ihnen als Veranda diente; ihre schönen dunklen Züge kündeten von Misstrauen, als sie Mead erblickten. Ein Mann zog einen verbeulten Mülleimer hinter sich her, der auf einem selbstgebauten Karren aus Zweigen und zwei Dreiradrädern stand. Er verkaufte Wasser. Die einzige andere Wasserquelle schienen die schlammigen Pfützen zu sein, die der Regen vom Vortag zurückgelassen hatte. Ein kleiner Junge, dessen Schädel von der Unterernährung scharf konturiert war, drückte einen Welpen an sich. Hin und wieder holperte ein Fahrrad den engen gefurchten Weg entlang. Abgesehen davon schienen alle und alles leblos, geschwächt von der erbarmungslosen Sonne, von der erbarmungslosen Armut. Mead blickte einen Weg hinunter, dann einen anderen. Sofia Town erstreckte sich endlos. Mead nahm alles, was sie sah und roch, als Sinnesempfindung wahr. Chicago, ihre Eigentumswohnung mit Seeblick, der weitläufige Krankenhauskomplex und das sterile High-Tech-Labor schienen Lichtjahre entfernt. Sie spürte, wie schnell die Hitze sie zermürbte.

Mead beobachtete Jane und hörte zu, wie sie mit den Frauen sprach. Sie beantworteten ihre Fragen gleichgültig und verscheuchten die Fliegen von ihren Gesichtern. Linda hatte Mead nach ihrer Rückkehr von ihrer Klettertour eine Woche zuvor Jane Kapito vorgestellt, Ärztin am Misericordia Hospital, und Mead hatte Janes Angebot, sie auf ihrer Runde durch Sofia Town zu begleiten, gern angenommen. Jane war eine respektgebietende Frau, deren Direktheit Mead bewunderte – sobald sie ein wenig vertrauter mit ihr geworden war.

»Ich bin von Haus aus Pädiaterin, Mead. Als Pädiaterinnen in Afrika sind wir natürlich daran gewöhnt, dass unsere Kinder sterben. Heutzutage müssen wir alle Aids behandeln. Aber Aids ist nur ein weiteres Problem. Ich bin auch HIV-positiv. Ja«, bestätigte sie, als Mead den Kopf hob, »Sie haben richtig gehört. Mein Mann und ich haben viele Jahre lang in Kisumu am Viktoriasee gelebt. Ich war Ärztin in einer kleinen Klinik. Ich habe vier Tage gedoktort und drei Tage auf der Farm gearbeitet. Mein Mann war der regionale Bildungsminister. Eines Tages war er auf dem Rückweg von einem Besuch in Kericho und erlitt einen schweren Autounfall. Er brauchte Blutkonserven. Natürlich haben wir uns Sorgen gemacht, denn Blutkonserven werden nicht getestet. Also haben die Familienmitglieder Blut für ihn gespendet, wie es heutzutage üblich ist. Ein Jahr später ist sein jüngerer Bruder an Aids gestorben. Da wussten wir, was auf uns zukam. Er war ein guter Mann, Mead. So voller Leben. Er hat sehr darunter gelitten, mich ebenfalls angesteckt zu haben. Das Leiden, der Tod, ja, das alles ist höchst schwierig, das steht fest. Doch Hand in Hand mit dem drohenden Tod geht Klarheit einher. Wir haben beschlossen, unsere Zeit damit zu verbringen, dort Hilfe anzubieten, wo es am allerdringlichsten ist. Und so sind wir nach Nairobi gekommen. Er ist letztes Jahr gestorben. Ich habe meinem Gott und mir selbst einen heiligen Schwur abgelegt, zu tun, was ich kann, um zu helfen.

Das Leben kann so – wie sagt man? – ironisch sein, Mead. Ich habe lieber im Ausland Medizin studiert als hier, in der Hoffnung, dann einen besseren Job in der Stadt zu bekommen. Statt dessen wurde ich aufs Land geschickt, und nun kann Misericordia es sich nicht einmal leisten, mir mein volles Gehalt auszuzahlen. Ohne Arzneimittel, ohne Ausstattung hätte ich statt meines Studiums ebensogut einen Erste-Hilfe-Leitfaden vom Roten Kreuz lesen können.«

Jane winkte Mead zu sich, und sie gingen die Straße hinunter. Der Gestank von Abfall und Fäkalien war widerwärtig, und Mead musste sich konzentrieren, um die Wogen von Übelkeit, die in ihrem Magen aufwallten, unter Kontrolle zu halten. Sie kamen durch ein kleines Ortszentrum, das von einem offenen Markt beherrscht wurde, auf dem die Verkäufer wenig anzubieten hatten und die Käufer wenig Geld besaßen, um etwas zu erwerben. In der Mitte befand sich eine Ansammlung von Reklametafeln, die mit Fotos von Kindern bedeckt waren. Frauen, Flüchtlinge aus kriegführenden Ländern, drängten sich um die Tafeln und gingen die Fotos langsam durch, studierten jedes einzelne Gesicht, versuchten den Augenausdruck oder ein typisches Merkmal eines Kindes wiederzuerkennen, das in einem Krieg zwei oder fünf oder zehn Jahre zuvor verlorengegangen war.

Sie bogen in eine Seitenstraße ein. »Hier sind wir«, sagte Jane und hielt vor einer Hütte inne, deren Eingangstür aus einem schäbigen Stück Pappe bestand. *»Jambo!«* rief sie freundlich. Ein raschelndes Geräusch war zu vernehmen, dann erschien von innen eine kleine Hand und zog die Papptür auf. Jane lächelte das kleine Mädchen an, streichelte ihr die Wange und trat ein. »Kommen Sie«, sagte sie zu Mead, die sich fragte, wie sie, Jane und das Kind überhaupt in die kleine Hütte hineinpassen sollten. Als Mead sich bückte, um einzutreten, konnte sie in dem dunklen, fensterlosen Inneren des raucherfüllten Hauses nichts erkennen. Als sich ihre Augen gewöhnt hatten, konnte sie die Gestalt einer Frau ausmachen und zwei weitere Kinder, die auf Stühlen an der Wand saßen. Die gesamte Hütte bot gerade genug Raum für ein Bett und die beiden Stühle.

Jane sprach Suaheli und übersetzte zwischendurch für Mead. »Ich haben ihnen erzählt, dass Sie eine Spezialistin aus Amerika sind und dass Sie sie untersuchen werden.« Jane ging beiseite und hockte sich auf das Bett. Mead trat auf die Mutter zu. Sie war skelettdünn, mit leerem Blick und geschwürigen Lippen. Ihre Haut war von kleinen Wunden übersät. Mead untersuchte sie und nahm die überwältigende Erschöpfung wahr, die ihren Leib hatte welken lassen. Die Frau sprach, und Jane übersetzte: »Ich habe das Gefühl, hundert Jahre alt zu sein.«

»Wie heißen Sie?« fragte Mead und legte ihre Hand leicht auf den Kehlkopf der Frau.

»Bila«, erwiderte sie.

»Und das sind Ihre Kinder?«

»Das sind die Kinder von mir, die noch am leben sind. Meine älteste Tochter ist schon im Himmel.«

Mead sah Jane fragend an. Jane nickte. Ja, die Tochter war an Aids gestorben. Um eine mögliche Demenz auszuschließen, fragte Mead: »Bila, wie viele Kinder haben Sie?«

Ihre Stimme nicht mehr als ein Wispern. »Ich habe einige Kinder.« Wieder sah Mead Jane hilfesuchend an. Jane war abweisend.

»Bitte fragen Sie, ob ich ihnen Blut abnehmen darf.« Mead musste etwas tun und suchte auf Bilas ausgestrecktem Arm nach einer geeigneten Stelle. Dann stach sie sachte mit einer Nadel in die dunkle Haut. Sie arbeitete still und schnell und erbot den drei großäugigen Kindern, die sie schüchtern ansahen, ein unbeholfenes Lächeln und eine hilflose Umarmung. Die Wand hinter ihnen war mit Ausschnitten aus Hochglanzmagazinen geschmückt, Farbanzeigen für Fernsehgeräte, Herde, Stereoanlagen, Waschmaschinen und Trockner, und dem Prospekt einer exklusiven Ferienanlage auf den Seychellen. Es war stickig in der Hütte, und Mead drängte es zu gehen. Selbst die ekelhafte Luft draußen würde Erleichterung bieten.

Als sie sich verabschiedeten, bot Bila sämtliche Energie auf, um ihren Blick zu fokussieren, und mit einer Kraft, die Mead überraschte, ergriff sie ihre Hand. Mit versagender Stimme fragte sie Mead: »Haben Sie Medizin? Ich versuche, am Leben zu bleiben, um mich um meine Kinder zu kümmern. Wenn ich tot bin, wird niemand da sein, der nach ihnen sieht. Wer kümmert sich um meine Kinder?«

Mead wurde flau im Magen, ihr Hirn war wie leergefegt. Niemals zuvor hatte sich jemand an sie gewandt und um sein Leben gefleht. Das Ansinnen traf sie vollkommen unvorbereitet und lähmte sie.

Jane trat zu Bila und umarmte sie fest. »Ich verspreche dir, Bila, mich darum zu kümmern, dass deine Kinder versorgt werden. Komm, es ist besser, wenn du dich jetzt zu Bett legst.« Sie half ihr behutsam, sich niederzulegen. »Ich komme nächste Woche wieder.« Sie ließ ein großes Paket am Fußende des Bettes zurück. »Ich bringe euch dann wieder etwas zu essen mit.«

Draußen fragte Mead, fassungslos und angesichts dessen zugleich verstört: »Hat sie einen Mann, Jane?«

»Ja, ich bin ihm einmal begegnet. Er hat auch Aids, aber er ist nicht gern zugegen, wenn ich komme. Er ist sowohl verheiratet als auch unverheiratet, wie er mir erzählt hat. Gucken Sie nicht so, das ist nicht ungewöhnlich.«

»Alle Kinder sind infiziert.« Sie bemühte sich um eine professionelle, neutrale Stimme.

»Ja, ich weiß. Bila hat sehr viel Pech in diesem Leben.«

»Sie wissen, dass ich nach der Anzahl ihrer Kinder gefragt habe, um sie auf Demenz zu prüfen. Was war los? Habe ich was Falsches gesagt?«

»Es ist ein alter Aberglaube, älter als Aids. Frauen sagen niemals, wie viele Kinder sie haben, aus Angst, dass der Kobold sie hört und ihnen eines fortnimmt oder gar alle.«

»Was tun Sie für sie?« fragte Mead.

»Was kann ich schon für sie tun? Wir haben keine Medikamente. Und selbst wenn, könnte Bila sie sich nicht leisten. Was kostet Ihre amerikanischen Patienten das AZT?«

»Etwa sechstausend Dollar im Jahr.«

»Und die neuen Protease-Hemmer?«

»Vermutlich an die zwölftausend, vielleicht auch fünfzehntausend Dollar im Jahr.«

»Unser Gesundheitsbudget pro Person pro Jahr beläuft sich auf vier Dollar.« Sie zuckte resigniert die Schultern. »Ich versuche, ihre Schmerzen zu lindern. Ich behandle sie mit Respekt und Mitgefühl. Ich bete – ich bete inständig für einen raschen Tod.«

Sie gingen eine Weile schweigend weiter und besuchten gelegentlich die eine oder andere Hütte, um weitere Menschen zu untersuchen. In einer Hütte wurde ihnen Saft angeboten, und Mead beobachtete, wie sowohl die Gastgeberin als auch Jane vor dem Trinken ein bisschen auf den Boden gossen. Mead tat es ihnen gleich. Später fragte sie nach dem Sinn. »Afrikanische Etikette. Wir bieten unseren Vorfahren immer etwas zu essen und zu trinken an.«

Nach dem letzten Besuch war Jane sehr aufgewühlt. Sie hatte erfahren, dass seit ihrem Besuch eine Woche zuvor, ein Kind gestorben war. Sie seufzte tief. »Viele Menschen hier glauben, dass Gott der Allmächtige die Welt erschaffen, aber die Regelung des Alltagslebens einer Handvoll Nichtsnutze übertragen hat. Ich glaube, dafür gibt es starke Indizien, meinen Sie nicht?« Sie wartete nicht auf eine Antwort. »Es ist manchmal sehr schwer, meinem Volk zu dienen, Mead, in dem Wissen, dass es für vieles von dem, was sie quält, was sie dem Tod in die Arme treibt, eine Lösung gibt, die wir uns jedoch schlicht nicht leisten können. Für Meningitis gibt es einen Impfstoff, den wir uns nicht leisten können; Durchfallerkrankungen erfordern kostengünstige Salze zur Rehydration, die wir uns nicht leisten können; Aids erfordert Kondome, die wir uns nicht leisten können. Man möge mir vergeben, aber manchmal wünschte ich, dass diese Krankheiten schneller tödlich endeten. Das wäre barmherziger.«

Sie stiegen in Janes kleinen Wagen, verriegelten die Türen gegen drohende Autoräuber und kehrten in das Zentrum Nairobis zurück. Sie kamen am Kenyetta International Conference Center vorbei, einem wunderschönen modernen Komplex mit einem runden Hochhaus, fuhren die Kenyetta Avenue entlang mit ihrer Mischung aus majestätischen Kolonialhäusern, Relikte der britischen Herrschaft, modernen Bürogebäuden, Hotel- und Industrieanlagen.

Erschöpft lehnte Mead den Kopf gegen das geschlossene Fenster. Z59.5, dachte sie, äußerste Armut. Die Klassifizierung, die von der Weltgesundheitsorganisation in ihrem Jahresreport verwendet wurde, um den größten Risikofaktor für Leib und Leben und Leid auf der Welt zu benennen – der Grund, aus dem Babys nicht geimpft wurden, kein sauberes Wasser und keine sanitären Einrichtungen vorhanden waren, keine Medikamente zur Verfügung standen, Mütter im Kindbett starben und Kinder in der Kindheit. Die schlichte Nummer war jämmerlich unangemessen, um das Ausmaß des Problems darzustellen – die konkreten menschlichen Auswirkungen auf die konkreten menschlichen Opfer. Z59.5 – eine vierstellige alphanumerische Kombination am Ende des Alphabets, am Ende der Skala.

Hinter ihren dunklen Brillengläsern verschloss Mead die Augen vor dem Tag.

Die schwache Wintersonne schien weich gefiltert durch das Fenster des Arbeitszimmers, traf geräuschlos auf die Wand, an der viele Jahre bezeugende Fotos hingen wie Trophäen, glitt still über die Fensterbank, ergoss sich milchig über den Boden und legte sich um Elizabeths Füße. Sie war allein an diesem Vormittag. Sie las:

Zurück in Nairobi. Klettertour war schön. Viel Arbeit aufzuholen. Später mehr.
Alles Liebe, Mead
P.S.: Hab versucht, Luce zu mailen. Keine Antwort. Ist sie zurück nach S.F.? Bitte ruf an – sie soll ihre eMails lesen.

Dann las sie die kurze eMail ein zweites Mal. Sie war so oberflächlich, so nichtssagend, dass Elizabeth schockiert war. Wo waren die Einzelheiten? Wo war das Frohlocken? Die Hochstimmung? Sie druckte die Nachricht aus, als könnte sie körperlich manifestiert mehr enthüllen. Sie hatte mehr als zwei Wochen auf Nachricht gewartet, auf Einzelheiten von Meads Trip, ihrer Klettertour, ihrem großen Abenteuer. Die wenigen knappen Sätze waren eine schwere Enttäuschung.

Die eMail in der Hand trat sie ans Fenster und blickte auf den trostlosen Park. Das geschäftige Treiben der Ferienzeit war vorüber, die Kinder gingen wieder in die Schule. Der Park war von Menschen bevölkert, die entschlossen irgendeinem Ziel zustrebten, und von Menschen, die ihren Lebensunterhalt verdienten, indem sie Rudel von Hunden ausführten. Elizabeth versuchte, zwischen den Zeilen zu lesen, zwischen den Worten. Da steht noch mehr, überlegte sie. Da muss noch mehr stehen. »Klettertour war schön.« Das konnte doch wohl nicht alles sein, was sie davon erzählen wollte?

Ihre Augen wanderten zu dem P.S. Elizabeth war überrascht, beunruhigt. Ihres Wissens schrieben sich ihre Töchter nicht. Warum jetzt auf einmal? Was hatte das zu bedeuten? War die eMail, die Elizabeth hätte bekommen sollen, die eMail gespickt mit Einzelheiten, interessanten Beobachtungen, faszinierenden Nebenbemerkungen an Luce geschickt worden, als sie ...? Elizabeth hielt inne. Als sie was? fragte sie sich dann. Als sie an mich hätte gehen sollen. Elizabeth, mach dich nicht lächerlich. Hör auf damit. Sie schüttelte sich ein wenig und kehrte zu ihrem Computer zurück.

Sie sollte Meads *Briefe* redigieren. Nachdem sie Steve die Zusage abgerungen hatte, sie zu lesen, sollte sie sie ihm bald zukommen lassen. Vielleicht würde er ein Vorwort dazu schreiben. Sie hatte so darauf gehofft, die Klettertour mit hineinnehmen zu können. So eine wunderbare Metapher, dachte sie, so ein schönes Sinnbild: Mead, die den Berg erklimmt, Mead, die auf dem Gipfel steht und den Blick über den weiten Kontinent schweifen lässt. Elizabeth hatte vorgehabt, Meads Gedanken und Beobachtungen in das umfassende Gewebe ihrer ärztlichen Arbeit einzuflechten. Nun war sie ernüchtert.

Sie drehte sich um, lehnte sich gegen die Fensterbank und betrachtete die Fotos an der Wand. Sonnenstrahlen, gemildert und erfüllt von tausend freischwebenden Teilchen, erhellten die Sammlung. Hier, in bedachtsam ausgewählten Rahmen, penibel arrangiert, um einen optimalen chronologischen Zusammenhang zu bilden, hingen Augenblicke aus ihren letzten fünfzig Jahren, still und stumm. Ihr Leben, anfangs in Schwarzweiß, als junge Braut, und später in Farbe, als Mutter, umgeben von ihren vier erwachsenen Kindern. Warum kam ihr die Wirklichkeit umgekehrt vor – eine Reise aus der farbigen Vergangenheit in eine schwarzweiße Zukunft? Eine schreckliche Vorahnung schnürte ihr die Kehle zu. Ich werde sterben, dachte sie, von Panik ergriffen. Eis erfüllte ihre Adern. Ihr Herz begann zu rasen. Sie holte tief Luft. Natürlich wirst du sterben, du törichtes Frauenzimmer, sagte sie sich mit leichter Ungeduld. Aber nicht heute.

Ebenso rasch wie die Angst aufgekommen war, senkte sich nun Klarheit auf sie herab. Mit wem kann ich über meinen bevorstehenden Tod sprechen? fragte sie sich. Sie fand sich pragmatisch, nicht morbide. Sie war siebzig. Sie konnte nicht, würde nicht ewig leben. Natürlich hatten sie und Walter sorgfältig alle erforderlichen Dinge geklärt – Testamente, Patientenverfügungen, ihre finanziellen Angelegenheiten waren bestens geordnet. Aber mit wem konnte sie über die Tatsache sprechen, dass dies hier alles vorbei sein würde – und zwar eher früher als später? Sie wollte mit jemandem reden, wollte die vielen Jahre in eine wohlarrangierte Perspektive rücken, wollte die wechselnden und oftmals widersprüchlichen Gefühle ordnen, die sie angesichts ihres letztlich erfolgenden Endes hatte. Wollte keine weisen Worte hören oder sagen, sondern vielmehr herausfinden, was sie über all das dachte. Ihr Leben war gewiss nicht so verlaufen, wie sie es erwartet hatte. Mit wem also? Nicht mit Walter, das stand fest. Oder mit ihren Söhnen. Mit Luce? Unwahrscheinlich. Jetzt, wo sie schwindelerregende Höhen auf der Karriereleiter erklomm, stellte Elizabeth sich Luces Leben als Aufeinanderfolge von Kunstsoireen vor. Und Mead – Meads Metier ist der Tod. Gewiss würde sie nicht in ihrer Freizeit darüber reden wollen. Niemand, dachte sie. Es gibt niemanden.

Diese Gemütsverfassung musste mit Mr. Heinz zu tun haben. Eddy, der Portier, hatte ihr am Tag zuvor von ihm erzählt. Er und seine Frau lebten zwei Stockwerke über ihnen. Sie waren nach Hawaii gefahren und eine Woche früher als geplant zurückgekehrt, weil er sich nicht wohl gefühlt hatte. Eddy zufolge war Mr. Heinz zum Arzt gegangen, der Arzt hatte ihn untersucht, und *»Puff!«*– wie Eddy aufgeregt gemeint hatte – Lungen- und Leberkrebs, inoperabel. Drei Wochen später war er tot. Obwohl sie über zwanzig Jahre im selben Haus gelebt hatten, hatte Elizabeth Mr. Heinz und seine Frau kaum gekannt. Er hatte immer nach Zigarettenrauch gestunken. Elizabeth hatte es nicht ausstehen können, wenn sich die Fahrstuhltüren öffneten und sie ihn erblickte. Sie hatte oftmals vorgegeben, etwas vergessen zu haben, nur um nicht mit ihm hinunterfahren zu müssen. Was Mrs. Heinz anbelangte, so hatte sie Elizabeth anfangs nach ihrem Einzug zu politischen Veranstaltungen für ältere Frauen eingeladen. Elizabeth hatte stets voller Abscheu abgelehnt. Und jetzt war Mr. Heinz tot. »*Puff!*« Laut Eddy war er erst einundsechzig gewesen. Die Unverhofftheit seines Todes erschreckte sie, oder genauer, die mögliche Unverhofftheit ihres eigenen Todes erfüllte sie mit Angst.

Plötzlich kam ihr die Wohnung kalt und leer vor. Walter, seufzte sie aufgebracht, während sie die Heizung höher stellte, verbringt zuviel Zeit anderswo. Liebe Güte, ich sehe ihn jetzt noch weniger als vor seiner Pensionierung. Er muss einfach kürzer treten. Vor ihrem geistigen Auge sah sie Walter, in Cordhosen, Rollkragenpullover oder Flanellhemd und Strickjacke, die Lesebrille auf der Nase ein wenig nach unten gerutscht, in einer schattigen Ecke in der Bibliothek über irgendeine obskure Zeitschrift gebeugt. Lernen, lernen, lernen. Hatte er so hart gearbeitet, um sein Medizinexamen zu bestehen, wie er jetzt arbeitete, um den Respekt seiner Kinder zu erlangen und zu bewahren? Wieder holte die Erinnerung an den vergangenen Sommer am Strand sie ein. Sie halten ihn für einen besseren Mechaniker! Walter, einen hochmotivierten, respektierten und erfahrenen Chirurgen! Als wäre er nichts als ein Mann in einem ölverschmierten Overall, der einem die Hiobsbotschaft eines defekten Kühlers oder überholungsbedürftiger Bremsen überbringt. Manchmal können Kinder dermaßen scheußlich sein, dachte sie und vergaß ihre eigenen Vorbehalte.

Ich muss Steven bitten, mit ihm zu reden – mit ihm zu Mittag zu essen oder sich im Club mit ihm zu treffen. Walter muss es wirklich langsamer angehen lassen. Von der anderen Seite des Zimmers aus meldete ihr Computer einen Posteingang. Mead, dachte sie sofort, das muss Mead sein. Sie kehrte an ihren Schreibtisch zurück, öffnete die Mailbox und erblickte die neue eMail. Von Chad. Niedergeschlagen öffnete sie sie, innerlich auf der Hut.

An: EBennett
Von: Chad
Habe ich die falsche Frau erwischt? Das Universum irrt sich kaum jemals. Ich spüre Feuer. Älter ist okay.

Brüste, gereift vom Leben, Hüften gestählt von Jahren der Hitze, Lippen voller Erzähltem, die Karte vieler Liebesreisen auf die Haut skizziert. Eine, die Leidenschaft gesammelt hat und sie weise zu nutzen versteht. Erzähl mir von dir.

Aufgebracht ließ sie sich in ihren Clubsessel fallen. Lieber Gott, das ist doch absurd, dachte sie, mit siebzig von einem Online-Verehrer verfolgt zu werden. Und auch noch anonym! Was für eine Zeit. Die Dreistigkeit dieses unverfrorenen jungen Gernegroß.

Und dennoch regte sich etwas in ihr. Aufgewühlt erhob sie sich und ging zu der Wand hinüber, um sich ein bestimmtes Foto anzusehen. Da, in verblassenden Schatten von Grau und Weiß standen Walter und Elizabeth auf einem Pier, vor fast vierundvierzig Jahren. Sie beide – oder vielmehr Elizabeth hatte einen vorübergehenden Fremden gebeten, das Foto aufzunehmen. Es war nach ihrer Entscheidung gewesen, zu Walter zurückzukehren, ihn und die Kinder zu ihrem Lebensinhalt zu machen. Mit der Entscheidung hatte sie Freiheit gefunden, anfangs zumindest. Sie hatte nachgegeben, und obwohl sie später kapituliert hatte, so nannte es ihr Verstand, so nannte es ihr Herz, war dieses Wochenende der Wiedervereinigung das leidenschaftlichste gewesen, das sie je mit Walter erlebt hatte. Jetzt fragte sie sich zum ersten Mal, ob es auch für ihn erinnerungswürdig gewesen war. Als sie das Foto betrachtete, sah sie zwei Fremde, ein Paar, die junge Frau lebhaft und offenkundig verliebt in den Armen eines großen, attraktiven und willensstarken Mannes. Er stand hinter ihr, die muskulösen Arme um ihre Taille geschlungen, die großen Hände auf ihrem Bauch gefaltet. Ihre Arme lagen auf seinen, sie blickte ihn über die Schulter an, aus den Augenwinkeln, sie lachte mit einer Lebensfreude, die sie überrascht hatte, ungezügelt. Er blickte direkt in das Auge der Kamera. Eine Meeresbrise zauste ihre Haare in alle Richtungen. Ihre Kleider bauschten sich ein wenig. Elizabeth war sicher, dass sie Rand, ihr zweites Kind, in diesem Kurzurlaub empfangen hatte.

Sie kehrte rückwärts zu ihrem Sessel zurück und ließ sich hineinfallen. Wie schnell die Leidenschaft abgeflaut war. Anfangs hatte es ihr nichts ausgemacht, sie hatte kaum Zeit gehabt, es zu bemerken. Walter war damit beschäftigt gewesen, seine Karriere ins Rollen zu bringen. Luce war noch ein Baby gewesen. Rand war bald darauf gekommen, dann Avery, dann Mead. Im Laufe jener Jahre war die Leidenschaft ihrer Wiedervereinigung einem erfüllten, geschäftigen Leben gewichen. Natürlich hatten sie ihre sexuelle Beziehung auch nach Meads Geburt fortgesetzt. Und so spärlich und unregelmäßig sie auch war, mehr schienen sie in ihrem überbordenden Leben nicht unterbringen zu können. Es gab so vieles andere, was sie miteinander teilten, vieles davon wirklich kräftezehrend. Doch jetzt, wo sie beide so vieler Verpflichtungen ledig waren, theoretisch zumindest, hatte Elizabeth mehr erwartet.

Als ob sie all jenen Jahren Gültigkeit verleihen wollte, ging sie zu ihrem Computer und schrieb:

An: Chad
Von: EBennett
Sie sind ein impertinenter, anmaßender junger Mann. Sie sollten Ihre Zeit für Ihr Studium oder Ihren Arbeitgeber nutzen. Offenkundig haben Sie zuviel Muße. LASSEN SIE MICH IN RUHE!

Sie las ihre Antwort rasch noch einmal durch und freute sich, dass sie genügend Netiquette beherrschte, um zu wissen, dass ihre Großbuchstaben bedeuteten, dass sie schrie. Sie schickte ihre Antwort ab.

Sie sah sich in ihrem Arbeitszimmer um und blickte dann über den Flur in das leere Wohnzimmer. Die Glut neu entfachen, körperliche Nähe, das Aneinanderschmiegen warmer Leiber gegen den langen Winter. Eine lächerliche Idee? Eine absurde Vorstellung in ihrem Alter? Vielleicht, dachte sie. Vielleicht. Nach all den vielen Jahren des Arbeitens und Planens ist dies nicht der Ruhestand, wie ich ihn mir vorgestellt habe.

Durch das Fenster senkte sich Ödnis über den leerer werdenden Park, als die schwache Sonne hinter einer heranziehenden Wolkenfront verschwand und die Dämmerung einbrach. *»Puff!«* dachte Elizabeth. *»Puff!«*

Luce saß in ihrer großen, offenen Küche und trank Kaffee. Durch die Fensterfront drang der späte Nachmittag herein, ungewöhnlich heiß für die Jahres- wie die Tageszeit, und ein seltener Schleier graugrünen Smogs lag über der Stadt und nahm allen Gebäuden ihre zarten Pastelltöne. Es war Mitte Januar, und der Frühling war früh nach San Francisco gekommen. Die Blauglockenbäume öffneten ihre lavendelfarbenen Blüten, die Agapantha-Lilien ihre weißen und lilafarbenen Pompons. Die Bäume, die im Herbst ihre Blätter verloren hatten, wiesen einen zartgrünen Schimmer auf, da die Zweige ihre kleinen blättrigen Flaggen zu entrollen begannen. Welch ein Kontrast zu New York, dachte sie, das sich noch fest in den Fängen des Winters befand.

Sie schaute in die Ecke ihrer Küche, in der sich die unausgepackten Computerkisten befanden. Sie waren einige Monate zuvor geliefert worden.

»Was ist das?« hatte sie die UPS-Zustellerin gefragt.

»Ein Computer. Bitte hier unterschreiben.«

»Aber ich habe keinen Computer bestellt.«

»Sind Sie Luce Bennett?«

»Ja.«

»Dann ist das für Sie, Ma'am.«

Luce war vollkommen irritiert gewesen, von der Anrede Ma'am nicht minder als vom Eintreffen des Computers.

»Wo soll ich die Kisten hinstellen?« Die UPS-Frau war ungeduldig von einem Fuß auf den anderen getreten.

»Tja, ich weiß auch nicht. Das Ganze muss ein Irrtum sein.«

Die UPS-Frau hatte finster dreingeblickt. »Lady ...«

»Ähm ... hier ... Nein. Wenn es Ihnen nichts ausmacht – in der Küche wären sie besser aufgehoben.« Bei näherer Inspektion hatte Luce entdeckt, dass die Lieferanschrift auf einem Umschlag stand, der auf die oberste Kiste geklebt war und in der säuberlichen, altmodischen Handschrift ihrer Mutter adressiert war. Nachdem sie die Tür hinter der UPS-Frau geschlossen hatte, las sie:

Liebe Luce,
frohe Weihnachten – ein bisschen zu früh in diesem Jahr. Ihr Kinder seid alle so schwer zu beschenken, so dass wir (Luce las: ich) beschlossen haben, Dir dieses Jahr einen Computer zukommen zu lassen. Ich weiß, dass Du keinen hast, und jedermann sollte einen besitzen. Da Mead nächsten Monat nach Afrika geht und mit mir per eMail kommunizieren wird, dachte ich, ich könnte Dir Kopien schicken.

Wir (Luce las: ich) haben beschlossen, ihr einen Laptop zu schenken – er ist tragbar und eignet sich besser für die Reisen, die sie unternehmen wird. Da deine beiden Brüder Computer zu Hause haben, haben wir (Luce las: ich) beschlossen, ihnen das entsprechende Geld für ihre Sparbücher zu geben.

Ich habe für Dich ein Account bei America OnLine eröffnet. Deine Adresse lautet LBennett, und Dein Passwort ist AFRIKA. (Du kannst beides jederzeit ändern.) Auf diese Weise werden wir künftig effizient kommunizieren können.

Alles Liebe,
Mutter

»Effizient Kommunizieren« wollte ihre Mutter. Luce schnaubte und schüttelte sich. Im Zusammenhang mit ihrer Familie war das ein verblüffender und beängstigender Gedanke. Die Effizienz der Kommunikation zu erhöhen würde ein Grundmaß an Kommunikation voraussetzen, dachte sie sarkastisch, das nicht existierte. Kein Thema, das sie mit ihrer Mutter zu erörtern gedachte.

Das Interesse ihrer Mutter für Computer – und ihre Fähigkeit, damit umzugehen – hatte Luce anfangs amüsiert. Schon vor Jahren hatte Elizabeth einen der ersten Homecomputer besessen. Sie hatte rasch begriffen, welche wertvollen Dienste er ihr bei der Verwaltung der finanziellen Angelegenheiten der Familie würde leisten können, und sie schien Vergnügen daran zu finden, sich stundenlang Programme zu basteln, um kleine Aufgaben zu erledigen, für die sie ohne Computer nur ein paar Minuten gebraucht hätte. Die technischen Voraussetzungen hatten sie keineswegs eingeschüchtert. Im Gegenteil, sie schien ihnen voll gewachsen, liebte Herausforderungen und genoss es, ihre Siege zu verkünden. Ein Bild von Luces Mutter tauchte auf: wie sie auf der Veranda des Strandhauses saß, die Nase in irgendein dickes Bedienungshandbuch gesteckt, hochkonzentriert.

Elizabeth fand auch Vergnügen an dem geheimnisvollen Technikkauderwelsch rings um den Computer. Auf diesem Gebiet war Rand der einzige, der mit ihr mithalten konnte, und selbst er war, was praktische Anwendungsmöglichkeiten anbelangte, nicht so firm wie sie. Luce hatte den Verdacht, dass ihre Mutter Walters Widerwillen, mit einem Computer zu arbeiten, heimlich genoss – sie hatte ein Gebiet gefunden, auf dem Walter sich nicht tummelte, einen Bereich, in dem sie und zwar sie allein sich hervortat.

Als sie nun die ungeöffneten Pakete betrachtete und an die eMail dachte, seufzte Luce eindringlich. Sie konnte die Anstrengung nachempfinden, die es für ihre Mutter bedeuten musste, diese disparate und distanzierte Familie in einem Orbit zu halten, wo doch ein jedes Mitglied naturgemäß geneigt schien, auf seiner individuellen Flugbahn in sein eigenes fernes Universum zu entschwinden. Mit einer Mischung aus Staunen und Bewunderung betrachtete sie Elizabeths Bemühungen, die familiäre Auflösung in Schach zu halten. Die allsommerliche Zusammenkunft des Clans, zu dem sich alle widerstrebend, doch respektvoll bereit erklärten, zollte ihrer Hartnäckigkeit Tribut.

Und doch muss es unendlich ermüdend sein, dachte Luce, das zu erhalten, was immer sie zu erhalten trachtete.

Als Luce an den Brief dachte, der dem Computer beigefügt war, musste sie über Elizabeths Bemühen, sie alle gleich zu behandeln, lächeln. Noch immer ließ sie ihre Kinder wissen – über Geschenke von vergleichbarem ökonomischen Wert –, dass sie ihre Liebe gleichmäßig verteilte. »Ich liebe alle meine Kinder gleichermaßen«, pflegte sie zu sagen, bevor sie aus dem Zimmer ging und sie ihre Kabbeleien allein ausfechten ließ.

Luce hatte sich schon vor langer Zeit mit der Tatsache abgefunden, dass Mead das Lieblingskind war. Luce hatte sich selbst aus dem Rennen genommen, als sie von Medizin zu Kunst übergewechselt war. Und sie hatte akzeptiert, dass der Inhalt ihrer Bilder den Riss zu einer Kluft verbreitert hatte. Rand war ein viel zu in sich gekehrter Technofreak, um als Liebling in Frage zu kommen. Avery zeigte hin und wieder Interesse, um die Position zu wetteifern, doch Luce hatte das Gefühl, dass er sich der Last des Preises nur allzu bewusst war. Mead, die Jüngste, gewann – mit Bedacht, unangefochten.

Luce versuchte sich die eMail vorzustellen, die Mead nach New York geschickt und die ihre Mutter nach San Francisco weitergeleitet hatte. Lauerte sie jetzt in irgendeinem Telefonkabel draußen vor dem Haus? Vielleicht war sie auch schon ins Haus eingedrungen, war dem Lauf des Telefonkabels die Wand hinunter und die Fußleisten entlang gefolgt und wartete nun an der

Telefonbuchse gebündelt darauf, eingelassen zu werden. Die Vorstellung war nicht verlockend, wie ein Wolf, der vor ihrer Tür herumlungerte. Luce fragte sich müßig, was Mead, der – soweit sie es von den jährlichen Zusammenkünften beurteilen konnte – der Prozess, Ärztin zu werden, jedes Quentchen Menschlichkeit ausgetrieben zu haben schien, in Afrika zu suchen hatte. Gab es dort einen passenden Ort oder eine angemessene Position für ihre kalte Ungeduld, ihre unerschütterliche Arroganz? Luce hatte den Prozess von Meads Umwandlung aus nächster Nähe, aber vollkommen objektiv, wie sie meinte, verfolgt. Der vergangene Sommer hatte den Höhepunkt gebildet. Luce hatte ihr Vater tatsächlich leid getan, der von Meads herrischer empirisch-korrekter Art in die Enge getrieben worden war.

Luce seufzte. Die Fairness gebot ihr, Mead einiges nachzusehen. Die eine Woche, die sie alljährlich zusammen verbrachten, konnte ihnen allen in dem, wie sie wirklich waren, was sie taten, dachten oder empfanden, kaum gerecht werden. Es waren seltsame Zerrbilder in überholten, blinden Spiegeln – zu konvex oder zu konkav.

Was weißt du wirklich von deiner Schwester? fragte sie sich. Abgesehen von den Jahren mit Tommy und dem einen furchtbaren Abendessen, auf dem Grace bestanden hatte, herrschte ein vollkommener Mangel an Informationen. Lieber Gott, dachte Luce müde, als sie sich an den gequälten Abend zurückerinnerte, an dem Mead sie in ihrer Wohnung im Village besucht hatte. Luce hätte sich auch ohne Graces Zutun die schlimmsten Vorwürfe gemacht.

»Liebe Güte, Luce«, hatte Grace wütend und frustriert gesagt, nachdem sie die Tür hinter Mead geschlossen hatte. »Du bist unmöglich. Erbärmlich. Das war deine Schwester, verdammt noch mal. Kühler hättest du wohl nicht sein können, wie? Wortkarger? Lieber Himmel, was ist los mit dir?«

Luce hatte versucht zu erklären, wie sie sich fühlte – und zwar schlecht –, aber Grace war immer noch wütend gewesen. »Du hast ihr nicht einmal gesagt, dass sie zu *uns* kommen würde, hast sie nicht einmal auf die Tatsache vorbereitet, dass sie nicht mit dir allein essen würde. Das arme Ding hat vollkommen geschockt ausgesehen, als sie begriff, dass auch ich hier lebe.«

Luce war verdrossen gewesen. »Grace, ich habe meiner Familie nie erzählt, dass ich lesbisch bin. Wir fragen uns ja kaum, wie es uns geht. Hätte ich es in unser Telefongespräch einfließen lassen sollen, als ich sie zum Abendessen eingeladen habe? Glaubst du, dann wäre sie gekommen?«

Grace hatte den Kopf geschüttelt und sie finster angeblickt. »Das werden wir nun wohl kaum erfahren, nicht wahr? Und hättest du dich nicht ein bisschen bemühen können? Ich meine, ein, zwei Fragen nach ihrer Schule oder ihren Plänen ...?«

»Sobald ich versucht habe, etwas zu sagen ... Ich weiß auch nicht, ich hab keinen Ton herausgebracht. Meine Kehle war wie zugeschnürt. Ich stimme dir zu. Ich hab's ruiniert. Es tut mir leid.«

»Du hast recht. Es sollte dir leid tun. Und du solltest dich bei Mead entschuldigen. Sie ist deine Schwester. Und du sagst dich einfach von ihr los?«

»Grace, das ist unfair. Wir haben uns als Familie nie etwas zu sagen gehabt. Ja, über aktuelle Ereignisse oder wissenschaftliche Dinge oder so haben wir gesprochen. Meistens haben wir Walters Vorträgen gelauscht.«

»Luce, das war einmal. Heute ist heute.«

»Hast du etwa gehört, dass sie mich etwas gefragt hat oder uns?« Der trotzige Ton war ihr sofort peinlich.

Grace hatte die Hände in die Hüften gestemmt und sie zornig angefunkelt. »Wer von euch beiden ist zehn Jahre älter? Außerdem dachte ich«, war sie bissig fortgefahren, »dass du dir wie dein verehrter Franz Marc dein Verhalten nicht von anderen Menschen diktieren lässt.«

»Aber …« Luce hatte versucht, sich zu verteidigen, doch Grace hatte ihr mit einer Handbewegung das Wort abgeschnitten.

»Wie auch immer«, hatte Grace kühl gesagt, »ich glaube, dass du einen großen Fehler machst.«

»Hör mal, Grace, in Wahrheit läuft es doch darauf hinaus, dass *du* dir eine Schwester wünschst. Nicht ich. Du bist diejenige, die romantische Vorstellungen davon hat, wie es unter Schwestern ist oder sein sollte.«

»Schön. Beenden wir das Thema, ja?« hatte sie erwidert und war in die Küche verschwunden, wo kurz darauf lautes Geschirrgeklapper eingesetzt hatte.

»Schön«, hatte Luce dem leeren Wohnzimmer gleichmütig geantwortet.

Während Luce auf die ungeöffneten Computerkisten starrte, die mittlerweile als Ablage für ungelesene Zeitungen und Versandkataloge dienten, schickte ihr der Gedanke an eMails und Online-Shopping und Chatrooms und endlose unpersönliche Nachrichten einen Schauer des Widerwillens über den Rücken. Sie brüstete sich mit ihrer vollkommenen Unkenntnis, was Computer anbelangte, und ärgerte sich darüber, dass es zunehmend schwieriger wurde, diesen Status aufrechtzuerhalten. Eine vollkommen verkabelte Welt, seufzte sie und stellte sich ein Knäuel mit vielfarbigen losen Enden vor, die in alle Richtungen flogen.

Durch das Küchenfenster sah sie die blassen Lichter von San Francisco angehen, als der Tag zur Neige ging und die Dämmerung sich herabsenkte. Wie ein Escher, dachte sie, weder weiß noch grau, weder kommend noch gehend. Sie goss sich eine weitere Tasse Kaffee ein und starrte mit leerem Blick auf die Computerkisten, schmerzlich abgetrennt.

»Also«, sagte Birati Singh, und ihre Stimme war wie eine würzige Brise, die über den Indischen Ozean strich, »Sie sind auf dem Gip-

fel gewesen? Unsere zurückkehrende Eroberin?« Ihre Lippen kräuselten sich spöttisch. »Bravo!«

Mead erwiderte das leichte Lächeln. »Es war nicht ganz so, wie Sie vielleicht denken.«

»Das ist es nie, nicht wahr?« Ihr Lächeln wurde breiter und ließ eine Reihe perlweißer Zähne zwischen vollen, wohlgeformten Lippen sehen. »Dann wollen wir mal aufbrechen.« Sie fuhren in Biratis Mercedes durch die Stadt und hinaus in den wohlhabenden Vorort King's Park. Die Sonne ging unter. Mead war erleichtert, aus der Stadt herauszukommen, das Krankenhaus, die überfüllten Straßen, die Erinnerung an Sofia Town hinter sich zu lassen. Francesca Piavani gab eine Cocktailparty. Sie hatte von Gil, ihrem Sohn, von Mead erfahren und ihr eine Einladung geschickt. Mead hatte die Einladung bereitwillig angenommen. Was Gil von seiner Mutter erzählt hatte, hatte ihre Neugier geweckt. Überdies war sie begierig darauf, Luces Bilder zu sehen. Birati, eine alte Freundin der Familie, war ebenfalls eingeladen und hatte Mead angeboten, sie mitzunehmen.

»Also, Mead, Sie sind eine Frau voller Geheimnisse.«

»Was meinen Sie damit?«

»Sie haben mir nicht erzählt, dass Sie Ghilberti kennen.«

»Wenn Sie Gil meinen – ich habe ihn erst kennengelernt, als er im Schlepptau meines Freundes Peter aufgetaucht ist.«

»Ja, davon habe ich gehört.« Birati warf ihr einen verstohlenen Blick zu. »Alles in Ordnung mit Ihnen?« fragte sie besorgt.

»Natürlich. Der kleine Sturz auf dem Berg war nicht der Rede wert.« Sie schaute Birati an und ahnte die Frage, die ihr auf den Lippen lag. »Worauf genau wollen Sie hinaus, Birati?«

»Nun, die Bergtour war zweifellos anstrengend, vor allem in Anbetracht der Umstände.«

»Welche Umstände meinen Sie?« Mead hegte die schlimmsten Befürchtungen. Wusste etwa auch Gil von Peters Schäferstündchen? Wusste ihr ganzes Umfeld davon? Gott, wie demütigend.

»Ich meine die Tatsache, dass Ihre langwährende Verlobung von Dr. Peter McDonough gelöst wurde. Das muss hart für Sie gewesen sein. Körper und Geist funktionieren schwerlich, wenn das Herz dermaßen schmerzt.«

Mead wandte so heftig den Kopf, dass ihr Nacken knackte. »Das haben Sie gehört? Von wem?«

»Das hat Dr. McDonough Gil erzählt – dass er beschlossen hat, Ihre Verlobung zu lösen. Ist das verzerrt dargestellt?«

Mead barg das Gesicht in den Händen und rieb es dann heftig, wie um jene Episode aus ihrem visuellen Gedächtnis zu löschen; dann strich sie sich über die Ohren, um das Geräusch des Reißverschlusses in der Stille der Nacht zum Verstummen zu bringen. »Ja, Birati. Das ist eindeutig verzerrt dargestellt. *Ich* habe die Verlobung gelöst. Und zwar schon vor langer Zeit.«

Birati nickte verständnisvoll. »Ah, ich verstehe.«

»Dr. McDonoughs Wahrnehmung«, fügte Mead unnötigerweise hinzu, »ist ... nun ... sagen wir: verzerrt.«

»Mead, ich wollte Sie nicht aufregen. Oder meine Nase in Ihre Privatangelegenheiten stecken. Wir – Amerikaner, Europäer und Asiaten – bilden hier nur eine kleine Gemeinschaft. Neuigkeiten, ob richtig oder falsch, verbreiten sich rasch. Es tut mir aufrichtig leid.«

»Schon gut. Es ist mir lieber, ich kenne die verzerrten Darstellungen, wie Sie es nennen.« Birati bog in die Harry Thuku Road ein. Bald blieb die Stadt hinter ihnen zurück und King's Park tauchte vor ihnen auf, ein weitläufiger, gepflegter Vorort mit stattlichen Anwesen inmitten sanft gewellter Grünflächen.

»Darf ich bitte das Thema wechseln?« Mead liebte Biratis schmucken Sinn für gute Manieren.

»Ich bitte darum.«

»Jane hat mir von Ihrem Besuch in Sofia Town erzählt.«

»Du liebe Güte, ich habe es immer noch nicht verwunden. Um Ihnen die Wahrheit zu sagen, Birati, ich habe die ganze Nacht kein Auge zugetan.« Sie sah aus dem Fenster. Sie fuhren am Nairobi Bowling Green and Cricket Club vorbei, in dem hier und da in traditionelles Weiß gekleidete Spieler aufblitzten. Ein Englischer Springerspaniel saß gehorsam an der Seitenlinie und wartete auf sein Herrchen. Die langen Strahlen der sinkenden Sonne verliehen dem Nachmittag einen golden-lohfarbenen Anstrich, die Farbe von hohem trockenem Steppengras oder einer Löwenpranke.

»Es ist nicht so, als hätte ich noch nie äußerste Armut gesehen – im Süden Chicagos oder Bedford Sty in New York oder Roxbury in Boston. Aber das hier übertrifft alles.« Sie schüttelte den Kopf.

»Es ist höchst unglücklich, dass wir Menschen von Großstädten endlos fasziniert scheinen. Mit einer Inflationsrate von vierzig Prozent und einer fast ebenso hohen Arbeitslosenquote ist es kein Wunder, dass sich diese Brutstätten von Krankheiten bilden.«

Sie fuhren schweigend weiter, bis Mead fragte: »Sind Sie Janes Ärztin?« Birati zögerte. »Na los, Birati, sagen Sie's mir.«

»Ja.«

»Wie geht es ihr? Sie hat mir erzählt, dass sie HIV-positiv ist, Sie verletzen damit nicht Ihre Schweigepflicht«, versicherte Mead Birati. »Wie ist ihr Gesundheitszustand?«

»Sie arbeitet zuviel. Ich mache mir Sorgen um sie. Aber wie Sie sich vorstellen können, kann ich sie nicht dazu bewegen, kürzer zu treten. ›Kürzer treten?‹ antwortet sie mir. ›Warum? Würde das den Krankheitsverlauf bremsen? Kürzer treten? Wie das, wenn es soviel zu tun gibt?‹ Ich habe es versucht, Mead.«

»Wie sind Ihre Werte?«

»Eine leichte Veränderung, was mich beunruhigt. Doch immer noch in akzeptablem Rahmen. Größere Sorgen mache ich mir um all die Dinge, denen sie sich aussetzt. Aber ich muss ihre Wünsche respektieren.«

Sie bogen durch ein großes Tor auf eine Privatstraße ein, die von Pfefferbäumen gesäumt war. Üppige Blumenrabatten und Rosengärten prägten das weitläufige, gepflegte Gelände. In der Ferne beherrschte ein niedriges weißes Gebäude von schlichter Eleganz die Landschaft. Die Straße mündete in einer geschwungenen Auffahrt. Birati brachte den Wagen vor dem Eingang zum Stehen. Meads Stimmung hatte sich verdüstert. Sie dachte daran, wie Janes Beschwingtheit von einem niederträchtigen Virus vernichtet werden würde, dachte an die Macht, die das Virus über sie alle ausübte.

Biratis Hand auf Meads Arm war sanft, aber ermutigend. »Sorgen Sie sich nicht allzu sehr um Jane. Uns allen ist der Tod vorgegeben, Mead. Hier sind die Vorgaben brutal. Weniger kaschiert. Jane lebt ihr Leben, wie wir alle es tun sollten – sie sieht den Schatten des Todes tagtäglich ihren Weg kreuzen. Das ist sehr gut, glaube ich. Weniger Vergeudung. Und sie hat das große Glück, ihr Leben so gestalten zu können, wie sie möchte. Und anderen nützlich zu sein, das ist nicht gerade wenig, oder?«

»Mag sein, Birati, aber ...« Mead sah aus dem Autofenster und blickte über die saftige Grünfläche, »es ist dennoch nicht hinnehmbar.«

Birati schien zu spüren, dass Mead das erste Mal damit konfrontiert war, dass ein Mensch in ihrem persönlichen Umfeld Aids hatte, und drückte ihr mitfühlend die Hand. »Sollen wir hineingehen?«

Gil stand in der Eingangshalle und begrüßte die eintreffenden Gäste. Er küsste Birati auf die Wange.

»Hallo«, sagte er zu Mead und schenkte ihr ein Lächeln, das mehr Beklommenheit als Freude angesichts ihres Wiedersehens verriet. »Ich freue mich, dass du kommen konntest.«

»Danke, Gil. Wie ich sehe, bist du heil nach Hause gekommen. Ist alles gutgegangen?«

»Ja. Selbst mit Roz auf der Trage war der Abstieg entschieden leichter als der Aufstieg. Als wir in Nairobi ankamen, hat Peter sie ins Jubilee gebracht und der diensttuende Arzt hat sie versorgt. Übler Bruch, wie's scheint. Aber keine bleibenden Schäden. Harry und Lydia!« Er sah an ihnen vorbei und begrüßte ein älteres Paar, das die Halle betrat. »Wie schön, euch zu sehen! Mutter wird entzückt sein, dass ihr es habt einrichten können.« An Mead und Birati gewandt fuhr er fort: »Bitte fühlt euch ganz wie zu Hause. Wir sehen uns später noch.«

Mead spähte auf die lebhafte Ansammlung von Gästen, die Francesca, Gils Mutter, geladen hatte. Birati, die Hand leicht auf Meads Rücken, geleitete sie in das große Wohnzimmer. Vom fernen Ende des Raumes aus rief jemand nach Birati. »Kommen Sie einen Moment allein zurecht, Mead?« fragte sie.

»Natürlich. Gehen Sie nur.« Ein Bediensteter in einer weißen Jacke kam vorbei, und Mead nahm einen Pimm's Cup. Sie trank einen großen Schluck, der kühl und erfrischend war, und sah sich um. Sie kannte einige der Gäste, festangestellte Kolleginnen und Kollegen aus dem Krankenhaus und einige andere, die wie sie im Rahmen eines Austauschprogramms in Nairobi waren. Sie nickte grüßend hierhin und dorthin, während sie sich ihren Weg bahnte und verstohlen die Wände absuchte.

Das Innere des Hauses war, ebenso wie das Äußere, von schlichter Eleganz und von italienischem Flair geprägt. Fenster, die vom Boden bis zur Decke reichten, und mehrere französische Türen erzeugten lichte Weitläufigkeit. Die sandfarbenen Möbel und das helle Holz betonten die Lichtheit. Einzig die Kunstgegenstände, afrikanische Elfenbeinskulpturen und Webarbeiten, boten Kontrast. Francesca hatte einen kosmopolitischen und stilsicheren Sinn für Design. In einer fernen Ecke erblickte Mead Linda, die neben Jane und einem großen eleganten Afrikaner stand. Linda lächelte und winkte Mead, sich zu ihnen zu gesellen.

»Mead«, sagte Linda, nachdem sie einander begrüßt hatten, »Dr. Swareggo arbeitet im Jubilee Hospital. Er hat uns gerade von einer amerikanischen Ärztin erzählt, die sich still und heimlich aus dem Staub gemacht hat.«

»Aus dem Staub gemacht?« Dr. Swareggo sah sie fragend an.

»Die verschwunden ist«, erklärte Mead. Sie legte den Kopf schief und fragte Linda: »Unsere Freundin?«

»Genau die.« Linda grinste.

»Das ist eine Freundin von Ihnen?« Dr. Swareggo schien schockiert.

»Eine Bekannte wäre zutreffender«, erklärte Linda.

An Linda gewandt, fragte Mead: »Hast du eine Ahnung, was mit unserer lieben Kollegin passiert ist?«

Linda gab sich blasiert. »Ihr Kündigungsschreiben gab Rätsel auf, aber ich denke, wir können eine wohlbegründete Vermutung äußern.«

»Hm, verstehe. Ihr Zustand erforderte kontinuierliche Versorgung, richtig?« Mead war sich bewusst, dass weder Jane noch Dr. Swareggo die geringste Ahnung hatten, worum es ging. Sie fragte Dr. Swareggo: »Sind Sie auch Kinderarzt?«

»Nein, mein Gebiet ist die Innere Medizin.«

»Guten Abend, alle miteinander.« Birati gesellte sich zu ihnen und verneigte sich vor Jane und Dr. Swareggo.

»Birati, das hier ist Linda«, stellte Mead sie vor. »Sie ist Krankenschwester im Misericordia. Und eine gute Freundin.«

Linda strahlte.

»Angenehm. Jane hat mir bereits von Ihnen erzählt. Jane, hast du Mead und Linda schon gefragt?«

Die beiden Amerikanerinnen wechselten einen neugierigen Blick. Dann sah Mead Jane fragend an.

»Nun«, begann Jane, »ich habe mich gefragt, ob Sie beide mich auf eine Exkursion begleiten möchten. Ich werde in Kürze nach Ruanda fahren, um dort einige Kliniken zu besichtigen. Sie würden das zweifellos höchst interessant finden.«

»Jane.« Dr. Swareggos Stimme klang überaus sorgenvoll. »Das ist keine gute Idee.«

Mead runzelte die Stirn. »Warum nicht? Ich hörte, dass die Situation dort dieser Tage recht stabil ist. Weniger krisengeschüttelt.«

Swareggo schüttelte traurig den Kopf. »Es ist zu gefährlich. Viel zu gefährlich, insbesondere für Amerikanerinnen. Jane, ich bitte dich inständig, dir das noch mal zu überlegen.«

Birati legte ihm beruhigend die Hand auf den Arm. »Ogata, es muss sein. Das weißt du. Wir müssen unsere Hilfe anbieten. Wir müssen Medikamente hinschaffen.« An Linda und Mead gewandt, fuhr sie fort. »Ogata hat recht. Dorthin zu fahren ist höchst gefährlich. Es gibt immer noch Rebellenaufstände wie im Bürgerkrieg. Es ist keineswegs klar, dass der Krieg vorüber ist. Es stimmt, dass es gerade für Amerikaner besonders gefährlich ist. Ob allein oder im Konvoi, selbst wenn Sie in offizieller Funktion oder aus humanitären Gründen unterwegs sind – Sie sind vorrangige Zielscheiben.« Birati seufzte tief. Mead warf Linda einen skeptischen Blick zu. Birati fuhr fort. »Denken Sie gründlich darüber nach. Sie müssen sich der Gefahr bewusst sein, in die Sie sich begeben.«

»Nun, worin genau liegt die Gefahr?« fragte Linda.

»Auf tote Amerikaner ist jetzt Kopfgeld ausgesetzt«, antwortete Ogata und sah Jane mit tiefer Missbilligung an.

»Erstens«, begann Jane ruhig, »sind die Straßen in einem miserablen Zustand. Wie alles andere in dem Land – vom Krieg zerstört.« Ihre ausdruckslose Stimme stand in scharfem Kontrast zu dem, was sie beschrieb. »Reisen ist schwierig. Das Militär schließt die Straßen von fünf Uhr nachmittags bis zehn Uhr morgens, um es den Rebellen zu erschweren, Landminen zu verlegen. Selbst wenn wir uns als Ärzteteam kenntlich machen, sind wir und unser Wagen ein vorrangiges Ziel von Räubern.«

»*Insbesondere* als Ärzteteam«, meinte Swareggo. »Willkürliche Verhaftungen sind keine Seltenheit. Und die Behörden fühlen sich nicht bemüßigt, internationalen Gepflogenheiten zu folgen. Kurzum, sie würden Ihre Verhaftung den US-Behörden vielleicht gar nicht melden. Sie könnten Zielscheibe von Übergriffen werden oder in irgendwelche Schrecknisse verwickelt werden.«

Mead sah besorgt drein. »Gibt es einen bestimmten Grund, aus dem ich fahren sollte?«

Birati registrierte, wie sich Janes Gesicht bei Meads Frage verfinsterte. Mit gleichmütiger Stimme erwiderte Jane: »Wir brauchen Hilfe. Wir brauchen die Hilfe von Ärzten und Krankenschwestern. In den meisten Kliniken arbeiten MTAs und Hebammen, die sich sehr einsetzen und ihr Bestes tun. Doch ihnen sind verständlicherweise Grenzen gesetzt.«

»Dr. Bennett ist Wissenschaftlerin. Sie sollte nicht – sie muss nicht an einer Exkursion teilnehmen. Und Sie beide«, er wies auf Linda und Mead, »sind in unserem Land zu Gast. Es liegt in unserer Verantwortung, Ihre Sicherheit zu gewährleisten. Jane, ich wiederhole, dass ich entschieden gegen diese Reise bin. Und wenn du selbst unbedingt gehen musst, dann gibt es andere, die besser geeignet sind, dich zu begleiten.« Swareggo war unerbittlich.

Birati sah Mead an. »Es wäre eine höchst interessante Gelegenheit für Sie, das ist klar. Doch es ist wirklich enorm gefährlich. Treffen Sie jetzt keine Entscheidung. Überdenken Sie es, bevor Sie sich entscheiden.«

»Ich würde gern fahren«, sagte Linda begierig. »Klingt, als könnten sie unsere Hilfe wirklich gebrauchen.«

Mead war leicht genervt. Nachdem sie den Kilimandscharo bestiegen hatte, schien Linda bereit, sich kopfüber in alle möglichen riskanten Situationen zu stürzen.

»Linda, warum reden wir nicht später weiter darüber? Vielleicht beim Abendessen irgendwann diese Woche?« Mead hoffte, sie ein wenig zügeln zu können.

»Warum?« Linda war ehrlich neugierig.

Mead war es ein bisschen peinlich, dass sie selbst zögerte, sich mit der Reise einverstanden zu erklären. Birati, die sie beobachtete, verdrehte fast unmerklich die Augen. »Linda, Ihre Bereitschaft in allen Ehren, aber Mead hat recht, wenn sie Sie bittet, dieses Unterfangen mit all seinen möglichen Folgen gründlich zu überdenken.« Dann blickte sie über Lindas Schulter hinweg und wies in Richtung Eingangshalle. »Oh, sehen Sie, da kommt Francesca. Sie beide müssen sie unbedingt kennenlernen.«

Mead und Linda folgten ihrem Blick und sahen, wie eine Frau von Ende Fünfzig, lebhaft, groß und elegant, das Wohnzimmer betrat. Hinter ihr erschien Gil. Die Gäste wandten sich ihr zu, gebannt von ihrer faszinierenden Präsenz. Einen Augenblick lang hielt sie Hof, hob hier flüchtig die Hand zum Gruß, schickte dorthin ein Lächeln. Sie ließ den Blick schweifen und entdeckte Mead. Mit anmutigen Bewegungen steuerte sie direkt auf sie zu, bevor sie aus dem Blickfeld verschwand, von der eifrigen Gästeschar in Beschlag genommen.

Der Kellner im Arcadia nahm Elizabeth den Mantel ab und führte sie dann zu einem Tisch. Celia verspätete sich. Typisch, dachte Elizabeth. Ihre düstere Stimmung verfinsterte sich weiter. »Ich hätte gern einen Martini. Sehr trocken. Zwiebel, keine Olive.« Zum Teufel auch. Die Kunstwerke an den Wänden, die Herbstszenen zeigten, die wie aus Weingummi gefertigt schienen, missfielen ihr noch mehr als gewöhnlich. Das ganze Dekor kam ihr an diesem Tag kitschig und abgedroschen vor. Sie ließ den Blick über die Gäste an den übrigen Tischen schweifen und war froh, dass sie niemanden kannte.

Der Tag draußen passte zu ihrer Stimmung – trüb und freudlos. Der morgendliche Schneefall hatte sich in einen grauen Nieselregen verwandelt, und schmutziger Matsch säumte die Straßen. Am Abend zuvor war Walter spät heimgekehrt; er hatte ihre Dinnereinladung vollkommen vergessen gehabt. Sie hatte die Stewarts angerufen und plötzliche Kopfschmerzen vorgeschoben, aber sie war wütend darüber gewesen, diese Gelegenheit zum geselligen Beisammensein versäumt zu haben. Sie hatten am Küchentisch gesessen und Reste gegessen. Walter hatte kaum zwei Worte gesprochen und beim Essen das *Journal of Acquired Immune*

Deficiency Syndrome and Human Retrovirology gelesen; anschließend nahm er ein Bad, und um neun Uhr schlief er tief und fest. »Neuigkeiten von Mead?« hatte er sich noch abgerungen, als sie ins Bett geschlüpft war. »Nein!« hatte sie gefaucht und ihre Enttäuschung über ihre Tochter an einem anderen, aber nichtsdestotrotz legitimen Ziel ausgelassen. In Wahrheit hatte Mead sehr wohl eine kurze eMail geschrieben – irgendwas über einen Besuch im Armenviertel der Stadt. »Ich erspare Dir die Einzelheiten«, hatte sie geschrieben, und in Elizabeth war plötzlich Zorn aufgelodert. Gerade die Einzelheiten will ich doch wissen! Sie hätte beinahe etwas in dieser Richtung zurückgemailt, hatte sich dann aber eines Besseren besonnen und die Nachricht gelöscht, statt sie abzuschicken.

Es stimmt, dachte Elizabeth, als sie auf die Uhr blickte, um sich zu vergewissern, dass es bereits Mittag war, bevor sie ihren Martini trank, ich war diejenige, die vorgeschlagen hat, dass sie Tagebuch oder Briefe schreiben sollte. Mead war dem Vorschlag mit Spott begegnet, aber dann hatten ihre ersten Briefe darauf hingedeutet, dass sie sich eines anderen besonnen hatte. Sie waren so lebendig, so anschaulich geschrieben. Elizabeth glaubte inbrünstig daran, dass ihre Idee, ein Buch daraus zusammenzustellen, gut war. »Sie ergeben vielleicht eine schöne kleine Monographie«, hatte Steven kürzlich am Telefon gesagt. Sie hatte ihm überschwenglich gedankt, während sie gedacht hatte: »Du Trottel. Siehst du ihr Potential denn nicht?« Sie hatte die Namen einiger Lektorinnen und Agenten in Erfahrung gebracht, wollte aber die Kilimandscharo-Episode noch abwarten, bevor sie Kontakt zu ihnen aufnahm. Was ist los mit ihr? fragte sich Elizabeth.

»Einen Penny für deine Gedanken.« Elizabeth war Celias Eintreffen entgangen.

»Na, komm, allein schon angesichts der Inflationsrate würde ich ein besseres Angebot erwarten.«

»Oh, wie ich sehe, sind wir heute in ausgesprochen heiterer

Stimmung. Tut mir übrigens leid, dass ich mich verspätet habe. Ich bin dieser schrecklichen Frau in die Arme gelaufen, Vera, du weißt schon, die immer vergisst, dass sie dich kennt? Die reinste Nervensäge. Sie sah fürchterlich aus heute.«

»Ich glaube nicht, dass ich mich an sie erinnere.«

»Touché. Sag mal, nimmst du das Hummer-Clubsandwich?« Celia glitt auf ihren Platz in der Sitzecke.

»Du und ich, Celia, werden uns ein Hummer-Clubsandwich teilen. Hast du eine Ahnung, wieviel Fett solch ein Sandwich enthält? Wenn du dann noch hungrig sein solltest, empfehle ich dir einen Salat. Mit Essig, ohne Öl.«

»Wie ich sehe, nimmst du deine Kalorien heute in flüssiger Form zu dir.« Elizabeth warf ihr einen finsteren Blick zu. »Also, warum bist du so übel gelaunt?«

»Ich bin bestens gelaunt, vielen Dank.«

»Geradezu strahlend. Wie geht's Walter?«

Elizabeth zuckte die Achseln. »Ich kann dir sagen, Celia, ich sehe ihn kaum. Er bringt sich früh ins Grab.«

»Übertreibst du nicht ein winziges bisschen? Auf der Party vor ein paar Wochen sah er sehr gut aus. Ja, wirklich, und das ist nicht nur meine Ansicht, Walter ist der virilste von all seinen Altersgenossen.« Als sie Elizabeths Missvergnügen sah, lenkte sie rasch ein. »Er arbeitet wirklich zuviel. Michael beschwert sich schon darüber, dass sie Gott weiß wie lange nicht Schach gespielt haben. Was macht er eigentlich mit all seiner Zeit?«

Ein kleines Seufzen entschlüpfte Elizabeths zusammengepressten Lippen. Sie steckte in einem Loyalitätskonflikt. Sollte sie Walter weiterhin gegen die Wirklichkeit von Zeit und Alter in Schutz nehmen, so lahm die Verteidigung auch ausfallen würde? Oder sollte sie ihrem Unmut freien Lauf lassen, ihr eheliches Missvergnügen eingestehen und Celia als Verbündete zu gewinnen suchen? Es würde nicht viel Mühe kosten. Celia stand seit Jahren bereit, die Rolle einer Vertrauten zu übernehmen. Sie zögerte. »Ich verstehe ihn schon, wirklich. Er will nicht nur als Chirurg auf dem laufenden bleiben, sondern fühlt sich auch bemüßigt, auf den Fachgebieten seiner Kinder auf dem neuesten Stand zu sein. Künstliche Intelligenz, Psychiatrie und Aids und andere Infektionskrankheiten. Es ist eine ganze Menge.«

»Aber warum? Das ist doch ihr Job, nicht seiner.«

Elizabeth gab keine Antwort.

»Klingt, als sei er schrecklich in Anspruch genommen. Es muss schwer für dich sein. Fühlst du dich einsam?«

Elizabeth straffte die Schultern. »Ich weiß mich zu beschäftigen.«

»Natürlich. Das wusstest du immer schon.« Sie schien Elizabeths Verschlossenheit zu spüren und wechselte das Thema. »Was hörst du von Mead?«

»Nicht viel. Um die Wahrheit zu sagen, ich mache mir Sorgen.«

»Wirklich? Du klingst eher verärgert als besorgt. Ist alles in Ordnung mit ihr?«

»Soweit ich weiß, ja. Aber seit sie von der Kilimandscharo-Tour zurück ist, herrscht beinahe so etwas wie eine Nachrichtensperre. Ich bekomme jeden Tag eine kurze eMail von ihr, erfahre aber nichts Wesentliches.«

»Nun, sie wird schrecklich viel zu tun haben. In Anbetracht des Ärztemangels und ihres Engagements kann ich mir vorstellen, wie überarbeitet sie sein muss.«

»O ja, natürlich, das stimmt schon«, sagte Elizabeth abweisend, »aber anfangs hat sie doch auch längere Briefe geschrieben. Es ergibt keinen Sinn.«

»In sechs Wochen wird sie wieder zu Hause sein. So wie ich dich kenne, wirst du schon alles aus ihr herauskitzeln.«

»Ich kitzele nichts aus meinen Kindern heraus, Celia. Das habe ich noch nie getan. Das ist ungehörig. Außerdem geht es nicht darum. Weißt du, ich habe das Gefühl, dass irgend etwas im Busch ist, irgend etwas ist passiert.«

»Warum schickst du ihr nicht eine eMail und fragst sie?«

»Ach, Celia, du verstehst das nicht.« Ihr Sandwich wurde serviert, es war bereits geteilt und auf zwei Tellern angerichtet.

»Nein, verhüte Gott, dass du so direkt sein solltest.« Celia griff begierig nach ihrer Hälfte des Sandwiches.

»Also«, Elizabeth wartete strategisch, bis Celia ihren ersten Bissen im Mund hatte, »wie war Luces Ausstellung?«

Celia war vollkommen überrumpelt. Sie verschluckte sich fast und ließ das Sandwich sinken. »Elizabeth ...« murmelte sie mit vollem Mund.

»Erspare mir das theatralische Getue, Celia. Wie war es?«

Celia schluckte mühsam und trank rasch einige Schlucke Wasser. »Ein ziemlicher Erfolg, schätze ich. Alles Landschaftsgemälde. Ein bisschen unheimlich und deprimierend, wenn du mich fragst. Nicht mein Geschmack. Aber die Preise – du liebe Güte. Nicht schlecht. Und ich hatte den Eindruck, dass sie gut verkauft. Weißt du, Elizabeth«, meinte sie kleinlaut, »ich wollte dir damit nicht in den Rücken fallen. Ich war einfach nur neugierig.«

»Das hier ist ein freies Land, Celia. Du brauchst dich bei mir nicht zu entschuldigen.« An den Kellner gewandt: »Ich möchte noch einen Martini, trockener, bitte.«

»Woher wusstest du überhaupt, dass ich dort war? Spionierst du mir nach?« fragte Celia. Sie zögerte, einen weiteren Bissen zu essen.

»Lieber Gott, sei nicht paranoid. Nein, es war schlicht ein Schuss ins Blaue. Hast du nicht vor, das noch zu essen?«

»Elizabeth, was ist los mit dir? Du kommst mir in letzter Zeit so ... ich weiß nicht ... so aufgebracht vor. Fühlst du dich auch wirklich wohl?«

Den Bruchteil einer Sekunde lang überlegte Elizabeth – noch die lebhafte Furcht vor dem Tod in den Gliedern, die sie am Tag zuvor ergriffen hatte –, ob sie die Frage stellen sollte: ›Fürchtest du dich vor dem Sterben, Celia? Bist du bereit dazu?‹, aber dann fing sie sich rasch wieder; sie erkannte, von welcher Schwäche das zeugen würde, wie dumm und unangemessen das wäre. Und einen Augenblick lang verspürte sie das dringende Bedürfnis zu weinen. Sie hob ihr Martini-Glas an die Lippen, ließ den Blick durch das Restaurant schweifen und beugte sich dann verschwörerisch zu Celia vor. »Ich habe obszöne eMails bekommen.« Sie hoffte Celia damit von der eigentlichen Fährte abzulenken.

»Du hast *was?«* rief Celia.

»Pst, nicht so laut. Bitte. Irgend jemand, der sich Chad nennt, schickt mir ...«, sie hielt inne, um das passende Wort zu finden, »nun, vielleicht nicht gerade obszöne, aber unanständige eMails.«

»Wie aufregend!« Celias Augen strahlten. »Hast du vor, dich mit ihm zu treffen?«

»Celia, was ist mit dir los? Mach dich nicht lächerlich. Nein, ich werde mich nicht mit ihm treffen. Wie kommst du auf die Idee? Er ist vermutlich ein psychopathischer Killer, dem es einen Kick gibt, Frauen nachzustellen. Wie in *Sea of Love*. Du weißt schon. Nur dass er es auf ältere Frauen abgesehen hat.«

»Was ist *Sea of Love?«* fragte Celia und aß zögerlich weiter.

»Ein Film. Egal. Die erste eMail hat er mir aus Versehen geschickt. Ich hab ihm klar und deutlich zu verstehen gegeben, dass er sich zum Teufel scheren soll. Aber er schreibt mir immer wieder und will mehr über die ›mysteriöse EBennett‹ wissen.«

»Gibt's denn nicht so was wie die Internet-Polizei, an die du dich wenden kannst? Was schreibt er dir denn eigentlich genau?«

»Oh, er ist bloß ein ungezogener Bengel, da bin ich sicher. Offenkundig hat er jemanden in einem Club kennengelernt, der von Menschen besucht wird, die im Cyberspace leben, und sie hatten Sex miteinander.«

»Was?« Celia war schockiert.

»Sie hat ihn verlassen, bevor er aufgewacht ist. Und ihm eine falsche Adresse genannt, meine, wie sich herausgestellt hat, um ihn vom Hals zu haben. Jetzt ist sie also weg, und er bandelt mit mir an.«

»Du meinst, sie sind sich begegnet, hatten Sex miteinander, und dann hat sie ihn verlassen? Lieber Himmel, die Zeiten haben sich wirklich geändert. *Sie* hat *ihn* verlassen, ja? Tja, ich hoffe bloß, dass sie aufgepasst hat, wenn du weißt, was ich meine.«

»Liebe Güte, Celia, verstehst du denn nicht? Sie sind sich in einem Online-Club begegnet. Sie hatten Cybersex, keinen echten.«

Celia sah verwirrt aus. »Und was soll das Ganze?« Dann weiteten sich ihre Augen. »Hast du etwa auch Cybersex gehabt, Elizabeth?«

»Sprich nicht so laut! Natürlich nicht, ich bin verheiratet. Außerdem bin ich kein Cyberpunk.«

Celia schob ihren Teller von sich und trommelte mit den Fingern auf den Tisch. »Ich kapier's nicht. Und ich will's auch gar nicht kapieren. Kannst du nicht einfach deine Adresse ändern, so wie du deine Telefonnummer ändern würdest, wenn dich jemand telefonisch belästigt?«

»Ja, aber ich sehe nicht ein, warum ich wegen irgendeines jungen Bengels meine Adresse ändern sollte«, antwortete Elizabeth indigniert. »Ich hoffe, dass es ihm bald zu langweilig wird und er mich in Ruhe lässt. Außerdem – wenn er ein echter Computerfreak ist, ist er in der Lage, meine Spur zu verfolgen, mit Cookies oder so.«

Celias Verwirrung verwandelte sich in Besorgnis. »Elizabeth, warum trittst du nicht meinem Bridge-Club bei? Ich glaube, du verbringst zuviel Zeit allein zu Hause – und im Internet.«

»Du weißt, dass ich Bridge nicht ausstehen kann. Außerdem mogelst du.«

»Warum setzt du deine weiblichen Schliche nicht ein und bringst deinen Gatten dazu, dass ihr euch auf St. Kitts zu uns gesellt? Ich glaube, du brauchst Tapetenwechsel.«

Elizabeth fand den Gedanken, einem Mann wie Walter mit weiblichen Schlichen beizukommen, absurd. Sie schüttelte nur den Kopf.

»Nun, magst du mit mir einkaufen gehen? Ich muss ein Hochzeitsgeschenk besorgen.«

Elizabeth war nicht sicher, ob sie ihren Widerwillen hinreichend verbarg. »Nein, danke, geh du nur. Ich muss Lebensmittel einkaufen und das Abendessen vorbereiten. Ich glaube, ich bleibe einfach noch eine Weile hier sitzen und trinke eine Tasse Kaffee.«

»Dann bleibe ich und leiste dir Gesellschaft.«

»Nein, geh du nur. Und lass mich die Rechnung übernehmen. Ich bin dran.«

»Bist du sicher?«

»Natürlich.« Elizabeth gab sich ungezwungen. »Du hast da noch ein bisschen Hummer-Sandwich.« Sie wies auf Celias Mundwinkel.

»Oh, danke.« Celia tupfte sich mit der Serviette die Mundwinkel sauber. »Na schön. Ich sehe dich also dann am nächsten Samstag beim Dinner der Chirurgenvereinigung?«

»Natürlich. Ich werde da sein. Wir werden da sein.«

»Dann tschüs.«

»Tschüs. Schönen Einkaufsbummel.«

Durch die Glastür beobachtete Elizabeth, wie Celia unter einem blumenbedruckten Designer-Schirm ein Taxi herbeiwinkte und davonfuhr. »Ich hätte gern noch einen Martini, bitte. Zwei Zwiebeln.« Elizabeth schloss die Augen. Irgendwo tief in ihrem Inneren vernahm sie die trauervollen Töne eines Cellos: Bogen auf Saite, langsam in einem dunklen, trostlosen Raum widerhallend.

Dumpf ertönte ein Nebelhorn. Luce legte den Pinsel hin und wischte sich die Hände an einem Lappen ab. Sie trat ans Fenster. Draußen war der Regen so dicht, dass die Sicht auf die Stadt nahezu ausgelöscht war. Die Gebäude waren schwache Schraffierungen. Die Golden Gate Bridge war vollkommen unsichtbar. Die große stählerne Bay Bridge war bis zu den Knien im Nebel versunken.

Luce lehnte sich an die Ziegelwand und betrachtete das unfertige Bild, an dem sie gearbeitet hatte. Den Hintergrund bildete hellichter Tag, mit all der Freundlichkeit einer frühsommerlichen Morgendämmerung. Der weite Himmel, mit bauschigen weißen Wolken gesprenkelt, die seitdem weitergezogen waren, verschmolz bei einer fernen Sandbank mit dem offenen Meer. Die aufgehende Sonne färbte den Horizont in orangefarbenen Tönen. Ein paar Vögel kreisten hoch oben, und das makellos weiße Segel eines Bootes zeichnete sich gegen den Himmel ab. In der Mitte des Bildes hatte die Ebbe einen bis auf vereinzelte Muscheln leeren Strand freigelegt. Ein unberührter Strand, eine neue Morgendämmerung, ein junger Tag. Verheißung.

Im Vordergrund lehnte die sonnengebräunte Gestalt von Grace am weißen Verandageländer eines Sommerhauses. Das Geländer im Kreuz, wölbte sie den Oberkörper nach oben, als wolle sie die Sonne erhaschen, noch bevor diese den Horizont erreichte. Ihre braunen Beine und Arme waren gestreckt. Ihre Hände umfassten das Geländer, während sie ihr Gesicht der Sonne darbot. Ihr Körper war schlank und fest, ihre Muskeln wohl ausgebildet. Ihr Gesicht war das einer Frau, die an Krebs starb.

Luce warf den Lappen angewidert quer durch den Raum. Warum kriege ich das Gesicht nicht richtig hin? Warum sehe ich sie nicht, wie sie vor der Verwüstung war? Warum wollen meine Hände mir nicht gehorchen? Sie nahm ein Exacto-Messer, wog es in der Hand, legte es in die andere. Verdammt. Verdammt. Verdammt. Sie trat an das Bild, umschloss das Messer mit festem Griff und schlitzte die Leinwand von einer Ecke zur anderen mit einem großen X auf. Krankenhausgeruch stieg ihr in die Nase, und plötzlich war ihr übel.

In der gegenüberliegenden Ecke stand ein weiteres unfertiges Gemälde, *Auf der Suche nach Grace/San Francisco*. Auf diesem Bild war es Nacht, mitten auf der Brücke mit Blick auf die Stadt. Nebel umhüllte den rostroten Südturm, der von großen Spotlights angestrahlt wurde und von den orangegelben Lampen, die wie Bernsteinperlen über die gesamte Länge gespannt waren. Der Nebel war dicht, und seine unheilvollen Schwaden verschlangen die Brücke. Durch die dunstige Gaze schimmerten schwach die Lichter von San Francisco. In der Ferne, gleich hinter dem Südturm, entschlüpfte eine Schattengestalt dem Blick und verschwand im Nebel. Der Schatten eines Schattens. Ein Schemen, eine Andeutung. Flüchtig. Fort.

Der Krankenhausgeruch wurde stärker, durchdringender. Luce ergriff ihren Pullover und ihre Schlüssel und verließ rasch das Atelier. Auf der Straße angelangt, stieg sie in ihren Wagen, öffnete trotz der kalten, feuchten Witterung sämtliche Fenster und fuhr in Richtung Norden. Sie überquerte die Golden Gate Bridge und drosselte die Geschwindigkeit am Südturm, suchend. Ein Touristenbus hinter ihr hupte lautstark, und in einem vorbeifahrenden Wagen saßen drei junge Burschen und zeigten ihr verächtlich den Finger. Im Rückspiegel erhaschte sie Blicke in die Gesichter der Touristinnen und Touristen, die über die Brücke spazierten, in die posierenden Gesichter derjenigen, die innehielten, um sich fotografieren zu lassen. Der Krankenhausgeruch ließ sich nicht vertreiben. Von ihrer CD erklangen Ella und Louie mit *Unter einer Decke von Blau,* während von unten die Nebelhörner herauftönten.

»Luce«, hatte Mead geschrieben und sich dann prompt vor einer Mauer gesehen. Der Cursor auf dem Bildschirm ihres Laptop blinkte unablässig. Die bis auf das Wort *Luce* leere weiße Fläche war uneinnehmbar.

Mead saß an ihrem Schreibtisch und schaute aus dem kleinen Fenster ihres Zimmers die Manlaka Road entlang bis zur Kenyetta Avenue. Die Lichter von Nairobi schimmerten in der klaren Abendluft und spiegelten sich im See des Uhuru Parks. Sie sah zu, wie die letzten Züge in den Bahnhof einliefen und die letzten Lastwagen Nairobi verließen und sich auf der Schnellstraße auf den Weg nach Süden machten.

Der blinkende Cursor mochte ebensogut eine aufblitzende Reklametafel am Times Square sein. Jeder Gedanke, jeder Impuls, der in Mead auftauchte, wurde umgehend, im Rhythmus des mahnenden Cursors, zensiert – als zu banal, zu missverständlich, zu unklar oder zu vermessen. Nach ihrer Rückkehr aus Tansania hatte sie voller Zuversicht eine kurze eMail an Luce abgeschickt, freundlich und harmlos: »Denke an Dich. Hoffe, Dir geht's gut. eMail funktioniert hier ziemlich gut, wenn Dir je nach Plaudern zumute ist.« Nun zögerte sie. Ihre Entschlossenheit war ins Wanken geraten. Luce hatte nicht geantwortet.

Sie schloss die Augen und erinnerte sich an den kühlen Abend, als sie auf der Terrasse hinter Francescas Haus gestanden und einen Moment des Alleinseins genossen hatte. Durch die offenen Flügel der Glastür hinter ihr war das angenehme Gesumm einer Party, die in vollem Gang war, nach draußen gedrungen. Über ihr ging der Mond auf und warf mitternachtsblaue Schatten auf die dornigen Bäume auf dem offenen Gelände hinter dem Haus. Afrika erschütterte sie bis in die Grundfeste. Sie lehnte sich haltsuchend gegen eine schlanke Säule auf der Terrasse.

»Sie müssen Dr. Bennett sein.« Die Stimme hinter ihr besaß einen tiefen Klang und einen eindeutig italienischen Akzent. Mead wandte sich um und erblickte eine höchst eindrucksvolle Frau, groß, bereiftes Haar, geschmackvolles schwarzes Cocktailkleid, gewinnendes Lächeln. »Endlich. Ich freue mich außerordentlich, Sie kennenzulernen, Dr. Bennett.« Sie reichte ihr die Hand. »Ich bin Francesca Piavani.«

»Angenehm. Bitte nennen Sie mich Mead.« Sie erwiderte Francesca Piavanis Lächeln. »Sie haben ein wunderschönes Heim.«

»*Grazie.* Meine Tochter Sonia ist dafür verantwortlich. Sie ist Designerin in Mailand. Ich bin nur ihr Versuchslabor.« Ihr Lachen war von beschwingtem Stolz erfüllt.

»Sie hat ein gutes Auge«, bemerkte Mead.

»*Si,* sie ist sehr talentiert. Doch ich bevorzuge es eigentlich ein wenig schlichter.« Sie lächelte warm und neigte dann den Kopf zur Seite. »Sie sind neugierig auf die Bilder, *si?*« Mead nickte und schluckte schwer. Francescas Direktheit überraschte sie. »Bitte, dann lassen Sie sie sich von mir zeigen.«

Ohne zu zögern führte sie Mead quer über den Rasen durch einen langen, überaus gepflegten Garten zu einem kleinen Haus und hielt die ganze Zeit über eine zwanglose Konversation in Gang. »Das ist mein Privatraum. Hierher komme ich, wenn ich nachdenken oder allein sein will, manchmal auch mit besonderen Freundinnen.« Sie öffnete die gläserne Flügeltür, zog den weißen Damastvorhang beiseite und bedeutete Mead einzutreten. Mead vermied es bewusst, die Wände anzusehen. Zwei kleine Zweiersofas standen einander gegenüber; ein übergroßer Polstersessel mit einem Tischchen und einer Lampe nahm eine Ecke ein. Ein Schreibtisch aus Holz und ein lederner Stuhl, beide zierlich und von italienischer Anmutung, vervollständigten die Einrichtung.

»Ich liebe Kunst. Wäre ich nicht nach Afrika gegangen, hätte ich in Roma oder Firenze eine Kunstgalerie eröffnet. Aber wie das Leben so spielt, besteht meine Rolle darin, eine ... wie sagt man? *si* ... eine Förderin der schönen Künste zu sein.« Sie nahm Mead beim Arm und führte sie zur gegenüberliegenden Wand. »Sonia war die erste, die auf Ihre Schwester aufmerksam wurde. Sie war wegen der Einrichtung einer Villa in Umbrien auf Einkaufstour in Roma. Sie schrieb mir und meinte, die Werke dieser neuen Malerin würden mir gefallen. Als ich das nächste Mal in Roma war, habe ich die Galerie besucht. Das hier ist das erste, das ich gekauft habe. Wundervoll, *si?*«

Mead starrte auf den Bildschirm. Eine Abfolge rätselhafter linearer Muster erschien, als der automatische Bildschirmschoner aktiviert wurde, dünne, viellinige Dreiecke und Vierecke glitten über den kleinen Laptopbildschirm. Sie rieb sich die Augen und kniff sich in den Nasenrücken, als könnte sie ihre widerstrebenden Gedanken auf diese Weise zwingen, hervorzukommen.

Die Bilder waren erschreckend, und trotz ihrer Bemühungen fand sie sich unvorbereitet. Francesca hatte sie, nachdem sie ihr jedes einzelne der vier Werke vorgestellt hatte wie einen alten Freund, taktvoll allein gelassen und die Tür hinter sich zugezogen, als sie zu ihren übrigen Gästen zurückkehrte.

Ehe 5 war ein Porträt ihrer Mutter und ihres Vater am Strand; sie saßen zusammen auf dem weißen korbgeflochtenen Zweiersofa auf der hinteren Veranda. Es musste vier oder fünf Sommer zuvor gewesen sein, weil ihre Mutter ein neues weißes Sweatshirt mit der Aufschrift »Boston« trug. Mead erinnerte sich, wie sie es im Coop für sie gekauft hatte. Ihre Eltern saßen nebeneinander an jenem Spätsommernachmittag. Mead meinte sich sogar daran zu erinnern, wie Luce mit ihrer allgegenwärtigen Kamera ein solches Foto gemacht hatte. Das Bild überraschte Mead aus mehreren Gründen. Trotz ihrer körperlichen Nähe sahen ihre Eltern in verschiedene Richtungen. Auf die Leinwand gebannt war eine Kluft zwischen ihnen sichtbar, die Mead immer gesehen, aber nie wirklich wahrgenommen hatte. Die Art, in der Luce sie gemalt hatte, entsprach nicht Meads Erwartungen. Sie hatte eine harte Manier erwartet, einen Subtext von Bitterkeit und Ärger. Doch von beidem keine Spur. Statt dessen empfand Mead Mitleid für die beiden, einzeln und zusammen. Während sie noch in die Betrachtung versunken war, wurde ihr plötzlich klar, dass ihre Eltern alt waren. Sie sah sie mit neuen Augen, und das, was sie sah, machte sie zutiefst traurig.

Das nächste Bild, *Verheißung 2,* war ebenfalls eine Strandszene, aber nicht aus der Gegend, in der die Familie das Sommerhaus besaß. Es war in erster Linie ein Strandbild, obwohl Francesca es als »eine ganz und gar kurvenförmige Komposition mit einem kurvenförmigen Thema« beschrieben hatte. Daraufhin hatte Mead die Kurvenform der aufgehenden Sonne gesehen, die bereits halb vom Ende der Leinwand abgeschnitten war, die Kurvenform des Wassers, das an den Sandstrand schwappte, die Kurvenform der Frauengestalt, die dort stand. Alles nahm eine ursprüngliche Kurvenform wieder auf. Mead bemerkte eine Veränderung des Stils, als sie das Bild mit dem Porträt ihrer Eltern verglich. Die Pinselführung war energischer, freier, und ein tiefes Gefühl von Glück herrschte vor. Obwohl Mead Grace nur zweimal begegnet war, einmal während ihrer Collegezeit bei einem qualvollen Abendessen in den Weihnachtsferien und einmal, als sie einander voller Verlegenheit in einem Kaufhaus begegnet waren, meinte sie Grace in der Gestalt zu erkennen.

Francescas neueste Erwerbung war ein Gemälde mit dem Titel *Nr. 19/Herbst.* »Ich liebe dieses Bild«, hatte sie gesagt. »Dieser wundervolle Mann, man spürt förmlich seine Stärke, seine Männlichkeit. Aber er ist schon in seinem Herbst, nähert sich seiner letzten Jahreszeit. Es ist eine zauberhafte Metapher. Ich liebe die Schmerzlichkeit, die Aura, die sie geschaffen hat. Und sehen Sie mal, ist der Ahorn nicht wunderschön? Man kann die Frische des Tages beinahe schmecken.«

Noch bevor Mead eine Chance hatte, die Details des Bildes wahrzunehmen, erkannte sie ihren Vater – seine unverwechselbare Gestalt, seine aufrechte, resolute Haltung. Francesca bemerkte Meads starke körperliche Reaktion auf *Nr. 19/Herbst,* aber sie machte freundlicherweise keine Bemerkung dazu. Walters Gesicht war im Profil gemalt, aber es trug einen Ausdruck, den Mead noch nie zuvor gesehen hatte. Am äußersten rechten Rand der Leinwand fuhr gerade ein Taxi davon. Mead kannte das Haus nicht, ein schönes, dreistöckiges blaugraues Gebäude mit einem Messingschild. Durch die facettierte Glastür war eine ansprechende, geschmackvolle Eingangshalle zu sehen. Draußen stand ein schöner japanischer Ahorn in einem Gewand von karmesinroten Blättern. Mead hatte das seltsame Gefühl, etwas zu beobachten, das nicht für ihre Augen bestimmt war.

Das letzte Bild, *Auf der Suche nach Grace/Amsterdam,* verstörte Mead auf Anhieb mit seiner düsteren, Einsamkeit atmenden Ausstrahlung. Ein überwältigendes Gefühl von Verlust und Trauer. Über eine malerische Kanalbrücke floh eine schemenhafte Gestalt durch eine leere holländische Straße und verschwand in der melancholischen Winterdämmerung. Mead wusste instinktiv, dass ihre Schwester und Grace nicht länger zusammen waren. Also hat auch Luce an einer unglücklichen Liebe gelitten, mutmaßte sie.

Der Cursor blinkte unablässig. Mead schaute auf die Lichter von Nairobi, folgte den Laternen, die die Kenyetta Avenue säumten, und verlor sich in dem Gewirr von Häusern, Apartments, Banken, Bürokomplexen, Nachtclubs und tauchte plötzlich in einer kalten Winternacht auf einer hellen Straße in New York wieder auf, im Bezirk Chelsea, auf dem Weg ins Village.

Es waren Weihnachtsferien, und Mead war für ein paar Tage von Boston hergeflogen. Zu ihrer Überraschung hatte sie einen Anruf von Luce bekommen, die sie zum Abendessen einlud.

»Möchtest du gemeinsam zu Abend essen?« hatte Luce geradewegs gefragt.

Mead war von der Einladung vollkommen überrumpelt und hatte nur erwidert: »Okay. Soll ich dich irgendwo treffen?«

»Nein, komm her. Wir kochen was«, hatte Luce entgegnet.

›Wir kochen was‹, hatte Mead später für sich wiederholt. Hoffentlich ist Luce eine bessere Köchin als ich, sonst wird das ein kulinarisches Desaster. In einem Spirituosenladen hatte sie zwischen Weiß- und Rotwein geschwankt, sich dann für Rotwein entschieden, weil er ihr besser zum Wetter zu passen schien. Sie fand Luces Wohnhaus, Eckladen und China-Restaurant als Wegmarkierungen, und erklomm die vier Treppen bis in den obersten

Stock. Als sie nervös vor der Wohnungstür stand und überlegte, was sie einander wohl zu sagen hätten, öffnete sich die Tür, und Mead sah sich einer Frau gegenüber, der sie nie zuvor begegnet war.

»Entschuldigung, ich muss die falsche Wohnung erwischt haben«, stotterte Mead.

»Nein«, erwiderte die Frau freundlich und zog sie in den Flur. »Du bist hier ganz richtig. Komm rein. Ich bin Grace. Schön, dich kennenzulernen.« Sie wandte den Kopf und rief durch den Flur: »Luce, deine Schwester ist da!«

Mead wusste, dass sie die fremde Frau anstarrte und dass Grace vermutlich nicht die leiseste Ahnung hatte, wie erleichtert Mead war, dass noch jemand da war. Einen ganzen Abend allein mit ihrer Schwester zu verbringen war eine erschreckende Aussicht gewesen. Grace bemerkte nur die Verwirrung in Meads Gesicht, nicht die Erleichterung, und sie warf Luce einen bösen Blick zu, als sie aus der Küche kam und sich mit mürrischer Miene zu ihnen gesellte. Mead holte die Flasche Wein hervor und wusste nicht, wem sie sie geben sollte, ihrer Schwester oder Grace, die eine weiße Schürze trug und offensichtlich das Kommando hatte.

»Wie aufmerksam«, sagte Grace, studierte die Flasche und schenkte Mead ein warmes Lächeln. »Was für ein schönes Etikett. Ich schenke uns gleich ein Glas ein.«

Es folgte ein Augenblick, in dem Mead und Luce einander verzweifelt ansahen und dann Grace anblickten. »Oioioi«, sagte Grace amüsiert und gewann schnell ihre Fassung zurück. »Ihr zwei werdet euch ein bisschen mehr einfallen lassen müssen, sonst wird das die Nacht der Lebenden Toten. Luce«, sagte sie langsam, als spräche sie mit einem Kleinkind, »nimm deiner Schwester den Mantel ab. Und dann zeig ihr die Wohnung, ja?« Sie wandte sich um und verschwand über den langen Flur in die Küche.

Sie starrten einander verlegen an. »Ich ... äh ... gib mir deinen Mantel.«

»Danke«, hatte Mead gesagt und ihn Luce gereicht, die ihn durch eine offene Tür warf. Mead folgte Luce den Flur entlang.

Luce öffnete verschiedene Türen und gab einsilbig Auskunft. »Einbauschrank.« »Bad.« Mead registrierte, dass zwei Zahnbürsten sich einen Zahnputzbecher teilten. »Arbeitszimmer.« Mead sah, dass die Rechnungen sich angesammelt hatten und nicht nach Namen getrennt waren. »Schlafzimmer.« Ein Doppelbett. Sie nahmen denselben Weg zurück, wandten sich dann nach rechts und betraten einen großen Raum, der als Wohn- und Esszimmer diente und eine Durchreiche zur Küche besaß. Eine Fensterfront erlaubte einen Blick über das Village. Die gegenüberliegende Wand war vom Boden bis zur Decke mit Büchern vollgestellt, zumeist Kunstbücher, und mit gerahmten Fotos: Luce und Grace am Strand, Luce und Grace und eine ältere Frau, die ein bisschen verlottert aussah, Luce und ein eindrucksvoller Mann, der wohl Jacob sein musste; Tommy, eine Menge Menschen, die Mead nicht kannte. Mead war vollkommen überrascht, dass Luce mit jemandem zusammenlebte. Bis zu dem Zeitpunkt hatte niemand von den Geschwistern Interesse daran gezeigt – oder die Fähigkeit bewiesen –, eine Beziehung einzugehen. Rand, der dann als erster heiratete, hatte seine ebenso computerbesessene Verlobte der Familie bis dahin noch nicht vorgestellt gehabt.

»Ich hole dir ein Glas Wein«, bot Luce an.

»Danke. Das wäre schön.« Luce verschwand in die Küche und Mead wartete. Grace warf Luce einen Blick zu, den Mead als frustriert entschlüsselte, doch dann winkte sie ihr durch die Durchreiche zu. »Hey, Mead, komm in die Küche. Gesell dich zu uns, bis ich mit dem Kochen fertig bin.«

»Oh«, hatte Mead gestammelt. »Okay.« In der Küche registrierte sie, dass die Einkaufsliste unter dem Magneten am Kühlschrank zwei verschiedene Handschriften aufwies.

Das Abendessen war von Verlegenheit begleitet gewesen. Luce gab sich nach außen hin zwar ruhig, schien sich jedoch außerordentlich unbehaglich zu fühlen. Mead spürte, dass sie ihre Einladung bereute. Grace war zwar nett, aber Mead sah sich durch ihre wiederkehrenden Salven von persönlichen Fragen ziemlich aus der Fassung gebracht.

»Also, Mead«, Grace beugte sich vor und fragte mit großem Nachdruck: »Was macht dein Liebesleben?« Luce war beinahe an ihrer Pasta erstickt, und Mead war tief errötet. Niemand in der Familie Bennett fragte ein anderes Familienmitglied nach seinem Liebesleben, das gemeinhin als nicht existent oder aber vollkommen nebensächlich galt. Sämtliche persönlichen Fragen zielten stets auf die Arbeit.

»Ich habe ziemlich viel mit dem Studium zu tun«, hatte sie höflich erwidert.

»Ach, komm schon«, hatte Grace eingewandt, »zu beschäftigt? Du bist auf dem Gipfel deines Hormonpegels. Jetzt ist die rechte Zeit.« Sie schlug Mead spielerisch auf den Arm, so dass deren Gabel in Richtung Mund katapultiert wurde. »Ha, komm schon, ein Fang wie du?« Grace ließ nicht locker. »Sie müssen dir die Tür einrennen.«

»Ich lebe in einem Apartmenthaus«, erwiderte sie lahm und mit vollem Mund und merkte sofort, wie lächerlich ihre Entgegnung war. Dann, nachdem sie geschluckt hatte, schüttelte sie den Kopf und meinte: »Ich habe dafür wirklich viel zuviel zu tun.«

»Dafür«, hatte Grace in einem Ton wiederholt, den Mead nicht einordnen konnte, der jedoch, so vermutete sie, zu einer weiteren Salve führen würde. Mead wappnete sich.

»Grace, reich mir bitte das Brot«, hatte Luce kühl interveniert. »Die Pasta ist wirklich lecker heute.« Dann verfiel sie wieder in Schweigen.

»Ja, wirklich lecker«, hatte Mead ihr beigepflichtet.

Einen Moment herrschte Stille, bis Grace einen neuen Anlauf nahm. »Also«, begann sie langsam, und Mead legte die Ohren an, »du arbeitest mit lauter Leichen? Huch, ist ein bisschen gruselig, oder?« Mead fand Graces Ausdrucksweise arg drastisch. »Aber ich schätze, sie reichen kaum je Beschwerde ein, nicht?« scherzte sie. Mead sah sie ausdruckslos an. »Ich meine, weil sie ja schon hinüber sind.«

»Nein, keine Beschwerden.« Mead machte gute Miene, doch sie hörte selbst, dass ihre Stimme im Vergleich zu Graces lebhafter Munterkeit bleiern klang.

Eine weitere Gesprächspause folgte.

»Hey, Mead, erzähl mir, wie Luce als große Schwester war. Ich kann mir denken, dass sie die Konversation nicht gerade an sich gerissen hat.« Grace lächelte Mead an und wandte sich dann mit verschmitztem Gesicht Luce zu. Luce verbarg die untere Hälfte ihres Gesichts hinter den gefalteten Händen, und Mead senkte voller Unbehagen den Blick.

»Tja, also, weißt du, Luce ist zehn Jahre älter als ich, also haben wir ...« Mead sah, wie Grace jedes ihrer gestammelten Worte begierig aufnahm. Tiefer Schrecken erfüllte sie. Was sollte sie sagen? Grace verlangte offenkundig ein wärmeres Bild als das einer Familie von kalten, höflichen Fremden. Mead zermarterte sich das Hirn, um eine Erinnerung, ein Bild, eine Vignette zu finden, irgend etwas, das diese lebhafte, überschwengliche Frau zufriedenstellen würde, die ihrer Schwester zweifellos innig zugetan war. Sie warf Luce einen verstohlenen Seitenblick zu, um deren Stimmung zu erfassen. Luces Gesicht war immer noch vollkommen ausdruckslos. Schließlich fand Mead einen Anknüpfungspunkt, den sie verfolgen konnte. »Luce hat ziemlich hohe Maßstäbe gesetzt. Sie war eine hervorragende Schülerin, hat immer nur die besten Noten bekommen, weißt du, und alle Preise eingeheimst. Und sie war das erste Mädchen, das in der High-School den Chemie-Preis gewonnen hat.« O Gott, dachte Mead von Panik erfüllt, wo soll das hinführen und wie komme ich da raus?

»Ja, sie ist ziemlich schlau, nicht?« strahlte Grace.

»Ja«, stimmte Mead zu. Graces eifriger Gesichtsausdruck besagte, dass sie mehr erfahren wollte. Leer, warum ist mein Kopf wie leergefegt?

»Noch Wein?« fragte Luce. Mead hob augenblicklich ihr halbvolles Glas und hielt es ihr hin.

»Danke«, sagte sie und trank einen großen Schluck.

»Na los, Mead, erzähl mir die kleinen Gemeinheiten. Hat sie dich an den Zöpfen gezogen? Dich auf dem Gehweg gekitzelt, bis du dir in die Hose gemacht hast? Dich verpetzt, wenn du heimlich den Rest Kuchen verputzt hast?«

Mead starrte Grace verständnislos an. Wovon um alles in der Welt redete sie? »Nein« war alles, was sie herausbrachte.

Eine weitere unangenehme Gesprächspause folgte. Mead hielt den Blick auf ihren Salatteller gesenkt. Sie hörte, wie Grace tief Luft holte.

»Mead, hat deine Schwester dir erzählt, dass wir diesen Sommer wieder nach Maine fahren?« Grace sah Mead an und blickte dann zu Luce, deren Gesicht einen finsteren Ausdruck annahm. »Luce, erzähl's deiner Schwester.«

»Wir fahren diesen Sommer wieder nach Maine.« Luces Stimme war vollkommen ausdruckslos.

Grace legte den Kopf schief und warf Luce einen bösen Blick zu, bevor sie fortfuhr: »Boston ist ja nicht weit. Mead, du könntest uns ein Wochenende besuchen. Bring Freundinnen mit. Wir könnten ein Picknick machen. Am Strand Volleyball spielen. Ein Lagerfeuer machen.« Sie sah die beiden Schwestern nacheinander an, die den Blick auf ihre leeren Pastateller gesenkt hielten. »Das macht Spaß ...« Ihre Stimme verklang frustriert, als ihr Phantasiebild sich in Luft auflöste.

»Wisst ihr«, setzte Grace beim Kaffee erneut an und musterte Luce, »allmählich erkenne ich eine große Ähnlichkeit bei euch beiden. Eine sehr große Ähnlichkeit.« Mead sah Luce verstohlen an, die Grace mit einem harten, unergründlichen Blick bedachte. Nachdem die gebotene, qualvolle Zeitspanne im Anschluss an den

Nachtisch verstrichen war, dankte Mead den beiden und verabschiedete sich. Als die Tür sich hinter ihr schloss, hörte Mead Grace leise sagen: »Liebe Güte, Luce«, und sie konnte sich das anschließende Gespräch und das negative Urteil über ihre Person, das dann folgen würde, vorstellen.

Im darauffolgenden Jahr war sie Grace im Kaufhaus begegnet. Grace hatte sie gedrängt, anzurufen, hatte versichert, dass Luce sich freuen würde, von ihr zu hören. Aber Mead hatte ihr nicht geglaubt. Sie hatte sich nicht gemeldet.

Der Cursor blinkte in beharrlichem Rhythmus. Mead richtete sich auf dem harten Holzstuhl auf und tippte:

Luce,
ich weiß, es kommt ein bisschen unvermittelt, aber ich habe mich gefragt, ob du Lust hättest, mich in Afrika zu besuchen. Ich würde dich gern wiedersehen.
Mead.

So, dachte sie, es ist vollbracht. Sie speicherte die kurze Nachricht auf einer Diskette. Auf derselben Diskette befand sich der Brief, den sie ihrer Mutter geschrieben hatte, in dem sie ihr erzählte, dass sie einige Tage fort sein würde, um verschiedene Krankenhäuser zu besuchen. Unnötig zu erwähnen, dass es nach Ruanda ging; ebenso wie es unnötig gewesen war zu erzählen, dass Peter sich der Klettertruppe angeschlossen hatte. Warum sie beunruhigen? dachte Mead. Seit der Klettertour war Mead aus unerklärlichen Gründen sparsam mit den Details gewesen, die sie ihrer Mutter erzählt hatte. Sie kam sich egoistisch vor, aber sie hatte noch nicht die Perspektive gewonnen, in die sie die Ereignisse des vergangenen Monats rücken wollte.

Sie ließ die Diskette in die Tasche ihres Pullovers gleiten, verließ das Zimmer und ging zu den Büros der Universitätsangestellten hinüber. Als Teilnehmerin des Austauschprogramms verfügte Mead über den Zugang zu einem der wenigen Computer mit Modem und eine der wenigen zuverlässigen Telefonleitungen Nairobis. Sie legte die Diskette ein und öffnete Eudora. Bevor sie die eMails abschickte, überprüfte sie ihren Posteingang. Als sie eine eMail vorfand, fragte sie sich kurz, ob Luce sich vielleicht doch endlich gemeldet hatte. Sie öffnete sie und las:

An: MBennett
Von: EBennett
Mead,
Dein Vater hatte einen Schlaganfall. Bitte komm so rasch wie möglich heim.
Mutter

Mead las die Nachricht noch einmal und überprüfte dann das Datum. Die eMail war vom selben Tag, abgeschickt um zwei Uhr nachmittags, New Yorker Zeit. Mead sah auf die Uhr. In Nairobi war es Mitternacht. Ihre Mutter hatte die Nachricht zwei Stunden zuvor abgeschickt. Mead ließ sich schwer in den Bürostuhl zurücksinken.

»O mein Gott«, sagte sie laut. »O mein Gott.«

Elizabeth sah auf das abwesende Gesicht Walters hinunter, der in einem Krankenhausbett lag. Sie war in einem veränderten Bewusstseinszustand – einem Zustand, wie sie ihn in der Vergangenheit schon einige wenige Male erlebt hatte, wenn ein Unglück oder ein Notfall eingetreten war. Sie befand sich im Schockzustand. Ihr Mund war trocken, ihre Hände feucht, ihr Atem flach.

Sie war in ihrem Arbeitszimmer gewesen, als das Telefon geklingelt hatte. Steven war am anderen Ende der Leitung. An seinem Ton hatte sie sofort erkannt, dass etwas passiert war. Das bedachtsame Sprechtempo, die Behutsamkeit, mit der er seine Worte wählte, sagten ihr, dass etwas nicht stimmte.

»Mach dir keine allzu großen Sorgen, Elizabeth. Ich bin sicher, Walter wird sich gut erholen. Ich habe dafür gesorgt, dass er in den besten Händen ist. Wir müssen natürlich noch einige Tests durchführen. Dann wissen wir mehr.«

»O weh« war alles, was ihr dazu einfiel. »Wann ist er eingeliefert worden?«

»Vor etwa fünfzehn Minuten mit dem Notarztwagen.«

Ein Keuchen entschlüpfte ihr trotz der Hand vor dem Mund. Sie stand am Fenster, starrte mit großen Augen in den Park und sah doch nichts, als sie sich schwer an die Wand lehnte. Der Gedanke an Walter, der zu Boden sank, als der Schlaganfall ihn traf, seine Wange auf dem schmutzigen kalten Linoleumboden der Bibliothek, eine Ansammlung von Fremden um ihn herum, fremde Hände, die seinen Kopf anhoben. Armer, armer Walter.

»Steven, wie ... ich meine ... o Gott ... er schien völlig gesund und munter, als er heute morgen aus dem Haus ging. Ich verstehe das einfach nicht. Ich weiß, er hat sich überfordert. Lieber Gott.«

»Elizabeth.« Stevens Ton wandelte sich abrupt. »Du musst auf dich selbst achtgeben. Soll ich kommen und dich holen?«

»Nein, es geht schon. Ich komme gleich. Auf welchem Stockwerk liegt er?«

»Dem vierzehnten.«

»Danke, Steven.«

»Soll ich irgend jemanden für dich anrufen? Die Kinder? Vielleicht sollte Celia dich abholen?«

Die Kinder – Elizabeth schluckte schwer. Natürlich, ich muss die Kinder benachrichtigen. »Nein, nein. Ich sorge dafür, dass sie es erfahren. Und es ist nicht nötig, Celia zu bemühen. Ich nehme ein Taxi.«

»Nun, wenn ich dir irgendwie behilflich sein kann, jetzt oder in Zukunft, zögere nicht, es mich wissen zu lassen, ja?«

Sie legte den Hörer auf und ließ sich schwer auf den Schreibtischstuhl sinken. Sie war überwältigt von dem Bild von Walter, wie er vor einem Bücherregal stand und dann unvermittelt und still zu Boden sank, mit einer langsamen, schmerzerfüllten Poesie, während es dunkel um ihn wurde.

Sie hatte rasch Rand, Avery und Luce verständigt, sich der logischen Reihenfolge nach durch die Zeitzonen bewegt und kurze, doch präzise Nachrichten hinterlassen, ohne dass ihre Stimme gezittert hätte. Es war niemand zu Hause gewesen. Zur Sicherheit schickte sie allen von ihnen, einschließlich Mead, auch noch eine eMail. Dann suchte sie Handtasche, Mantel, Schal und Handschuhe zusammen, machte Licht im Flur und drehte die Heizung herunter. Sie ergriff den Hörer des Haustelefons und bat den Türsteher: »Eddy, bitte besorgen Sie mir ein Taxi. Ich komme gleich herunter.«

Jetzt, vier Stunden später, erfüllte die Dämmerung allmählich das schweigende Krankenhauszimmer. Elizabeth stand reglos am Bett und hielt Wache. Seine Stille ist nahezu greifbar, dachte sie. Und doch so ungewöhnlich für ihn. Sie widerstand dem Impuls, seinen kranken Leib zu berühren, umklammerte statt dessen die metallene Betteinfassung und betrachtete sein verschattetes Gesicht. Sie überlegte kurz, die kleine Lampe anzuschalten, entschied sich dann jedoch dagegen. Sie wusste, dass ihr Leben auf den Kopf gestellt worden war, vollkommen umgekrempelt. Die kleine Nachttischlampe würde daran nichts ändern. Besser, in die schattige Dämmerung zu blicken, dachte sie. Sie betrachtete Walters unscharfes, ausdrucksloses Gesicht und war sich nicht sicher, was sie wirklich sah.

Luce fuhr durch die Hügellandschaft von Marin. Die ersten Winterregen hatten begonnen das goldene Gras grün zu färben. Kleine Büschel von gelbem Senf bohrten sich aus der Erde. Hinter Novato hielt sie sich östlich, fuhr am Südausläufer des

Napa Valley entlang über die Route 37. Als sie zwei Jahre zuvor nach San Francisco gezogen war, hatte sie von einem tragischen Autounfall gelesen, der sich auf eben diesem Abschnitt der Straße ereignet hatte. Eine junge Mutter war mit ihren eigenen beiden Kindern und den drei Kindern ihrer Schwester in einem Kombi zu einem Tagesausflug nach Marine World/Africa U.S.A. unterwegs gewesen. Ein LKW, dessen Fahrer die ganze Nacht hindurch am Steuer gesessen hatte, geriet auf die Gegenfahrbahn und stieß frontal mit ihnen zusammen. Sie waren allesamt sofort tot, eine ganze Familie, zwei Generationen, einfach ausgelöscht. Dieser Unfall hing Luce schwer nach. In den Wochen danach ertappte sie sich dabei, wie sie wiederholt die Strecke abfuhr, am Ende wendete und die andere Richtung einschlug. Inzwischen befand sich eine Trennmauer aus massivem Beton zwischen den beiden Fahrbahnen und verringerte die Wahrscheinlichkeit, dass sich eine solche Tragödie wiederholte.

Sumpfgebiet erstreckte sich zu beiden Seiten der Route 37. In dem brackigen Wasser schwammen junge Enten, und Silberreiher standen da auf ihren zerbrechlichen dünnen Beinen. Mohnblumen, die ersten Vorboten des Frühlings, säumten die Straße und tupften die Felder mit orangeroten Farbklecksen. Wilder Rettich, weiß und lila und gelb, schien direkt aus dem Asphalt zu sprießen. Als sie sich nach Norden Richtung Sacramento wandte, erstreckten sich die Hügel vor ihr wie grüne Wellen gegen die blaue See des Himmels. »Liebe ist eine Landschaft, durch Bergketten definiert, doch nicht von der unsehbaren Ferne abgeschnitten.« Die Landschaft rief ihr stets Levertovs Gedichtzeilen in Erinnerung.

Autofahren war etwas Neues für Luce. Auf Drängen ihrer Mutter hatte sie in der High-School Fahrstunden genommen. Die Familie besaß zwar keinen eigenen Wagen, aber Elizabeth, Königin des Pragmatismus, fand, dass Autofahren eine grundlegende Fähigkeit war, die alle ihre Kinder beherrschen sollten, selbst wenn sie nie davon Gebrauch machen würden. Als Luce in San Francisco eintraf, hatte sie einen Auffrischungskurs besucht, bevor sie die Fahrprüfung ablegte. Kaum hatte sie sie bestanden, war sie zum Fahrzeugmarkt gefahren und hatte sich ein Auto gekauft.

Es war eine der wenigen Extravaganzen, die sie sich leistete, doch sie hatte sich förmlich dazu getrieben gefühlt. Der Kauf war eine vollkommen neue Erfahrung gewesen. Sie hatte sich für einen japanischen Mittelklassewagen entschieden, der sich durch ein Schiebedach, einen CD-Spieler, eine ansprechende Farbe und einen bequemen Fahrersitz auszeichnete. Das waren ihre Prioritäten gewesen, in eben dieser Reihenfolge.

In San Francisco Auto zu fahren war stressig. Es ging nahezu anarchisch zu. Niemand schien die Verkehrsregeln zu befolgen. Jede Kreuzung stellte eine Mutprobe dar, jeder Fahrer war darauf aus, sie herauszufordern, jeder war bereit, den anderen rücksichtslos zu übervorteilen. Eigensinn und Hemmungslosigkeit waren Trumpf. Gelbe Ampeln schienen nur für die nachfolgenden Autos zu gelten. Selbst rote Ampeln stellten kein Absolutum dar. Alles war möglich.

Außerhalb der Stadt zu fahren war eine andere Sache. Luce liebte die Highways, die sich endlos vor ihr erstreckten, der Fluchtpunkt, der wie ein tatsächliches Ziel erschien. Sie war fasziniert von der Beziehung, die die Menschen zu ihren Autos hatten, den stolz vorgeführten Aufklebern, die ihre Standpunkte und Ansichten kundtaten und durch die sie sich zu definieren und zu unterscheiden suchten. Das Auto war ein Ort der Konversation – bei hundert Stundenkilometern wurden lebhafte Telefongespräche geführt oder, besser noch, Gespräche ohne Telefon – endlich ersannen die Menschen die perfekte Erwiderung, endlich fanden sie den Mut, zu sagen, was sie dachten, und schlossen damit die unabgeschlossenen Angelegenheiten dieses Tages mit ihren abwesenden Gesprächspartnern ab. Das Ganze vor den Augen aller.

Es war eine mobile Gegend. Die Leitungen der Telefonmasten und Starkstromtürme schienen die vielen Punkte miteinander zu verknüpfen. Luce gefiel es, wie die Straße und die gefederte Bewegung des Wagens ihren Geist neutralisierten. Zur Ruhe gekommen, ihre Erregung angesichts der »unsehbaren Ferne« verblassend, hatte sie das trügerische Gefühl einer Vorwärtsbewegung in ihrem Leben, das Gefühl, dass sie weitermachen konnte, dass sie weitermachte.

Sie nahm den Highway 99 von Sacramento durch das Valley und staunte über das Ausmaß der Agrarflächen. Endlose Quadratkilometer von Feldern und Plantagen, ohne eine einzige Farm oder Ranch. Immigrantinnen und Immigranten, willkommen einzig für die Plackerei, die andere nicht machen wollten, zogen in gewundenen Reihen über die Felder, die Haltung ihres Rückens von den Feldfrüchten vorgegeben: aufrecht, wenn sie Mais ernteten, ein runder Kreis von Schmerz, wenn sie Erdbeeren pflückten.

Dann ging es an kleinen Ortschaften vorbei, mit ihren hässlichen Einkaufszentren, den unvermeidlichen Ketten, McDonald's, Shell, Wal Mart, Denny's, mit ihren Neonlichtern, die in der Nacht lockten. Elektrisches Blendwerk gegen den schwarzen Himmel, billiges Plastik bei Tage.

Sie fuhr in das stille Herz der Nacht und drückte die Wiederholungstaste des CD-Spielers.

Unter einer Decke von Blau
Bezaubern mich all deine Reize
Darling, ich weiß, in deinen Armen
Tanzt mein Herz

Der Zauber einer Sommernacht
Schlägt mich in seinen Bann
Tragisch wäre die Nacht
Wärst du nicht hier
Sie mit mir zu teilen, mein Schatz

Unterwegs boten eine Spur früher Morgenröte, die warme Decke eines rotgoldenen Sonnenaufgangs, das hinter einer Kurve unvermittelte Auftauchen einer wohlgestalten Eiche auf einem sanft geschwungenen grünen Hügel gelegentlich das Versprechen, dass irgendwo weiter vorn ein Ort war, den sie aufsuchen konnte. Oder wo sie anhalten konnte.

Gegen Morgen hielt sie sich wieder in Richtung Norden, das Salinas Valley hinauf. Die einförmigen einfarbigen Häuser in den geschmacklosen Parzellen, die vor San Jose auftauchten, sahen im frühen Morgenlicht warm und einladend aus. Gelegentlich tauchte eine Herde Schafe mit Lämmern auf, eine Reihe von Bäumen, gefleckt von schwarzen Vögeln, darüber das einsame Kreisen eines Habichts, als die Ausläufer der Stadt erschienen. In den kleiner werdenden Obstgärten erste Knospen, am Straßenrand erblühende Mohnblumen, überall Grün in allen Schattierungen, von oliv bis limone. Wie gelingt es der Welt, sich fortwährend zu erneuern? überlegte Luce, als sie auf die 280 einbog und sich der Stadt näherte – und, noch entscheidender, warum?

Schließlich verließ sie den Freeway am Potrero Hill, das Zentrum von San Francisco zu ihren Füßen. Sie betätigte den automatischen Toröffner und fuhr in die Garage. Nachdem sie das Tor wieder geschlossen hatte, saß sie einige düstere Augenblicke einfach nur da. Ihre Hände kamen ihr nicht länger zornig oder ungehorsam vor; sie roch nur kühlen, nackten Beton. Endlich atmete sie tief ein und aus, Schlaf.

Sie betrat ihr kleines, überteuertes Haus am Potrero Hill, mit Blick von Brücke zu Brücke, drückte automatisch die Wiedergabetaste ihres Anrufbeantworters und ging weiter in die offene moderne Küche.

»Hi, Luce, Bill von nebenan. Wir fahren übers Wochenende weg. Meinst du, du könntest Jinx füttern? Gib mir Bescheid, ja? Bye.«

»Luce«, Jacobs Stimme klang gehetzt. Luce konnte jemanden im Hintergrund hören, vermutlich Tina, die ihn etwas fragte. »Jetzt nicht. Nein, das galt nicht dir, Luce. Hör mal, ich hab ein paar Fragen an dich.« Die Sprechanlage erklang. »London. Leitung drei.« Sie hörte ihn seufzen. »Muss Schluss machen. Ruf mich an. Geht's dir gut? Alles Liebe.«

»Mrs. Bennett? John McKay von World Wide Communications. Wir bieten Kunden, die ihre Telefongesellschaft wechseln wollen, einen Spezialtarif an. Ich würde Ihnen gern Näheres über dieses hervorragende neue Programm erzählen. Sie können auch Bonusmeilen erwerben. Bitte rufen Sie mich zurück, sobald Sie es einrichten können. Meine Nummer lautet: 1-800-Spezialtarif.«

»Luce«, hörte sie ihre Mutter sagen. »Dein Vater hat einen Schlaganfall erlitten. Komm, sobald du kannst. Ich fahre jetzt zu ihm ins Mount Sinai.«

Luce stellte den Saft hin, von dem sie sich gerade ein Glas einschenken wollte, und ging zum Anrufbeantworter hinüber. Sie drücke die Wiederholungstaste. Die Stimme ihrer Mutter war kontrolliert, ausdruckslos. Sie spielte die Nachricht noch einmal ab. Diesmal vernahm sie helle Aufregung unter der Kontrolliertheit. Sie stellte sich vor, wie ihre Mutter in ihrem Arbeitszimmer am Schreibtisch stand, den Telefonhörer in der Hand, zum Park hinausschaute und versuchte, gefasst und gelassen zu klingen.

Sie rief am Flughafen an, buchte den nächstmöglichen Flug, packte und bestellte sich ein Taxi.

Im Flugzeug beobachtete sie, wie die Erde davonfiel und grübelte nervös über ihren Vater nach, über die Umstände seines Schlaganfalls und ihre Mutter, und sie wünschte, dass das Flugzeug sein Ziel nicht zu erreichen hätte. Obwohl das Kind hinter ihr ständig an die Lehne ihres Sitzes trat, fiel Luce in einen tiefen, traumlosen Schlaf.

Vierter Teil

Mead starrte auf das Krankenblatt ihres Vaters. »Patient abgeholt um 13.15 Uhr, 19 Minetta Lane«. 19 Minetta Lane? Sie wich zurück, nachdem sie den Eintrag gelesen hatte. Nr. 19? Das Bild des ansehnlichen georgianischen Hauses von Luces Gemälde tauchte vor ihrem geistigen Auge auf; Nr. 19, las sie erneut, als der Anblick der gemalten Gestalt ihres Vaters, wie er voller Elan am Bordstein stand, vor ihr erschien; Nr. 19 mit dem Japanischen Ahorn, in herbstlichen Flammen, die bereits gefallenen karmesinroten Blätter ein Teppich zu seinen Füßen. Was hatte das zu bedeuten? fragte sie sich. Das Gebäude hatte so ruhig ausgesehen, wie ein Wohnhaus. Konnte es sich um die Praxis eines Psychotherapeuten handeln? Das wäre ein ziemlicher Schock, überlegte sie, ihr Vater auf der Suche nach einem klaren Weg durch sein Ich und sein Es. Der Gedanke war schlicht unvorstellbar. Konnte es sich um eine Arztpraxis handeln, um irgendeinen geheimnisvollen Spezialisten, der sich eine derart vornehme Gegend leisten konnte? Hatte es Hinweise gegeben, Vorboten, dass er schlaganfallgefährdet gewesen war? Verbarg sich hinter seinem Schlaganfall eine weitere ernstzunehmende Krankheit? Doch wie hätte Luce dahinterkommen sollen? Das Bild, das sie in Francesca Piavanis privatem Häuschen gesehen hatte, war schon vor einigen Jahren entstanden. Und die Gestalt, die Luce gemalt hatte, war bestrebt und von freudiger Erwartung erfüllt gewesen.

Vielleicht war Nr. 19 doch ein reines Wohnhaus? Wen hätte ihr Vater besucht haben können? Und warum hatte Luce diesen Besuch auf der Leinwand festgehalten? Die zuckenden losen Enden dieser Fragen schlugen in ihrem Hirn hin und her wie ein Sonnensturm. Sie rieb sich die Stirn, als die dünnen Blitze beginnender Kopfschmerzen ihren Schädel durchschnitten.

Die medizinischen Details auf dem Krankenblatt machten die

Schwere des Schlaganfalls deutlich. Die Wahrscheinlichkeit einer völligen oder teilweisen Lähmung war hoch. Das MRT zeigte Schäden in der linken Hirnhälfte und ließ vermuten, dass er mit hoher Sicherheit Sprech- und Sprachstörungen und vermutlich eine Gesichtsfeldbeeinträchtigung aufweisen würde. Mead grub in ihrer Erinnerung nach und suchte nach Fakten aus dem Medizinstudium. Das Wichtigste war, sich zu vergewissern, dass der Schlaganfall zum Stillstand gekommen war und festzustellen, ob er durch eine intrazerebrale Blutung oder durch eine cerebrale Thrombose ausgelöst worden war, also durch eine Hirnblutung wegen einer geplatzten Ader oder durch den Verschluss eines Blutgefäßes durch ein Blutgerinnsel. Eine Thrombose war gefährlicher; sie stellte ein weitaus größeres Risiko da. Mead erinnerte sich, dass ein Schlaganfall zu Multi-Infarkt-Demenz führen konnte, mit zunehmenden Gedächtnisstörungen, Verfall der Persönlichkeit und weiteren Lähmungserscheinungen. Bei einem schweren Schlaganfall konnte es erforderlich werden, ihren Vater durch eine direkt in den Magen eingeführte Sonde künstlich zu ernähren. Bei schweren Infarktschäden hatte er eine fünfzigprozentige Chance, die nächsten fünf Jahre zu überleben. Die Ärzte würden eine Arteriographie durchführen müssen, auch wenn dies das Risiko barg, einen weiteren Schlaganfall auszulösen. Antigerinnungsmittel wären angeraten, aber sie konnten das Risiko weiterer Blutungen erhöhen. Obwohl ihr nur wenige Daten zur Verfügung standen, wusste Mead, dass die Situation dramatisch war.

Sie schloss die Krankenakte und machte sich auf den Weg zum Krankenzimmer ihres Vaters. Kurz vor der Tür sah sie, dass Steven im Begriff war, zu ihm hineinzugehen, und sie rief seinen Namen.

»Mead, wie schön, dich zu sehen. Tut mir leid, dass wir uns unter solch bedrückenden Umständen wiederbegegnen.« Seine Lippen streiften sachte ihre Wange.

»Ich freue mich auch.«

»Du musst erschöpft sein. Wann bist du losgeflogen?«

»Ich habe gleich morgens den ersten Flug genommen. Zum Glück war es ein Direktflug. Steven, da gibt es etwas, das ich dich fragen möchte.«

»Mead, er ist nicht mein Patient. Ich bin nur hier, um deiner Mutter beizustehen. Du musst dich wegen der Einzelheiten an Meyer und Moss wenden. Aber ich habe gehört, dass die Ergebnisse der CT-Aufnahme gekommen sind.«

»Nein, nein, das meine ich nicht. Ich habe seine Krankenakte gerade gelesen. Hör mal«, sie senkte die Stimme und zog ihn von der Tür zum Zimmer ihres Vaters fort. »Von wo wurde er abgeholt? Ich meine, was hatte er dort zu suchen?«

Steven bemühte sich um einen nichtssagenden Gesichtsausdruck, doch vergebens.

»Steven, was verheimlichst du mir? Erzähl mir, was du weißt.«

»Ich kann dir nur sagen, dass es eine Privatadresse ist. Mehr weiß ich wirklich nicht.« Er griff nach ihrer Hand, die auf seinem Arm lag, und versuchte sie sachte zu lösen. »Wirklich, Mead, mehr weiß ich nicht.«

Mead atmete schwer aus. »Wer weiß mehr? Irgend jemand hier? Jemand, den du kennst?« Steven stand schweigend da, schüttelte den Kopf und zuckte die Schultern. »Weiß meine Mutter, dass er von dieser Adresse abgeholt wurde?«

Steven biss sich auf die Lippe und schüttelte den Kopf.

Mead verschränkte die Arme vor der Brust. Dann ließ sie die Arme sinken und drehte sich halb um. »Was zum Teufel geht hier eigentlich vor?«

»Ich kann es dir wirklich nicht sagen. Ich möchte jetzt nach deiner Mutter sehen.« Er wandte sich um, öffnete die Tür und betrat ruhig das Krankenzimmer.

Mead stützte sich mit dem Ellbogen gegen die kalte weiße Wand und legte den Kopf in die Hand. Einen Augenblick später hatte sie begriffen, dass sie keine unmittelbare Antwort bekommen würde, und folgte Steven hinein. Ihre Mutter beendete eben ein Telefonat.

»Das war Rand. Er nimmt den Shuttle zurück nach Boston, weil du ja jetzt hier bist. Er sagt, er kann morgen wiederkommen, falls er benötigt wird, aber heute abend muss er einen Vortrag halten. Avery hat angerufen; er ist in Denver eingeschneit und weiß noch nicht, wann er dort loskommt. Von Luce habe ich bisher noch nichts gehört.« Mead vernahm die kühle, sachliche Mitteilung und erspürte die Anstrengung dahinter. »Mead, wenn es dir nichts ausmacht ... Ich könnte eine Tasse Kaffee gebrauchen. Steven, du auch? Ich bin gleich zurück.«

Mead sah zu, wie die beiden gingen; dann setzte sie sich auf den Stuhl am fernen Ende des Raumes. Die medizinischen Geräte, die Infusionsständer, das saubere weiße Krankenhausbett, der Herzmonitor und der Sauerstoffschlauch ließen Mead plötzlich an Bila in ihrer kleinen verräucherten Hütte denken, die so überfüllt und primitiv war. Sie stellte sich den Umriss ihres geschwächten Leibes vor, wie sie apathisch auf dem Bett lag, und ihre großäugigen Kinder, schmerzlich still, die ihre Mutter betrachteten, der das Leben entwich.

Er ist im Mount Sinai Krankenhaus, dachte Luce voller Schrecken, während sie auf ihr Gepäck wartete. Im Mount Sinai, wo Grace gelegen hatte, bevor sie zum Sterben nach Hause gekommen war. In einem Zimmer im vierten Stock, das sie sich mit einer weiteren Krebspatientin teilte. Teilnahmslos sah sie zu, wie die Koffer und Taschen auf dem schwarzen Gummilaufband des Gepäckkarussels vorüberzogen. Im Mount Sinai, wo Grace war, bevor Ruthie, erinnerte Luce sich voller Zynismus, als Graces Angehörige im juristischen Sinn die Papiere unterschrieb, die Grace erlaubten, nach Hause zurückzukehren, in ihr und Luces Zuhause.

Ruthie zur Unterschrift zu bewegen war kein Problem gewesen. Dass sie dazu ermächtigt war, im Gegensatz zu Luce, war eine tiefe Demütigung inmitten eines tiefen Schmerzes. »Es tut mir leid«, hatte die diensthabende Krankenschwester zu Luce gesagt, »aber das Gesetz verlangt, dass ein Familienangehöriger der Entlassung zustimmt.« Ruthie versuchte, die für Luce und Grace unangenehme Situation zu entspannen, indem sie Graces Rollstuhl mit gespieltem Übermut nach draußen auf den Gehweg schob, wo sie in ein Taxi stiegen. Das Ende näherte sich. Selbst Grace hatte die Energie verloren, eine hoffnungsfrohe Fassade aufrechtzuerhalten. Nachdem sie Grace zu Hause zu Bett gebracht hatten, sagte Ruthie: »Ich verlasse die Party ungern, aber nächste Woche ist ein großes Bingo-Turnier, und ich muss üben.«

»Nur du, Ma …«, hatte Grace leise gekrächzt, ohne den Satz vollenden zu können.

»Genau, Miss Oberschlau. Glaub nicht, dass ich mein Glück mit dir teilen werde, wenn ich gewinne.«

»Ruthie«, hatte Luce gesagt, als sie gemeinsam zur Tür gingen. »Du musst nicht gehen.«

»Lass mal, ihr beide braucht ein bisschen Zeit für euch. Ohne mich.«

»Danke.« Luce hatte ihre Dankbarkeit unterdrückt, die in Tränen hatte zum Ausdruck kommen wollen.

»Hey, nun werd' mal nicht sentimental, Luce Bennett. Außerdem gehe ich nur kurz über den Fluss, und …«, sie drohte mit dem Finger, »ich komme wieder.« Luce hatte die Tür hinter ihr geschlossen und sich schwer dagegengelehnt, bevor sie die Energie fand und den Mut, sich wieder zu Grace zu gesellen.

»Entschuldigen Sie«, sagte jemand und griff an ihr vorbei nach einem überdimensionalen Gepäckstück. Luce sah ihre eigenen beiden Taschen, schnappte sie sich und steuerte auf die Warteschlange am Taxistand zu. Mount Sinai, dachte sie, während sie langsam in der Schlange vorrückte und schließlich in ein Taxi stieg. Der Schauplatz meines schlimmsten Alptraums. Der beißend kalte Winternachmittag roch schwach nach Krankenhaus.

Sie lehnte sich in die eine Ecke des Taxis zurück und versuchte sich ihren vom Schlaganfall niedergeworfenen Vater vorzustellen. Verstandesmäßig war es unausweichlich, emotional hingegen unbegreiflich. Walter, ein Turm, vom Blitz eines Schlaganfalls getroffen. Er würde stehen, gezeichnet, das schon, aber er würde doch gewiss noch stehen.

Von der Interstate 5, dem Rückgrat Kaliforniens, bis zum FDR-Highway in weniger als vierundzwanzig Stunden, sinnierte sie. Die Welt ist klein. Durch das Fenster des Taxis erblickte sie ein verschwommenes Gewimmel von schemenhaften grauen Vertikalen, als der Nachmittag sich eintrübte.

»Und warum genau möchtest du nach Kalifornien übersiedeln?« hatte sie Grace einige Jahre zuvor gefragt.

»Es ist horizontal, nicht vertikal.«

»Verstehe. Sehr überzeugend. Vielleicht könntest du dich einfach ein paar Tage hinlegen, auf die Seite, und dann geht es vorüber.«

»Ich vermute, du findest das witzig. Aber ich meine es ernst, Luce. Stell dir vor, wir haben unser ganzes Leben in einer Welt verbracht, die in oben und unten eingeteilt ist. Fahrstühle, Rolltreppen, Treppen. Rauf. Runter. Rauf. Runter. Glaubst du nicht, es wäre interessant, mal eine Weile auszuprobieren, wie es sich in einem weiten, offenen Raum lebt?«

»Nein, nicht sonderlich.«

»Du hast keinen Sinn für Abenteuer.«

»Im Gegenteil, ich verspüre nur keinen Sinn für das Horizontale.«

»Merkwürdig«, ihr Gesicht nahm einen leicht anzüglichen Ausdruck an, »ich erinnere mich an Zeiten ...«

»Nun, das ist was ganz anderes. Und wenn du das Thema wechselst, wäre mir dieses sehr recht. Zumal es nicht erfordert, den ganzen Kontinent zu überqueren.« Sie streckte die Arme aus, um Grace an sich zu ziehen.

»Später.« Grace entzog sich ihr. »Ich meine es ernst, Luce.«

»Okay. Warum Kalifornien? Warum jetzt?«

»Ich habe einen Artikel in *Psychology Today* gelesen und ...«

»Verstehe. Ich dachte, ich hätte das Abo gekündigt, weil die Zeitschrift gefährlich und subversiv ist.«

»Ich habe mir die Ausgabe gekauft. Aber egal, jedenfalls stand ein Artikel darin, in dem es um ein Experiment mit jungen Katzen ging, die in zwei verschiedenen Arten von Kisten aufwuchsen. Die eine wies vertikale Streifen auf, die andere horizontale.«

»Ich kaufe dir gern zwei Kleiderschränke aus Pappe und male sie dir an. Das ist schließlich mein Beruf. Dann könntest du dir deine Umgebung je nach Bedarf aussuchen.«

»Die Kätzchen«, fuhr Grace fort, ohne auf Luces Kommentar einzugehen, »aus der Kiste mit den horizontalen Streifen konnten nicht hoch springen und die aus er Kiste mit den vertikalen Streifen konnten nicht weit springen. Verstehst du?«

»Hm.«

»Luce, stört es dich nicht, wenn du bedenkst, dass du allein aufgrund deiner Umgebung in gewisser Hinsicht eingeschränkt bist?«

»Das fällt dir jetzt erst auf?«

»Spar dir deinen Hohn. Ich fühle mich einfach rastlos. Ich möchte etwas Neues ausprobieren.«

»Bezieht sich das auch auf unsere Beziehung?« Plötzlich war Luce beunruhigt.

»Ich sollte ja sagen und dich ein bisschen quälen. Aber du weißt, dass das nicht stimmt. In zwei Jahren werde ich vierzig.«

»Und was ist mit Ruthie? Es würde sie umbringen, wenn du wegziehst.«

»Stimmt. Aber sie könnte zu Besuch kommen.«

»Klar – für, sagen wir, zehn Monate im Jahr?«

»Hey, gute Frau«, rief der Taxifahrer durch die schmuddelige Trennscheibe, »wir sind längst da.«

Luce sah aus dem Fenster und erblickte die Eingangshalle des Krankenhauses. »Danke. Stimmt so.«

Der Geruch beim Eintreten erfüllte sie mit Übelkeit, und einen Augenblick meinte sie sich übergeben zu müssen. Unter dem Geruch von Desinfektionsmittel lag der Geruch der Sterblichkeit: stechend und unstreitig. Sie sammelte sich und ging zur Aufnahme hinüber.

»Was kann ich für Sie tun?« fragte die Frau hinter der Theke. Luce versuchte sich zu erinnern, ob sie diese Frau schon einmal gesehen hatte. »Kann ich Ihnen helfen?«

»Entschuldigung. Mein Vater, Walter Bennett, wo liegt er?«

»Moment, ich sehe nach ... Zimmer 1420, vierzehnter Stock. Die Fahrstühle sind um die ...«

»Ich weiß, wo die Fahrstühle sind. Danke.«

»Nun, ich wollte Ihnen ja nur behilflich sein.«

»Entschuldigung. Es ist nur so ... Egal.« Sie ging zu den Aufzügen hinüber, stieg ein, holte tief Luft und drückte den Knopf mit der 14.

Luce stand vor der Tür mit der Nummer 1420, ein helles Industriegrau mit flachen weißen Zahlen und einem kalten geraden Griff aus gebürstetem Stahl als Türklinke. Die Tür stand einen Spaltbreit offen, und sie konnte die Gestalt ihres Vaters erkennen, ein zusammengefallener Leib unter gestärkten weißen Laken. Eine Sphinx, die tief im Sand vergraben war. Sie stieß leise die Tür auf und trat auf Zehenspitzen in das Zimmer ein, das von Zwielicht und Beklommenheit erfüllt war, und hoffte, ihn zu sehen, bevor sie gesehen wurde. Nach wenigen Schritten bemerkte sie Mead auf einem Stuhl an der Heizung in der fernen Zimmerecke; ihr Kopf lag unbequem auf ihrer Schulter, sie schlief.

Luce sah sich um, auf der Suche nach Hinweisen. Die lebenserhaltenden Systeme, Sauerstoffschlauch, Medikamenteninfusion, Ernährungssonde, Katheter, all das wies auf den Ernst der Lage hin. Als sie die Gestalt im Bett musterte, sah sie die fahle Blässe, die besagte, dass das Blut in seinen Adern zu langsam zirkulierte. Sein schlaffes Handgelenk wies einen müden, mühseligen Puls auf. Sein beschwerlicher Atem klang rasselnd vor Überwässerung. Als sie ihrem Vater ins Gesicht sah, blieb ihr die Luft weg. Sein Gesicht, das immer lebhafte Entschlossenheit verkündet hatte, war weich gezeichnet vom Stupor des Schlaganfalls. Seine Lippen, ein ehernes Portal für empathische Prognosen, entschiedene Ansichten, ungebetene Ratschläge und beiläufige Forderungen, waren entspannt, beinahe lüstern, und Speichel rann ihm aus den Mundwinkeln. Sie dachte an etwas Steinernes, das erschlafft war. Seine Haut hatte einen beunruhigenden bläulichweißen Schimmer. Ohne ihn zu berühren, konnte sie sein kaltes Fleisch spüren. Selbst sein Haar, das glatt an seinem großen Schädel anlag, schien leblos. Die Schlitze seiner Augen ließen zwei kleine steinerne Kugeln sehen, trüb und teilnahmslos. Seine ganze Existenz war ohne Lebendigkeit, ohne Glanz. Die tiefen tektonischen Platten seines Seins waren gewaltsam verschoben worden, und Luce sah, dass seine Landschaft sich entschieden verändert hatte. Ihn derart umgestaltet zu sehen, seiner Fähigkeiten derart beraubt, schockierte sie, und sie wandte sich ab, um ihre Fassung zu wahren.

»Er ist in ziemlich schlechter Verfassung.« Meads geflüsterte Worte drangen durch den stillen grauen Raum und ließen sie zusammenfahren. »Wir wissen noch nicht, ob es eine Hirnblutung oder eine Thrombose war. Morgen früh machen sie eine Arteriographie.«

»Was ist das?« fragte Luce, und ihre Stimme nahm automatisch den bissigen Ton an, der ihrem uralten Widerwillen gegen die medizinische Terminologie geschuldet war. Keine Minute, und schon standen sie auf schlechtem Fuße miteinander.

Mead erhob sich und wies mit dem Kopf in Richtung Tür. Luce warf noch einen Blick auf das ausdruckslose Gesicht ihres Vaters und folgte Mead dann hinaus.

»Wo ist Mutter?« fragte Luce.

»Gute Frage. Ich habe sie seit Stunden nicht gesehen. Sie wollte mit Steven einen Kaffee trinken. Kennst du ihn? Steven J. Parkins. Guter Mann«, antwortete Mead. Luce fand die vertrauliche berufliche Einschätzung, die Mead automatisch angehängt hatte, abstoßend. »Sie hat gesagt, sie wäre bald zurück. Das war kurz vor Mittag.« Luce sah auf die Uhr, die über dem Schwesternzimmer hing. Es war Viertel nach fünf. »Luce ...«

»Und Rand und Avery? Wo sind die?«

Ungeduldig gab Mead Auskunft. »Rand ist gestern hergeflogen und hat die Nacht hier verbracht, aber er musste heute nachmittag zurück. Er muss irgendwo einen wichtigen Vortrag halten. Avery ist in Denver eingeschneit.«

»Seit wann bist du hier?«

Mead seufzte entnervt. »Seit zehn Uhr ungefähr. Hör mal, da ist etwas, das ich wissen muss.«

Ihre Dringlichkeit überraschte Luce. »Was?« fragte sie erstaunt.

»Wer wohnt in Nr. 19, Minetta Lane?«

Meads Frage traf Luce wie ein Hammer. »Hatte er dort seinen Schlaganfall?«

»Ja. Wer ist es?« bohrte Mead nach und baute sich zu ihrer vollen Größe auf.

»Ich weiß es nicht.« Zorn erschien auf Meads Gesicht. »Wirklich – ich weiß es nicht. Ich meine, ich weiß nicht, wie sie heißt. Ich habe sie gesehen, aber nur von fern.«

Mead nickte langsam. »Sie? Seine Geliebte?«

»Ich glaube, ja.« Luce beobachtete, wie Fassungslosigkeit und Wut in Meads Gesicht miteinander rangen.

»Lieber Himmel«, sagte sie, dann schlug sie rasch die Hand vor den Mund. Als sie sie sinken ließ, ballte sie sich zur Faust. »Verdammte Scheiße.« Sie fuhr sich nervös mit den Händen durchs Haar. »Glaubst du, Mutter ist da hingefahren?«

»Dann weiß sie es also?« Luce sah entsetzt drein.

»Die Adresse steht in seiner Krankenakte, verdammt noch mal. Dort hat der Notzarztwagen ihn abgeholt.«

»O mein Gott, wie schrecklich für sie.«

Mead wandte sich Luce abrupt zu. »Wie lange weißt du schon davon?« Ihr Ton war anklagend.

Luce hob beide Hände, wie um Meads Zorn von sich abzuwenden. »Hey, Moment mal, Mead. Es ist nicht meine Schuld, dass er eine Geliebte hat.«

Mead erschrak bei Luces scharfem Ton und wich zurück. »Entschuldige. Ich bin nur so verdammt schockiert. Ich meine, lieber Himmel, wir alle wissen, welch ein Tyrann er ist, aber meine Güte, ich habe ihn immer für integer gehalten. Für moralisch untadelig. An diese Seite von ihm habe ich immer geglaubt. Das hat alles andere irgendwie wettgemacht, ihn annehmbar gemacht. Nun weiß ich gar nicht, was ich denken soll.«

Jetzt, wo Mead ihr Schwert hatte sinken lassen, kam Luce zum Zug. »Und woher wusstest du, dass ich es wusste?«

Mead holte tief Luft. »Ich habe *Nr. 19/Herbst* gesehen«, antwortete sie schlicht.

Nun war Luce geschockt. »Du hast *was?* Wo?«

»In Nairobi.«

»Aber das Bild wurde nach Rom verkauft.«

»Ja. Und dann wurde es nach Nairobi geschickt.« Mead mochte sich keinen weiteren Fragen stellen. »Das ist eine lange Geschichte – eine andere Geschichte.«

Luce starrte Mead an. Sie war sprachlos.

»Also«, Mead versuchte, ihrer Stimme einen neutralen Ton zu verleihen, »wie lange hast du schon davon gewusst?«

Luce schloss die Augen. »Vor ungefähr neun Jahren waren Grace und ich zu Fuß auf dem Heimweg von einem Abendessen bei Freundinnen in der Nähe der Columbia University.« Sie lachte. »Grace war gerade auf einem Fitnesstrip und hatte Taxi- und U-Bahnfahren aus unserem Leben verbannt.« Bei der Erinnerung schüttelte sie leicht den Kopf. »Es war reiner Zufall. Ich entdeckte dieses Paar vor uns, Arm in Arm. Ich wusste sofort, dass es Walter war. Man kann ihn einfach nicht verwechseln, nicht einmal von hinten.« Sie öffnete die Augen. »Ich bin ihm gefolgt. Wir sind ihm gefolgt. Bis zu Nummer 19, Minetta Lane. Und dann«, sie zögerte, es einzugestehen, »man könnte sagen, dass ich ihn über die nächsten Wochen ausspioniert habe. Auf der gegenüberliegenden Straßenseite ist ein Bistro. Ich habe dort gesessen und zum Fenster hinausgesehen. Ich habe gewartet. Und beobachtet.«

Sie sahen einander schweigend an.

»Und?« Mead schrie beinahe. Die Krankenschwestern in der Nähe blickten zu ihnen herüber.

»Nach einigen Wochen hatte ich ein ungefähres Muster ausgemacht. Er kam etwa dreimal die Woche, nachmittags. Seitdem er im Ruhestand war, noch öfter. Und seine Besuche wurden länger.«

»Warum hast du nichts gesagt?« Mead war wütend.

Luce sah sie an, dann wandte sie den Blick ab. »Was denn, Mead?« gab sie zurück. »Leckeres Barbecue-Hühnchen heute, Mutter. Ach, übrigens, Walter, wie geht's deiner Geliebten?« Sie hielt einen Moment inne. »So was in der Art?« fragte sie dann sarkastisch.

Mead senkte die Augen. »Tja«, sagte sie, den Blick auf den Boden geheftet, und ihr anklagender Ton war von Müdigkeit gemildert, »du hättest das, was da vorging, ja nicht in diesem Bild hinausposaunen müssen, oder? Du hättest etwas sagen können.«

»Wem denn? Mutter? Das wäre sehr hilfreich gewesen. Sehr rücksichtsvoll. Walter? O ja, während einer der vielen vertraulichen Vater-Tochter-Gespräche, für die er so berühmt ist. Oder dir? Bleib auf dem Teppich. Miteinander reden – egal ob im Guten oder im Schlechten – ist nicht gerade eine Stärke der Bennetts. Insbesondere nicht untereinander.«

Mead blickte auf und sah, dass Luce rot vor Zorn geworden war.

Sie war überrascht, dass ihre sonst so ruhige und in sich gekehrte Schwester so aufbrausen konnte.

»Sieh mal«, fuhr Luce ein bisschen ruhiger fort, »ich hatte darauf bestanden, dass Jacob das Bild nicht in Nordamerika verkauft. Und zu deiner Information«, fuhr sie defensiv fort, »da du nur das eine gesehen hast ...«

»Willst du damit sagen, es gibt mehr als eins?« Meads Stimme überschlug sich beinahe. »Lieber Himmel!«

Luce fuhr fort. »Ich habe die beiden nie zusammen gemalt.«

Mead starrte sie einfach nur an.

»Ich war ebenso geschockt wie du, als ich es herausfand. Grace hat gedroht, mich einzusperren. Ich war völlig durchgedreht. Wie besessen. Es schien mir absolut unmöglich zu sein.« Luces Stimme wurde versöhnlich. »Ich verstehe also deine Schockiertheit, deine Enttäuschung darüber, dass sein Wesen nicht von einem hohen Maß an Tugendhaftigkeit und Moral gemildert wird.« Sie schwieg und hing ihrer Erinnerung nach. »Aber weißt du, Mead, es ist komisch, nach ein paar Jahren begann ich es in einem anderen Licht zu sehen. Es ist natürlich nur eine Mutmaßung, zugegeben. Über die Jahre habe ich vermutlich nicht mehr als ein paar Stunden damit zugebracht, vor allem ihn zu beobachten, manchmal sie beide zusammen. Wie kann ich es erklären? In ihrer Gegenwart schien er anders zu sein als bei uns. Weicher. Freundlicher. Vielleicht sogar glücklich.«

Mead sprang ihr fast ins Gesicht. »Na prima. Soll das bewirken, dass ich mich besser fühle? Dass er in Gegenwart dieser Frau netter war? Dass er diesen Teil seiner selbst einem Menschen außerhalb der Familie hat zugute kommen lassen?« Mead schüttelte angewidert den Kopf.

»Ich denke, ich fand es ermutigend, dass er lieben konnte. Dass er dazu tatsächlich in der Lage war.«

Mead schnaubte verächtlich. »Das ist doch lächerlich, Luce. Eine der Verzweiflung geschuldete Rechtfertigung.«

»Vielleicht.« Sie verschränkte die Arme vor der Brust. »Aber auf diese Weise habe ich mich ihm näher gefühlt.«

»Also bitte! Er ist ein herumhurendes Arschloch. Das ist die schlichte Wahrheit. Ein Betrüger, der entlarvt wurde.«

Sie standen sich auf beiden Seiten einer tiefen Kluft gegenüber, jede beäugte misstrauisch die Brücke, die hinüberführte. Zu viele Worte, nicht genug Worte. Es blieb nichts mehr zu sagen.

Elizabeth verschloss sich mit zwei aneinandergepressten Fingern den Mund und starrte Steven über den Cafeteria-Tisch hinweg an. Mit dem Fingernagel grub er Kerben in den Rand seines Pappbechers und sah hin und wieder zu ihr auf. Er hatte bereits versucht, ihre schockierten Hände zu umschließen, doch sie hatte sie ihm sofort wieder entzogen. Sie rieb sich mit den Fingerspitzen die schmalen Lippen, hin und her. Auf, zu, auf, zu.

»Wie lange weißt du das schon, Steven?« Ihre Stimme klang wie das plötzliche Knacken eines gefrorenen Sees unter zu großer Belastung.

»Ich habe es nie wirklich gewusst, Elizabeth. Walter war immer sehr diskret. In jeder Hinsicht.«

»Wann hast du das erste Mal Verdacht geschöpft?«

»Vor ein paar Jahren. Ich habe ihn bei einer Lüge ertappt. Er hatte mir erzählt, er ginge an einem bestimmten Abend zu einem Vortrag und könne sich deswegen nicht mit mir treffen. Der Vortrag wurde jedoch kurzfristig abgesagt. Walter wusste das aber nicht und tat bei unserer nächsten Begegnung so, als habe er ihn gehört. Es war im Grunde nicht weiter wichtig. Aber so untypisch für Walter. Er ist sonst in jeder Hinsicht so korrekt.«

»Und weiter, Steven?« Sie wusste, dass er ihr etwas verschwieg.

»Nichts weiter. Wirklich nicht.« Er widmete sich mit ganzer Konzentration der Verzierung seines Bechers.

»Steven. Ich möchte es wissen. Alles.«

»Es gab ein paar Gerüchte. Klatsch und Tratsch in gewissen

Kreisen. Das ist Jahre her. Nichts Konkretes. Es verlief alles im Sande.«

Elizabeth biss sich auf die Lippe und schüttelte langsam den Kopf. Andere wussten also davon, ahnten es. Sie dachte an all die Menschen bei all den gesellschaftlichen Anlässen im Lauf der Jahre. Hatten sie sie wissend angeguckt, hinter ihrem Rücken getuschelt, mit dem Finger auf sie gezeigt, wenn sie an ihnen vorübergegangen war?

»Wer ist sie, Steven?«

»Ich weiß es nicht. Niemand aus dem Gesundheitsbereich. Keine Ärztin, keine Krankenschwester, soweit ich weiß.«

»Und seit wann, Steven?« Er errötete stumm. »Schon ziemlich lange, schließe ich daraus.« Steven war so verlegen, wie es Walter angestanden hätte. Elizabeth war gerührt. »Steven«, begann sie leise, »du hast dich mir als außerordentlich freundlich erwiesen im Lauf der Jahre. Und auch jetzt. Ich danke dir.« Sie sah ihn direkt an, um ihm zu zeigen, dass sie sich wieder gefasst hatte. »Wenn du nichts dagegen hast, wäre ich jetzt gern eine Weile allein.« Er sah sie zweifelnd an. »Bitte.«

»Gut, aber wenn du irgend etwas brauchst – und das meine ich ernst, Elizabeth –, dann zögere nicht, mich anzurufen.«

»Danke, Steven.«

»Versprochen?«

»Ja, versprochen.«

Er stand auf, und sie sah zu, wie er widerstrebend in Richtung Ausgang ging. Sie ließ den Blick durch die kalte, fluoreszierende Cafeteria schweifen. Ein Mann und eine Frau in weißen Laborkitteln saßen an einem Tisch, die Köpfe zusammengesteckt; sie murmelten leise und lachten. Das ist schuldvolles Lachen, dachte sie und überlegte, ob die beiden eine Affäre miteinander hatten. Wer sitzt zu Hause und ahnt nichts davon? An einem anderen Tisch saß eine Frau, die alle Hände voll damit zu tun hatte, zwei kleine Kinder zu füttern und dafür zu sorgen, dass sie sich ruhig und gesittet verhielten. Vergiss es, dachte sie. Vergeude deine Zeit nicht damit.

Aus der im Souterrain gelegenen Cafeteria sah sie durch ein kleines Fenster nach oben und beobachtete, wie sich ein zählebiges Blatt langsam von einem nahezu kahlen Ast löste. Komisch, dachte sie, wie geschärft die Sinne während eines Notfalls, einer Katastrophe sind. Sie spürte der langsamen, tänzerischen Reise des trockenen braunen Blattes durch die kalte graue Luft nach, dem purzelnden Muster des Herabschwebens, sie hörte das zarte Landen auf dem Gehweg, das scharfe Knirschen, als ein eiliger, nichtsahnender Fuß darauf trat, das leichte Rascheln, als der Wind es davontrug.

Über ihr lag Walter im Stupor, rundum versorgt. Einen Augenblick lang spielte sie mit dem Gedanken, mit dem Aufzug in den vierzehnten Stock zu fahren, in sein Zimmer zu marschieren, sämtliche Schläuche aus seinem Leib herauszureißen, alle Geräte abzuschalten, ihn heftig zu schütteln und dann auf sein Bett zurückzuwerfen, ein hässlicher fortgeschleuderter Haufen. Statt dessen faltete sie ihre Serviette sorgfältig zusammen, tupfte sich den Mund ab und legte sie anschließend unter ihre noch immer volle Kaffeetasse.

Sie trat in den trostlosen frühen Nachmittag hinaus und winkte sich ein Taxi herbei.

»Wohin, die Dame?« Der Taxifahrer roch nach kaltem Zigarettenrauch und schmuddeligen Kleidern. Das Taxi suchte sich langsam seinen Weg durch den Nachmittagsverkehr.

Vor der Hausnummer 19 in der Minetta Lane warf Elizabeth die Tür des Taxis zu und zog ihren Mantel enger um sich. Sie blickte auf das geschmackvoll beleuchtete Messingschild, das die Hausnummer verkündete. Sie musterte das Gebäude an sich. Sie drehte sich einmal um die eigene Achse und betrachtete jede Einzelheit der anheimelnden, wohlhabenden Gegend, als befände sie sich in einem vollkommen fremden Land. Dann entdeckte sie das Bistro schräg gegenüber auf der anderen Straßenseite und steuerte zielstrebig darauf zu. Sie fand einen Tisch, der nicht direkt am Fenster stand, aber einen Blick auf die Straße erlaubte, und bestellte sich einen Martini.

Der erste Martini verschaffte ihr ein Gefühl von Wärme, die erste Empfindung von Wohlbehagen, die sie in nahezu vierundzwanzig Stunden verspürte. Sie nahm wahr, wie es sich in ihrem ansonsten fühllosen Leib ausbreitete.

Der zweite Martini taute ihr Gehirn wieder auf, das in dem Moment eingefroren war, als sie Stevens Anruf entgegengenommen hatte, und dann auf Minustemperaturen abgesunken war, als sie erfuhr, wo Walter seinen Schlaganfall erlitten hatte.

Der dritte Martini entfesselte eine morbide Neugier. Wie ein Mensch, der sich auf unerklärliche Weise zu dem schaurigen Schauplatz eines tödlichen Unfalls hingezogen fühlt, wollte Elizabeth den schaurigen Schauplatz von Walters Untreue besichtigen. Sie wollte die unzähligen Details dessen, was ihrer Ehe einen tödlichen Schlag versetzt hatte, sehen, obwohl sie wusste, dass das, was für sie wie ein plötzlicher Tod aussah, tatsächlich ein langsam wucherndes Krebsgeschwür gewesen war. Wie sah diese Frau aus, wie war sie? Hatte Geld eine Rolle gespielt, ihr gemeinsames Geld? War sie je in ihrer und Walters Wohnung gewesen, das unerhörteste aller möglichen Vergehen? Waren die beiden zusammen verreist? Was hatte sie für ihn gekocht? Welches Parfum trug sie? Hatte sie ihm Pullover gekauft, Krawatten, Bücher? Hatte er an Winternachmittagen seinen Kopf in ihren Schoß gebettet und gemütlich gelesen, während Elizabeth ihn hart arbeitend in der Bibliothek wähnte? Hatte sie je eine romantische Reise in die Karibik mit ihm unternommen? Die Frage nach konkreten Einzelheiten schlug wütende Funken in ihrem Inneren.

Der vierte Martini entfesselte ihren Zorn. Und ihre Zunge. »Wo Alkohol hineingeht, kommt die Wahrheit heraus«, pflegte ihre Mutter zu sagen. Elizabeth stand auf, auf dem Höhepunkt ihres Zorns, bezahlte ihre Rechnung und marschierte unbarmherzig auf die Hausnummer 19 zu, der schonungslosen Wahrheit entgegen. Sie stieg die wenigen Stufen bis zur Eingangstür hinauf und musterte das Messingschild. Nr. 19. Darunter befanden sich drei Klingeln.

Das hatte sie nicht bedacht. Einen Moment lang erwog sie zu gehen; sie wollte niemanden bei wichtigen Dingen oder einem Schläfchen stören. Ach, zum Teufel, dachte sie, dann störe ich eben jemanden. Ich bin weiß Gott genug aufgestört worden. Mächtig aufgestört. Sie drückte den ersten Klingelknopf. Keine Antwort. Sie drückte den zweiten.

»Hallo? Wer ist da?« fragte eine ältere männliche Stimme.

Vermutlich falsch, dachte sie, fragte dann aber: »Kennen Sie Dr. Walter Bennett?«

»Nein. Sollte ich? Ist etwas passiert? Ist jemand erkrankt?«

»Nein, schon gut«, antwortete sie kurzangebunden. »Tut mir leid, Sie gestört zu haben.« Ob etwas passiert ist? dachte sie. Das kann man wohl sagen. Und was da passiert ist. Jetzt drückte sie aggressiv den dritten Klingelknopf und ließ nicht los.

»Ja?« Knisternd erklang eine Frauenstimme durch die Gegensprechanlage.

»Kennen Sie Walter Bennett?« fragte sie und merkte, dass ihre Stimme vom Alkohol leicht verzerrt war.

Ein kleines Aufkeuchen. Dann: »Warum?«

Bingo. Elizabeth triumphierte. »Ich bin Elizabeth Bennett, und ich will es wissen.« Elizabeth war näher an die Sprechanlage getreten und hatte ihre Stimme erhoben. Sie umklammerte den Griff des Tores und begann zu zittern. In der darauffolgenden anhaltenden Stille beschwor sie die Frau innerlich, nachzugeben, das Tor zu öffnen, sie einzulassen.

»Kommen Sie herein. Zweiter Stock.« Die resignierte Stimme der Frau klang zittrig.

Der Türöffner summte. Einen Augenblick lang war Elizabeth

überzeugt, dass das Summen der kinetischen Energie geschuldet war, die von ihrer wütenden Hand ausstrahlte.

Mead öffnete die Augen. Einen Moment war sie orientierungslos in Raum und Zeit. Sie befand sich in ihrem alten Zimmer. Sie starrte auf ihre Kommode, das Bücherregal, auf dem all ihre Bücher aus der High-School und dem College säuberlich aufgereiht waren, den Schreibtisch am Fenster. Was musste sie jetzt tun? Sich für die High-School fertigmachen? Nach Boston zurückfliegen? Nach Chicago? Und gestern noch war sie in Nairobi gewesen, einige Tage zuvor hatte sie Luces Bilder bei den Piavanis gesehen, davor hatte sie Sofia Town besucht. Plötzlich die Erkenntnis: Es gab kein Zurück. Nicht in der Zeit. Alles hatte sich geändert, alles war anders.

Der Duft von Kaffee erfüllte das Zimmer. Sie stieg langsam aus dem Bett, trat an ihren Schreibtisch und sah auf die Straße und den Park hinunter. Alles schien so unwirklich, im Vergleich zu dem, was sie Tag für Tag in Nairobi gesehen hatte. Der überfrorene Park kam ihr grau vor, leblos, eingezwängt, verglichen mit den offenen lohfarbenen Ebenen Afrikas. Ein Kind stieß eine leere Schaukel an, während das Au-pair-Mädchen eine Zeitschrift las.

Mead wandte sich vom Fenster ab und untersuchte ihr Zimmer. Sie ließ die Hand über die Oberfläche ihres Schreibtischs gleiten. Hier hatte sie gesessen und so eifrig gelesen, so fleißig gelernt, um ... warum? Um deinen Vater zu erfreuen. Um dahin zu gelangen, wo du heute bist. Und wo zum Teufel ist das? fragte sie sich mit ruhiger, unsicherer Stimme. Sie ließ sich aufs Bett zurückfallen und versuchte sich zu erinnern, die Ereignisse der vergangenen zwei Monate zu ordnen. Als erstes war da – *ist* da, korrigierte sie sich, Afrika – in vielerlei Hinsicht, auf vielen Ebenen unbeschreiblich. Die Klettertour mit Peter, der Anblick, wie er in Roz' Zelt schlüpfte, das Betrachten von Luces Bildern, die Menschen, das

Krankenhaus, ihre wachsende Freundschaft mit Linda und Birati, und nun das hier. Ein Schlaganfall und ein Betrug. Irgendwie schien beides zusammenzugehören, dachte sie befriedigt und war selbst von ihren bösen Gedanken überrascht.

Und zum ersten Mal wünschte sie sich, sie wäre wieder in ihrem sauberen, ordentlichen, antiseptischen Labor in Chicago und hätte mit einem Virus zu tun, das, wiewohl übermächtig und herausfordernd, sie nicht so unmittelbar bedrohte, wie die Ereignisse in den vergangenen zwei Monaten es getan hatten. Noch taten. Sie sehnte sich nach der ausgewogenen, klimatisierten Umgebung, der Einsamkeit ihrer Forschungsarbeit, der sauberen, schlichten Beziehung mit dem Gegenspieler Virus. Alles kam unter das Mikroskop und wurde vergrößert, um Einzelheiten auszumachen, dann benannt und beschriftet und abgelegt. Sie trat erneut ans Fenster und legte die Stirn an das kühle Glas. Viren, dachte sie, eine Katastrophe, die bewusst oder rein zufällig in Schach gehalten wird. Drohendes Unheil, mit einer hauchdünnen Verteidigungslinie.

»Luce«, rief ihre Mutter aus der Küche, »Mead, der Kaffee ist fertig.«

Luce vernahm die körperlose Stimme ihrer Mutter vom anderen Ende des Flurs her, doch sie zögerte, die Wärme des ausgezogenen Sofas, die Sicherheit des Arbeitszimmers ihrer Mutter zu verlassen. Sie ließ den Blick schläfrig über die Wand mit den Fotos schweifen. Jemand, der diese Bilder zum ersten Mal sah, dachte Luce, mochte enge Familienbande ausmachen. Hier wurden aufs sorgsamste ausgewählte Augenblicke der vergangenen Jahre gezeigt. Diese Fotos, die ein optimales Porträt der Familie ergaben, waren diejenigen, die den Test bestanden hatten, die wenigen, die dank der Umstände oder des Aufnahmewinkels, zufällig oder gezwungenermaßen eine Verbindung spiegelten, die nicht existierte. Luce fragte sich, was Elizabeth, die gewiefte Redakteurin, mit den Tausenden von abgelehnten Fotos gemacht hatte, die bei der Gestaltung dieser Wand angefallen waren. Fand Elizabeth Trost in diesen falschen Zeugnissen? Hatte sie die Fotos, die die Familie misstönend, unvollkommen, verdrießlich zeigten, zugunsten dieser wenigen armseligen Bilder einfach fortwerfen können?

»Mead, Luce«, rief Elizabeth erneut. »Kaffee.«

Sie trafen sich an der Schwelle zur Küche.

»Ihr sollt wissen«, sagte Elizabeth entschlossen und reichte jeder ihrer beiden Töchter eine Tasse Kaffee, »dass ich fortgehen werde.«

»Wie bitte?« fragte Mead. »Du hast das Krankenhaus gestern mittag verlassen, warst für den Rest des Tages verschwunden, hast schon geschlafen, als wir um Mitternacht herkamen, und teilst uns nun mit, dass du fortgehen willst?« Mead kochte vor Wut. Luce nahm ihren Kaffee und setzte sich. Sie sah, dass die Augen ihrer Mutter gerötet waren. Vom Weinen, überlegte sie, obwohl ihr ein leichter Geruch von Alkohol anhaftet.

»Reden wir offen miteinander. Ihr wisst, dass euer Vater einen Schlaganfall im Haus einer anderen Frau hatte. Sie ist, wie es scheint, oder sie war eine Zeitlang«, sie hielt inne, um ein passendes Wort zu finden, »seine Gefährtin. Und weil das so ist, nehme ich eine Auszeit.«

Mead stand mit offenem Mund da und starrte ihre Mutter an. Luce fragte ruhig: »Wo fährst du hin?«

»Erst mal ins Strandhaus. Danach, wer weiß ...?«

»Wer soll sich um ihn kümmern?«

Elizabeth wandte sich ihr abrupt zu. »Sonstwer.«

»Aber Moment mal, wie –?« Mead versuchte, weitere Einwände vorzubringen, aber Elizabeth fiel ihr ins Wort.

»Ich weiß nicht, wie er versorgt werden wird. Oder von wem. Ich kann nur sagen – von mir nicht.«

Luce musterte ihre Mutter und sah, dass die neuen, grob gezeichneten Falten in Wirklichkeit tiefe Risse waren. Sie erschien Luce wie eine zerbrechliche Porzellanfigur, die in tausend scharfkantige Stücke zerbrochen und eben wieder zusammengeklebt worden war. Hinter ihrer Entschlossenheit verbarg sich eine fragile Zartheit. Und Verletztheit.

»Wirst du zurechtkommen?« fragte sie ihre Mutter.

Elizabeth starrte Luce eine Weile an, bevor sie antwortete: »Ich weiß es nicht.« Dann, von Bitterkeit erfüllt: »Vermutlich.« Sie wechselte die Gangart, und ihre Stimme nahm ihre alte Effektivität an: »Ich werde zurückkommen, um einige Sachen zu holen. Oder jemanden schicken. Ich werde den Computer mitnehmen. Da sind all meine Daten drauf. Ihr könnt darauf vertrauen, dass ich keines unserer Konten plündern werde.«

»Also bitte, Mutter«, sagte Mead. »Niemand käme je auf den Gedanken.«

Sie hat es erwogen, dachte Luce, und betrachtete sie gleichmütig. Und ich für meinen Teil würde es ihr nicht verübeln. Geringer Ausgleich.

»Ich habe Con-Ed angerufen, sie werden Strom und Gas einschalten. Das Telefon sollte ab morgen funktionieren. Aber«, fuhr sie nachdrücklich fort, »ich ziehe es vor, vorläufig nicht kontaktiert zu werden. Wenn etwas Ernstliches passiert – nun, dann könnt ihr mich anrufen.«

»Ein Schlaganfall ist nichts Ernstliches?« fragte Mead sarkastisch. »Was genau verstehst du unter ernstlich?«

»Tod.« Ihr Ton war eisig. »Ich möchte für mich sein.« Binnen eines Augenblicks wanderte Elizabeth von Wut zu Verletztheit, von Schock zu Betrug, von Rache zu Verzweiflung. Ihre sonst so stoische Gestalt erbebte bei der gewaltsamen Reise, und sie legte leicht die Hand auf den Küchentresen, um sich zu stützen.

Luce war tief bewegt. Sie stand auf und legte tröstend den Arm um sie. Elizabeth erstarrte und wandte sich fort.

»Ich war mein ganzes Eheleben, selbst das eine Jahr, nachdem du geboren warst, Luce, als ich eine Weile fort war, eurem Vater treu, unserem Gelöbnis treu. Und jetzt musste ich feststellen, dass er woanders ... Trost gesucht hat. Und zwar über lange Zeit. Er ist mit dieser Frau seit nahezu fünfzehn Jahren zusammen. Das ist mehr als doppelt so lange, um sie nach dem Gewohnheitsrecht zu seiner Lebensgefährtin zu machen.«

»Woher weißt du das?« fragte Mead herrisch. »Bist du bei ihr gewesen?«

»Jawohl.« Elizabeth ließ sich nicht einschüchtern.

»Du liebe Güte«, flüsterte Mead.

»Und warum auch nicht? Hatte ich nicht das Recht dazu? Diese Frau ist fünfzehn Jahre lang in meiner Ehe mit eurem Vater die Dritte im Bunde gewesen. Fünfzehn Jahre lang! Ohne mein Wissen. Während ich dasaß und geglaubt habe, ich führte eine Ehe. Habe ich schließlich nicht einen Anspruch darauf, die Wahrheit zu erfahren? Oder zumindest einen Teil davon? Habe ich nicht das Recht, es mit eigenen Augen zu sehen?« Sie bedachte Mead mit einem geringschätzigen Blick. »Natürlich habe ich sie aufgesucht. Welche Frau hätte das nicht getan?«

Luce merkte, wie ihre Mutter innerlich bebte. »Mutter«, begann sie und spürte Meads Unbehagen, »ich muss dir etwas sagen.«

Elizabeth wandte sich ihrer ältesten Tochter zu.

»Ich habe gewusst, dass er eine Affäre hat. Ich habe es seit Jahren gewusst.« Elizabeth starrte sie schweigend an, sah auf Luces Mund, als hätte sie Griechisch gesprochen. »Ich schätze«, fuhr Luce fort, »ich hätte etwas sagen sollen. Aber ich wusste nicht, was.«

Sie und Mead wechselten einen Blick. Sie warteten auf Elizabeths Ausbruch. Oder ihren Zusammenbruch. Elizabeth stand einen Moment stocksteif da. Dann sagte sie mit einer wegwerfenden Geste: »Das ist kaum deine Schuld, Luce. Du musst dich nicht dafür entschuldigen.« Sie schickte sich an, die Küche zu verlassen, doch dann wandte sie sich noch einmal um und sagte: »Es tut mir leid, dass du es als erste herausfinden musstest.« Luce war von der Reaktion ihrer Mutter vollkommen überrascht und erkannte augenblicklich, wie sehr sie sich durch die Ereignisse der vergangenen zwei Tage verändert hatte. Die Schwestern sahen einander an. Luce las in Meads Gesicht ihre eigene Angst vor den Emotionen ihrer Mutter. Elizabeth, sonst beherrscht und stoisch wie ein Fels in der Brandung, balancierte am Rand von Hysterie und Zorn. Die beiden blieben in der Küche zurück, stumm und perplex, während Elizabeth den Flur hinunterging, die Tür öffnete und fest hinter sich schloss. Ihre plötzliche, unwiderrufliche Abwesenheit hallte ihren Töchtern in den Ohren.

Luce schlang die Arme um ihre Schultern und rieb sie, um die tiefe Eisigkeit, die sie seit ihrer Rückkehr ins Mount Sinai verspürte, zu vertreiben. Sie sah in das Gesicht ihres Vaters hinunter, bleiches Fleisch, in Ermangelung von Sauerstoff und Blut, sie sah das Gesicht von Grace, des Lebens müde. »Ich möchte nach Hause, Luce«, hatte sie zwei Jahre zuvor in ihrem Krankenhausbett geflüstert. »Ich möchte nicht hier sterben.«

Luce sah zu, wie die Krankenschwester Walters Schläuche richtete und erinnerte sich daran, wie die Hospizschwester in ihre Wohnung gekommen war und Grace an den Tropf mit Morphium angeschlossen hatte.

»Hören Sie, Herzchen«, hatte die Schwester gesagt und Grace die Injektionsvorrichtung in die Hand gegeben, »ich habe das auf die niedrigste Stufe eingestellt. Wenn die Schmerzen zu groß werden, drücken Sie einfach einmal. Wenn sie unerträglich werden, drücken Sie noch ein paarmal, dann wird alles gut.« Luce war zusammengezuckt, als sie die Anweisungen hörte. Sie wusste, dass es die Anleitung zum Sterben war. Doch sie hatten darüber gesprochen, miteinander, mit Ruthie. Es bestand keine Notwendigkeit, das Unerträgliche zu ertragen.

Dennoch hatte Luce, als sie diese Worte hörte, innerlich rebelliert. Sie hatte sich auf die Lippe gebissen und aus dem Fenster geschaut. Die Schwester hatte sich demonstrativ vor ihr aufgebaut. »Haben Sie verstanden?« Luce hatte ihrer Stimme nicht getraut und nur genickt. Ja.

Später, als jede von ihnen eine Hand von Grace hielt, hatte Ruthie gesagt: »Komm mit mir in die Küche, Luce. Wir sind gleich zurück, Liebes«, hatte sie Grace zugeflüstert, die kaum bei Bewusstsein war.

»Luce«, hatte Ruthie gesagt und sie bei den Schultern gefasst. »Du«, sagte sie sanft, *»du«* – sie machte eine Pause, um das Wort wirken zu lassen, »du musst sie gehen lassen.« Sie hatte Ruthie verständnislos angesehen. Ruthie schüttelte sie und versuchte, ihre Aufmerksamkeit zu gewinnen. »Lieber Gott, Luce, sie wird nicht gehen, bevor du ihr nicht sagst, dass es in Ordnung ist. Tust du das, bitte? Sie ist bereit, Luce. Sie ist bereit zu gehen. Bitte erlöse sie.«

Luce hatte Ruthie angesehen und war ihr weinend in die Arme gesunken. Ruthie hatte Luces tränennasses Gesicht von ihrer Schulter gehoben und sie angeblickt. »Bitte. Es bringt mich um, sie so zu sehen.«

Luce suchte nach einer letzten Reserve an Stärke, doch nach sechs auslaugenden Monaten fand sie keine mehr. Sie holte tief Luft. Sie schlangen einander die Arme um die Taille und kehrten zu Grace zurück.

»Grace«, flüsterte Luce, und ihre Stimme brach mittendrin. Sie setzte sich zu ihr aufs Bett. »Wenn du zu große Schmerzen hast, dann musst du nicht länger bleiben. Das ist okay.« Sie schlang eine Hand um Graces Hand, in der die Injektionsvorrichtung lag, und streichelte Graces Gesicht, das vor Schmerz feucht war. »Es ist gut, mein Herz. Drück einfach einmal ganz lange.« Unter schweren Lidern suchte Grace in Luces Gesicht nach Bestätigung.

Ruthie trat näher und legte ihrer Tochter die Hand auf die Wange.

»Es ist okay, Grace. Ich bin hier. Ruthie ist hier. Wir lieben dich.«

Luce spürte, wie Graces Hand sich in ihrer bewegte und den Drücker mehrmals betätigte. Dann ließ sie die Vorrichtung los, hielt Luces Hand, holte Luft und streckte den Kopf zurück, als der Schmerz und das Leben ihren Leib verließen. Eine Sekunde später war sie fort.

Die leichte, aber vernehmliche Bewegung von Walters sich weitenden Augen holte Luce aus ihren Erinnerungen zurück. Sie wartete. Seine Augen blinzelten, dann gewannen sie langsam ihren Fokus.

»Hallo«, sagte sie langsam. »Kannst du mich hören?« Walter blinzelte. Luce holte tief Luft. »Gut. Das ist gut. Willkommen zurück im Leben.«

»Ihr Vater zeigt einige vielversprechende Anzeichen, Mead«, sagte Dr. Meyer am nächsten Morgen. Mit einem Stift kreiste er auf der erleuchteten Röntgenaufnahme den Ort der Thrombose ein. »Nicht dass wir es nicht mit ernsten Schäden zu tun hätten. Aber er hat zumindest eine Chance. Viel Ruhe, Therapie, gute Pflege vorausgesetzt. Tja«, er drehte sich um und sah Mead an, deren leerer Blick sich in der Röntgenaufnahme verlor, Schatten von Grau, »er wird nie mehr der Alte sein, aber ...«

Mead wandte sich abrupt ab. Nie mehr der Alte sein? Sie schnaubte verbittert. Dem Himmel sei Dank für kleine Gnaden. Das waren ja gute Neuigkeiten. Sie hielt es in dem kleinen Büro kaum aus. Sie war wütend. So wütend, dass sie kaum klar sehen konnte, geschweige denn klar denken.

»Alles in Ordnung mit Ihnen, Mead?« fragte Dr. Meyer. »Ich weiß, das ist alles arg viel auf einmal, ein ziemlicher Schock. Möchten Sie ein Beruhigungsmittel? Etwas, das Ihnen hilft zu schlafen?«

Sie sah ihn an. Sie hätte ihn am liebsten geschlagen. Etwas, das ihr half, sich besser zu fühlen? Das alles ungeschehen machte?

Das ihr half, die Tatsache zu vergessen, dass ihr Vater ein Ehebrecher war, ein Lügner, ein Betrüger – und zwar seit langem? Statt dessen schloss sie die Augen und sagte: »Nein, danke.«

Dr. Meyer schien ihr Verhalten ungebührlich zu finden. Vorsichtig fuhr er fort: »Die nächsten Tage werden entscheidend sein. Seine Reaktionen werden uns eine Menge über seine künftigen Fähigkeiten verraten. Und natürlich wollen wir verhindern, dass er einen weiteren Schlaganfall erleidet.«

Wollen wir das? fragte Mead sich. Warum? Warum, zum Teufel? Sie rieb sich den Schädel. »Vielen Dank noch mal. Ich werde meine Schwester informieren.«

Sie kehrte durch die kalten labyrinthartigen Gänge zu Zimmer 1420 zurück. Dort holte sie tief Luft, öffnete langsam die Tür und trat ein. Mead sah kurz Luce an, die neben Walters Bett stand, und trat dann ans Fußende, in sein Blickfeld. Sie betrachtete sein gezeichnetes Gesicht, sah, wie er sich bemühte, sie klar zu erkennen.

»Ich habe heute morgen mit den Leuten vom CDC gesprochen«, verkündete sie. »Sie haben mir angeboten, mein Forschungsstipendium für sechs Monate zu verlängern.«

Luce beobachtete Mead ahnungsvoll. In Walters Augen entdeckte sie das Bemühen, seine mentale Lethargie abzuschütteln, aufzutauchen. Seine Mundwinkel zuckten, und seine Unterlippe bewegte sich kaum merklich.

»Ich habe angenommen.« Mead sah Walter direkt in die trüben Augen. »Ich habe die Verwaltung in Chicago angerufen und es ihnen mitgeteilt.«

Walter blinzelte langsam, seine Augen füllten sich mit Tränen. Mead stand aufrecht da, eine Giftschlange, vor Zorn zu voller Höhe aufgerichtet, bereit, zuzustoßen. Sie trat langsam näher ans Bett. Walters Kopf sank tiefer ins Kissen.

»Weißt du, ich habe an dich geglaubt«, zischte Mead. Luce sah den Kampf in seinen Augen, seinen schlaffen Mund unter Kontrolle zu bekommen, den Mechanismus seiner Zunge zu betätigen, seine Gedanken in seinem Gehirn in Worte zu fassen und die Worte zu artikulieren. Vergeblich. »Was du getan hast«, stieß Mead aus, »ist verabscheuungswürdig. Verabscheuungswürdig und gewissenlos. Es gibt keine Worte, um zu beschreiben, wie abscheulich du dich verhalten hast. Wie selbstsüchtig. Wie entwürdigend. Wie unverzeihlich. Du«, sie hielt einen Moment inne, »du wärst besser tot.«

»Mead«, schritt Luce ein, »das geht zu weit!«

»Du erzählst mir in *seiner* Gegenwart«, sie wies angewidert auf die Gestalt ihres Vaters, »dass *ich* zu weit gehe? Angesichts dieses Schweins? Dieses Betrügers?«

Luce sah, wie das Gesicht ihres Vaters zu zittern begann. Sie warf Mead einen Blick zu, der ihr den Mund verbot. Mead trat einige Schritte vor. Hass zeichnete sich auf ihrem Gesicht ab. »Es reicht, Mead!« Sie merkte, dass es Mead kaum möglich war, sich zu lösen, und befahl in scharfem Ton: »Geh jetzt, Mead, bitte!« Mead rührte sich nicht. Luce trat zu ihr und ergriff sie energisch am Oberarm. Mead wandte sich ihr zu und sah ihre Schwester hasserfüllt an. Luce wiederholte mit aller Autorität, die sie aufbieten konnte: »Mead, geh!« Meads Gesichtsausdruck wurde leer. Sie starrte Luce dumpf an. »Bitte, geh einfach.« Luce führte sie langsam zur Tür, öffnete sie und sah Mead einen Augenblick nach, wie sie den Gang hinunterging. Dann schloss sie die Tür und ließ sich schwer dagegensinken.

»Tja, Walter«, sagte sie, nachdem sie ihm einen Augenblick Zeit gelassen hatte, sich zu sammeln, »sieht so aus, als hieße es für eine Zeitlang: du und ich.«

Er richtete die Augen langsam auf sie, hielt ihren Blick einen kräftezehrenden Moment fest und verschwand dann hinter seinen schweren, blau gezeichneten Lidern.

Luce trank mit kleinen Schlucken ihren Tee, während sie ihre Schwester musterte. Sie waren beide zu müde, um zu schlafen.

Mead hatte den Kopf auf die Faust gestützt und starrte in die dampfende Tasse, die Luce vor sie hingestellt hatte. Luce durchbrach die Mauer zwischen ihnen und fragte: »Wann geht dein Flug?«

»Am frühen Nachmittag. Ich weiß es nicht genau. Ich muss nachfragen. Ich werde nicht noch einmal ins Krankenhaus gehen.« Sie wartete auf die Reaktion ihrer Schwester.

»Ich weiß.« Die Wohnung war entsetzlich still. Das Gefühl von Verlust und Veränderung durchdrang alles. Die Uhr, die vor einer Zeit, die wie eine Stunde schien, ein Uhr morgens gezeigt hatte, stand nun auf Viertel nach eins.

»Wie ist Afrika?«

Mead hob müde den Kopf und antwortete: »Unglaublich.« Ein Moment des Unbehagens folgte. Luce merkte, dass Mead mit sich rang. Schließlich, den Blick wieder auf den Tee gesenkt, stellte Mead eine Frage, die mehr eine Feststellung war: »Du und Grace, ihr habt euch also getrennt?«

Luce neigte erstaunt den Kopf. »Getrennt? Wie um alles auf der Welt kommst du darauf?«

»Ich habe *Auf der Suche nach Grace/Amsterdam* gesehen. Ich verstehe nicht viel von Kunst, aber als ich das Bild gesehen habe, hatte ich das Gefühl, dass ihr beide nicht mehr zusammen seid.«

Luce lächelte müde. »In Nairobi, vermute ich?«

»Ja. Ich habe eine Frau kennengelernt, die deine Bilder sammelt. Eine nette Frau«, fuhr Mead hastig fort. »Besitzt einen guten Geschmack.«

Luce holte tief Luft. »Mead, das Bild habe ich ein Jahr nach Graces Tod gemalt.«

Mead hob rasch den Kopf. »Du liebe Güte, Luce, das tut mir leid. Ich hatte ja nicht die leiseste Ahnung. Ich meine, das ist mir nie in den Sinn gekommen. Lieber Himmel. Entschuldige ...« Ihr versagte die Stimme.

»Du brauchst dich nicht zu entschuldigen, Mead. Woher hättest du es wissen sollen? Ich habe es dir nie erzählt. Wenn jemand um Entschuldigung bitten sollte, dann ich.« Eine Unzahl von Fragen huschte über Meads Gesicht.

»Sie ist an Brustkrebs gestorben. Vor etwas mehr als zwei Jahren.« Dann gestand sie zu ihrer eigenen Überraschung: »Ich vermisse sie schrecklich.«

Mead brachte kein Wort heraus. Plötzlich musste sie an die quälenden Augenblicke in Bilas Hütte in Sofia Town denken, als Bila gefragt hatte: »Wer wird sich um meine Kinder kümmern?« Als sie ihre Schwester ansah, fühlte sie sich so leer und hilflos wie in jenem Augenblick, als sie Bila angesehen hatte, die hoffnungslos dahinsiechte und um Hilfe flehte.

»Grace hat damals, nach jenem Abendessen bei uns, zu mir gesagt, dass ich dir eine Entschuldigung schuldig bin. Ich weiß, dass du dich ziemlich unbehaglich gefühlt hast. Ich glaube, wir Bennetts sind nicht sehr ...« Sie suchte nach einem geeigneten Wort.

»Warm?« schlug Mead vor, und Luce nickte. »Offen und aufgeschlossen könnte auch passen. Kommunikativ? Sozial kompetent?«

»Letzteres ist besonders treffend«, meinte Luce mit einem leichten Lächeln. »Doch wenn das eine Multiple-Choice-Frage ist, bin ich für D. Alles Genannte.«

Mead seufzte. »Ja, wir sind ein erbärmlicher Haufen. Danke, Walter.« Sie sah, wie Luce zurückzuckte. »Keine Sorge, ich werde keine neue Tirade vom Stapel lassen.« Sie trank ein paar Schlucke Tee, beide Hände um die Tasse voller Wärme gelegt. »*Ehe 5* hat mir verraten, dass du deine Eltern nicht niedermachst.«

Luce war neugierig. »Welche Bilder hast du noch gesehen?«

»Nur die vier: *Nr. 19/Herbst, Ehe 5, Auf der Suche nach Grace/Amsterdam* und *Versprechen 4.*«

»Oh« war Luces ganzer Kommentar. Eine kleine Welle, die traurig auf einen einsamen Strand rollte.

»Du bist gut«, sagte Mead unbeholfen. »Offensichtlich bist du gut. Ich meine, was weiß ich schon. Aber ich mochte die Bilder.«

Luce lächelte erfreut. »Gut. Das freut mich.«

»Als ich den Kilimandscharo hinaufgestiegen bin, hat Gil – das ist der Sohn der Sammlerin, auf diese Weise habe ich die beiden kennengelernt, oder dich, sollte ich vielleicht sagen – mir von dieser Serie erzählt, die du von Tommy gemalt hast, *Neonplage.* Er hat sie so lebendig beschrieben, dass ich fast meinte, sie selbst gesehen zu haben.«

»Du bist den Kilimandscharo hinaufgestiegen?« Luce war überrascht. Und beeindruckt.

»Hat Mutter dir keine eMail geschickt und dir davon erzählt?«

Luce sah verdrießlich drein. »Ich habe den Computer nie in Betrieb genommen. Die Kisten stehen immer noch in meiner Küche – ein teurer Türstopper und Zeitschriftenhalter.«

»Oh, na, das erklärt, warum ich nichts von dir gehört habe.«

»Was meinst du damit?«

»Ich habe dir eine eMail geschickt, gleich nachdem ich von der Klettertour nach Nairobi zurückgekehrt war. Ich ...«, sie zögerte einen Augenblick, »... ich wollte einfach nur mit dir reden.«

»Worüber?« Luces Ton war defensiv.

»Nichts im Besonderen.« Sie schwieg einen Moment. »Nun, es war seltsam, diesen Berg mit Gil zu besteigen, einem vollkommen Fremden, der dermaßen beeindruckt von dir war. Der deine Werke kannte und deine Karriere verfolgt hatte. Und auf der anderen Seite ich, deine Schwester, die überhaupt nichts wusste. Und dann erfuhr ich von den *Neonplage*-Bildern, die mich daran erinnerten, wie es war, als Tommy noch lebte und wie wir drei Dinge unternahmen und es dir nichts auszumachen schien, dass ich immer dabei war.« Sie holte tief Luft. »Und dann die Tatsache, dass Peter dabei war, was alles verkomplizierte.«

»Peter? Du bist immer noch mit ihm zusammen? Ich dachte, du hättest ihm den Laufpass gegeben?«

»Das habe ich. Aber er besitzt einen gewissen Charme. Und ich bin schwach geworden. Es ist ihm gelungen, sich wieder in mein Leben einzuschleichen.« Luce sah besorgt drein. »Keine Sorge«, fuhr Mead fort. »Er ist jetzt passé. Ein für allemal. Du hast ihn nie gemocht, stimmt's?«

»Nein, er schien mir viel zu charmant, um ihm über den Weg zu trauen.«

»Kluge Frau. Er ist, nun, sagen wir einfach, nicht vertrauenswürdig.«

»Wie Walter?«

»Ja.« Mead wand sich. »So ähnlich wie Walter.«

»Und erklärt das möglicherweise«, fuhr Luce fort, »warum du heute wie eine Furie auf ihn losgegangen bist?«

Mead zuckte nicht mit der Wimper. »Ich werde mich nicht für das, was ich gesagt habe, entschuldigen, Luce. Ich habe jedes Wort genau so gemeint.« Sie war unerbittlich. »Ich verwechsele Walter keineswegs mit Peter. Sie haben sich nur beide desselben Vergehens schuldig gemacht.« Und dann, mit einer Spur Zorn: »Nur weil du zehn Jahre Zeit hattest, damit klarzukommen, Luce, und dir vielleicht irgendeine absurde Erklärung zurechtgelegt hast oder das Romantische daran siehst, steht es dir nicht zu, mir gegenüber selbstgerecht zu sein. Oder mich zu analysieren. Es ist schon schlimm genug, dass Avery dauernd meine Motive hinterfragt und in meinem Unbewussten herumstochert. Lass du das gefälligst bleiben.«

»Recht hast du.« Luce war gleichmütig. »Aber ich möchte dennoch wissen«, fuhr sie fort, »ob du die Verlängerung gewollt hast, um Walter zu bestrafen oder ob du von dir aus länger in Afrika bleiben willst.«

Mead lehnte sich zurück und sah hoch. An die Zimmerdecke gewandt, antwortete sie: »Die Wahrheit lautet, ich weiß es nicht.

Eine weitere Wahrheit lautet, dass Afrika etwas hat, das mich wirklich berührt. Es ist schrecklich wunderbar.« Sie sah Luce an.

»Bist du sicher, dass es nicht wunderbar schrecklich ist?« scherzte Luce leise.

Mead lächelte. »Könnte auch sein, Luce.« Sie ließ die Schultern sinken. »Ich fühle mich dort so lebendig. Ich weiß, ich bin noch nicht einmal drei Monate dort, aber es gibt da etwas Unerklärliches. Als wir nach Tansania gefahren sind und ich etwas vom Land gesehen habe, war ich vollkommen baff. Es war atemberaubend. Die natürliche Schönheit des Landes, der Tierwelt. Ein paar Kilometer außerhalb von Nairobi gibt es einen Wildpark. Du kannst Elefanten und Löwen und Schimpansen beobachten – und im Hintergrund die Skyline von Nairobi. Und die Menschen sind einfach wunderschön. Die Afrikaner, die Europäer, die Asiaten. Das würde dir gefallen – ein Augenschmaus. Ich habe einige großartige Menschen kennengelernt, einige Ärztinnen, die vielleicht Freundinnen werden können. Und sie brauchen medizinische Hilfe dort. Ich kann dir gar nicht beschreiben, wie entsetzlich die Zustände sind. Allein letztes Jahr stieg die Rate der HIV-Infektionen um fünfundzwanzig Prozent. Womit die Menschen dort konfrontiert sind, ist unfassbar.«

»Du sagst unfassbar, klingst aber ganz aufgeregt. Ich entsinne mich nicht, diesen Ton je vernommen zu haben, wenn du von deiner Forschungsarbeit gesprochen hast. Klingt nicht so, als würdest du dein Labor wirklich vermissen«, meinte Luce.

»Tue ich auch nicht«, gestand Mead mehr sich selbst ein als ihrer Schwester. »Ich vermisse es überhaupt nicht. Meine Arbeit in Afrika hat nichts Theoretisches, Entfremdetes oder Abstraktes.«

»Klingt, als hättest du etwas gefunden. Wo also liegt das Problem?« Mead zuckte die Schultern. »Es handelt sich doch nicht etwa um so etwas Banales wie deine außerordentlich vielversprechende kometenhafte Karriere in den Vereinigten Staaten von

Amerika, oder?« Mead grinste zustimmend. »Mead, ich hab keine Ahnung, wie man in deinem Metier Karriere macht, aber ich kann mir nicht vorstellen, dass du deine Zukunft ruinierst, wenn du weitere sechs Monate in Afrika bleibst. Lass dir Zeit. Du musst die Entscheidung nicht sofort treffen.«

Mead sah Luce dankbar an. »Nein, das muss ich nicht.«

»Weißt du, mir kommt es so vor, als ob du seit Jahren in einer Tretmühle steckst: vom Studium angefangen bis zu deiner Arbeit im Labor. Ich glaube, es tut dir gut, mal eine Auszeit zu nehmen. Es ist ja nicht so, als würdest du völlig aussteigen und dich auf eine einsame Insel zurückziehen.«

»Nein, das nicht. Auch wenn es nicht viel nützt – es tut mir leid, dass ich dich mit Walter allein lasse. Du kannst jederzeit eine Krankenschwester engagieren, die hier einzieht. Oder ihn in einem Genesungsheim unterbringen. Zumindest solange, bis Mutter zurückkommt.«

»Glaubst du, dass sie zurückkommt?«

»Glaubst du nicht?«

»Ich bin mir nicht sicher. Im Moment jedenfalls nicht. Ich schätze, sie wird einige Zeit brauchen, um über all das hinwegzukommen, wenn das überhaupt möglich ist. Und mach dir um mich keine Gedanken«, fuhr Luce fort. »Ich glaube, dass es im Augenblick nicht das Schlechteste für mich ist, ein bisschen Zeit mit Walter zu verbringen.«

Mead war neugierig. »Wie meinst du das?«

»Ich bin seit Graces Tod wie getrieben. War nicht in der Lage, längere Zeit irgendwo zu sein. Jacob liegt mir in den Ohren, ich solle hierher zurückkommen. Und wenn ich ehrlich bin, neige ich schon dazu. Aber ich bin mir nicht sicher, ob ich in der Lage wäre, ohne sie hier zu leben. Mit der Tatsache zurechtzukommen, dass sie überall ist. Aber fort.« Luce schwieg einen Moment. »Das hier verschafft mir ein wenig Zeit.«

»Soll das heißen, du willst hier mit Walter leben? Ich meine, er steht dir, sagen wir, ein bisschen distanziert gegenüber. Und zwar schon seit langer Zeit.«

»Stimmt. Aber weißt du, das war damals. Jetzt ist jetzt. Außerdem glaube ich, dass er heutzutage viel ruhiger ist.«

Mead lachte, überrascht vom schwarzen Humor ihrer Schwester.

»Noch eine Tasse?« Luce stand auf.

»Gern. Ich glaube nicht, dass ich heute nacht viel Schlaf finde.« Mead sah zu, wie ihre Schwester den Kessel aufsetzte. »Es muss hart gewesen sein«, sagte sie ruhig, »dass Grace gestorben ist.«

Luce drehte sich um und lehnte sich gegen die Spüle. »Wie eine Amputation. Ich fühle mich einfach nicht mehr vollständig.«

Mead sah den Schmerz über Luces Gesicht gleiten. Sie suchte nach Worten.

»Lass nur, Mead, es gibt nichts, was du dazu sagen könntest.«

Mead errötete. Sie dachte an Jane, die Bila tröstend in die Arme genommen hatte. Mead war an jenem Tag nicht in der Lage gewesen, sich zu rühren, so eindringlich hatte sie vernommen, wie Bila das weite ungerechte Universum anklagte. Auch jetzt war sie nicht in der Lage, sich zu rühren; sie starrte in die frische Tasse Tee, die Luce vor sie hingestellt hatte.

»Mein Leben verlief in ruhigen Bahnen. Ich hatte mich etabliert, zu meiner eigenen Überraschung. Ich war zufrieden und glücklich. Und dann änderte sich alles.«

»Luce«, brachte Mead schließlich heraus. »Es tut mir wirklich leid.«

Sie schwiegen. Dann sagte Luce leise: »Es war schlimm. Ist schlimm. Ich gehe irgendwohin und höre ein Flüstern. Plötzlich scheint sie zugegen zu sein. Ich vernehme vielleicht ein paar gedämpft klingende Worte. Der Tonfall ist so vertraut. Ich lausche, um mehr zu hören. Ich sehe mich um. Niemand da. Oder ich vernehme einen Duft, ihren Duft, und er schwebt unter meiner Nase. Sie muss ganz nah sein. Muss da sein. Oder ich sehe sie. Ich gehe eine Straße entlang und sehe sie in der Ferne vor mir, sehe sie von hinten, wie ich sie tausend Mal gesehen habe. Ich bin ganz sicher. Plötzlich bin ich in einer anderen Zeit, nicht mehr in der Gegenwart. All meine Sinne sind hellwach, sind mobilisiert. Doch genauso schnell, wie sie gekommen sind, sind diese quälenden Fragmente wieder verschwunden. Einfach weg. Und zwischen zwei kleinen Sekunden fällt mir das, was so verheißungsvoll war, was meine Hoffnung von neuem genährt hat, vor die Füße. Der Schrottplatz der Erinnerung – übersät mit rostigen, unentzifferbaren Bruchstücken meines früheren Lebens.« Sie errötete vor Verlegenheit über diese Selbstentblößung, während Mead sie aufmerksam ansah. »Der Tod ist kein einmaliges, in sich abgeschlossenes Ereignis. Das wusste ich vorher nicht.« Sie sah Mead an, benommen und abwesend. »Ach«, seufzte sie und versuchte einen leichteren Ton anzuschlagen, »ich sollte vermutlich für sagen wir zehn, zwanzig Jahre auf starken Medikamenten sein. Kannst du mir nicht was verschreiben?«

Elizabeth saß am Küchentisch und schaute aus dem Fenster. Jenseits des vor ihr weiterlaufenden Bildschirms des Chatrooms, in den sie sich eingeloggt hatte, hoben sich die Dünen, bevor sie ins Meer abfielen, und der Abendwind blies leichte Schaumkronen auf die Wellen. Blaugraue Dämmerung senkte sich herab. Noch ganz benommen von den jüngsten Ereignissen und Entdeckungen, kam sie sich vor wie in einer anderen Welt. Gleichgültig verfolgte sie das Geschwätz der Chatroom-Gemeinde. Das Fenster verkündete, dass siebenundzwanzig Teilnehmer im Chatroom waren, aber in den letzten zehn Minuten hatte sich nur eine Handvoll an der banalen Konversation beteiligt.

RANGER: *Aber der Präsident ist ein Trottel. Und ein Lügner.*
RAZDAZ: *Wie lautet die Losung heute, Freunde?*
SKINHEAD: *Sind sie doch alle. Präsident, Sprecher, Senator. Macht kein Unterschied.*

KWAYLUDE: *Hey, wo warst du gestern abend, Schnucki?*
MADMAN: *Seine Frau ist das größere Problem, wenn du mich fragst.*
RAZDAZ: *Ich hatte eine Verabredung, ein Blindgänger. Was für ein Arschloch!*
RANGER: *Welche politische Entscheidung hat er nicht revidiert?*
KWAYLUDE: *Das hast du davon, wenn du die virtuelle Herde deiner Freunde verlässt. Geh nie, nie, hörst du? allein aus dem Haus.*
RAZDAZ: *Haltet mir den Schleimbeutel vom Hals.*
BLONDIE: *Hallo, allesamt. Grüße aus Chicago. Que pasa?*
MADMAN: *Zieh Leine, Affenarsch. Niemand außerhalb der virtuellen Welt würde sich auf dich einlassen.*
RANGER: *Ist das der Chatroom für Politik oder nicht?*
KWAYLUDE: *Hey, Blondie, was bist du für ein Sternzeichen?*
RAZDAZ: *Wie ist das Wetter in Windy City?*
MADMAN: *Ich glaube, es ist Zeit, dass die echten blauen Amerikaner die Sache in die Hand nehmen.*
KWAYLUDE: *Will mich jemand cybern?*
BLONDIE: *Schütze. Und du? Wie alt seid ihr alle? Mann, Frau?*
EBENNETT: *WALTER BENNETT SOLL IN DER HÖLLE SCHMOREN – DER GOTTVERDAMMTE HURENSOHN!*
RAZDAZ: *Kwaylude, wie bist du so ein Schwein geworden?*
RANGER: *Was soll das heißen, Madman? Dass wir alle*

Schweigen. Nach der üblichen Verzögerung wurde der Bildschirm leer. Elizabeth saß da, die Finger auf der Tastatur, bereit, noch einmal in den Cyberspace zu schreien.

EBENNETT: *Da hat man sein ganzes Leben damit verbracht – und ich bin 70, also meine ich das ganze Leben –, an jemanden zu glauben, ihn zu unterstützen, ihm seine Existenz zu ermöglichen, für alles zu sorgen, und dann – PUFF!*

Elizabeth dachte an Eddy, der ihr von Mr. Heinz' plötzlichem Tod erzählt hatte.

PUFF! Und alles ist zerplatzt. Alles. Die falschen Hoffnungen und Überzeugungen, die Schwüre, die sich als Schwindel entpuppen, alles. Weg. In Sekundenschnelle ist ein Ehemann fort und an seiner Stelle bleibt ein Hurensohn zurück.

SKINHEAD: *Hey, wer ist die alte Dame, die da Dampf ablässt?*

JESTER: *Halt die Klappe, Arschloch, lass sie reden.*

EBENNETT: *Sprich nicht über mich, junger Mann. Hab zumindest die Courage, mich direkt anzusprechen. Ich hab es satt, belogen und betrogen zu werden. Ich bin es leid, aufrechtzuerhalten, was doch nicht viel mehr als eine Fassade ist. Wenn du mir was zu sagen hast, dann SAG ES.*

RAZDAZ: *Jawoll, Mädchen.*

JESTER: *Weiter so, Schwester. Kommen wir zur Sache. Alles, was ihr greinenden kleinen Punks könnt, ist über Astrologie zu quatschen und über eure kleinkarierten Pipisachen. Ich bin bereit, mehr von EB und dem wahren Leben zu erfahren.*

RANGER: *Will denn niemand über Politik reden?*

RAZDAZ: *Also, EB, worum geht's?*

EBENNETT: *Ich war 20, als ich Walter Bennett geheiratet habe. Ich habe ihm vier Kinder geboren. Ich habe diese Kinder großgezogen und mich um die geschäftlichen Aspekte seiner Karriere gekümmert – ziemlich erfolgreich, möchte ich hinzufügen. Ich habe stets dafür gesorgt, dass er es bequem hatte, dass sein Leben in ruhigen Bahnen verlief. Ich habe geputzt, ich habe gekocht, ich habe die Windeln gewechselt, ich habe kluge Investmententscheidungen getroffen. Fünfzig Jahre lang habe ich verdammt hart gearbeitet und gedacht, nun, das ist mein Part des Deals. Wir haben eine Partnerschaft, richtig? Eines Tages werden wir Zeit für uns haben, Zeit für unsere Ehe. Nein, das stimmt nicht. Ich dachte, eines Tages würde Elizabeth wieder ganz oben auf seiner Prioritätenliste stehen.*

Jester: *Eine altbekannte Geschichte, Schätzchen. Die Hoffnung versiegt nie.*
EBennett: *Doch was musste ich herausfinden? Was ist statt dessen passiert? Ich finde heraus, dass Walter Bennett, Inbegriff von Ethik und Moral, eine Affäre hat, und zwar nicht zu knapp – seit fünfzehn Jahren hat er eine Beziehung mit einer anderen Frau.*
Razdaz: *Und ich dachte, mein Typ von gestern abend wäre ein Arschloch.*
Kwaylude: *Hey, EB, klingt, als solltest du die verlorene Zeit wettmachen. Lass uns in ein Privatzimmer gehen, dann kannst du mich cybern.*
Jester: *Eine uralte Geschichte, Herzchen. Ich hatte einen Mann, keinen Ehemann, einen Freund, der dasselbe gemacht hat – nur nicht ganz so lange.*
Madman: *Hör mal, EB, es tut mir leid für dich, aber kriegen wir uns wieder ein. Woher wissen wir, ob Walter nicht einen guten Grund hatte, etwas nebenbei laufen zu haben?*
EBennett: *Zählen Gelöbnisse denn nicht? Gibt es heutzutage denn nichts mehr, auf das man vertrauen kann? An das man glauben kann?*
Razdaz: *KWAYLUDE, DU BIST EIN ABSOLUTES SCHWEIN. MACH DASS DU HIER RAUSKOMMST ODER ICH RUF DIE CYBERCOPS.*
Blondie: *Weißt du, Jester, ich hatte letztes Jahr auch so einen Freund. Er war natürlich Steinbock.*
Jester: *Typisch Madman. Das arme Opfer auch noch beschuldigen.*
Skinhead: *Ihr lieben Damen da draußen glaubt wohl, dass es nur euch so geht, ja? Keine Frau betrügt je einen Typ, wie?*
Sonicboom: *Hallo, allesamt. Bei welchem Thema seid ihr?*
Kwaylude: *Hey, Blondie, nichts gegen Steinböcke, ja. Ich selbst bin Steinbock. Du hast offensichtlich nur noch nicht den richtigen getroffen.*

Ranger: *Möchte denn niemand über Politik reden? NIEMAND?*

Ich hätte einfach den Rest meines Lebens in meinem Arbeitszimmer sitzen bleiben können, dachte Elizabeth, als sie den Blick vom Bildschirm hob und aus dem dunklen Fenster sah. Ich hätte mich einfach in Luft auflösen können. Ob er es überhaupt gemerkt hätte? Elizabeth erhob sich vom Küchentisch und öffnete das Fenster, um die dunkle See einzuatmen. Ich dachte, ich bin verheiratet. Statt dessen bin ich verraten worden.

In der düsteren Hütte tauschten Jane und Mead über Bilas ausgemergelten, schmerzgeplagten Leib in dem schmalen Bett hinweg einen Blick aus.

»Sie stirbt«, sagte Mead, von Panik erfüllt. »Sollten wir die Kinder nicht zum Spielen hinausschicken?« fragte sie und merkte augenblicklich, wie absurd ihr Vorschlag war. Wo sollten sie spielen? Auf den trostlosen Wegen von Sofia Town? Wie sollten sie spielen, diese großäugigen, jammervollen Kinder, die selbst dem Untergang geweiht waren?

Jane nahm den Lumpen von Bilas Stirn, der als Kompresse diente, tauchte ihn ins Wasser, wrang ihn aus und legte ihn Bila wieder auf die Stirn. »Ihr westlichen Menschen seid vom Tod immer so überrascht. Oder vielleicht peinlich berührt? Er ist unausweichlich, inbegriffen. Was dachtest du, was passieren würde, Mead? Diese Kinder sollten nicht fortgeschickt werden. Sie sollten ihrer Mutter beistehen.« Sie streckte die Arme nach der Ältesten aus, zog sie auf ihren Schoß und strich ihr über den Kopf. Sie sah Mead streng an. »Genau wie du.« Dann sprach sie auf Suaheli zu den Kindern. Mead verstand ihre Worte nicht, registrierte jedoch den tröstlichen Tonfall.

Mead wollte etwas tun. Ihre Gedanken jagten sich, ihre Hände zitterten. Es gab nichts zu tun. Später würden sie, so hatte Jane ihr gesagt, bevor sie die Hütte an diesem Morgen betraten, einen

Nachbarn rufen, der Bilas Leiche in eine Webdecke hüllen und sie auf sein Fahrrad binden und zu dem Ort bringen würde, der als Friedhof diente. Während Mead in New York gewesen war, hatte Jane den Ehemann ausfindig gemacht, der sich allerdings seit etlichen Tagen nicht hatte blicken lassen. Wenn er nicht auftauchte, bevor sie gingen, würden sie die Kinder in das bereits überfüllte Weisenhaus bringen. Doch im Augenblick gab es nichts zu tun.

»Fürchte dich nicht vor der Dunkelheit, Mead«, sagte Jane, ohne sie anzusehen. »Sie ist die Kehrseite des Tages.« Sie streichelte den Kopf des kleinsten Kindes mit rhythmischen Bewegungen.

Mead zögerte, dann streckte sie die Arme nach der jüngsten Tochter aus, zog sie auf ihren Schoß und schlang die Arme um sie. Das Kind, verängstigt und zitternd, ließ sich schwer gegen Mead sinken, wie in einer stummen Bitte um Hilfe. Ihre Knochen waren so dünn, so zerbrechlich. Mead schloss die Augen und schrie innerlich: *Warum müssen sie alle sterben, verdammt noch mal? Warum?* Gemeinsam warteten sie und sahen zu, wie Bilas Atmen langsamer und flacher wurde, wie ihre Augen in immer fernere Fernen zu blicken schienen, bis sie, etliche Stunden später, sich ergab und wie eine abgebrannte Kerze aufflackerte und verlosch.

»Wie geht es deinem Vater?« Jacobs Stimme am Telefon klang verhalten.

»Etwa so wie gestern, als du dich nach ihm erkundigt hast, Jacob. Und am Tag davor. Warum steichst du um den heißen Brei herum? Was gibt's?« Luce stand am Schreibtisch ihrer Mutter und schaute in den Park. Der Märzschnee hatte die Erde zugedeckt, und alles zeigte eine friedliche, ruhige Frische. Als sie sich umdrehte, sah sie über den Flur hinweg Walter da sitzen, in seinem Rollstuhl, dem Fenster zugewandt, eine Decke über den Beinen. Wie eine ägyptische Skulptur, dachte Luce, massig, unbeweglich, Raum einnehmend, doch nicht in der Lage, ihn zu durchqueren. Wieder dachte sie an die große Sphinx, nicht länger Wächterin des Grabmals. Der Wüste überlassen, von Witterung und Zeit gezeichnet, zu unendlichem sandigem Schweigen verurteilt.

»Nun, du erinnerst dich wahrscheinlich nicht, aber bei deiner Ausstellung im Januar war der PR-Direktor einer High-Tech-Firma. Du warst spät dran, und er konnte nicht warten. Er hat mich in der darauffolgenden Woche angerufen. Offensichtlich ist der Oberboss dieser Firma ziemlich erpicht auf deine Bilder. Jedenfalls hat er mich ein paar Tage nach dem Schlaganfall deines Vaters wieder angerufen. Sie sind daran interessiert, eines deiner Werke zu kaufen. Vielleicht auch mehrere. Ich wollte dich zuvor nicht damit behelligen, aber ...«

»Aber was, Jacob?«

»Nun, ich möchte, dass du mich begleitest und sie kennenlernst.«

»Ach, Jacob, du weißt doch, dass ich ...«

»... dass du diese Dinge verabscheust, aber es könnte um mehrere Bilder gehen. Du bist in der Stadt. Und sie haben mehrere Niederlassungen. Klingt, als ob, wer immer dieser Typ auch ist, er höchst interessiert daran ist, den Künstler kennenzulernen.«

»Und der Künstler bin ich?«

»Ich fürchte ja.«

»Muss ich, Jacob?« jammerte Luce.

Jacob schwieg einen Moment. »Weißt du, wenn wir alt und grau sind ...«

»Manche von uns sind das bereits.«

»... und ich eine Million Vorschuss für meine Memoiren kriege ...«

»Vollkommen überbezahlt in Anbetracht deines Gedächtnisses.«

»... meine Erinnerungen an glanzvolle Verbindungen zu berühmten Künstlerinnen und Künstlern meiner Zeit, dann wird die Öffentlichkeit es zweifellos faszinierend finden, zu erfahren, dass eine gewisse – ich zitiere – ›Malerin‹ nichts tat als jammern.«

»Großartig, Jacob. Reicht es nicht, dass du mich in der Gegenwart quälst? Musst du das auch noch in die Zukunft tragen?«

»Okay, vergiss es. Wir werden den Deal einfach sausen lassen. Besser das, als dass du dich der Unannehmlichkeit aussetzt, dich für ein paar Stunden in die schmutzige Welt des Kommerzes zu begeben.«

»Na schön. Na schön. Lass mich einen Blick in meinen Kalender werfen. Ich bin sicher, dass ich es nächste Woche einrichten kann.«

»Morgen wäre besser.«

Luce stieß einen entnervten Seufzer aus. »Okay, Jacob. Ich habe verstanden, dass du keinen Frieden geben wirst, bis ich zu allem ja und amen gesagt habe. Lass mal sehen«, sie blätterte in ihrem schwarzen Kalender, »drei oder vier Uhr wäre machbar.«

»Zehn Uhr wäre perfekt.«

»Du hast das Ganze längst arrangiert, stimmt's? Warum hast du nicht einfach einen Terroristen angeheuert, der mich kidnappt und dir diese ganze Telefoniererei erspart?«

»Nun werde mal nicht kratzbürstig. Außerdem konnte ich keinen zu einem annehmbaren Preis finden. Hey, du wirst dich in interessanter Gesellschaft finden, sehr high tech, sehr trendy, sehr spendabel – Coaxial-Kabel. Vielleicht findest du es sogar ganz spannend.«

»Ich möchte nicht einmal wissen, was ein Coaxial-Kabel ist, Jacob. Klingt auf jeden Fall nicht wie etwas, über das du in der Öffentlichkeit reden solltest.«

»Und danach vielleicht ein kleiner Lunch? Nur wir beide?«

»Wo sitzen sie?«

»Musst du klingen, als ob ich dich foltern würde?«

»Die Adresse?«

»Leonard Street. Im Herzen von Silicon Alley. Treffen wir uns dort?«

»Klingt jetzt schon grässlich.« Luce stöhnte.

»Hm, nein, du kommst besser in der Galerie vorbei und wir gehen gemeinsam hin.«

»Na schön«, stimmte Luce halbherzig zu.

»Und, Luce – mit einem Coaxial-Kabel hast du eine höhere Übertragungsrate.«

Einen Moment lang herrschte Schweigen am anderen Ende der Leitung. »Tatsächlich, Jacob? Gott, jetzt wo ich das weiß, kann ich es kaum bis morgen früh um zehn erwarten. Ich werde mein ganzes Outfit auf dieses wirklich süße kleine Einhandmesser abstimmen, das ich zufällig besitze. Nur für alle Fälle.«

»Luce?«

»Was, Jacob?«

»Ich bin froh, dass es dir besser geht.«

»Könnte dieses Treffen glatt ruinieren.«

»Bis morgen.«

Mead saß auf der Veranda des Norfolk Hotels und trank einen Sundowner, obwohl der Mond bereits aufging. Der Tod von Bila hatte sie zutiefst erschüttert. Tatenlos danebenzustehen und zuzusehen. Sie hatte sich noch nie zuvor in ihrem Leben derart hilflos gefühlt. Bila in den vergangenen Wochen erlebt zu haben, eine Frau von Mitte Zwanzig, mit drei kleinen Kindern, die allesamt zum Tode verurteilt waren, verlieh Mead ein Gefühl verzweifelter Ohnmacht. Und es gibt Tausende von Bilas, dachte sie, Tausende und Abertausende.

Auf ihrem Flug von New York nach Paris hatte sie sich selbst bei dem Gedanken ertappt: Ich könnte es alles fortwerfen. Innerhalb einer Sekunde. Die ganze Engstirnigkeit des Lebens, die die Medizin ihr abverlangte, all die Jahre der Vorbereitung und der Ausbildung, die vielversprechende Zukunft. Zum ersten Mal in ihrem Leben hatte sie so absurde Gedanken wie per Anhalter durch die Weltgeschichte zu reisen, in einem Pariser Café zu sitzen und

Kaffee zu trinken, nach Bali zu reisen und nicht zurückzukehren. Vielleicht war sie, genau wie Luce, eine Malerin. Woher sollte sie es wissen? Sie hatte sich niemals ernstlich an irgend etwas anderem versucht als an der Medizin. Vielleicht hatte sie das Zeug zur Magnatin, überlegte sie. Sie hatte von Industriekapitänen gelesen, die ihr mächtiges Finanzimperium auf Teppichreinigungen oder Hot Dogs oder Termingeschäften aufbauten. Es gab durchaus Optionen. Sie konnte diese Optionen ausüben. Das überraschte sie.

Auf dem Flug von Paris nach Nairobi dachte sie: »Und wenn ich alles fortwerfen würde, wo würde ich es hinwerfen?«

Vor Walters unbewegliche Alabasterfüße, antwortete sie sich. Ihr Vater, der sie ermahnt, gedrängt, angetrieben und nach jedem erfolgreich absolvierten Sprung die Latte höher gelegt hatte. Er war immer fordernd gewesen, immer schwierig und immer auf einem Podest. Dass er sich selbst dort plaziert hatte, änderte nichts an der Tatsache, dass sie seine Position stets akzeptiert hatte. Seit seiner Pensionierung hatte sie sich von ihm zurückgezogen, von der Macht, die er ausübte, hatte vielleicht sogar auf den leichten Schimmel reagiert, der auf der allmählich Risse aufweisenden Säule seines Pedestals wuchs. Dennoch hatte sie seine Position akzeptiert. Sie nie hinterfragt. Sie nie von allen Seiten betrachtet. Nie die Schattenseite gesehen. Bis jetzt.

Irgendwo über dem Indischen Ozean dachte sie, und überhaupt – wessen Leben ist das? Er hat seines gehabt, und er hat es voll gelebt. Nach seinem Gusto. Er hat nur eines.

Als sie jetzt ihren zweiten Gin Tonic trank und auf Linda wartete, dachte sie, ich habe nie große Umwege eingeschlagen. Mein Leben ist stets gradlinig verlaufen, schnurstracks. Von Punkt zu Punkt, von Ziel zu Ziel, von Erfolg zu Erfolg, glatt und ohne Störungen oder Unterbrechungen.

Auf ihrem Weg zum John F. Kennedy Flughafen hatte sie den Taxifahrer spontan gebeten, an der Galerie Malowitz vorbeizufahren. Jacob hatte freundlicherweise ein Meeting verlassen, um ihr einige von Luces ausgestellten Gemälden zu zeigen und sie dann in einen Raum mit einem kleinen Diaprojektor geführt. Falls er überrascht gewesen war oder als Luces Freund ihr gegenüber Vorbehalte oder Ressentiments hegte, so hatte er es sich nicht anmerken lassen. Als sie in einem bequemen Ledersessel in dem abgedunkelten Raum saß und sich durch die Dias mit den Bildern ihrer Schwester klickte, war sie fasziniert gewesen. Sie ließ die Landschaften und Porträts von Menschen, die sie nicht kannte, rasch an sich vorüberziehen, um bei den aufschlussreicheren, intimeren Werken innezuhalten. Sie hatte sich zornig durch *Nr. 19/ Frühling, Sommer* und *Herbst* geklickt. Und langsam durch die *Auf der Suche nach Grace*-Serie – Paris, Amsterdam, Rom, Mexiko City, Maine, New York. Sie konnte kaum glauben, dass sie ihn nicht gesehen hatte – Graces Tod. Er war da – voll im Blick. Luce zeigte der Betrachterin ganz klar die stets flüchtige Gestalt, die auf immer außer Reichweite blieb. Und der Verlust und der Schmerz waren offenkundig. »Wie habe ich das übersehen können?« fragte sie sich schuldbewusst.

Die Serie von Tommy in *Neonplage* ließ sie entsetzt nach Luft schnappen, so dass sie die Hand vor den Mund schlug. Ihr guter Freund, ihre Brücke zu Luce, so jung und frisch, lebenssprühend und großzügig, versuchte auf jedem von Schmerz erfüllten Bild sich dem Tod zu widersetzen und seine Würde zu wahren.

Zwei kleine Gemälde, *Ärztin 1* und *Ärztin 2,* gemalt während Meads Ausbildungszeit, hatten sie überrascht. Als sie sie objektiv betrachtete, erkannte sie das Mitgefühl der Malerin für ihr Modell. Hinter dem Gefühl von Triumph und Erfolg lag ein Schatten von Traurigkeit, eine Schwere unbestimmten Ursprungs. Mead hatte nie vermutet, dass Luce Mitgefühl für sie empfand oder sie auch nur wirklich wahrnahm. Ja, sie besser wahrnahm als sie sich selbst, dachte Mead zynisch.

Und wenn ich alles wegwerfe, dachte sie noch einmal, und

tauchte mit ihrem Drink wieder in der Gegenwart auf, wem wäre damit gedient?

Linda fand Mead bei ihrem zweiten Gin Tonic und meinte: »Hey, eil mir nicht zu weit voraus.«

»Keine Sorge. Er zeigt keinerlei Wirkung.« Sie klang verdrießlich.

»Ah, einer dieser Abende, ja? Was ist los?«

»Willst du das wirklich wissen?«

»Natürlich.«

»Ich habe keine Probleme im Leben gehabt.«

Linda sah sie fragend an. »Tut mir leid, ich kann dir nicht folgen.«

»Ich nehme die Aussage zurück. Peter war ein Problem. Mein erstes Problem. Ein hartnäckiges Problem. Mit Peter folgten die Dinge keinem Plan. Eine Abirrung, zugegeben, aber nichtsdestotrotz ein Bruch. Verstehst du?«

»Nein. Im Grunde nicht. Was ist dir über die Leber gelaufen, Mead?«

»Bila ist tot.«

»Oh, das tut mir leid.«

»Und mir ist in den Sinn gekommen«, ihre Stimme war von Ironie erfüllt, »als ich da stand, die beste Ausbildung hinter mir, die für Geld und Beziehungen zu haben ist, unzählige Stunden Forschungsarbeit in den besten Labors, eine hervorragende Spezialistin, dass ich nichts, aber auch gottverdammt gar nichts tun konnte, und als ich dann ihre drei Kinder sah, zu Tode verängstigt, die nichts von dem Waisenhaus ahnten, das in ihrer armseligen, abgeschnittenen Zukunft lag – nun, die haben Probleme. Echte Probleme. Daneben verblasst im Vergleich sogar mein Vater, dieser arrogante, verlogene, untreue Hurensohn.«

»Nun mal langsam, beruhige dich, ja? Ich dachte, dein Vater hätte gerade einen Schlaganfall gehabt. Das ist ein echtes Problem.«

»Das ist reines Glück. Ein glücklicher Zufall«, erwiderte sie beißend. Linda war schockiert. »Es ist in der Wohnung seiner Geliebten passiert – seiner langjährigen Geliebten. Von der wir allesamt nichts wussten – bis auf Luce.«

»Liebe Güte, Mead, ich weiß gar nicht, was ich sagen soll.«

»Ach, zum Teufel, ich will gar nicht über ihn sprechen. Wirklich nicht. Lieber über Bila.«

»Klingt, als hätte Afrika dich gepackt.« Linda klang mitfühlend.

»Ja, das hat es!« fauchte sie. »Wie auch nicht?« Linda sah verletzt aus. »Entschuldige. Ich wollte es nicht an dir auslassen.« Sie malte ein obskures Muster auf ihr beschlagenes Glas. »Weißt du was? Ich kann es nicht glauben, dass ich das Schwein so leicht habe davonkommen lassen.«

»Deinen Vater?«

»Nein, Peter.« Sie starrte in ihr Glas.

Linda schwieg kurz. Dann sagte sie: »Ich auch nicht.« Sie zuckte die Schultern. »Tja, wer weiß.«

»Lieber Gott.« Mead war erneut angewidert. »Direkt vor meinen Augen.« Sie barg den Kopf in den Händen und raufte sich das Haar. »Weißt du, dass meine Mutter, fünfzig Jahre lang eine tapfere und unerschütterliche Getreue, seine Geliebte in weniger als vierundzwanzig Stunden mit ihrem Wissen konfrontiert hat? Dass sie sich in weniger als achtundvierzig Stunden aus ihrem gemeinsamen Leben verabschiedet hat?« Sie seufzte. »Ich habe nichts getan.«

Linda ließ den Kopf gegen die Lehne des hohen Rattansessels zurücksinken, schloss die Augen und holte tief Luft. »Deine Mutter hat es nicht gesehen. Hat nicht zusehen müssen. Ich glaube, das ist ein Unterschied.«

»Bila«, hörte sie Mead leise sagen, »war jünger als ich.«

»Ich weiß nicht, Mead.« Sie öffnete die Augen und sah, dass Mead, ein erwartungsvolles Kind, sie anstarrte. »Ich weiß wirklich nicht. Ich kann nur sagen, wenn die Situation umgekehrt gewesen wäre, wenn Roz mit Peter zusammengewesen wäre und ihr beide miteinander im Bett gelandet wärt, hätten wir gewiss davon gehört.« Sie hielt inne, um sich das Bild vor Augen zu führen. »Und zwar augenblicklich.«

»Ja, der Aufschrei wäre um die Welt gegangen.«

»Aber du bist nicht Roz, und dafür sind wir dankbar.«

»Ich verstehe wirklich nicht, wie man sich so verhalten kann.«

»Peter wird sich schon noch umgucken. Mit ein bisschen Glück wird das Karma in nächster Zeit auf den Plan treten.«

»Ich rede nicht von Peter – ich rede von meinem Vater.«

»Oh. Vielleicht höre ich dir einfach eine Weile zu.«

»Es macht es schwer zu begreifen, mit wem du es wirklich zu tun hast. Eines Tages wachst du auf und jemand, den du seit Jahren kennst, vielleicht sogar dein ganzes Leben, ist plötzlich ein vollkommen anderer Mensch. Und zwar nicht gerade jemand, den du sympathisch findest. Arme Frau.«

»Deine Mutter muss am Boden zerstört sein.«

Mead sah Linda an. »Ja, vermutlich. Aber ich sprach von Bila.«

»Aha.«

»Selbst in jener Nacht auf dem Berg, als ich Peter beobachtet habe, kam ich mir nicht hilflos vor. Überrascht, das ja. Dann auch wütend. Aber nicht hilflos.«

Sie schwiegen eine Zeitlang. Dann sagte Linda leise: »Weißt du, Mead, wenn du hierbleibst, wirst du viele Patienten verlieren.«

Mead nickte. Dann schloss sie fest die Augen. »Ich weiß. Bila ist nur die erste in einer endlosen Reihe. Sie ist nicht einmal wirklich die erste – nur für mich. Es muss etwas geben, was ich tun kann. Ich hasse es, nicht in der Lage zu sein, etwas zu tun.«

»Forschung ist ein ziemlich bedeutsamer Beitrag.«

»Ja. Ja, ich weiß. Aber untätig danebenzustehen ...« Sie sah auf.

»Du wirst deine Sache gut machen, Mead. Nein, besser. Eine unglaublich talentierte Ärztin – mit einem mitfühlenden Herzen.«

Mead schnaubte. »Ich weiß, dass ich meine Sache gut machen werde. Nur wie – das ist das Problem.«

»Siehst du, du hast doch Probleme. Fühlst du dich nun besser?«

»Viel besser, danke.« Sie trank einen Schluck und setzte das Glas traurig wieder ab. »Ich finde es schade, dass du fortgehst, Linda. Du wirst mir fehlen.«

»Ja, ich finde es auch schade. Tja ...« Sie hob ihr Glas in Meads Richtung. »Auf den Uhuru.«

»Auf die Freiheit.« Meads Lächeln war bittersüß. »Gute Heimreise.«

»Gleichfalls, meine Freundin.«

Das leise Anstoßen der Gläser war unter dem Mond Afrikas kaum zu vernehmen.

Im Fahrstuhl auf dem Weg in das Büro im obersten Stock des trendigen renovierten Lofts fragte Jacob: »Du hast also heute das erste Mal seit Wochen das Haus verlassen, ja? Du weißt deinen Vater bei der Krankenschwester in guter Obhut?«

»Ja, vor allem weil ich Ruthie als Verstärkung angeheuert habe.« Sie warf Jacob ein teuflisches Grinsen zu.

»Ach, wäre ich eine Fliege an der Wand. Ruthie und Walter – wenn das nicht ein Gespann ist.«

Luce kicherte. »Sie hat mehrere Ausgaben der *Weekly Sun* dabei, um ihm vorzulesen. Sie hat bereits alle Geschichten, in denen es um Ärzte und die Wissenschaften geht, herausgesucht und sich seine fortgesetzte berufliche Fortbildung auf die Fahnen geschrieben.«

»Bist du sicher, dass er bei deiner Rückkehr noch leben wird?«

»Er hat in der Tat ziemlich verzweifelt die Augen verdreht, als sie ihm erzählt hat, was sie ihm vorlesen will.« Jacob lachte. »Wenn er nicht ohnehin nicht mit mir reden würde, würde er jetzt mit Sicherheit damit anfangen.«

»Das alles ist natürlich nicht von Rachegelüsten deinerseits gefärbt, nicht wahr? Kein Auge um Auge, Zahn um Zahn?«

»Jacob«, tadelte Luce ihn scherzhaft, »wie kannst du das auch nur denken? So ist es keineswegs.«

Die Tür des Aufzugs öffnete sich und zeigte einen exquisit gestalteten High-Tech-Eingangsbereich. Jacob ging zu der Empfangsdame hinüber, und kurz darauf stand der Leiter der PR-Abteilung vor ihnen.

»Hallo, Jacob. Guten Morgen.« Der PR-Direktor war ein großer Mann in den Dreißigern mit Pferdeschwanz und extravaganter Brille. Auf sein lässiges Erscheinungsbild war große Mühe verwandt worden.

»Hallo, Robert.« Jacob war augenblicklich in heiter-gelöster Verkaufslaune. »Darf ich vorstellen – Luce Bennett.« Luce nickte grüßend.

»Wow, toll, Sie kennenzulernen«, sagte Robert aufrichtig. »Danke, dass Sie gekommen sind. Wir freuen uns wirklich darauf, Ihre Bilder in unseren Räumen zu haben. Gehen wir gleich zur Geschäftsleitung.«

Robert führte sie über hellen Parkettboden durch ein Labyrinth von Arbeitsnischen, freigelegten Backsteinwänden und Stützpfeilern. »Es ist uns ein wichtiges Anliegen, die richtige Arbeitsatmosphäre zu schaffen – ein Ambiente, das stilvoll und künstlerisch gestaltet ist, das etwas darüber aussagt, wer wir sind und was wir wollen. Ausdruck, Kreativität – darum geht es uns im Grunde. Das steckt auch hinter unseren Coaxial-Kabeln. Wir sind wahnsinnig erfolgreich, aber wir wissen, dass es nicht allein um Geld gehen kann. Und das kommt direkt von oben.« Robert war sichtlich beeindruckt.

Luce wandte sich an Jacob und tat, als müsse sie sich übergeben. Er stieß sie hart in die Rippen, so dass sie aufkeuchte. »Entschuldigung«, sagte sie rasch, als Robert sich besorgt umwandte. »Wie dumm von mir. Ich habe mich verschluckt.«

Er sah sie mitfühlend an und setzte dann den Weg fort. Es ging einen Flur hinunter zu einem großen Büro mit Glaswänden.

Am Ende des Büros stand in einer Ecke, in der zwei Glaswände aufeinandertrafen, ein langer, eleganter schwarzer Schreibtisch. Der schwarze Schreibtischstuhl mit der hohen Lehne war von ihnen abgewandt, und die Schnur des Telefons verschwand dahinter. Alles war nüchtern und ordentlich. Robert führte sie leise in das Büro und bedeutete ihnen, auf einer schwarzen Ledercouch Platz zu nehmen.

»Tut mir leid, dass ich nicht bleiben kann. Ich habe zu tun«, flüsterte er. Er wies mit dem Kopf zu dem abgewandten Stuhl hinüber. »Terry braucht gewiss nicht mehr lange. Muss nur noch das Telefonat mit unserem Büro in Tokio zu Ende bringen. Ich komme später noch einmal vorbei, ja?«

»Klar, kein Problem, Robert. Danke. Wir sehen uns noch, bevor wir gehen.«

Luce nickte und lächelte breit und ließ ihr Lächeln verschwinden, sobald Robert sich abgewandt hatte. Sie sah Jacob an und verdrehte angewidert die Augen. Sie verschränkte die Arme, trommelte mit den Fingern und seufzte laut.

Jacob lächelte bemüht und zischte: »Lass das, Luce. Reiß dich zusammen!«

Das Geräusch des sich drehenden Schreibtischstuhls zog Luces und Jacobs Aufmerksamkeit auf sich. Luce sah mit leicht offen stehendem Mund zu, wie Terry den Telefonhörer auflegte, sich erhob und auf die Couch zukam. Sie war etwa Ende Dreißig, groß, hatte dichtes schwarzes Haar und ein dunkles mediterranes Aussehen. Sie trug eine schlichte schwarze Tunika und schwarze Hosen und verströmte eine Aura von Stil, Selbstsicherheit und Macht.

»Vielen Dank, dass Sie zu mir gekommen sind. Ich hoffe, es war nicht zuviel verlangt«, sagte sie und schüttelte beiden mit festem, warmem Griff die Hand. Als sie Luce ansah, runzelte Jacob warnend die Stirn.

»Keineswegs«, versicherte er ruhig. »Luce lernt gern die Menschen kennen, die sich für den Erwerb ihrer Bilder interessieren, und die Orte, wo sie hängen könnten.« Terry sah Luce an, als Jacob sie zum Sprechen drängte. »Nicht wahr, Luce?«

»Ja.«

Terry lächelte. Dann sagte sie mit der selbstsicheren Direktheit einer Führungskraft: »Ich weiß es zu schätzen, Luce, dass Sie Ihren Vater verlassen haben, um heute morgen hierher zu kommen. Ich hoffe, er erholt sich bald wieder.« Luce schaute sie einfach nur an. »Nun, wollen wir uns die Dias ansehen?«

Jacob baute seinen kleinen Lichtkasten auf dem Konferenztisch rechts neben Terrys Schreibtisch auf. Sie verbrachten etwa zwanzig Minuten mit dem Betrachten der Dias.

»Ich möchte auf jeden Fall eines aus der *Highway*-Serie. Das hier gefällt mir am besten.« Sie wies auf eine Nachtszene. Durch die Windschutzscheibe eines Autos erstreckte sich der graue Asphalt des Highways in drei Richtungen und wand sich über die Leinwand. Es war nebelig, der Tüllnebel im Sacramento Valley, und die Kette von Straßenlampen, die die drei gewundenen Straßen säumte, erzeugte Kegel von weichem, gefiltertem Licht, das von peitschenförmigen Laternenpfählen herabfiel. Rote Schlusslichter tupften hier und da die Straße.

Luce erinnerte sich an den Moment der Erschaffung des Bildes. Im Grunde, so sinnierte sie, war das Wort Inspiration angemessener. Sie war eines Nachts mit dem Auto auf dem Highway unterwegs gewesen und hatte die Szene nach einer Kurve vor Augen gehabt. Sie hatte am Straßenrand gehalten und schnell eine Skizze gemacht. Die Komposition war perfekt gewesen, sie hatte es nur noch in Grau- und Schwarztönen malen müssen, mit Tupfern von Bernstein und Rot, eines der seltenen Geschenke aus dem Nichts, wenn sie plötzlich etwas erblickte, das vollkommen war, so wie es war. Zufall, Glück, göttliche Eingebung. Es geschah nicht oft, aber wenn, dann war es sensationell.

Terry fuhr fort. »Ich glaube, das wäre genau das Richtige für den Eingangsbereich, meinen Sie nicht?« Luce nickte stumm.

»Sie leben jetzt in Kalifornien, nicht wahr?« Luce nickte erneut. Terrys Blick lag weiterhin auf ihr, trotz ihres Schweigens. »Wir haben ein Büro dort in Redwood Shores.«

Luce war unbehaglich zumute. »Ich kenne die Gegend nicht allzu gut.«

Terry lachte leise. »Ich habe auch nicht erwartet, dass Sie diesen Winkel der Welt erkundet hätten. Aus irgendeinem Grund halte ich Mikrochips, ISDN-Leitungen und Coaxial-Kabel nicht für Ihr Hobby.« An Jacob gewandt, sagte sie: »Haben Sie auch Bilder mitgebracht?«

»Ja, einige«, antwortete er und zog den Reißverschluss einer großen schwarzen Ledermappe auf. Luce stellte den Lichtkasten beiseite und sah zu, wie Jacob eines ihrer Gemälde auf den Tisch legte.

»Das ist eines der wenigen verbliebenen Werke aus einer Serie, an der Luce zwei Jahre gearbeitet hat«, erklärte er und sah Luce zärtlich an. »Wie Sie wissen, wurde die Serie sehr gut aufgenommen.«

Es war *Auf der Suche nach Grace/Brooklyn Bridge,* das Bild, das Luce bei ihrem letzten Besuch in New York gemalt hatte. Als sie es nun betrachtete, empfand sie einen unvermittelten Stich. Sie erinnerte sich an all die Gelegenheiten, bei denen sie und Grace die Brücke überquert und in der Mitte innegehalten und auf das Meer hinausgeblickt hatten, an die Gelegenheiten, bei denen sie sich an Sommerabenden mit Ruthie getroffen und mit ihr zusammengesessen hatten und sie ihnen den neuesten Familienklatsch serviert hatte oder kuriose Nachrichtensplitter aus der *Weekly Sun.*

Ein kurzes Summen ertönte, gefolgt von einer Stimme über die Gegensprechanlage. »Mr. Malowitz, Tina von Ihrer Galerie ist auf Leitung fünf.«

Jacob war leicht irritiert. Er entschuldigte sich, ging zum Schreibtisch hinüber und nahm den Anruf entgegen.

Terry sah Luce an, die sich in der Betrachtung des Bildes auf dem Tisch verloren hatte. »Es ist ein unglaubliches Bild. Sehr bewegend.« Luce erwiderte ihren Blick. Der tröstliche Ton in Terrys Stimme provozierte sie. »Ich fand immer, dass Grace ein wunderschöner Name ist«, fuhr Terry fort, »wie auch ein wundervolles Wort.« Luce schwieg verstört. »Sie müssen sie schrecklich vermissen«, sagte Terry. Luce spürte, wie ihre Wangen plötzlich vor Röte brannten, so entblößt fühlte sie sich, und sie heftete ihren Blick auf Jacob und betete um seine rasche Rückkehr an den Tisch.

»Tut mir leid«, sagte er und sah Luce prüfend an. »Alles in Ordnung?«

»Ja«, erwiderte Luce knapp.

»Also, wo waren wir?«

»Auf der Suche nach Grace/Brooklyn Bridge«, antwortete Terry. »Das würde ich gern erwerben. Aber nicht fürs Büro.«

»Ich fürchte, das Bild ist nicht verkäuflich«, stieß Luce hervor. Sie nahm es und steckte es in die Mappe zurück, hinter die anderen. »Tut mir leid, Jacob«, sie sah ihn unverwandt an. In seinen Augen spiegelte sich eine Mischung aus Überraschung und Ärger. »Wo ich es jetzt gesehen habe, habe ich festgestellt, dass es noch nicht fertig ist.«

Jacob blickte sie fragend an, doch als er merkte, dass ihre Entscheidung, wiewohl überraschend, so doch endgültig war, wandte er sich an Terry. »Tut mir leid – ein Missverständnis.«

»Kein Problem«, erwiderte sie mit ruhiger Stimme und sah Luce an. »Vielleicht, wenn es fertig ist ... Es hat keine Eile.«

Später, als sich die Fahrstuhltür hinter ihnen schloss, fragte Jacob: »Was hatte das zu bedeuten?«

»Es tut mir leid, Jacob. Wirklich.«

»Es muss dir nicht leid tun. Sie hat zwei Bilder gekauft. Das nenne ich eine erfolgreiche Stunde Arbeit. Aber warum wolltest du ihr *Brooklyn Bridge* nicht verkaufen? Ich weiß und du weißt, dass es vollendet ist.«

»Ich weiß nicht genau. Es überkam mich einfach so. Ein Gefühl. Ich wollte es einfach nicht verkaufen.«

»Ich habe das Gefühl, dass sie dich mag«, meinte Jacob. Luce sah ihn verblüfft an. »Du weißt schon, sie *mag* dich.«

»Jacob, bitte!«

»Luce, ich meine es ernst. Du hast einfach kein Gespür für solche Dinge, weißt du?« Luce sah ihn gequält an. »Mal im Ernst, ich meine, es ist schon traurig, wenn mein Lesbenradar besser funktioniert als deiner. Gibt's nicht eine Möglichkeit, das zu reparieren?«

»Klar, ich wollte ihn die ganze Zeit schon in die Werkstatt bringen. Rutscht leider immer wieder ans Ende meiner Prioritätenliste.«

Die Türen des Fahrstuhls öffneten sich, und sie durchquerten die Eingangshalle und traten auf die Straße. Luce meinte unruhig: »Ich lasse das Mittagessen lieber ausfallen. Ich sollte wirklich heimfahren und nach Walter sehen.«

»O nein, das wirst du nicht, Luce. Auf gar keinen Fall.« Er ergriff ihren Arm. »Es stimmt, weißt du, dass mein Lesbenradar besser funktioniert als deiner. Von Grace einmal abgesehen, habe ich dich, wie du dich erinnern wirst, einer beträchtlichen Anzahl von Frauen vorgestellt, die mir über den Weg gelaufen sind.«

»Ich bin froh, dass du dich so gut daran erinnerst, Jacob, denn sie waren – von Grace abgesehen – allesamt farblos, langweilig oder überkandidelt.«

»Komm schon, Luce. Ich finde, ich habe bessere Referenzen. Was war mit der Schwedin?«

»Ilsa?« Luce schüttelte ungläubig den Kopf. »Total abgedreht. Ihr Kühlschrank enthielt Wein, Bier, Cola, einzeln verpackte Käsescheiben von Kraft – du weißt schon, diese orangefarbenen Dinger, die absolut karzinogen sind – und im Gefrierfach eine Flasche Wodka.«

»Du mochtest sie also nicht?« Luce schüttelte erneut den Kopf. »Hm, das Ausmaß war mir nicht klar. Und was ist mit Marilyn? Sie war doch nett.«

»Kau-mir-ein-Ohr-ab-Marilyn? Lass-mich-nicht-allein-Marilyn?

Wir-kennen-uns-seit-zwei-Tagen-lass-uns-an-den-Hüften-zusammenwachsen-Marilyn?«

»Vielleicht war sie ein bisschen zu entgegenkommend?«

»Verschmelzungssüchtig trifft es eher.«

»Ich dachte, es wären ein oder zwei dabeigewesen, die ganz in Ordnung waren.«

»Nein, keine einzige. Null. Nada. Nimm's mir nicht übel, Jacob, aber Partnervermittlung ist nicht gerade deine Stärke. Gib die Galerie noch nicht auf.«

»Nun, zumindest wusste ich, dass sie allesamt lesbisch waren«, meinte er selbstzufrieden. »Und ich sage dir, Luce, Terry ist an mehr als an deinen Bildern interessiert.« Er lächelte mit großer Befriedigung auf sie hinab.

»Sind wir mit dem Thema durch? Lass uns ein Taxi nehmen und zu Mittag essen, ja?«

»Einverstanden.«

Er trat an den Bordstein, um ein Taxi herbeizuwinken. Sein Grinsen schwand allmählich, als zwei leere Taxis vorbeiflitzten. Luce trat vor ihn.

»Bitte, wenn wir in diesem Leben noch ein Taxi bekommen wollen, lass mich es machen.«

»Sie ist attraktiv, findest du nicht?« fragte er.

Ein Taxi kam quietschend zum Stehen. Luce öffnete die Tür. »Jacob«, sagte sie drohend, »noch ein Ton und du gehst zu Fuß.«

Er trat zu ihr, beugte sich herab, um sie auf die Wange zu küssen, und schlüpfte mit breitem Grinsen auf den Rücksitz.

»Und lass das grinsen, ja?«

Mead starrte mit trüben Augen auf die Straße. Sie waren gerade von einem kurzen Besuch einer ländlichen Klinik zurückgekehrt, die einige Stunden von Nairobi entfernt lag. Es war eine kleine, verwahrloste Blockhütte gewesen, von Einschusslöchern aus einem vergangenen Krieg gezeichnet. Der diensthabende Assistent hatte sie herumgeführt. Auf der Krankenstation war jedes einzelne Bett belegt gewesen. Betten waren demontiert worden. Nackte, verdreckte Matratzen lagen auf dem schmutzigen Fußboden. Auf den Bettgestellen, direkt auf den metallenen Sprungrahmen, lagen Kranke mit leerem Blick, manchmal zu zweit in einem Bett. Der Assistent war besonders stolz auf ihr »Pathologie-Labor« – ein leerer Raum mit einem altmodischen Mikroskop. Auf dem Flur hockte ein Kind, ein Mädchen, das aussah wie ein Jahr alt, in Wirklichkeit jedoch drei war, aufgebläht vor Unterernährung. Ihre Mutter, spindeldürr und im letzten Stadium von Aids, ergriff Meads Hand. »Ich werde nicht aufgenommen. Ich hab Angst. Helfen Sie mir!« Ein Gewebe aus Stöhnen und nichtssagenden Gesprächsfetzen hüllte das kleine Gebäude ein. Mead kam sich vor, als sei sie von einem Wal verschlungen worden, mit Kurs auf den Meeresboden. Jane war sehr freundlich zu dem Assistenten und all den Patientinnen und Patienten und hatte ihnen Mut zugesprochen, aber Mead fand das alles höchst deprimierend.

Auf dem Weg zurück nach Nairobi hatten sie einen kurzen Zwischenstop in Sofia Town eingelegt. Jane hatte noch einen kleinen Beutel mit Nahrungsmitteln abgeben wollen. Sie hatten Bilas Hütte aufgesucht, in die bereits eine neue Familie eingezogen war, neu in die Stadt gezogene Landflüchtlinge. Der Mann, Ende Zwanzig, war HIV-positiv. Die Frau wundersamerweise nicht. Sie konnten ihnen ein paar Kondome dalassen.

Jane hockte schweigend hinter dem Steuer des kleinen Wagens. Trotz des heißen Tages waren alle Fenster verschlossen, um Autoräuber abzuschrecken. Jane legte Mead einen Finger auf den Arm und wies dann auf den Gehweg.

»Das ist einer der Läden, wo sie Pearl Omega verkaufen.« Mead bemerkte die Menschenansammlung, die aus der Tür eines Ladens im ersten Stock drang, sich die Treppe hinunterzog und am Gebäude entlang erstreckte.

»Anhalten!« befahl sie.

»Warum?«

»Halt einfach an«, rief Mead. Jane war perplex, tat aber wie geheißen. Mead sprang aus dem Auto und rannte auf den Laden zu. Jane schloss den Wagen ab und eilte ihr beunruhigt nach.

Mead hatte seit Wochen von dem Zauberkraut reden hören, mit dem Aids angeblich kuriert werden konnte. Sie hatte erfahren, dass Tag für Tag Dutzende, ja manchmal Hunderte von Menschen Schlange standen, um eine Flasche der Kräutertinktur zu erwerben. Das milchige braune Gebräu sollte angeblich die Stoffe enthalten, die nötig waren, um ein Enzym, Protease, zu zerstören, das das Virus brauchte, um sich zu reproduzieren. Es ging das Gerücht, dass hohe Regierungsbeamte, vielleicht die höchsten, die Verbreitung des Trankes befürworteten, obwohl dessen Wirksamkeit und Verträglichkeit nie getestet, geschweige denn nachgewiesen worden waren. In medizinischen Kreisen hieß es, dass die Regierung den Verkauf von Pearl Omega in die Hand genommen habe und dass das Geld, Riesensummen, einigen Schlüsselfiguren zugute komme. Die Regierung ließ auf Anfrage stets »Kein Kommentar« verlauten.

Mead blieb wie angewurzelt stehen, als sie die Menschenschlange erreichte. Eine Handvoll Leute sah sie verwundert an, doch die meisten ignorierten sie einfach – sie waren mit ihrer Krankheit und ihrem bevorstehenden Ableben befasst und von einer tiefen Mattigkeit ergriffen. In unterschiedlichen Stadien der Abgezehrtheit standen sie ruhig und geduldig an. Eine schmutzige, von Fußspuren gezeichnete Preisliste lag auf dem Gehweg. Mead bückte sich und hob sie auf.

Die Kosten für die empfohlene Dreißig-Tage-Kur lagen zwischen 545 und 5000 Dollar, je nachdem, ob es sich bei dem Käufer um einen Kenianer oder einen Ausländer handelte. Die Anweisungen lauteten, dreißig Tage lang 250 Milliliter zu trinken, um das Aids-Virus daran zu hindern, sich zu vermehren. Das

Aufkommen des Trankes hatte verheerende Folgen. Viele Menschen, vor allem die Armen und Ungebildeten, verkauften all ihre Habe, um sich die Behandlung leisten zu können. Andere verabschiedeten sich in dem Irrglauben, dass eine Kur gefunden worden sei, von Safer-Sex-Praktiken.

Jane erreichte Mead. Sie zupfte sie am Ärmel und fragte atemlos: »Was hast du vor?« Ihre Stimme klang schrill.

»Jane«, sagte Mead energisch, »wir können das nicht zulassen. Sieh dir all die armen Menschen an – sie haben alles veräußert. Und wozu? Für Lügen. Für nichts als Hirngespinste.«

Mead eilte die Treppe hinauf. Jane schrie: »Mead, Stop! Lass das!« Mead blickte über die Schulter zurück, lief aber weiter an den wartenden Menschen vorbei.

Jane holte sie an der Tür des Ladens ein. »Was hast du vor?«

»Ich will ihnen sagen, dass sie heimgehen sollen. Dass sie ihr Geld nicht vergeuden sollen. Dass es Schlangenöl ist. Ich will versuchen, den Quacksalberladen dichtzumachen.«

»Nein, Mead.« Jane schüttelte den Kopf und zog sie mit sich die Stufen hinunter. »Das werde ich nicht zulassen.«

»Aber ...«

»Aber was?« Jane war sehr entschieden. »Du hast nichts, was du ihnen statt dessen anbieten könnest. Du hast nicht das Recht, ihnen die Hoffnung zu nehmen.« Mead sah sie verständnislos an. »Mead, wie kommt es, dass du so wenig über den Lebenswillen der Menschen weißt? Wir Afrikaner sind dem Tod jeden Tag näher als die meisten anderen Menschen. Aber den Tod zu akzeptieren heißt nicht, dass wir nicht leben wollen. Diese Menschen hier, jeder einzelne von ihnen, will nur einen weiteren Tag leben, will einen weiteren Sonnenaufgang sehen. Nimm nichts fort, was du nicht ersetzen kannst.« Sie blickte Mead an, die erschrocken und verwirrt aussah. Ruhig fuhr sie fort: »Bitte komm. Komm weg von hier.« Mead stand wie angewurzelt auf dem Gehweg. Jane ergriff ihre beiden Hände und drehte sie mit der Innenfläche nach oben. »Du stehst mit leeren Händen da, Doktor. Du hast hier nichts zu suchen. Komm.«

Zwei nahezu symmetrische dunkle Wolken flankierten den Mond zu beiden Seiten. Der sich wölbende Himmel war von einem hellen, am Horizont leuchtenden Blau. Das kleine Holzboot mit dem zerfetzten Segel, das kaum noch am Mast hing, verschmolz mit der turbulenten Meeresoberfläche. Die Wellen waren noch immer mächtig, wenngleich ruhiger, und die beiden Gestalten im Boot, winzige Punkte auf dem weiten Antlitz der See, konnten innehalten, konnten Luft holen und sich für den nächsten unausweichlichen Sturm wappnen. Der Mond warf einen Lichtstrahl herab, der in einer großen gelben Lache auf dem dunklen Wasser mündete.

»Ryder«, sagte Luce und beugte sich herab, um ihrem Vater ins Ohr zu sprechen, »Ryder hat Meeresbilder geliebt. Sie waren mächtige Metaphern für ihn. In seinem späteren Leben wurde er zum Einsiedler, ein bisschen exzentrisch. Er liebte Gedichte und malte mit Vorliebe diese düsteren Bilder.« Sie beobachtete, wie Walter *Moonlight* betrachtete, das Ryder 1887 gemalt hatte. Sie waren in der hinteren Abteilung des Metropolitan Museum of Art. Hinter ihnen, hinter den riesigen Fenstern, erstreckte sich der Park. Der Schnee zog sich zurück, während sich der Frühling näherte. Der Erdboden verlor seine Härte. Die Luft draußen roch nach Schneematsch und Hoffnung. Sie hatte ihn durch ihre Lieblingsabteilungen des Met geschoben, Vermeer ausgenommen, und jetzt standen sie vor einer kleinen Sammlung von Ryders Gemälden. Luce war nie ein großer Fan von ihm gewesen, doch nach Graces Tod begann sie seine düsteren, romantischen Seebilder zu lieben. Sie bewegten sie, brachten die schreckliche Einsamkeit, die sie empfand, auf den Punkt. Am Leben, von der ungezügelten, unbeherrschbaren Naturgewalt hin und her geworfen, allein auf der weiten, dunklen kalten See. Sie sah, wie Walters Lippen zitterten;

sie beugte sich hinab und brachte ihr Ohr nah an seinen Mund – es war die einzige Möglichkeit, seine verschliffenen Worte zu verstehen.

»Lein«, brachte er mühsam hervor.

Sie sah ihn an. »Ja, sie sind allein. Manche mutmaßen, dass er eine verlorene oder unerwiderte Liebe betrauert hat. Wir wissen es nicht genau.« Walter blinzelte, um ihr seine Zustimmung zu signalisieren. »Er war ein Kolorist. Hat mit Farben, mit Texturen experimentiert. Und viel mit Firnissen gearbeitet. Aber auch mit organischen Stoffen wie Wachs oder Erde oder Tabaksaft aus seinem Spucknapf. Es hat seinen Gemälden etwas Organisches verliehen. Sie haben sich im Laufe der Zeit verändert. Manche sind zu dunklen, rissigen Flächen geworden, die nicht mehr zu restaurieren sind. Mehr als ein Erstkäufer war nicht gerade erfreut darüber. Aber ich finde das gar nicht so schlecht«, sinnierte Luce, nun ganz in die Bildbetrachtung versunken. »Es macht das Werk wirklich lebendig. Und der Preis dafür ist Verfall und Tod.« Sie tauchte plötzlich wieder auf, als sie ihre eigenen ungefilterten Gedanken vernahm. Walter, dessen Rollstuhl im rechten Winkel zu dem Gemälde stand, bemühte sich, den Kopf so zu drehen, dass er Luce ansehen konnte. »Er hat das hier übrigens auf einem Kopfbrett gemalt.« Sie schob ihren Vater zum nächsten Bild, *With Sloping Mast And Dipping Prow*.

»Er liebte dramatische Kontraste. Seine Verwendung von hell und dunkel erzeugt etwas unglaublich Geheimnisvolles. Eine verhängnisvolle, manchmal hoffnungslose Stimmung.« In dem Bild vor ihnen saßen zwei Gestalten im Heck eines kleinen Bootes auf dem mondbeschienenen Meer. Der Mond hing tief, der Himmel war weiß und undurchsichtig. Mast und Segel hoben sich finster gegen den dämmrigen Himmel ab, sie waren intakter als auf dem vorhergehenden Gemälde.

Luce trat näher heran und las den kurzen Text, der neben dem Bild angebracht war. Sie lachte kurz auf und wandte sich dann an Walter. »Falls wir geglaubt haben sollten, dass es diesen beiden Gestalten besser geht als den anderen – sie sind ruderlos.«

Walter sah auf das Bild. Dann schaute er Luce an. »U. Ch.«

Luce betrachtete das Gemälde und wandte sich dann wieder ihrem Vater zu. »Du und ich?« wiederholte sie, zunächst ungläubig, dann nickte sie. »Schätze, du hast recht.« Sie war sich nicht sicher, ob sie sich durch die Beobachtung ihres Vaters besser oder schlechter fühlte. Du und ich, dachte sie. Wenn das keine Ironie ist.

Das Meer, so beständig, dachte Elizabeth, als sie sich der Tür des Sommerhauses näherte. Der treue Rhythmus so verlässlich und trostreich. Sie betrat die Küche und beobachtete die Sonne, während die Mikrowelle, in der sie ihren Kaffee erhitzte, im Hintergrund summte.

Ihr Computer war aufgebaut, noch immer auf dem Küchentisch. Sie hatte festgestellt, dass sie in den vergangenen zwei Monaten die meiste Zeit in der Küche oder im Schlafzimmer verbracht hatte. In *meinem* Schlafzimmer, dachte sie. Sie hatte eines der Gästeschlafzimmer genommen. Trotz ihrer Bemühungen, sämtliche Spuren von Walter in ihrem früheren gemeinsamen Schlafzimmer zu tilgen, war sie nicht in der Lage, dort zu schlafen und hielt die Tür deshalb einfach geschlossen.

Sie blies auf ihren Kaffee und wartete, bis der Computer hochgefahren war. Sie klickte auf die Eingangsseite von *America Online* und gab ihr Passwort ein. Die Küche, registrierte sie, füllte sich mit Sonnenschein. Sie hielt ihren Kaffeebecher fest umschlungen, während sie die Wärme der Sonne begierig aufsog.

Ihr eMail-Fenster blieb leer. Sie hatte keine Post. Eine Zeitlang saß sie da und überlegte, von wem sie gern eine eMail bekommen würde. Nachdem sie ihren Kaffee zur Hälfte getrunken hatte, öffnete sie das Fenster, um eine neue eMail zu schreiben.

An: MBennett
Von: EBennett
Betr.:

Ihre Gedanken mündeten in eine Sackgasse. Betr.: was? Von ihrer jüngsten Tochter hatte sie seit Walters Schlaganfall nicht viel gehört. Luce hatte angerufen, um Elizabeth mitzuteilen, dass Mead eine sechsmonatige Verlängerung ihres Arbeitsstipendiums angenommen hatte. Diese Neuigkeit überraschte Elizabeth im Grunde nicht. Mead hatte ihrer Mutter ein paar höfliche, nichtssagende eMails geschickt. Elizabeth wusste, dass es sie schrecklich getroffen hatte, dass der Mythos Walter so brutal zerstört worden war. Trotz des professionellen Tons, den Mead im Lauf der vergangenen Jahre angenommen hatte, trotz der kühlen Distanz, die sie oft an den Tag legte, ahnte Elizabeth, dass Mead in gewisser Weise beides geblieben war: die Kleine und Daddys Mädchen.

Betr.: was? Elizabeth grübelte. Plötzlich begann sie zu tippen:

Betr.: *Entschuldigung*

Wie bitte? Wo um alles in der Welt kam das her? Natürlich tat es Elizabeth leid, es tat ihr um ihrer Kinder willen leid, dass Walter, der immer so schwierig gewesen war, sich als ein Quell der Enttäuschung entpuppt hatte. Und der Peinlichkeit. Aber fühle ich mich dafür verantwortlich? Nein. Sie zögerte nicht. Ganz gewiss nicht.

Was also dann? Sie trank einen Schluck Kaffee. Plötzlich fand sie sich in ihrem Arbeitszimmer in der Wohnung, an ihrem Schreibtisch sitzend, Mead am Telefon. Wann war das gewesen? Vor drei Jahren? Vier? Elizabeth registrierte voller Unmut, dass ihre Erinnerung nebelhaft war. Sie entsann sich Meads angestrengter, gequälter Stimme.

»Es ist also gestrichen. Die ganze Sache. Es tut mir leid, Mutter, aber du wirst alles absagen müssen ...«

»Aber ...« Elizabeth hatte versucht, sie zu unterbrechen. Mead war nicht aufzuhalten gewesen.

»Den Saal, den Gästen, dem Standesamt, der Musikkapelle. Oh, und auch dem Catering. Ja, alles und allem, schätze ich. Ich weiß, es ist eine Zumutung. Und höchst unangenehm.«

»Aber ...« versuchte Elizabeth erneut einzuwenden.

»Hör mal, ich bin schrecklich beschäftigt, hier alles abzuwickeln. Ich habe in Chicago angerufen, und sie sind überglücklich, dass ich früher komme. Ich hab also noch eine Menge zu erledigen.«

»Aber Mead«, hatte Elizabeth insistiert, »bist du sicher?«

»Ob ich mir sicher bin?« hatte Mead wütend zurückgefaucht. »Wessen sollte ich mir sicher sein?«

»Sicher, dass ... Ich weiß nicht ...« Elizabeth zögerte. »Sicher, dass es das ist, was du willst? Er ist in vielerlei Hinsicht so wunderbar ...« Ihre Stimme verklang, und in der Einsamkeit ihres Arbeitszimmers errötete sie vor Zerknirschung.

»Was genau willst du damit sagen?« hatte Mead heftig erwidert, und Elizabeth sah ihre Tochter vor sich, wutentbrannt und schwer gekränkt.

»Nun, nichts. Ich wollte nichts damit sagen«, hatte sie lahm erwidert. »Ich habe nur laut überlegt.«

Elizabeth schüttelte sich. Liebe Güte, dachte sie, und verspürte eine neue, tiefergehende Reue. Du liebe Güte. Wie schrecklich für Mead.

An: MBennett
Von: EBennett
Betr.: *Entschuldigung*
Mead, ich weiß gar nicht recht, wie ich es sagen soll, aber ich muss es sagen. Es tut mir leid, schrecklich leid, ich wusste nicht, was

du wegen Peter durchgemacht hast. Wenn ich daran zurückdenke, wie jene Zeit für dich gewesen sein muss und wie ich reagiert habe, dann ... nun, dann zieht sich in mir alles zusammen. Bitte nimm meine Entschuldigung an.
Mutter

Elizabeth las ihre Nachricht nicht einmal mehr durch, um sie auf Rechtschreibung, Leerzeichen, Grammatik oder Zeichensetzung zu prüfen. Sie drückte rasch auf Senden und schaltete den Computer aus.

Mead fand die Nachricht ihrer Mutter später an jenem Abend in Nairobi vor. Sie starrte auf den Bildschirm, rief sich jenes Kapitel in ihrem Leben in Erinnerung, entsann sich jenes Anrufs bei ihrer Mutter und wie ihre Hand den Hörer umklammert hielt, bis ihre Finger weiß geworden waren, und wie sie die Telefonschnur straff gezogen hatte, bis sie fast am Zerreißen gewesen war, während sie in der düsteren Telefonzelle im Krankenhaus gestanden hatte. Sie erinnerte sich, wie sie sich bemüht hatte, ihre Stimme unter Kontrolle zu halten, wie sie darum gekämpft hatte, das Anschwellen in ihrer Brust zu unterdrücken, wie sie einfach nur die Stadt hatte verlassen wollen.

Ihre Mutter hatte jene »Situation« nie wieder erwähnt. Bei ihrem Eintreffen in Chicago hatte Mead eine handgeschriebene Nachricht auf einem monogrammverzierten Briefbogen vorgefunden. »Es ist alles erledigt« – das war alles, was darauf gestanden hatte.

Jetzt las sie die Nachricht ihrer Mutter noch einmal und klickte dann ruhig auf Löschen. Die Nachricht war anderswo gespeichert.

Luce wartete, bis die Tagesschwester Walter gefüttert und angekleidet hatte.

»Mary«, sagte sie dann von der Schwelle zum Wohnzimmer aus, »wollen Sie sich nicht den restlichen Tag freinehmen?«

»Wirklich? Das wäre großartig. Sind Sie sicher, dass das geht?«

»Ganz sicher, kein Problem. Außerdem kommt Olga um vier.«

»Na dann – dankeschön.« Mary strahlte vor Freude und klopfte Walter aufs Knie. »Seien Sie ein guter Junge, Dr. Bennett. Wir sehen uns morgen früh.« Luce sah, wie Walter sich innerlich krümmte. Mary verließ das Zimmer und schloss die Tür hinter sich. Ein fragender Ausdruck zeigte sich in seinen Augenwinkeln, und er bemühte sich, Luce zu erkennen, die einige Schritte von ihm entfernt stand.

»Schlechte Nachrichten, Walter. Mutter kommt zu Besuch.« Er schloss sofort die Augen, und durch den Schlitz seines grotesk verzogenen Mundes drang ein Stöhnen. »Sie will sich einige Kleider holen. Und sie will mit dir sprechen.« Walter sah auf, von Panik ergriffen. »Ja, davor hätte ich auch Angst. Ich kann es ihr allerdings nicht verübeln. Sie besteht auf der großen Abrechnung.«

Luce ging in ihr Zimmer, das Arbeitszimmer ihrer Mutter, und überließ Walter ohne Ablenkungsmöglichkeiten seinen Gedanken. Sie blätterte mehrere Zeitschriften durch, wanderte auf und ab und sah aus dem Fenster. Sie war erleichtert, als die Türklingel erklang, und sie hörte, wie ihre Mutter sich hereinließ. Luce ging ihr entgegen, und sie standen sich einen Augenblick stumm gegenüber, bevor Elizabeth fragte: »Wie geht es ihm?«

»Nicht schlecht, glaube ich, in Anbetracht aller Umstände. Morgens kommt eine Pflegerin und füttert ihn und macht ihn fertig. Abends kommt ebenfalls jemand. Und zweimal in der Woche kommt jetzt auch eine Krankengymnastin und ...«

»Entschuldige, Luce«, fiel Elizabeth ihr ins Wort, »ich will nur die Prognose wissen, nicht den Tagesablauf.« Beleidigt zog Luce die Schultern ein und schlang die Arme um sich. »Tut mir leid, Luce. Ich wollte es nicht an dir auslassen.«

Luce nickte und fuhr zögernd fort. »Sein Sprachvermögen wird zum Teil zurückkehren, doch begrenzt bleiben. Seine rechte Hand hat Kraft zurückgewonnen. Möglicherweise – wann, ist jedoch ungewiss, und er wird sehr hart daran arbeiten müssen, wird er einmal in der Lage sein, sich mit einer Gehhilfe in der Wohnung zu bewegen. Er ist ein Spitzenkandidat für einen weiteren Schlaganfall.« Elizabeths Gesicht zeugte von ihrer Ungeduld. »Er wird leben.«

Luce versuchte Elizabeths ungerührte Haltung zu deuten. Verbarg sich Schadenfreude dahinter? Darüber, dass er dermaßen gehandicapt, dermaßen gefangen war? Enttäuschung? Dass noch immer Leben in ihm war? Trauer? Wut? Was immer Elizabeth empfand, lag tief unter ihrer marmornen Fassade verborgen, stark und kalt wie Stein.

»Danke, Luce.« Ihre Stimme war verändert. »Ist er im Wohnzimmer?«

»Ja.« Luce sah ihrer Mutter nach, wie sie den Flur entlangging. Dann schlüpfte sie still in die Küche und schloss die Tür, presste aber ihr Ohr fest dagegen.

Elizabeth fand Walter in seinem Rollstuhl vor, mit dem Gesicht zur Wohnzimmertür, wartend. Sie war nicht daran gewöhnt, auf ihn hinabzusehen und musste ihre Augenhöhe bei seinem Anblick anpassen. Sie nahm sich Zeit, ihn zu betrachten, seine Reglosigkeit, seine absolute Bewegungsunfähigkeit. Sein Kopf hing ein wenig nach vorn, seine Schultern, einst solides Bollwerk, waren krumm, eingesunken vom Gewicht seines Schlaganfalls. Seine Größe hatte er maßgeblich seinen langen Beinen zu verdanken gehabt. Jetzt war diese Größe gebrochen: vom Kopf bis zum Steiß, vom Steiß bis zu den Knien, von den Knien bis zu den Füßen. Er hatte seine Farbe zurückgewonnen, und seine Wangen waren gerötet. Lag es an ihrer Gegenwart, fragte sie sich, oder an dem Heizkörper ganz in der Nähe? Sie registrierte, wie seine großen Hände über die Armstützen des Rollstuhls hingen, die linke vollkommen reglos, während die Finger der rechten Hand leicht flatterten. Die Einzelheiten seines Gesichts hatte sie sich bis zum Schluss aufgehoben, und nun konzentrierte sie sich darauf. Das Kinn hing herab, verlängerte sein ohnehin langes Gesicht und verlieh ihm eine leichte Missgestalt. Seine Wangen waren hohl, die Augen eingesunken. Nur ein schwaches Licht brannte in ihnen. Die Klarheit, die Präsenz, von der sie einst gekündet hatten, war verschwunden, und er schien insgesamt nur noch ein Schatten seiner selbst zu sein. Sein Mund, ein Portal für Anweisungen, Attacken, Befehle und Wünsche, war zerstört. Insgesamt sah er aus, aus sei er auseinandergenommen und stümperhaft wieder zusammengesetzt worden.

Sie stand unverwandt da, schweigend, und hoffte, ihm allein durch die Intensität ihres Betrachtens Unbehagen zu bereiten. Doch sie baute nicht darauf. Sie wusste, dass sie den Menschen, der da vor ihr saß, nicht kannte, ihn vielleicht nie gekannt hatte. Sein Mund zuckte und mühte sich, etwas zu formen, einen Befehl des Gehirns auszuführen, doch er wurde von seinem Körper im Stich gelassen, der einer Meuterei anheimgefallen und nun von rebellischen Kräften in Besitz genommen worden war. Während sie ihn ansah, dachte sie, die Natur hat für mich getan, was ich selbst hätte tun wollen.

»Ich werde mich nicht setzen«, sagte sie schließlich. »Soviel habe ich nicht zu sagen.« Und du bist mir nicht viele Worte wert, fügte sie innerlich hinzu. »Du hast dich schäbig verhalten.« Ihr Mund war die Mündung eines Gewehrs. Walter war hoffnungslos im Fadenkreuz gefangen. Ihr Ziel war tödlich genau, ihre Hand tödlich ruhig. »Du hast unsere Ehe komplett in ein Trugbild verwandelt. Du hast unser Gelöbnis gebrochen.« Sie schwieg einen Moment. »Du hast mir das Herz gebrochen. Von all den selbstsüchtigen Dingen, die du dir im Laufe deines langen selbstsüchtigen Lebens geleistet hast, Walter Bennett, ist das mit Abstand das Schlimmste. Ich kann – ich werde dir nicht vergeben.«

Sie ging zum Fenster hinüber und sah hinaus. Auf der Straße unten herrschte geschäftiges morgendliches Treiben, fortwährend kamen und gingen Menschen, deren Wege den ihren kreuzten, doch niemals trafen. Von diesem Aussichtspunkt aus war sie jahrelang auf Posten gewesen, hatte die Familie im Auge behalten, die Finanzen, die Bedürfnisse, kleine wie große, von ihnen allen, doch insbesondere von Walter. Und wofür? fragte sie sich. Nicht für das hier. Das hier hätte sie nie im Leben erwartet. Sie spürte seinen Blick auf sich ruhen, hörte beinahe, wie seine gefangenen Worte an die Tür seiner Zelle hämmerten, und drehte sich zu ihm um. Aufrecht stand sie da und verspürte plötzlich ein Aufwallen von Kraft in sich. Mit jeder Faser ihres Seins befahl sie ihm, sie zu beobachten, ihr die größtmögliche Aufmerksamkeit zu schenken, die Tiefe ihres Zorns zu spüren und das Gewicht ihres Urteils.

Verdammt, schrie sie mit jedem Molekül ihres Körpers, während ihre Lippen geschlossen blieben, für immer verdammt, Walter Bennett. Sie war gerecht, sie war gerächt. Sie wusste, dass das Universum ihr beipflichtete und die Natur die Strafe ausgeführt hatte.

»Wenn wir unrecht hatten, Walter, wenn es eine Hölle gibt, außer dieser hier, dann bereitet es mir endloses Entzücken, dich dort schmoren zu wissen.« Sie beobachtete ihn. Seine Schalttafel verlosch. Er sackte in sich zusammen. Vielleicht, dachte sie, von Ironie erfüllt, vielleicht bin ich letzten Endes zu dir durchgedrungen. Sie verließ langsam das Zimmer.

Luce hörte, wie sie den Flur entlang in ihr altes Eheschlafzimmer ging und sich an Schränken und Schubladen zu schaffen machte. Sie setzte sich an den Küchentisch und wartete. Die Schritte ihrer Mutter näherten sich der Küche und hielten inne, dann setzten sie sich fort. Gleich darauf öffnete sich die Wohnungstür und schloss sich wieder. Luce holte tief Luft und ging dann ins Wohnzimmer hinüber. Walters Kopf hing schlaff auf seinem schwachen Nacken, wie eine schwere, sterbende Sonnenblume am Ende ihrer Blütezeit. Als er Luces Schritte vernahm, sah er auf. Sie wollte ihm sagen: »Das hast du verdient«, doch dann behielt sie die Worte für sich; sie wandte sich ab und ging und ließ Walter in dem umfassenden Schweigen und der drückenden Einsamkeit des Wohnzimmers zurück.

»Jacob, wie konntest du!« Luce klang wutentbrannt. Jacob nahm den Telefonhörer, der zwischen Ohr und Schulter klemmte, und legte ihn an das andere Ohr.

»Wovon sprichst du, Luce?« Er war ehrlich verblüfft. Über seinen Schreibtisch hinweg sah er zu Jenny hinüber, die ihm geduldig gegenübersaß und darauf wartete, dass er seinen Arbeitstag beendete, um mit ihr Abendessen zu gehen.

»Tu nicht so, als wüsstest du nicht, wovon ich rede. Du hattest nicht das Recht dazu. Diesmal bist du wirklich zu weit gegangen.«

Jacob war vollkommen perplex. »Luce, ich schwöre bei Gott, ich habe keine Ahnung, wovon du redest. Ich tappe vollkommen im Dunkeln.«

»Du hast ihr meine Telefonnummer gegeben, oder etwa nicht?«

»Wem? Von wem sprichst du überhaupt?«

»Terry!« fauchte Luce.

»Terry?« Jacob ließ das Kinn schwer in die aufgestützte Hand sinken und sah Jenny kopfschüttelnd an. »Wovon redest du eigentlich?« fragte er nachdrücklich. Jenny lehnte sich zurück.

»Du hast Terry meine Telefonnummer gegeben.«

Auf Jacobs Gesicht malte sich ungläubiges Erstaunen. »Luce«, sagte er entrüstet, »das habe ich keineswegs getan.«

»Nun, sie hat mich eben angerufen. Woher hat sie meine Nummer? Meine Eltern stehen nicht im Telefonbuch.«

»Verdammt noch mal, Luce, das würde ich nie tun. Und ich kann nicht glauben, dass du mich dessen beschuldigst. Das ist eine Beleidigung.«

Luce schwieg einen Moment. »Tja«, fuhr sie dann eine Spur kleinlauter fort, »woher hat sie meine Nummer dann? Irgend jemand muss sie ihr gegeben haben.«

Jacob holte tief Luft. »Ich weiß nicht, woher sie deine Nummer hat.« Er sah Jenny unverwandt an, die plötzlich vollauf mit ihren Händen im Schoß beschäftigt war; sie schlug die Beine übereinander und rutschte unruhig hin und her, während sie mit dem rechten Fuß wippte. Er neigte den Kopf und sah sie fragend an. Sie erwiderte seinen Blick, ein schuldbewusstes knappes Lächeln auf den Lippen, während ihre Augen sich vor gespielter Unschuld weiteten.

»Und – hast du mit ihr gesprochen?« Er sah Jenny tadelnd an. »Was wollte sie?«

»Natürlich habe ich mit ihr gesprochen. Ich bin ja ans Telefon gegangen.«

»Und?«

»Sie will mit mir ausgehen.«

»Wusste ich's doch!« rief er verzückt. »Wusste ich's doch!« Luce seufzte verzweifelt auf. »Musst du klingen, als ob du eben von einem LKW angefahren worden wärst? Das ist doch großartig. Du musst mal rauskommen.«

»Ich bin noch nicht soweit.«

»Luce, du bist soweit. Wirklich. Du sollst sie ja nicht gleich heiraten. Nur mit ihr ausgehen. Und sei es auch nur, um mal von Walter wegzukommen.« Schweigen. »Also?« Seine Stimme war reine Erwartung.

»Also?« äffte sie ihn nach. »Also was?«

»Gehst du mit ihr aus?«

»Ich weiß es noch nicht. Ich habe ihr gesagt, dass es wegen Walter schwierig ist, meine Zeit zu überblicken.«

»Luce!« Jacob verdrehte frustriert die Augen. »Das ist doch absurd.«

»Jacob, ich bin seit Ewigkeiten nicht mit jemandem ausgegangen«, erwiderte Luce abwehrend. »Danke für die Unterstützung.«

»Das ist genau wie Fahrradfahren. Das verlernst du nicht.«

»Es ist mehr wie vom Fahrrad fallen.«

»Genau, das vergisst man auch nicht.«

Jenny bekam die Wendung des Gespräches mit und bemühte sich, Jacob stumm etwas zu verstehen zu geben. Sie wies auf ihn, auf sich, malte mit der einen Hand einen großen Kreis und wedelte mit der anderen herum. Jacob zuckte verständnislos die Schultern. Frustriert griff sie nach Stift und Papier und kritzelte: »Wir vier!«

»Hey, Luce, wie wär's, wenn wir uns zu viert zum Abendessen treffen? Du, Terry, Jenny und ich?« Jenny lehnte sich erleichtert zurück.

»Also das wäre wirklich absurd, Jacob. Auf gar keinen Fall.« Ihr Sarkasmus war vernichtend.

»Ich hab's ja nur gut gemeint.«

»Ich weiß. Danke. Tut mir leid.« Sie holte tief Luft. »Ich kümmere mich darum. Ich begreife nur nicht, woher sie meine Telefonnummer hat.«

»Ich auch nicht. Ich werde mich erkundigen, aber du weißt, dass wir nie« – er warf Jenny einen bösen Blick zu und wiederholte – *»nie* private Telefonnummern herausgeben. Strikte Regel. Auch wenn ich selbst vielleicht versucht gewesen wäre – nein, niemals.«

»Ja, ich weiß, Jacob. Tut mir leid, ich wollte dich nicht kränken.«

»Hey, Luce, geh einfach mal mit ihr aus. Übungshalber. Schlag mal über die Stränge.« Sie schnaubte ungläubig. »Vielleicht wird es ganz amüsant.«

»Auf Wiederhören, Jacob.«

Jacob legte langsam den Hörer auf. Er faltete die Hände und

legte sie vor sich auf den Schreibtisch. Er sah Jenny in die Augen und fragte: »Gibt es etwas, das du mir sagen möchtest?« Sie schüttelte den Kopf und versuchte vergeblich, ein Lächeln zu unterdrücken.

»Bist du sicher?« Er sah sie unnachgiebig an.

»Aber ja. Absolut sicher. Hast du keinen Hunger? Können wir jetzt essen gehen?« fragte sie. Sie erhob sich, strich ihren Anzug glatt und schlang sich den Riemen ihrer Aktentasche über die Schulter. »Ich bin am Verhungern.«

»Jenny?« rief er ihr nach, als sie zur Tür schlenderte.

»Tut mir leid, Jacob, alles, was ich sagen könnte, würde gegen meine Schweigepflicht als Anwältin verstoßen. Das kann ich nicht tun. Würde mich in ein schreckliches Dilemma stürzen. Kommst du?« gab sie über die Schulter zurück.

»Nun, Schneewittchen, Gott bewahre, dass ich deine Berufsehre in Gefahr bringe – untadelig wie sie ist. Nein, nein, ich würde dich nie in eine solche Zwickmühle bringen. Und weißt du, je mehr ich über den Rat nachdenke, den du mir an dem Abend von Luces Vernissage gegeben hast – du erinnerst dich, gib ihr ein wenig Raum, lass sie in Ruhe –, desto mehr bin ich davon überzeugt, dass du etwas ausheckst.«

»Kommst du?«

Er stand einen Moment an seinem Schreibtisch und schüttelte den Kopf. Dann löschte er das Licht und folgte ihrem Lachen zur Tür hinaus.

Ein Baldachin von nach und nach aufleuchtenden Sternen erstreckte sich über ihr. Zwielicht fiel durch die blättrigen Äste der ausladenden Akazie. Mead drehte sich auf den Bauch, um nach unten zu schauen. Die Holzplanken waren noch warm von der unbarmherzigen Sonne. Es fühlte sich gut an auf ihren nackten Armen und Beinen, durch ihre Shorts und das Top. Sie rutschte bis an den Rand der Baumplattform vor und beobachtete die Tierwelt unter sich. Elefanten wateten knietief im Wasser, tranken und spritzten sich ab. Elandantilopen und Zebras tranken am Rande des Wassers, während langbeinige Stelzvögel ihre Krallen kühlten und von dannen flogen.

Gil, der neben ihr lag, sagte: »Meine Mutter hat darauf bestanden, dass mein Vater dieses Staubecken baut, als sie anfangs hierhergezogen sind. Das Anwesen war einige Zeit verlassen gewesen, bevor sie es kauften, und die Tiere hatten alles kahl gefressen. Du kannst dir vorstellen, wie entzückt sie waren, als eine hingebungsvolle Gärtnerin hier Quartier bezog. Die Knollen, die sie sich aus Europa hatte schicken lassen, wurden in einer einzigen Speisung vertilgt.« Er lächelte, als er daran zurückdachte. »Ihr Hibiskus war abends noch da und am nächsten Morgen verschwunden. Sie schienen ihre Blumen allesamt zu lieben. Und ihr Gemüse. Meine Schwester Sonia sagt, sie hätten nachts wachgelegen und gehört, wie die Tiere alles plünderten und das harte Tagwerk meiner Mutter zunichte machten. Die schlimmste Nacht war diejenige, als sie die Auffahrt links und rechts mit Pfefferbäumen bepflanzt hatten – es war ein Festschmaus.

Aber der Pool war der endgültige Vernichtungsschlag. Sie hatte ihn in erster Linie für die Kinder bauen lassen. Als er das erste Mal voller Wasser war, kamen nachts alle Tiere, um sich an der Bar gütlich zu tun. Eine schöne Party. Meine Mutter, die bis dahin auf eine friedliche Koexistenz gehofft hatte, beschloss, dass es an der Zeit war, drastische Maßnahmen zu ergreifen. Also wurde der elektrische Zaun um die Rasenfläche errichtet, und mein Vater hat diesen Staudamm gebaut.

Als ich zehn war, habe ich einige Männer gebeten, mir beim Bau dieser Aussichtsplattform zu helfen. Ich liebe es, die Tiere zu beobachten.«

Mead sah ihn an und schaute anschließend wieder nach unten. »Irgendwie scheint mir das Wort *Tiere* nicht ganz angemessen. Wenn ich sage, dass ich mit Tieren aufgewachsen bin, dann denke ich an Hamster und Goldfische, Katzen und Hunde. Mein Bruder Rand hatte eine Sammlung von Reptilien, aber nichts davon größer als eine Kettennatter. Daran denke ich. Oder an die armen, bedrückten Tiere im Zoo vom Central Park. Aber das hier«, sie betrachtete den massigen Rücken eines Elefanten, der unter ihnen vorüberzog, nahm die schlammverkrusteten Hautfalten wahr, den charakteristischen Geruch, das tiefe Atmen, »das hier ist zu prachtvoll, um *Tier* genannt zu werden.«

Auf die freudige Erregung war Mead nicht vorbereitet gewesen, auf das Gefühl von Ehrfurcht, das sie erfüllte. Sie und Gil lagen still auf dem Bauch und setzten ihre Beobachtung fort, bis die Tiere im Licht des aufgehenden Mondes schraffierte Schatten geworden waren.

Mead war seit ihrer Ankunft fasziniert. Francesca hatte sie auf eine Tour über das Anwesen mitgenommen, was eine Fahrt mit dem Landrover zu einem Pokot-Dorf in der Nachbarschaft einschloss und lange Strecken zu Fuß, um den besten Blick ins Rift Valley zu genießen. Sie war beeindruckt von Francescas tiefer Verbindung mit diesem Land.

»Als ich hierhergezogen bin, Mead«, sagte Francesca mit ihrem hypnotisierenden italienischen Akzent, stützte einen Fuß auf einen Felsvorsprung und schaute in den Ostafrikanischen Grabenbruch hinunter, der sich von Russland bis in den Süden Kenias erstreckte, »war ich dumm.« Sie schüttelte den Kopf bei der Erinnerung an sich selbst als junge Frau. »Ich hatte keine Ahnung von meiner Rolle. Ich hatte immer davon geträumt, nach Afrika zu gehen, hierherzukommen. Aus der Ferne, mit wenig echtem Verständnis, war ich fasziniert. Man könnte sogar sagen, ich fühlte mich berufen. Ich hatte von Abenteuern gelesen. Neiderfüllt. Ich habe jede Ausgabe von *National Geographic* verschlungen, die ich in die Hände bekam. Habe meine Wände mit Fotos gepflastert, die ich daraus ausschnitt. Aber ich wusste nicht«, fuhr sie verträumt fort, während sie die Landschaft betrachtete, »nicht bevor ich nicht viele Jahre hier gelebt hatte, dass meine Rolle darin bestand, dieses Land und seine Tiere zu bewahren und zu beschützen. Ich bin vom Glück gesegnet.«

Sie schwieg, und Mead versuchte sich vorzustellen, wie eine Frau, deren Mann von eben diesen Tieren zu Tode getrampelt worden war, deren ganzes junges Leben in das Chaos eines fremden und fernen Landes geworfen worden war, dennoch das Gefühl haben konnte, vom Glück gesegnet zu sein.

»Und vom Glück gesegnet zu sein birgt eine gewisse Verantwortung.« Francesca hielt einen Moment inne. »Wir müssen denjenigen helfen, die nicht so begünstigt sind wie wir. Aber das muss ich Ihnen nicht sagen.« Sie schenkte Mead ein warmes Lächeln, das Mead halbherzig erwiderte, denn sie fühlte sich unbehaglich. »Sollen wir weiterfahren?«

Als nächstes waren sie in das Pokot-Dorf gefahren, das sich technisch gesehen im Wildpark befand. Die Pokots waren der Hauptgrund gewesen, warum Francesca Mead nach ihrer Rückkehr zu einem Besuch eingeladen hatte. Sie hatte im Lauf der Jahre bemerkt, dass die jungen Leute in die Städte abwanderten, die alten Menschen sich hingegen an die traditionellen Gepflogenheiten hielten und der Stamm, wie so viele andere auch, langsam auszusterben drohte. Als sie die Medizinfrau kennenlernte, erkannte sie, welch einen Schatz an Wissen sie barg. Für sehr viele tropische Krankheiten gab es Behandlungs- und Heilmöglichkeiten, die Erde, Borke und Blättern innewohnten. Francesca hatte begonnen, diese Behandlungsmöglichkeiten aufzuzeichnen, und sie dachte, dass Mead vielleicht daran interessiert wäre.

Mead wiederum war erpicht darauf, die Rolle der Schamanin zu ergründen, um vielleicht etwas von ihr zu lernen. Sie wollte noch immer die weitere Verbreitung von Pearl Omega unterbinden. An dem Abend bei Birati, als Francesca die Einladung ausgesprochen hatte, hatte Mead gedacht, dass sie vielleicht etwas erfahren würde, das sie in ihrem Bemühen unterstützte und ihr den

Weg wies. Doch im Grunde wäre sie auch ohne schamanische Tropenmedizin zu Besuch gekommen. Das Mutter-Sohn-Duo faszinierte sie: Francesca mit ihrem außerordentlichen Charisma, Gil mit seiner ruhigen Güte. Sie war ihnen beiden sehr zugetan.

Als sie nun auf die Szenerie unter sich hinabsah, umfangen von der ausgeprägten Stille der Nacht am Ostafrikanischen Grabenbruch, erkannte Mead, dass dies das erste Mal seit Monaten war, dass sie das Gefühl hatte, in sich zu ruhen, Frieden zu verspüren. Seit ihrer Ankunft in Nairobi war sie in einem Wirbel von Ereignissen gefangen gewesen, Spielball einer riesigen Woge, die sie tief in die dunkle See hinabgezogen und auf dem rauhen Meeresboden über Muscheln und aufgewirbelten Sand geschleift hatte. Jetzt, hier oben auf dieser Plattform, kaum fünf Meter über dem Boden, spürte sie, wie ihr Geist frei wurde und Ruhe sich in ihr ausbreitete. Sie rollte sich auf den Rücken, legte die Hände unter den Kopf und schaute in den endlosen Himmel Afrikas hinauf. Sie spürte Gils Hand leicht auf ihrem Arm, sah, wie der Schatten seines Kopfes näher rückte.

»Hättest du etwas dagegen?« flüsterte er, nur wenig von ihren Lippen entfernt. Sie schüttelte den Kopf, legte ihm die Finger an die Wangen und zog ihn zu sich. Einen Augenblick lang war die unendliche Dunkelheit kein Feind. Einen Augenblick lang war die Dunkelheit trostreich.

»Was hast du vor?« Das kalte Meerwasser biss Luce in die Füße, und ihr klapperten die Zähne.

»Nun, als erstes«, antwortete ihre Mutter, »werde ich mein Leben nach meinen Vorstellungen leben.« Sie wanderten den Strand am Sommerhaus entlang. Es war ein klarer Mainachmittag. Die Sonne schien kräftig, und einige tapfere Seelen wagten sich schon in die noch eisige Brandung hinaus.

»Wirst du dich von ihm scheiden lassen?« fragte Luce zögerlich. Sie war fasziniert von ihrer Mutter, die sich ungeheuer schnell in eine neue Frau verwandelt hatte, doch sie war noch unsicher, wie sie sich ihr gegenüber verhalten sollte.

»Sollte ich nicht? Würdest du es nicht tun?«

»Vermutlich schon«, antwortete Luce. Mit Untreue hatte sie sich nie befassen müssen.

»Wegen der finanziellen Konsequenzen werde ich einen Anwalt zu Rate ziehen. Das ist das einzige, was ich mit Sorgfalt angehen werde. Weißt du, ich werde ihm nie verzeihen können. Ehrlich gesagt, ich glaube, ich will ihm auch gar nicht verzeihen. Wenn es eine kurze Affäre gewesen wäre – Midlife-Crisis oder bei einer Tagung –, das wäre etwas anderes gewesen. Aber fünfzehn Jahre? Nein!« sagte sie entschieden. »Das nicht.«

Sie setzten ihren Weg schweigend fort. Luce fand schließlich die Worte für die Frage, die sie stellen wollte, brauchte aber noch einen Moment, um Mut zu fassen. »Wie kommt es, dass du das so einfach tun konntest?«

Elizabeth drehte sich erbost um, doch als sie sah, dass ihre Tochter es keineswegs abschätzig gemeint hatte, beruhigte sie sich wieder. Sie gingen noch eine Weile weiter, bevor Elizabeth stehenblieb und Luce ansah.

»Glaubst du, dass das für mich so einfach war?« Luce nickte, und Elizabeth hielt den Blick ihrer Tochter einen unangenehmen Moment lang fest, bevor sie auf das Meer sah. »Es ist keineswegs einfach gewesen, Luce. Ganz und gar nicht. Ich habe einen Großteil meines Lebens verloren.« Plötzlich schien die See sie zu fesseln. »Als mir klar wurde, dass da nichts war, als mir klar wurde, dass da schon seit langer Zeit nichts mehr war, wenn überhaupt jemals, gab es nichts, an das ich mich hätte halten können. Es war einfach, aber es war nicht leicht, Luce. Ich habe nicht vor, noch mehr von meinem Leben zu verlieren. Gar nichts mehr.« Sie setzten ihren Weg fort. »Habe ich dir erzählt, dass ich nach Arizona fahren werde?« Eine Brise trug Elizabeths Stimme fort.

»Nein. Was willst du dort?«

»Ich habe in letzter Zeit einige faszinierende Menschen kennengelernt. Frauen, um genau zu sein. Ältere Frauen, deren Männer gestorben sind oder sich haben scheiden lassen.«

»Im Internet?« Luce klang zweifelnd.

»Das Internet ist eine spannende Sache, Luce. Du solltest es ausprobieren. Hör auf, so technophob zu sein. Und schau nicht so missbilligend drein. Egal, jedenfalls haben wir zunächst eine Newsgroup gegründet. Aber das ist auf die Dauer frustrierend – nicht in Echtzeit miteinander reden zu können. Und man liefert sich so leicht diesen dummen Spam-Attacken aus.« Luce hob fragend den Kopf, aber dann beschloss sie, es nicht wirklich wissen zu wollen. »Also sind wir eine Chat-Group geworden. Aber auch das birgt Probleme. All diese Idioten und Affen und Teenager, die sich einmischen und dir dumm kommen. Stört den intelligenten Austausch.« Luce sah aufs Meer hinaus. »Jedenfalls sind wir ungefähr zehn, und wir haben beschlossen, uns in einem dieser Urlaubsclubs in Arizona zu treffen – Golf, Tennis, tolle Swimmingpools –, damit wir mal richtig miteinander reden können.«

»Klingt gut«, meinte Luce, der die Vorstellung einer im Leid vereinten Gruppe entschieden zuwider war.

»Ich bin immer eine Einzelgängerin gewesen, Luce. Ich schätze, siebzig ist ein gutes Alter, um das zu ändern. Vielleicht versuchst du es auch einmal. Spar dir ein Vierteljahrhundert.«

Luce grinste darüber, dass sie in diesem Stadium des Spiels einen Rat von ihrer Mutter bekam.

»Was macht deine Malerei?«

»Ich fange jetzt wieder an. Bin letzte Woche mit dem Umzug in mein altes Atelier fertiggeworden. Du solltest mich mal besuchen kommen.«

»Das werde ich. Nach meiner Rückkehr aus Arizona. Dann kannst du mich malen. Das wäre mal was anderes – mich zu malen, wenn ich davon weiß. Und es gutheiße. Könnte allerdings deine Kreativität zunichte machen.«

»Unwahrscheinlich.« Luce war zuversichtlich.

Elizabeth lächelte. »Übrigens, diese Terry gefällt mir.«

»Was dir gefällt, ist dein neues Coaxial-Kabel«, entgegnete Luce amüsiert.

»Stimmt. Und Geschwindigkeit ist keine Hexerei, wie man so sagt. Aber dass ich Terry mag, stimmt auch. Sie scheint nett zu sein.« Es klang mehr wie eine Frage, aber Luce sagte nichts dazu. »Na schön, schweig dich aus. Wenn du sie das nächste Mal siehst, dann sag ihr, dass mich all meine Cyber-Freundinnen beneiden.«

»Mache ich.«

Elizabeth sah ihre Tochter besorgt an. »Ich habe neulich ein Zitat gelesen, bei dem du mir in den Sinn gekommen bist.«

»Ach, ja?«

»Erinnere mich, dass ich es dir gebe, bevor du gehst. Ich habe es aufgehoben. Ich wusste, dass ich es sonst nicht mehr zusammenbekommen würde.«

Luce sah ihre Mutter ausdruckslos an. »Ich wünschte wirklich, du würdest dem Leben nicht mit derartigem Widerstand begegnen, Luce. Ich möchte nicht, dass du am Ende einen Haufen Dinge zu bereuen hast. Das ist alles.« Sie hakte sich bei Luce unter und zog sie mit sich den Strand hinab. »Ich bin froh, dass du nach Hause gekommen bist.«

»Ich auch.«

Auf der Zugfahrt zurück nach New York rief Luce sich das Gesicht ihrer Mutter in Erinnerung. Seine Klarheit machte sie staunen, seine Stärke weckte ihre Bewunderung. Elizabeth war nicht länger die zerbrechliche Porzellanfigur, die Luce an jenem Morgen beim Verlassen der Wohnung gesehen hatte. Sie war mehr wie ein Fresko von Giotto, hatte Luce gedacht, als sie den Strand entlanggingen und sie die langen Strahlen der untergehenden Sonne auf dem Gesicht ihrer Mutter sah. Unter den verblassten Farben, durch das rissige Tempera sah Luce mit der gleichen Verwunderung das, was Giottos Publikum zu Beginn der Renaissance gesehen hatte: echte Menschlichkeit. Nach dem finsteren Mittelalter, nach den stilisierten zweidimensionalen Gemälden zeichneten sich Giottos Werke durch Ausdruckskraft und eine naturalistische Sicht aus. Seine Figuren waren plastisch und gerundet, sie wirkten menschlich und greifbar, von Leben erfüllt, von Gefühlen.

Während der Zug weiterratterte, las Luce noch einmal das Zitat, das ihre Mutter ihr gegeben hatte. Es war ein Blatt ihres Tischkalenders und zwar des Tages, an dem ihr Vater seinen Schlaganfall erlitten hatte:

Das Leben, wie wir zu spät erkennen, besteht im Leben,
dem Gewebe eines jeden Tages, einer jeden Stunde.
Steven Leacock

Sie faltete das Blatt sorgfältig zusammen und schob es mit zwei Fingern behutsam in die Tasche. Den ganzen Tag über hatte sie immer wieder gegen den Impuls angehen müssen, ihre Mutter zu sich nach Hause einzuladen, um Grace kennenzulernen, und sich die Zeit vergegenwärtigen müssen, in der sich ihr Leben abspielte.

Die steil abfallende Schlucht war in den leuchtenden Rosa- und Lilatönen des frühen Abends gefärbt. Die Schönheit des Grabens verschleierte den geologischen Kampf, der tief unter der Oberfläche geführt wurde. Das Great Rift Valley erstreckte sich vor Mead und Gil wie seit zwei Millionen Jahren und riss den Kontinent langsam entzwei. Das östliche Afrika spaltete sich langsam vom Rest des Kontinents ab. Das Tal streckte sich und dünnte aus, während eine tektonische Platte gewaltsam unter der anderen verschwand und sich die Hochlandschaft des westlichen Kenias herausbildete.

Mead saß auf einer Decke und umschlang ihre Knie. Ihre Augen folgten der unterirdischen Verschiebung, die sich durch das

Great Rift Valley zog und in dem spektakulären Anblick mündete, der sich vor ihr erstreckte. Die Geschichte der Erde ist fortwährender Wandel, dachte sie. Das Land ist gespalten, und ebenso spaltet sich die Gesellschaft.

Das war ihr dritter Besuch im Piavani Wildpark. Francesca erwies sich als großzügig mit ihren Einladungen, und Mead wusste die Besuche zu schätzen. Die Gesellschaft, die langen Spaziergänge, die Tiere, das Land – all das nährte sie und half ihr, sich von den Achtzig-Stunden-Wochen in Nairobi zu erholen und neue Energie zu tanken. Jetzt, am Ende einer Tageswanderung mit Gil, war sie körperlich müde und entspannt; das Rift tilgte das Kaleidoskop der unzähligen Szenen der vorangegangenen Woche, und sie atmete die heiße, trockene Luft tief ein und lauschte auf die Brise, die durch die Bäume strich.

»Ich habe Neuigkeiten, die dich vielleicht interessieren.« Gils Stimme war wie eine Vogelschwinge in der Luft. Sie wandte sich ihm zu, doch er schwieg, um die Spannung zu erhöhen. Lila und graurote Schatten färbten die hohen Gräser ein. Der Himmel über ihnen schien endlos. Unter ihnen waren die Steine noch warm vom Sonnenschein des vergangenen Tages.

»Und?« Mead biss an.

»Peter und Roz haben geheiratet.«

»Ach, ja?«

»Ja. Offenbar ein Riesenfest im Haus ihrer Eltern. Newport oder so ähnlich. Rhode Island?«

»Und das Interessante daran ...?«

»Nun komm schon, Mead, tu nicht so, als ließe es dich vollkommen ungerührt, wenn dein ehemaliger Verlobter heiratet.«

»Du hast recht. Es lässt mich nicht ungerührt. Ich würde die Regung als Erleichterung bezeichnen.« Er pflückte einen Grashalm und lächelte. »Und zwar von der Sorte, die besagt, ›gerade noch mal davongekommen‹. Wie ein Auto, das einen fast überfahren hätte. Wie ein Treppensturz, den man eben noch verhindern konnte.« Sie stellte sich eine verschwenderische Hochzeitsfeier auf einer weitläufigen satten grünen Rasenfläche vor, Tische beladen mit kostbaren Hochzeitsgeschenken, großzügig fließender Champagner, der von einem Heer dienstbarer Geister ausgeschenkt wurde, Roz in einem hinreißenden Designer-Kleid, auf der Suche nach Peter, der sich im Poolhaus mit einer der Brautjungfern vergnügte.

Sie schüttelte sich und lächelte dann. »Interessante Neuigkeiten.« Sie sah in den Graben hinunter. »Ich sollte es Linda wissen lassen. Sie möchte dem glücklichen Paar vielleicht ein Geschenk schicken – eine gravierte Phiole mit Marburg- oder Ebola-Viren wäre doch nett.«

Gil kicherte, und dann versanken sie beide wieder in die allumfassende Stille, die über dem Land lag.

Entlang des Grabens, von der Olduvai-Schlucht im Süden bis zum Turkana-See im Norden, hatten die Leakeys die Wiege der Menschheit ausgegraben. Von der Wiege bis zum Grab, dachte Mead bitter, während sie mit den Augen vergeblich zu erfassen suchte, was ihr Herz wusste. »Ich habe auch Neuigkeiten für dich«, sagte sie schließlich.

»Ach, ja?« Nun war er dran.

»Ich werde in die Staaten zurückfahren.« Sie sah, wie sich Enttäuschung auf seinem Gesicht abzeichnete. »Birati und ich haben uns um ein Stipendium beworben. Um mehrere sogar. Wir brauchen Geld. Wir brauchen Spenden der Pharmaindustrie. Ich verschwende meine Zeit, wenn ich einem Menschen beim Sterben die Hand halte. Vor allem da es Tests zur Messung der Viruslast und Protease-Hemmer gibt.«

Sie schaute in die Schlucht hinunter und fuhr dann fort, als spräche sie leise mit sich selbst. »Diese Protease-Hemmer sind so gottverdammt teuer. Und so kompliziert in der Einnahme. Manche erfordern einen nüchternen Magen, manche sollen nach dem Essen genommen werden. Und alle haben unterschiedliche Einnahmezyklen. Vollkommen unpraktikabel. Praktisch ein Vierundzwanzig-Stunden-Einnahmezyklus. Außerdem kennen wir immer noch nicht die besten Medikamentenkombinationen. Und eine willkürliche Einnahmepause, die verständlich wäre bei der extremen Übelkeit, die viele erleben, kann die gesamte Medikation wirkungslos werden lassen. Die nächste Medikamentengeneration wird besser sein. Aber soweit sind wir noch nicht.« Sie wandte sich Gil zu. »Ich muss etwas tun, Gil. Ich kann nicht nur danebenstehen. Das liegt mir nicht. Ich bin gut im Verhandeln. Und in diesem Fall ...« Sie richtete ihren Blick frustriert in die Ferne. »Es ist reine Politik.« Sie holte tief Luft. »Die Wahrheit ist, ich kann von größerem Nutzen sein, von echtem Nutzen, wenn ich zurückgehe und versuche, unser Anliegen zu vertreten. Meine Reputation in die Waagschale werfe.« Sie warf ihm einen kurzen Blick zu, bevor sie fortfuhr. »Wir haben unseren Antrag vor etwa einem Monat eingereicht. Anfängerglück, schätze ich, dass sich ein Mitglied des Ausschusses bald mit mir treffen möchte. Ich muss eine Präsentation vorbereiten. Ich werde versuchen, noch einige weitere Treffen zu arrangieren, solange ich dort bin.«

Gil schwieg einen Moment und beobachtete den Kampf, der sich in Mead abspielte.

»Ich möchte nicht gehen«, sagte sie laut zu sich selbst.

»Und glaubst du«, fragte er behutsam, »dass es für Jane noch rechtzeitig genug ist, wenn du diese Protease-Hemmer bekommst?«

Mead sah ihn nicht an. »Ich kann es nicht mit Gewissheit sagen. Fast ein Drittel aller Probanden zeigten keinerlei positive Wirkung. Es ist ein potenter kleiner Cocktail. Nicht alle reagieren positiv darauf. Und wir haben immer noch keine Daten, die über einen Zeitraum von sechsunddreißig Monaten hinausgehen. Jüngste Untersuchungsergebnisse weisen darauf hin, dass Diabetes eine mögliche Nebenwirkung sein könnte.« Sie verzog das Gesicht und seufzte. »Und die größte Angst ist, dass das Virus eine Resistenz gegen die Drogen entwickeln und zu einer noch virulenteren Spielart mutieren könnte.« Sie schluckte schwer. Eine Träne rann ihr über die Wange. »Aber ich hoffe es. Ich hoffe, es wird rechtzeitig genug sein für Jane.«

Er rückte näher an sie heran und legte ihr leicht den Arm um die Schultern. »Du wirst zurückkommen, Mead«, versicherte er ihr. »Du wirst zurückkommen.«

Die lavendelfarbene Schlucht wurde noch einige Schattierungen dunkler, bevor sie sich endgültig purpurn färbte. Von oben leuchteten die ersten Sterne. Unten spaltete sich die Erde weiter.

Die kleinen Grashalme, die durch den auftauenden Erdboden des Parks stießen, verliehen der vormittäglichen Stadtluft eine zarte Frische. Die Bäume, knorzige alte Krieger, versahen die blaue Leinwand des Himmels mit blattfarbenen Tupfern. Cezanne, dachte Luce, als sie neben Walter herging, der von Ruthie geschoben wurde. Die Luft war sauber, klar, erfüllt von Verheißung. Luce hörte dem unablässig dahinplätschernden tröstlichen Strom von Ruthies Geplauder nur mit halbem Ohr zu. Sie tat einen tiefen, befriedigenden Atemzug. Frühling, dachte sie, mein zweiter dieses Jahr.

Sie hielten an ihrer üblichen Bank an, unter einem großen Baum, dessen dunkelbraune Äste hoch in den Himmel ragten; unter ihnen erstreckte sich die offene Grünfläche der sanft gewellten Hügel und das Bootshaus. Ruthie setzte sich, während Luce sich über Walter beugte und ihn sorgsam musterte, wie sie es auch schon beim Aufbruch in der Wohnung getan hatte. Er sah sie fragend an. Seine Stirn zuckte leicht, und aus seinem wie mit Murmeln gefüllten Mund erklang ein »Was?«. Sie zog seinen Hemdkragen zurecht, glättete den Schal unter seinem Frühlingsjackett. Sie fuhr mit den Fingerspitzen über sein großes Haupt und strich die Kappe seines weichen weißen Haares glatt. Dann nahm auch sie auf der Bank Platz und sagte: »Weißt du, Walter, du siehst heute sehr attraktiv aus. Ja, wirklich, sehr attraktiv.«

»Ja«, stimmte Ruthie zu. »Nicht schlecht für einen alten Knacker. Kleiner Scherz, Kollege.« Sie boxte ihn leicht auf den Arm, und Luces Lächeln wurde breiter. Sie wusste, dass Walter sich innerlich krümmte.

Luce positionierte Walters Rollstuhl stets in einem leichten Winkel zur Bank, so dass er den besten und weitesten Blick hatte – hügelab in Richtung des Bootshauses oder über Luces Schulter auf die offene hügelige Grünlandschaft. Heute sah er Luce an. Ihre Aufmerksamkeit irritierte ihn.

»Hallo, Walter.« Er erschrak, als er die vertraute Stimme seinen Namen sagen hörte, und richtete seine Aufmerksamkeit sofort neu aus. Eine kleine Frau von Anfang Sechzig stand neben ihm und bebte leicht. Sie zögerte. Dann beugte sie sich hinab, um ihn zart auf die Wange zu küssen. Als sie sich wieder aufrichtete, sagte sie: »Guten Morgen, Luce.«

»Hallo, Eleanor.«

Walter heftete seinen Blick auf Luce. Seine Augen wurden schmal, als er zu verstehen suchte. Röte stieg aus seinem Schal auf und überzog seine schlaffen Wangen.

»Eleanor, das ist Ruthie.« Sie hielt einen Augenblick inne. »Meine Schwiegermutter. Ruthie, Eleanor ist eine Freundin von Walter. Sie wird ihn auf einen kurzen Spaziergang mitnehmen.«

»Wunderbar, Sie kennenzulernen, Ellie. Gute Idee, nehmen Sie Walter mit auf einen Kringel, während wir faulen Weiber hier sitzen bleiben und Sonne tanken.«

Walters Augen waren noch immer auf Luce geheftet. Jetzt erwiderte sie seinen Blick. Sie registrierte seine zitternde Unterlippe.

»Ich werde mit Ruthie eine Weile hier sitzen bleiben. Geh du nur mit Eleanor. Viel Spaß.«

Walter richtete seinen Blick auf Eleanor. Luce spürte Eifer, gemischt mit Widerstreben. Eleanor schien gefasst und würdevoll, als sie Walter ein ermutigendes Lächeln schenkte. Sie hat Klasse, dachte Luce. Sie hatte es während ihres gemeinsamen

Telefonats schon vermutet. Ihre Begegnung gab ihr recht.

»Hey, Ellie«, mischte Ruthie sich ein und wies auf einen Hebel hinter dem rechten Rad. »Das ist die Bremse. Gibt keinen Blinker bei diesem Modell, also nimm dich in acht. Keine Verkehrsunfälle mit unserem Knaben.«

Eleanor bedankte sich bei Ruthie, löste die Bremse, und dann machten die beiden sich langsam auf den Weg hinunter in Richtung Bootshaus.

»Junge, Junge, Junge, Miss Geheimniskrämerin. Stecken wir nicht voller Überraschungen? Ist jene Dame die, für die ich sie halte?«

»Ja«, antwortete Luce, während sie zusah, wie Eleanor und Walter in der Ferne einen freien Tisch auf der Veranda fanden und sich zu einem Gespräch zusammensetzten. »Seine Geliebte.«

Luce warf Ruthie einen kurzen Blick zu, bevor sie wieder zu Walter und Eleanor sah und den stummen Film ihres Wiedersehen verfolgte.

»Du bist mir eine! Ich weiß nicht, Luce. Deinen Vater mit seiner Geliebten zusammenzubringen? Das ist ziemlich abgefahren, nicht? Hast du zu viele Nachmittagsshows gesehen? Was ist, wenn deine Mutter das spitzkriegt?«

»Das wird sie nicht. Es sei denn, du erzählst es ihr.«

»Ich? Nein, Schätzchen. Das nehme ich mit ins Grab.« Sie malte sich ein X auf die Brust, um den Pakt zu besiegeln.

»Hoffentlich nicht allzu bald.« Luce lehnte sich voller Zuneigung an Ruthie und legte den Kopf auf ihre Schulter.

»Was meine Mutter anbelangt, so schlägt sie meiner Ansicht nach eine ganz andere Richtung ein.«

»Aber komisch ist es dennoch. Das musst du zugeben. Was ist bloß in dich gefahren?«

Luce dachte einen Moment nach, dann zuckte sie die Schultern. »Schien mir einfach richtig zu sein.«

»Oi!« Ruthie schreckte hoch. »Menschenskind, ich bin zu spät dran. Pearl wird mich umbringen. Wir wollten uns früh zum Mittagessen treffen. Es ist ›Zwei zum Preis von einem‹-Tag im Eppies. Alle anderen weigern sich, mit ihr dorthin zu gehen. Der Fraß ist dermaßen schrecklich, aber Pearl ist der Ansicht, ein Schnäppchen ist ein Schnäppchen. Und mein Schwesterherz, die Großzügigkeit in Person, hat mich eingeladen. Was sagst du dazu. Bei diesem Tempo wird ihre Großzügigkeit sie ruinieren – in ein, zwei Jahrhunderten.« Sie wühlte in ihrer Tasche herum und angelte eine U-Bahn-Münze heraus. Dann gab sie Luce einen Kuss und hievte sich von der Bank hoch. »Ich schätze, dazu sind Schwestern da. Also, ich muss los. Tut mir leid, dass ich den Rest unserer kleinen Seifenoper nun verpasse.«

»Ich werde dich auf dem laufenden halten.«

»Na, ich werde wohl nicht bei den beiden vorbeigehen und auf Wiedersehen sagen.«

Luce lächelte. »Gute Entscheidung.«

»Oioioi, was für eine Welt. Bleibt's bei Freitagabend?«

»Klar.«

»Pass auf dich auf.«

»Du auch.« Luce sah Ruthie nach, wie sie den Weg hinunterging und sich links hielt, bis sie an der Mauer abbog und im Gewühl der geschäftigen Straße verschwand. Dann wandte sie den Blick nach links und sah, wie Eleanor mit Walter sprach, während sie sein Gesicht streichelte.

Luce legte den Kopf zurück, schaute nach oben und musterte die Schattierungen des grünen Blätterdachs, das sich gegen das einheitliche Blau des Himmels abhob. Cezanne hatte die letzten Jahre seines Lebens damit zugebracht, die Welt um sich herum in Farbabstufungen zu malen, die die Kontur der Dinge aufhoben und die Wirklichkeit ausschließlich zu einem Ereignis des Auges machten. Er hatte seinen Lebensabend in aller Abgeschiedenheit verbracht und den Mont St. Victoire gemalt. Wieder und wieder, als habe er den Berg bezwingen wollen. Sie dachte an ihren Vater, dessen verbleibendes Leben durch begrenztes Sprechvermögen und Bewegungsunfähigkeit gekennzeichnet war. Sie dachte an ihre Mutter am Strand, die mit fernen Fremden in der Stille ihres Häuschens plauderte, während die Tastatur unter ihren sprechenden Fingern klapperte. Nicht schlecht, auf diese Weise den Lebensabend zu verbringen, Cezanne, dachte sie. Soviel Glück hätte ich auch gern.

Die späte Frühlingssonne strich wie warmer Atem über ihren Nacken und ihre Wangen, wie ein Paar warme Hände über ihre Schultern. Sie fühlte, wie sie geschmeidig wurde. Klar. Rein. Erneuerung, dachte sie. Erfolgt trotz unserer Bemühungen um das Gegenteil. Vielleicht sind manchmal zwei Frühlinge nötig.

Im Park um sie herum nahm die Geschäftigkeit zu. Ein Kreis von College-Studentinnen spielte Frisbee. Ein kleiner asiatischer Junge verfolgte übermütig eine Taube. Stare und Sperlinge pickten auf dem Boden, während andere Vögel sich um den Luftraum stritten. Ein Rotkehlchen setzte zur Landung in ihrer Nähe an. Im fortgesetzten Sonnenschein duftete das Gras köstlich nach Erde und Feuchtigkeit, nach Fülle und Wärme. Ungewöhnliche Schönheit, dachte sie, von solch gewöhnlichen Quellen ausgehend.

In ihr hatte ein Frühling seinen Anfang genommen, irgendwie, irgendwann im Lauf der vergangenen Monate. Den genauen Moment, das konkrete Ereignis konnte sie nicht benennen. Wie vieles im Leben, dachte sie, war es nichts Besonderes, eher die Ansammlung von Tagen und Stunden und Minuten. Wie Cezannes Verwendung der Farben. Oder vielleicht, sinnierte sie, fehlt mir einfach nur das Durchhaltevermögen für endlose Trauer.

»Magst du Jazz?« hatte Terry sie gefragt, als Luce sie zurückrief.

»Ja.«

»Ich kenne da einen kleinen exklusiven Nachtclub. Eine meiner hiesigen Lieblingssängerinnen tritt am Samstag dort auf.«

Terry schwieg, und Luce suchte nach Worten.

»Samstag?«

»Hättest du Lust hinzugehen?«

»Gern.« Luce gelang es, das Wort durch einen langen dunklen Tunnel herauszubringen.

»Es ist nicht weit von dir. Wir könnten zu Fuß gehen.« Luce reagierte nicht. »Soll ich dich abholen?«

»Ja.«

»Um acht?«

»Gut.«

»Luce, ich kenne dich noch nicht sehr gut, aber bist du sicher, dass du das tun möchtest?«

»Oh«, stotterte sie, »ja, klar.« Und damit legte sie auf. Vollkommen apathisch.

Terry war pünktlich gewesen, was Luce nicht überraschte. Luce stellte sie Walter vor, dessen begrenztes Ausdrucksvermögen für Luce kein Problem darstellte. Sie las eine Mischung aus Verwirrung und Zorn in seiner Miene, doch den Grund dafür wusste sie nicht. Weil sie ausging und ihn zurückließ oder wegen Terry oder weil sie ihn Ruthie überließ? Ruthie hatte begeistert zugestimmt, als Luce sie bat, Walter an jenem Abend Gesellschaft zu leisten. »Waltie ist mit seiner wissenschaftlichen Lektüre ein bisschen im Rückstand«, hatte sie Terry erklärt und auf einen Stapel Zeitschriften auf dem Beistelltisch geklopft. »Ich hab hier ein paar tolle Artikel.«

»Wirst du klarkommen?« hatte Luce gefragt und gehofft, Ruthie würde einen Rückzieher machen oder Walter würde einen Rückfall erleiden und sie müsste nicht ausgehen.

»Bestens, bestens«, hatte Ruthie versichert und sie und Terry aus dem Wohnzimmer bugsiert. »Geht. Geht und amüsiert euch. Also, hier ist ein Artikel darüber, wie Ärzte bei ihrer Arbeit zunehmend auf Astrologie bauen. Soll ich dir den vorlesen?«

»... Ärzte in ganz Amerika wenden sich an die Sterne, sagt Dr. Donald Wharton, Radiologe.« Ruthie machte eine große

Geste, um kundzutun, wie beeindruckt sie war. »Wie Hunderte von Ärzten nutzt auch Dr. Wharton die Astrologie, um ... – jetzt zitiere ich, Waltie – Asthma, Darmerkrankungen, Magengeschwüre, Angina und Allergien zu behandeln. – Die Medizin ist wirklich im Wandel, nicht, Waltie? Welches Sternzeichen bist du? Ah, verrat's mir nicht. Ich frage Luce später, obwohl ich unter uns gesagt nicht sicher bin, dass sie was für Astrologie übrig hat. Ah, hier ist noch was Interessantes, nicht über Medizin, aber dennoch wichtig. Eine religiöse Gruppe hat das Tor zur Hölle entdeckt. Was wettest du, ist das die Tür zum Speicher in meinem Wohnblock? Ha, ha. Wirklich, diese Zeitung quillt nur so über vor großartigen wissenschaftlichen Erkenntnissen. Da ist ein ganzer Artikel darüber, wie man Krankheiten mit der Macht des Betens heilen kann. Wusstest du, Waltie, dass Hausierer mehr Geld machen als Ärzte in Polen? Ich weiß, was du denkst. Sprich's gar nicht erst aus, ja? Wow, Waltie«, sie senkte die Stimme, »hier ist ein Knüller. Ein Bingo-Gewinn hat einer Großmutter Endlosorgasmen beschert.« Sie zog eine Clownsgrimasse und klopfte ihm aufs Knie. »Wo können wir uns anstellen? Okay, kommen wir ernsthaft zur Sache«, meinte sie und überflog den nächsten Artikel. »Das hier ist was Tolles. Unfruchtbarkeit, chronische Schmerzen, Schlaflosigkeit, Migräne. Ja, super. Ich werde dir den ganzen Beitrag vorlesen.«

»Deine Eltern sind ein beeindruckendes Paar«, hatte Terry bemerkt, als sie auf den Fahrstuhl warteten.

»In der Tat. Du solltest meine Mutter kennenlernen, sie ist der Technikfreak der Familie.«

»Ach, und wer ist dann Ruthie?«

»Graces Mutter.«

»Oh.«

Der Nachtclub war klein und intim. Luce stellte erleichtert fest, dass sie nie zuvor dort gewesen war. Das Essen war zu reichhaltig gewesen, der Wein zu schwer, das Publikum zu hip. Sie sehnte sich nach einem schlichten Mahl in ihrem alten Esszimmer. Sie war wütend darüber, sich auf die Verabredung eingelassen zu haben, sich hatte einlassen müssen.

»Du lebst also die Hälfte der Zeit in San Francisco?«

»Ja. Aber jetzt habe ich beschlossen, zurückzukommen.«

»Hat es dir dort nicht gefallen?«

»Es war ein überholter Plan. Ich habe gemerkt, dass ich ohne die Anknüpfungspunkte meiner Vergangenheit nicht leben kann.«

Luce starrte in ihr Weinglas. Nicht gerade Gesprächsstoff für die erste Verabredung, dachte sie. Fällt dir nichts anderes ein? Terry hielt den Blick gesenkt. »Aber es ist eine schöne Stadt«, fuhr Luce fort, bemüht, sich wieder zu sammeln.

Terry sah auf. »Zu schön, um allein dort zu leben, glaube ich.«

Die Sängerin war gut, mit einer tiefen, kehligen Stimme und hervorragender Phrasierung. Sie sang das Standardrepertoire, einschließlich *Unter einer Decke von Blau*. Luce gab vor, etwas im Auge zu haben, und tupfte sich die Träne fort, die in ihrem Augenwinkel erschienen war.

Am Ende des Liedes sah Terry sie mitfühlend an. Luce fühlte sich in die Enge getrieben und sagte: »Man wird nicht fünfundvierzig, ohne dass nicht bestimmte Lieder besetzt sind.«

»Zum Glück«, hatte Terry ruhig erwidert, »herrscht auf dieser Welt kein Mangel an Liedern.« Sie sah zu der Sängerin hinüber, die soeben einen neuen Song angestimmt hatte: *Fascinating Rhythm*.

Eine halbe Stunde verging. Und noch eine. Eleanor sprach nicht mehr mit Walter. Sie saßen da und hielten sich bei den Händen. Schließlich löste Eleanor ihre Hand aus seiner, erhob sich und begann Walter in seinem Rollstuhl den langsam ansteigenden Hügel in Richtung Bank hinaufzuschieben. Luce stand auf, um ihr das letzte Stück zu helfen. Sie schob den Rollstuhl zur Bank und richtete ihn so aus wie am Anfang. Diskret trat sie ein paar Schritte beiseite. Eleanor küsste Walter zärtlich, strich ihm über die Wange und lächelte. Dann richtete sie sich auf und sagte: »Danke, Luce. Es war wundervoll, ihn zu sehen.«

Luce mochte den Dank kaum annehmen. Eleanor wandte sich um und ging.

Luce setzte sich auf die Bank und sah verstohlen zu, wie Walters Augen sich mit Tränen füllten. Er sah noch lange in Eleanors Richtung, selbst als sie längst außer Sicht war. Dann heftete er seinen Blick auf Luce. Sie sah, wie er sich mühte, seinen Mund und seine Stimme unter Kontrolle zu bringen. Schließlich brachte er heraus: »Chanke.«

»Ich will keinen Dank«, erwiderte sie und hörte, wie schrill ihre Stimme klang. Mit leiserer Stimme fuhr sie fort: »Ich heiße es nicht gut, wie du dich verhalten hast. Keineswegs. Missversteh mich nicht. Du hast eine Menge Leid verursacht. Du hast einen schweren Vertrauensbruch begangen.« Sie schwieg und schaute in die Bäume hinauf. »Aber ich weiß Liebe zu schätzen, Walter, selbst bei dir. Insbesondere bei dir.« Sie senkte den Blick, wandte jedoch ihr Gesicht ab, damit er sie nicht ansehen konnte.

Sie saßen schweigend da, während die Stadt um sie herum geschäftig lärmte. Nach einer Weile fragte sie: »Möchtest du nach Hause gehen?« Er bewegte seine Augen einige Male von rechts nach links. Nein. »Möchtest du hierbleiben?« Seine Augen wanderten zum Himmel hinauf und dann zur Erde. »Okay.« Seine Arme, totes Gewicht, lagen schwer auf den Lehnen. Er sah Luce direkt an, gewann ihre Aufmerksamkeit und blickte dann auf seine rechte Hand. Zwei Finger hoben sich langsam. Luce starrte seine Hand eine Weile an, bevor sie begriff. Sie streckte die Hand nach ihm aus und spürte einen leichten Druck, als die beiden Finger sich auf ihre legten. »Chanke.«

»Gern geschehen«, sagte sie leise und zog ihre Hand zurück.

Sie spürte, wie sich eine stille, ehrerbietige Stelle in ihrem Inneren öffnete und die Stimme von Denise Levertov erklang:

Ich weiß, dieses Glück
Ist vorübergehend:

Die drohenden Gegenwärtigkeiten –
Großes Leid, große Furcht –
Ziehen sich nur
An den Rand der Ferne zurück:

Doch, unentrinnbar, dieses Schimmern
Des Windes in den blauen Blättern:

Diese Flut von Stille
Die die Himmelssee weitet:

Dieser Drang zu tanzen,
dieser Drang zu knien:
dieses Mysterium:

Über ihr gingen die Vögel in den Bäumen ihren Verrichtungen nach; der hartgefrorene Boden wandelte sich in geschmeidigen, feuchten Matsch; die Sonne stieg ein bisschen höher; die Erde nahm eine weitere Drehung. Die Beständigkeit bot ihr Halt.

Erneuerung, dachte sie, wir kommen nicht umhin.

Epilog

Das Herbstlicht fiel in Luces Atelier ein, gemeinsam mit einer schwülen Brise. Schatten zitterten wie Espenlaub über den Holzfußboden, über die Ziegelwand. Luce stand vor der Leinwand und malte. Ihre Handflächen waren warm. Sie spürte, wie das Blut durch ihre Adern floss. Ihre flinken Finger waren eins mit dem Pinsel. Sie arbeitete in einem verhaltenen, doch stetigen Tempo und spürte jedem einzelnen Pinselstrich nach. Auf einem Hocker neben ihr lag eine Ansammlung von bunten Farbtuben. Ihr üppiger Geruch erfüllte den heißen Nachmittag. Aus dem Jazzsender im Radio erklang eine Kaskade von Klassikern, die die Luft mit süßen Synkopen erfüllte.

Das Bild, an dem sie arbeitete, wich von ihren üblichen Motiven ab. Terrys Bemerkung, dass sie *Grace* für ein wunderschönes Wort hielt, hatte Luce veranlasst, ins Wörterbuch zu schauen. Für sie war das Wort stets eins gewesen mit dem Namen und dem Menschen Grace. Grace war der Mensch und das Gefühl, das Luce aufrief, wenn sie das Wort vernahm.

Im Arbeitszimmer ihrer Mutter hatte sie eines Abends, während Walter in seinem Rollstuhl saß und traurig in den dunklen Park schaute, im *Oxford English Dictionary* nachgeschlagen. *Grace,* Gnade, wurde als die Barmherzigkeit und Großzügigkeit Gottes definiert, eine göttliche Gunst, die den Menschen unverdientermaßen zukam, ein Akt des Wohlwollens, der Güte, das Geschenk der Vergebung. *Grace.* Gnade.

Sie trat einen Schritt von der Leinwand zurück. Das Bild zeigte ihr Atelier, das in den langen Strahlen eines späten Sommernachmittags gebadet war. Im Hintergrund schimmerte die Stadt im rosig-lohfarbenen Licht, und die Wolkenkratzer waren von zarten eckigen Heiligenscheinen umgeben. Der mittlere Bereich wurde von einem der vom Boden bis zur Decke reichenden Glasfenster beherrscht, die die eine Wand bildeten. Dic Sonne drang durch jede einzelne Scheibe und erzeugte goldene Rechtecke auf dem hellbraunen Boden. Gold auf Gold. Im Vordergrund war Luce zu sehen. Sie saß auf dem Boden und lehnte gegen den Fensterrahmen. Ihre Beine waren angewinkelt, und ihre ausgestreckten Arme mit den farbverschmierten Fingern lagen auf ihren Knien. Mit geschlossenen Augen hielt sie das Gesicht in die Sonne. Die Sonne ergoss sich durch die Fensterscheiben über die Flächen ihres Gesichts, erhellte frech die Linie ihres Kinns, streichelte die Mulde ihres Halses und ihren Kragen, floss über ihre Schultern und ihren entspannten Körper hinab. Das Bild zeugte von tiefem Frieden und vollkommener Gelassenheit.

Aus der fernen Ecke wurde ihr ein Posteingang gemeldet. Luce legte den Pinsel hin, wischte sich die Hände ab und ging zu dem Computer hinüber, den ihre Mutter ihr geschenkt hatte. Sie öffnete die Mailbox und las den Brief.

An: LBennett; MBennett
Von: EBennett
Re: Unsere erste jährliche Klettertour
Schicke dies Euch beiden als Vorschlag. Da wir uns diesen Sommer nicht wie jedes Jahr am Strand getroffen haben, dachte ich, dass wir drei vielleicht eine kleine Klettertour unternehmen könnten. Neue Zeiten verlangen neue Rituale.

Hat keinen Sinn, den Kilimandscharo in Angriff zu nehmen, da er bereits von einer der Frauen Bennett bestiegen wurde.

Einer der Frauen Bennett? Sie drei waren also die Frauen Bennett. Luce kicherte über die Formulierung ihrer Mutter und die neue Verknüpfung.

Da wäre der Mount Abraham in Vermont, der später im Herbst wundervoll sein müsste. Nur 1300 Meter hoch.

Wir werden uns vermutlich langweilen, Mead, aber für Luce könnte es ein guter Ausgangspunkt sein.

Luce runzelte beleidigt die Stirn, musste dann aber lächeln. Elizabeth hatte doch tatsächlich mit Power-Walking am Strand begonnen und sich kürzlich zu einem Senioren-Schwimmkurs für Fortgeschrittene angemeldet. Sie hat vermutlich recht, dachte Luce.

Ich bin froh, dass du vom Malen leben kannst, Luce, aber es ist doch schrecklich stationär.

Wir können auch in den Westen fahren. Colorado hat einige Viertausender zu bieten (boykottieren wir sie immer noch, Luce?).

Luce schüttelte den Kopf. War das wirklich ihre Mutter?

Wenn es dabei bleibt, dass Mead Mitte Oktober zurückkommt, um über den ersten Abschnitt ihres Austauschprogramms zu berichten, wäre das die perfekte Zeit. Ich persönlich bin für Vermont – kürzere Anreise und einige prima B&Bs. Was meint Ihr?

Herzliche Grüße an Euch beide.

Mutter

Das quietschende Ächzen des Fahrstuhls kündete Jacobs Ankunft an.

»Hey.«

»Selber hey.«

»Fertig? Jenny stößt im Restaurant zu uns.«

»Fast. Lass mich rasch noch ein paar Dinge wegräumen. Habt ihr euch schon für einen Film entschieden?«

»Ich lasse es dich und Jenny ausfechten.«

»Feigling. Was wirst du tun, wenn du je Kinder haben solltest?

Ich kann nicht alles für dich entscheiden, weißt du.«

»Dann muss ich vermutlich ein Au-pair anstellen, die geprüfte Mediatorin ist.«

»Perfekte Lösung. Soweit ich weiß ist es ein echter Käufermarkt.«

»Klugscheißerin. Also, wie läuft's mit Terry?«

»Langsam – was für mich immer noch zu schnell ist.«

»Wie kommt's, dass ich deinen neunzigsten Geburtstag versäumt habe, Luce? Es ist mir ja dermaßen peinlich.«

Sie schlug mit dem Handtuch nach ihm. »Die gute Nachricht lautet, dass sie viel auf Reisen ist.«

»Das soll eine gute Nachricht sein?«

»Ja, das ist eine gute Nachricht. Bleibt nicht genug Zeit, um zu kletten oder zu drängeln.«

»Du musst ein echter Beziehungsfan sein. Von einer vollendeten Romantikerin ganz zu schweigen. Also, wenn die Frage nicht zu schwer für dich ist«, er artikulierte sorgfältig jedes einzelne Wort, »was – empfindest – du – für – sie?«

»Ich – weiß – nicht«, erwiderte sie.

»Du musst doch eine Meinung haben. Okay, hier kommt eine einfachere Version: Was – hältst – du – von – ihr?«

»Na schön, Jacob. Sie ist sehr nett.« Er verdrehte die Augen. »Patent. Vernünftig.«

»Klingt wie ein Paar Schuhe, zum Teufel noch mal.«

»Aufmerksam.«

»Besser.«

»Zuvorkommend.«

»Igitt – ein schmieriger Kellner.«

»Was möchtest du eigentlich hören, Jacob?«

Er hob hilflos die Hände und zuckte die Achseln. »Okay, dann erzähl mir eben nichts. Auch gut.«

»Ich mag sie, aber ich muss es langsam angehen lassen. Ich tauche allmählich auf.«

»Ach, was. Verhüte Gott, dass du auf die gefürchtete schiefe

Beziehungsbahn gerätst.«

Sie warf das Handtuch nach ihm. »Jenny tut mir leid. Aufrichtig.«

»Sag mal«, Jacob trat an das Bild. »Was ist das hier?«

»Ein Bild.«

»Ach, ja? Überschütte mich bloß nicht mit Einzelheiten.« Er warf ihr einen langen Blick zu.

»Jacob, wenn das ein durchdringender Blick sein soll, mit dem du mich da bedenkst, dann sehe ich mich gezwungen, dir zu sagen, dass es dir plötzlich an fünfzig IQ-Punkten zu mangeln scheint.«

»Ein Selbstporträt, wie? Ich sehe, wir betreten neuen Boden.« Er trat ein paar Schritte zurück und studierte das Bild aus verschiedenen Blickwinkeln. Plötzlich war er ganz Kunsthändler. »Es erzeugt eine sehr schöne Stimmung – kontemplativ und komplex. Mir gefällt die Komposition mit den geometrischen Formen, den Rechtecken des Fensters, die sich auf dem Boden wiederholen, das Dreieck deiner hockenden Gestalt. Und die Farben – warm und sinnträchtig – erzeugen ein ...«

»Lass es gut sein, Jacob.« Er sah sie überrascht an. »Es steht nicht zum Verkauf.«

»Wirklich nicht? Ich meine, steht deine Entscheidung absolut fest?«

»Absolut.«

»Nun, es ist dennoch wundervoll. Auf eine stille, ruhige Weise. Hat es einen Titel?« Er sah, wie sie zögerte. »Na, komm. Verrat ihn mir.«

»Ich überlege, es *Selbstporträt/Zustand der Gnade* zu nennen.«

Er hob eine Augenbraue. »Wird das eine neue Serie?« Er klang hoffnungsvoll.

»Nein.«

»Keine Serie, hm?«

»Nein. Also ... bisher jedenfalls nicht.«

»Und es steht nicht zum Verkauf?«

»Nein. Definitiv nicht. Gehört zu meiner Privatsammlung.«

Er trat neben sie. Beide betrachteten das Bild eine Weile. Er legte ihr den Arm um die Schultern, und sie lehnte sich an ihn und legte den Kopf an seine Brust.

»Scheint mir richtig zu sein«, meinte er dann. »Gehen wir?«

»Ja.«

Mead steuerte den Landrover über die unbefestigte Straße durch den Wildpark. Sobald sie das Tor des Hauptgeheges passiert hatte, entspannten sich Nacken und Schultern vor Erleichterung. Sie winkte den beiden Männern zu – Ken, dem Obersten Wildhüter und Mgawe, seinem Stellvertreter.

Das Land lag offen da, vollkommen ungestört an diesem Tag. Mead nahm seine natürliche Schönheit und Würde in sich auf, als sie langsam über die offene Fläche auf das Haus zufuhr. Gil und Francesca erwarteten sie. Das Abendessen würde bald fertig sein. Sie würden das Wochenende einläuten und einander die letzten Neuigkeiten erzählen. Nach dem Essen würden sie und Gil zu dem kleinen Stausee und der Aussichtsplattform oben im Baum hinübergehen.

Der Landrover bog in die Auffahrt ein und kam zum Stehen. Gil und Francesca, die den herannahenden Wagen gehört hatten, waren wie erwartet auf die Veranda herausgetreten, um sie zu begrüßen. Francesca hielt sich zurück, während Gil herbeieilte, Mead in die Arme nahm und ihr einen langen Willkommenskuss gab. Sie wuschelte ihm zärtlich durchs Haar und winkte, noch von Gil umschlungen, Francesca zu.

»Wir haben eine Überraschung für dich, Mead«, sagte Francesca und umarmte sie, als sie auf die Veranda trat. Mead sah fragend von ihr zu Gil und zurück. »Komm, wir zeigen es dir.« Sie betraten das kühle, offene Haus und gingen ins Wohnzimmer.

Auf dem Sofa stand ein Landschaftsbild, das den Wildpark

darstellte. Im Vordergrund waren die geschwungenen Torflügel zu sehen, mit dem Schild »Piavani Park« in der Mitte. Durch sie entfaltete sich die spektakuläre Landschaft. »Es ist Anfang der Woche gekommen«, sagte Gil.

»Es ist wundervoll«, meinte Francesca. »Überwältigend. Ich habe es schon die ganze Woche bewundert. Du musst mir helfen zu entscheiden, wo ich es hinhängen soll, Mead.«

»Es ist atemberaubend«, murmelte Mead.

»Es gibt noch etwas«, sagte Francesca und wies auf ein großes flaches Paket, das an einem Holzstuhl lehnte.

»Das war dabei«, sagte Gil und reichte Mead einen Umschlag.

Mead öffnete ihn eifrig und las:

Liebe Mead,

als ich nach meinem Besuch bei Dir aus dem Flugzeug stieg, bin ich schnurstracks in mein Atelier gegangen und habe das hier gemalt. Bei allem, was ich in den zwei Wochen dort gesehen habe, all das Schreckliche, all das unglaublich Schöne, war das hier doch das alles beherrschende Bild.

Als ich Dich in Afrika gesehen habe, auf Deinen Runden durch Sofia Town, bei unserem Besuch bei den Piavanis, all überall vor der Tapisserie Afrikas, habe ich begriffen, visuell wie emotional, dass Du dort zu Hause bist. Und welch prächtiges Zuhause das ist.

Ich habe viel nachgedacht seit meiner Reise, vor allem über zu Hause, über die Familie. Was Du gesagt hast – dass ich mir mit Grace und Jacob, mit Ruthie und nun auch mit Jenny eine Art Familie geschaffen habe – stimmt. Sie sind meine Familie, und ich konnte und kann mich glücklich schätzen. Doch dass ich nach all diesen Jahren Dich als eine Schlüsselfigur meiner Familie gefunden habe, bedeutet eine große Überraschung – und ein großartiges Geschenk. Jemanden zu haben, die bis ins Innerste weiß, wie es war, die aus demselben Holz geschnitzt ist, das lindert das Gefühl von Einsamkeit, das ich oftmals als überwältigend empfunden habe.

Ich habe mich gefreut, Francesca und Gil kennenzulernen und war gern bei ihnen zu Gast. Sie sind wundervoll, genau wie Du.

Alles Liebe,

Luce

Mead runzelte die Stirn und trat zu dem Paket, das an Dr. Mead Bennett, c/c Piavani Park, adressiert war. Gil half ihr, den Pappkarton aufzuschneiden, und Mead riss das weiße Papier auf, unter dem ein Gemälde zum Vorschein kam, das in den blauen und goldenen Farbtönen des Grabenbruchs leuchtete. In der Ferne verschwand das Land in einer riesigen, großartigen Schlucht. Der Mittelteil des Bildes war von den welligen, vielfarbigen Wänden eingenommen, von Zeit und Natur geformt, die den Graben säumten. Im Vordergrund war Mead zu sehen, die gegen einen Felsen lehnte und auf das Land hinaussah. Sie trug eine weiße Bluse, Khaki-Shorts, Wanderstiefel. Ein Fuß war fest auf den Boden gepflanzt, das andere Bein, leicht angewinkelt, umschlang sie mit den Händen. Auf dem Felsen lag ihr Khaki-Hut. Die Sonne strömte über ihr Gesicht, und die Brise spielte sanft mit ihrem Haar. Allgegenwärtig war der grenzenlose blaue Himmel.

Mead hatte das Bild sofort erfasst. Sie erkannte den Ort, erinnerte den Augenblick, den ihre Schwester gemalt hatte. Sie waren den Großteil des Tages gewandert und hatten kurz innegehalten, um den Ausblick zu genießen. Mead konnte die Hitze jenes Tages beinahe spüren, das trockene hohe Gras, das an ihren Beinen entlangstrich. Als sie das Bild betrachtete, vermochte sie das Gefühl ungetrübten Glücks, das ihre Schwester in Öl gebannt hatte, nicht zu leugnen. Sie trat näher heran und las die Worte in der rechten unteren Ecke.

Mead gefunden/Afrika.

Die amerikanische Originalausgabe erschien unter dem Titel *Searching for Grace*
bei HMR, einem Imprint von Harold Martin & Redman Ltd.,
The Wells House, Holywell Road,
Malvern Wells, Worcestershire WR14 4LH, Großbritannien

Kear, Cynthia:
In deinen Armen tanzt mein Herz / Roman
Aus dem amerikanischen Englisch von Andrea Krug
ISBN 3-930041-43-X

1. Auflage 2004
Gestaltung und Satz: Grafikbüro Schadenberg, Berlin
Coverfoto: Getty Images
Druck: Clausen & Bosse, Leck

Verlag Krug & Schadenberg, Arndtstr. 34, 10965 Berlin
Tel. (030) 61 62 57 52, Fax (030) 61 62 57 51
info@krugschadenberg.de, www.krugschadenberg.de

... und Weiterlesen:

»Passt sie zu mir?« fragen wir uns sofort, wenn wir einer faszinierenden Frau begegnen, mit der wir mehr im Sinn haben. Auskunft erhoffen wir uns oftmals von den Sternen ... *Kristina Messerschmidt* lädt uns ein, unser Bewusstsein für astrologische Konstellationen zu schärfen.

Kristina Messerschmidt
Unter den Sternen – Lesben und Astrologie
ISBN 3-930041-37-5

Sieben Frauen erzählen von ihren Vätern. Sie leben heute mit Frauen zusammen. Das könnte etwas über ihre Beziehung zu ihrem Vater aussagen. Nur – was? *Viola Roggenkamp* spürt dieser Frage nach und hat wie nebenbei auch ein deutsches Geschichtsbuch von aktueller Bedeutung geschrieben.

Viola Roggenkamp
Mein Bild von ihm – Lesbische Frauen erzählen von ihren Vätern
ISBN 3-930041-41-3

Verlag Krug & Schadenberg | Arndtstr. 34 | 10965 Berlin
Besuchen Sie uns: **www.krugschadenberg.de**